男人

MAKEN

Gun-Britt Sundström

[瑞典]

贡·布丽特·苏德斯特姆

著

许岚 译

天地出版社 | TIANDI PRESS

+

如果我们间或无缘无故地抽搐或倒地而亡，

那会是多么令人焦虑。

而爱情正是这样袭击我们的生活，

只是那恋爱中的人非但不焦虑，

反倒觉得他们无比幸福。

不过人们会嘲笑他们，

因为悲喜剧总是在不断地遥相呼应。

+　+　+

+

结婚，你会后悔；
不结婚，你也会后悔；
结不结婚，你都会后悔。

+ + +

1

我书桌上有张条子："古斯达夫来过电话。"

古斯达夫？我不认识什么古斯达夫。

可那条子是留在我书桌上的，那么古斯达夫打电话找的一定是我啦。

等阿姨回来我问问她，看他有没有说是什么事儿。我把外套挂在椅背上，开始在书堆里翻。因为是周五，所以清洁工一定来过，像往常一样把我的东西给理乱了。我在书堆的最下面找到了《傲慢与偏见》，又在那张留言面前站住了。它的表达方式让我有点反感：好像我就应该知道那个古斯达夫是谁似的。何况，多可笑的名字，"古斯达夫"。

我在记忆里搜索了一下。昨天在炮楼岬跟我搭话的那个人，他说他叫什么来着？反正我没告诉他我的名字，他是不可能找到我的电话号码的。

古斯达夫？哦，对了。上次在瓦兰德的讲座之后坐在我们对面的，他或许叫古斯达夫。我试着去回想那个晚上，好猜出他来电的目的。那天希拉和本特坐一块儿，他们以前是一个学校的。我坐在希拉旁边，然后就来了另外那个人，坐在本特旁边。我不记得他的样子了，个子是高是矮，头发的颜色是深是浅？聊了些什么我也不太记得了，跟平时晚上下课后在咖啡厅聊天一样，大都和那天晚上的讲座有关吧。后来我们站在苏布伦街上和本特又聊了一会儿，然后我和希拉去了地铁站，这时候那个古斯达夫去哪儿了我就不知道了。

噢，他现在来找我。会是什么事儿？

一定是动机不纯，我乐滋滋地想，把身体摊开来，和简·奥斯丁一起躺在了床上。那么他还会再打来的吧。

外面走廊的电话响起来的时候，阿姨还没回来。我把一根烟斗通条当书签夹在了书里，走出去接电话。

我是古斯达夫·林格伦，他自我介绍说，问我记不记得他。我当然记得。问我有没有看过皇家剧院的《等待戈多》。还没有。问我想不想看。本来是不想的。贝克特，他的东西不是很无聊吗？但我还是被古斯达夫说服了，他担保说这是最有意思的一部话剧。

为了买到折价票我俩都得在售票处出示学生证。我们约好了四点钟在那儿见面。

我自行车的车胎破了我得走路去，出门之前就来不及跳战旗舞了，只有在路上跳了几步。

海滩路上的椴树比起几个小时前我经过它时好像又绿了些，快得让人反应不过来。为了不提前到，我停下来了一会儿去打量那些椴树。

他坐在大堂最里面的一张长椅上看着报纸，我进去时，他站了起来。瘦高的个头，浅红的短发，那种只有红头发的人才有的苍白的皮肤，孩子气的脸，没胡子，但打扮挺老气的：帽子和大衣，整体感觉像个五十年代的高中生。现在我想起来了，我曾注意过他的，在早先春季的哪个讲座上，因为他的样子让我恼火，看上去很清高，挺傲慢的。

哎，我赶紧对自己说，别那么有偏见，也许他有他值得清高的东西，也许他真的可以比别人骄傲。要么就是老天爷把他的表情和姿势弄成了这个样子，他也没办法的。他想和我去看话剧，不论怎么样也说明他还是不错的。

我们决定买票看周二的那场，然后我打算去图书馆，他要回家。我们去同一个方向，于是结伴坐上了七路车。我们勉强聊了些最近的事儿，学习状况，上次的那个讲座。他比我小，还没满二十岁，是个正儿八经学哲学的。他问我怎么会就为了好玩儿去旁听哲学课。

"开始是希拉把我拽去的，"我解释说，"她也只是因为好玩儿才去听的。"

"你们是英语系的同学，是不是？"

"是的，是同学，但老实说应该叫逃学队友。我们每周都在同一个时段泡乌宫咖啡馆，然后发现原来我们逃的是同一节课，而且我们对那门课的看法也是一致的。"

我给他讲了希拉的美国童年和我自己的英伦岁月，解释说我们之所以学这么无聊的专业只是为了拿点便利的学分罢了。

"你在英国干吗呢，做互惠生吗？"

我摇了摇头。互惠生，我？（我是一听到家务事就张弓拔弩的。）

"我无的放矢，学了英语。"

沉默之间，是有轨电车的铃声。

"你长大了要做什么呢？"

"我可不想长得更大。"我简短地说，我的将来跟他有什么关系？这是个我自己都在回避的话题。

电车在奥丁路口咣当一声转了弯，他看着窗外。

我坐在那儿打量着他的手。男人的手。他们的手好大，男人们。

*

周二上午古斯达夫打电话过来问我们该怎么办。广告上说，因为有人生病，《戈多》的演出被取消了。我没看到。他们要换演个叫《阿纳托尔》的剧，他告诉我，"一部情色喜剧"。

他让我来决定。我觉得既然票都买了，还是去看最简单。

看演出的时候我才意识到这是一个错误：他一定是以为我一心想跟他看话剧，什么样的剧都无所谓的。好奇怪，本来是他想看话剧，本来是他应该负责，但现在却是我坐在这儿，在他面前因为这剧而感到羞耻！你永远不知道你是怎么把自己弄到目前的处境的。

值得安慰的是我穿的是我的那件粗呢大衣，他至少不会臆想说我会用打扮来取悦他。

后来我们站在新桥上问对方知不知道城里有什么好的小酒馆，结果我俩谁都不知道。你看，总算找到个共同之处了。

他建议我去他那儿喝茶吃点三明治。以我对人的了解，这是一个说喝茶吃三明治就只是喝茶吃三明治的男孩，于是我们又上了七路电车。

他住布拉葛街，是卡拉广场后面的一条小街，我从来没去过的社区。显然这是他父母的家，但家里的人都不在。趁他在厨房里忙乎着，我到处看了看。客厅墙上挂着个圣像，看书房就知道他们是信教的。他也信教吗？这可以解释他看上去为什么那么反常地整洁了。书房还挺大的，一整墙的书架。长沙发，钢琴上摆着家人的照片：年轻的新婚夫妇，兄弟姐妹，当然还有戴着高中毕业帽的古斯达夫。

他自己的房间窗户是朝着后院的，但他在客厅摆好了桌子。我们喝着茶吃着三明治，聊着天，有点费劲。我问到那张结婚照，哦，是他哥的，埃里克，他是工程师，现在住在韦斯特罗斯。虽然我并不真正关心，但为了找话说我问他将来想做什么。

"读完哲学后我想学文学。"他小心地回答。

"哦，当老师。"

"最好不要，但也许难免吧。"

"这样的专业很难，除非你找到个完全不可能的专业组合，像我一样。"

"你除英语之外还有别的？"

"我先学了一阵北欧古代知识，我看过一部在厄兰岛挖掘的电影，觉得能在户外工作挺好的。"

不出所料，他笑了起来，我补充说我很快也意识到了考古并不是我想象的那样，他们会坐在狭小的屋子里编目录的。

然后我们沉默了好一会儿，直到他说：

"你好安静。"

可不是我一个人安静，我真的是很尽力地在聊天，何况我本来是有更好的方式可以打发我的时间的。

要加点茶吗他问，我说谢谢挺好喝的，可是我要……

我正要走的时候他父母回来了，古斯达夫在过道上为我们做了介绍。他们礼貌而饶有兴趣地跟我打了招呼，一副"哦，这就是马汀娜"的样子。我试着做出一副我可不是他们以为的那个样子，如果他们以为我有个什么样子的话。不过要做出一副这么复杂的样子挺难的，恐怕最多只能做个一般般郁闷的表情。

他不顾我反对要送我回家，好像晚了我就需要被人护送似的。他把我一直送到了家门口。

虽说如果他真的敢来亲我是会大叫起来的，但他站在一米之外眼巴巴地敢想不敢做，却是同样的糟糕。

于是我为此一路大叫着，从一楼叫到了四楼。

*

"你是说古斯达夫？"希拉问。

我点点头。

"他叫这名字？"

"不仅叫这名字，而且他就是一个古斯达夫。"我沮丧地说，从希拉那儿偷来了一支烟，一个我见过的极其有代表性的古斯达夫。

希拉耐心把打火机递给了我。

"哦是吗，那爱情钟声为你敲响了。"

"谁说的！"我叫了起来，"是他往那儿想，不是我！"

"那你是往哪儿想的呢？"

"偶尔去看看话剧什么的，泛泛之交，朋友圈总是要扩大的嘛。"

希拉一副见惯不怪的样子，也难怪，去年秋天她见证过我和一个一开始只想做朋友的人"分手"的困境。你是不知不觉、有意无意地就滑到那里面去的，永远没有个适当的机会能让你澄清自己的态度：亲爱的，你一定要明白我对你没那种特别的意思，但我们还是可以做朋友的。这样的声明只有在老派的小说里才会有。

"当心点儿，马汀娜，你是知道的吧，所有的男孩都只想着一件事。"

"嗯嗯，但我知道我不想，这让我更容易保持警惕。我现在觉悟了你知道吗？如果你不是需要传宗接代的话，那一个人过更好。"

希拉什么都没说，只是做了个表情。但我是认真的，虽然这想法让我自己也有点惊讶。这么多年来你都生活在"长大了就是要结婚生孩子"的观念里，这么多漫长艰难的日子，热烈，狂野，唯一的渴望就是找到一个人。然后你终于长到这年龄了，有人来找你了，却发现这完全不是你想要的。最初你以为只是没找对人，但后来发现整个观念都是错的，这是我最新的人生感悟。

与此同时，同代的异性们却似乎走上了相反的一条路，他们现在唯一想的就是结婚。反正我周围所见的每一对儿，都是男孩在唠叨着要同居、订婚或成家。如果有时间，一定可以建立一套有关这个社会经济背景的理论。

我得走了，我站了起来，偷走了希拉的最后一支烟。

"我要坐七路车去博斯托克电影院。"

"和老公去？"希拉戏谑我。

"和古斯达夫去，"我一本正经地说，"我们只是朋友。"

"他也这么觉得？"

这正是其微妙所在。要记住了，不要给他丁点儿的机会。

我提前到了，但古斯达夫却已经在那儿了。我们看了看电影院外面的剧照，他以前看过《薇莉戴安娜》的，会意地笑了起来。我几乎得用手去捂住他的嘴，好制止他泄露所有的剧情要点。

这是家挺可爱的小影院，硬硬的木头椅子，中场有个换片休息。电影很特别，关于那种失败的自我牺牲的博爱。我不太记得上次是什么时候被一部电影这么打动了。可古斯达夫，却老在那儿哼哼地笑着。

当电影里的主角诺维森被他那个疯子叔叔灌了迷药但幸免奸污，观众大舒口气的那一刻，我发现古斯达夫从我的膝盖上来拉我的手。

怎么办？把手缩到背后，还是给他一记耳光？嘲笑他一番，发表个郑重声明：亲爱的古斯达夫，你必须明白……

我来不及想那么多，只来得及心跳加快。然后我们就坐在那儿手拉着手，心怦怦地跳。

等我后来再骑上自行车突然走掉，自然已经没用了。一时的软弱，便跟人签下个"婚姻合同"。

不，我想，不，我不要。我们不会结什么婚的。我再也不要见到他了。

*

这学期听哲学讲座的人更多了，很多其他系的也被吸引了过来，大量的旁听生，从学语言的到学技术的都有。

有天晚上在听了关于克尔凯郭尔和他的《理性的飞跃》之后，

我骑车回家时把路给走错了，直到快进入卡拉广场的环状交叉路口了，一时不知道该怎么走，我才突然意识到了。这样的事儿在听了语音学或材料力学的讲座后是不会发生的，这样的事儿在我身上从来就没发生过。

人虽然多了起来，但也不至于影响到这小院系的亲切氛围。晚上下课后老师和同学们还是会一起出去吃吃饭、喝喝酒。最后一次讲座后，我们坐在"旧礼帽"，一家不可思议的酒吧，看上去像个火车站的候车厅。我坐在那儿看着我周围的人，一眼望去，我热爱我看到的这些胡子拉碴，疯疯癫癫，目光灼热的理想主义者、和平主义者、社会主义者、素食主义者们。桌子这头的人在谈论着上百万饥饿的印度人，另一头的在说着路德的赎罪学，中间的那些在讨论着越南，我对面的那位老师在忙着回答一个男孩的提问：西方文化遗产中有什么东西是其他文化里所没有而又值得保留的？他说到了"个体"的概念，集体之外，独一无二的个体。

我心想，我热爱这些人。我坐在那儿这么想着，我爱所有的人。这在我是前所未有的。

*

我认为暑假里不该学习，暑假里应该看些闲书。我把《英语语言史》装进了存放在阿姨衣柜里的纸箱子里，把《非此即彼》《伦理与语言》装进了旅行箱。因为我不打算拿哲学课的学分，所以这些都归入闲书类了。有趣的话题不能让谋生型的阅读给毁了，不然到时候糟糕的功利主义会溜进来的，你就会数着页数读书，看哪些地方必须得记住。

当然我也得考虑生计的问题。希拉要去腾普商店卖内衣，可我认为暑期应该待在户外。我和老家的墓地管理处关系一向不错，回老家重抄旧业比起在斯德哥尔摩找份新的工作要简单些。

我把邮局信件转发的业务搞定了。一天早上，我在电话桌上找到了一封有我自己字体的邮件，以为是我在伦德大学图书馆订的一本书的取件单，嘟囔着说怎么这时候才到，结果发现那根本就不是什么图书馆的借书单，而是一封，不是我，是古斯达夫·林格伦写的信。

他在巴黎，说他终于又见到了他今生最爱的女人，奥林匹亚的雅典娜，卢浮宫里的宙斯神庙屋檐雕塑。

他大概是看过好多次《平佩讷·史密斯》，我心想，把那封信藏到了抽屉里。我可不迷信笔迹学，不打算把他当作什么心灵知己，虽然他的字体居然和我的一样，把我自己都给骗了。

但他继续来信，一张明信片，又一封信，一周后再一封，有涵养、擅表达的信。是的，我不喜欢的是它们和我之间的关系。每一行的字里，那写信的人都把我当作他表达、倾听、述说的对象。是啊，不然你叫人家怎么写信来着？但我的意思是：信是写给一个女人的，他在写信时是充分意识到自己是把信写给一个女人的。读那些信时，我当然不是没有虚荣的满足感，但我还是下定决心对此类表达不予回应。

在第一封信上他就已经附上了他的酒店地址，我没回。我努力而一心一意地不回信。我越是努力，他的来信就越多。我试着掐算好邮递员的送信时间，以免家里人因为看到我有太多的信件而好奇。但当我开始在墓地打工时，休息时间和邮递员就不合拍了，于是有一天下午就又有了一封贴着法国邮票，寄信人姓名写得清清楚楚的信被放到了电话桌上。

"是班上的一个同学。"母亲问起时我含糊地说。

*

我的这场书信运动（或者无书信运动）之后，我以为不会再有古斯达夫的消息了。没想到，他一从国外回来，就从房东阿姨那儿要来了我的电话号码。有一天午休时，我正坐在那儿吃着酸奶，看着省报上的漫画，古斯达夫就打来了电话。

"你为什么不给我写信？"他问我。

我又不好说我积极努力地不给他写信是为了甩掉他。既然做不到无情无义，就只能彬彬有礼了。于是我说我太忙了，有好多别的事儿需要考虑。

他在电话那端笑了起来。

"你还会有什么事儿呢？"

再讨厌不过了。关你这卷毛什么事儿，哼！

"我可是在打工呢。"我不客气地说。

他说现在他在他家外岛的夏日别墅，然后要出去开帆船，但周末会进城，建议我过去跟他见个面。我在城里没地方住，我解释，我在格勒夫街的房子暑假都退了。古斯达夫认为我可以当天返回。我跟他讲"火车时刻表"，觉得这是个挺郑重其事的词儿，把去城里说成件相当费劲，相当麻烦，除非万不得已是不会去做的事儿，希望他明白而不要为难我。但他还是不放弃，直到我建议说等秋天开学了我就给他打电话。

这是个好办法，我很满意地挂上了电话，现在主动权在我这儿了。有兴趣我就打电话，没兴趣就不打，再看吧。我如释重负，回到了清扫墓地的工作中。

*

但男人是让人捉摸不透的。他是什么都不明白，还是装傻？我回城后不到一周，就听到了阿姨叫我接电话：

"马汀娜，有位先生找你。"

先生？我认识的人里只有一个人听上去像个先生。我在电话里把话说得简洁、匆忙，就像是被人从什么重要场合突然给叫了出来，然后得马上回去似的：

"喂？"

"喂，是古斯达夫，我只是想知道你有没收到下周末那个辩论会的活动安排？"

"嗯，收到了，谢谢你寄给我，非常感谢。"

"你打算去吗？"

"我可能没时间一直都在那儿，但会过去看看的。"

"那我们或许可以见面。"我又说。

他听出来这是句结束语。

我其实是认真地把那天的活动安排读过一遍的，选了些我想听的，但没必要把我的选项原则透露给他：我选讲座，讨论时我休息。我觉得小组讨论最无聊了，参加的人好辩而有攻击性，你走的时候不会比来的时候变得更聪明。但讲座却不同，你总是可以学到些东西，而我的求知欲是无止境的。

当然最好的求知方式还是阅读，但偶尔见见人总是挺好的。人民大楼里挤满了形形色色的人，在活动外面的大厅里，有卖咖啡的、卖书的、卖《越南公告报》的。

目前我和古斯达夫的关系进入了最愉快的阶段：他终于明白了我们之间不是恋爱关系，所以现在他保持着一段距离，我们之间只是一种有趣的紧张关系。

"你绝对是那少数的另类。"希拉说，在我给她描述之后。

"难道你不想做一个被远距离审美的对象吗，愉悦而又没有责任？这没什么不正常的，进进出出的时候有个人关注你，挺好的啊。"

"那你在他进进出出时也关注他吧，所以你才会知道他是在关注你啊。"

是的，那当然。特别是那个星期天的上午，他穿着牛仔裤和高领衫进来，突然像个人样的时候。（笔挺的西服让我"性趣"缺缺，但牛仔裤几乎谁穿着都是让人喜欢的。）

我越是关注他，越搞不懂他。他在公众讨论时从不发表意见，但却经常笑，我是说笑，笑人家说的话。那次政党辩论时，一个社民党人说到对发展中国家的经济援助以及百分之一的目标时，他扑哧一笑，让我又尴尬又生气：怎么，难道他坐在那儿嗤笑和我有什么关系似的！

我离开了政党辩论，从存衣处取了外套，下楼时古斯达夫过来了。他告诉我他们几个人约着要出去吃晚饭，问我要不要一起去。好的，可以啊。虽说我觉得晚餐是件挺小资的事情，老是吃个不停，但下馆子我还是挺喜欢的。

另外他对我持之以恒的追求也让我好奇，他不可能傻到不明白我对他的拒绝，何况他还挺聪明的。那么他这样做大概是因为觉得我挺傻的，他比我更清楚。他是不是能说服我，走着瞧吧！

我们去了旧礼帽酒吧，和本特还有哲学系的两个人，另外还有一个女孩。说到辩论会，古斯达夫基本上把我想的都说了，讲座才是有收获的。他模仿发言的人，还挺像的，虽然我觉得有点不合时宜。

吃饭时有葡萄酒，让我变得对世界如此友善，对自己如此昏沉沉不负责任，忘记了要和古斯达夫保持距离了。那种若即若离的距离，是多么愉快的事。吃完饭后，我任他送我去了四路车站。车来了，他也一起上了车。我觉得有点可笑，因为他家完全不在同一个方向，可那是他的事儿。

从车站我们慢慢地走过空荡的社区。夜色晴朗，八月的月亮圆得像一个蛋，我是说黄得像个蛋黄，圆圆的。还有天空，从屋顶间能看到的点点星辰。我指给他看猎户座和猎户腰带，他对星座一无所知。他把手搭在了我的肩上，我靠近他，昏沉中希望他不要误会了：记住了，仅仅这次而已，我心想。（这话不能说出口，可要是能说出来，就好了。）

到了门口，我在口袋里找钥匙，他帮我拎着包。等我找到了钥匙伸手去拿包时，他把我拽进了怀里。我们接吻。是个好吻。我们头上是星星，点点星辰。

那个包夹在我们中间。我拿过包，打开门，道了晚安。

2

　　"乔迁"听上去挺好的，有点像"过年"，其实是个人间地狱。当哈丽叶特从学生房管会申请到在弗雷街上的那个拆迁公寓，问我要不要和她分租时，我二话没说就答应了。等到搬家了我才意识到我原来住的那个地方有多好：什么自己的东西都没有，无产者的自由。家具是人家的，地毯和画是人家的，我什么都不用管。

　　哈丽叶特的公寓是不带家具的，只有三个绿色啤酒箱在那儿，不知道是谁留下来的。于是现在我得买床、书桌、书架；把瓷器打包，再拿出来；量窗帘、装百叶窗，把书放好了，人整个就沦陷在这些琐事里面了。我们还得签电费合同。我不知道水、电原来是要签合同的，以为是现成的。还要订电话，就如何分担房租达成协议，给壁炉订柴火、买煤油暖气……一大堆无休止的事儿。

　　但等一切琐事完了之后我觉得换房还是值得的。位置好多了，就在瓦纳迪林上面，离学校、图书馆、学生会所有的这些地方都近些，何况这样一来我也更独立了。家政我们不打算合并，我和哈丽叶特天生都很在乎隐私，现在住一起了，我们的交往相比自人民学院认识以来这些年，大概反而会少些。在收拾房子的休息空当，下盘棋的时候，我们会坐在厨房里。当然这主要还不是为了避免侵犯彼此的空间，是因为只有厨房才有桌椅。

当我起身去拿点喝的，哈丽叶特正琢磨着下一步棋的走法时，门铃响了。是花店送花，给我的吗？

我惊恐地把那花拿回了我的房间，打开包装纸，心想可别是朵红玫瑰，什么都可以千万别是红玫瑰，结果拿出来就是朵红玫瑰。我慢慢地踱进了厨房找个东西插它，回答哈丽叶特说这是个命名日的祝贺而已，虽然她应该知道我的名字里其实没有尤斯图丝。

我突然想到，一定是有什么改变了我。以前我可不会这样躲躲闪闪的，像个同案犯似的。我会理直气壮地笑起来，口无遮拦地说，你猜现在古斯达夫又变出什么花样了！

我一定是年纪大了，成熟了，宽容了。嗯，是的，我会试着去设身处地地想，他们关于红玫瑰的那些幻想，一个男人会觉得这想法十分动人：他是一个给女人送玫瑰的男人。

我当然也应该理解他们。我不能理解的是，他们为什么一定要送给我。我不知道在被人追求的时候该如何去应对，我不知道怎样去做一个偶像。

等我把那花插进啤酒瓶时，发现了一张卡片，最上端写着：《传道书》7:26。噢这可真够原创的，经书求爱，我还从没遇到过。我好奇7:26写的是什么，可手边却没有《圣经》。

下面写的是他请我过去帮忙给他的论文提些建议。"到此为止还没谁看懂了我的初稿。如果你也看不懂我就得写别的了。你七点左右可以过来吗？"

"过来"这个词儿过于亲密了，让我反感，但除此之外我还觉得挺荣幸的，不好回绝他。我，关于，他的，哲学论文，提建议！那没人理解的论文！

我们的电话还没装好，我下楼去香烟小卖部打给他，说可能八点左右，也许。

过去就几条街，我绕路去了趟图书馆，查了《圣经》样书，《传道书》7:26：

我得知有等妇人比死还苦：她的心是网罗，手是锁链。凡蒙神喜悦的人必能躲避她；有罪的人却被她缠住了。

我骑着车若有所思地到了布拉葛街。

或许最简单的回复方式是寄个合适的引言给他。我们不再要婚姻，《圣经》里什么地方是不是暗示过？可我不知道是在哪儿。

再说，他选那句话说明他挺知道自己所冒的风险。

我到的时候开始下雨了。我把自行车停到了墙边，自己赶快进到了门洞里。我按了门铃，是古斯达夫来开的门，把我带进了他的房间。进屋后我有一种舒适感。舒适，不然该怎么说呢，宁静？厚重的老式家具，没有顶灯，但有台灯昏黄温暖的光。地上的一个小唱片机里低声地放着音乐。贝西·史密斯（他是坐着在听音乐呢，还是为了搞气氛刚放上的？）。好舒服，昏黄而舒服，窗外是黑暗。我抱着一堆软软的垫子坐在那张大床上，他从打字机上抽出了一张纸来，把音乐关掉，在台灯旁边的扶手椅上坐了下来，开始为我朗读。亚里士多德的理念，即他的柏拉图主义的转变，关于形式和物质，关于从可能过渡到现实的转变……

我试着听，努力地想听懂，但听人朗读总是很难，何况那朗读的人还要穿插些自嘲的评语，就更不可能听懂了。我的注意力分散到周围，有这么多可看可注意的东西：（光洁的瓷壁炉，台灯昏黄的光，那幅画，是夏加尔的复制品吗？书架上的十字架，窗台上的雨滴，恩厄尔布雷克特教堂的钟声：二、三、四……八）。

"你觉得怎么样？"

我试图集中注意力，找到主线索，但太难了。他像是在给内行而不是外行朗读似的。

浅蓝色的衬衫，扣子一路扣到了领口，蓝色牛仔裤，皮带。

男孩，我心想，衣服里面那"男孩的身体"。

也许我自己读会容易些，我小心翼翼地说。他把那张纸递给了我，在我旁边坐了下来。这样读论文是容易不到哪儿去的。

我在我那乔迁过后仍旧凌乱的房间里踱来踱去的，在窗口和书架之间来回走着。怎么回事？荷尔蒙吗？欲望，原始冲动吗？我吗？

这真让人困惑。当然我和其他所有人一样从十二岁开始就不断地在爱上别人，恋爱的种种形式我都很熟悉，除这次之外的所有形式。性就是这样的，但我还从没经历过我自己主动想要的这种。那这就是人们说的那样的，年龄到了自然而来？或许只是因为古斯达夫是我遇见的第一个给我提供机会，让我抢先起这个念头的？他为什么不来勾引我？他在我这儿想要什么？

如果他这次真的是想得到个好的建议，那他显然是找错人了。我把他的论文借回了家，仔细读了两遍，觉得我读得挺懂的了，但还是说不出什么看法来，更没有什么建设性的意见。

"噢，"希拉说，"你爱上了。"

"谁说的！"我叫了起来，"我是有性欲了，这是两码事儿，我这种情况可有意思多了。"

"是吗？"希拉说。

*

"古斯达夫，他不是共产主义者吧？"我爸问。

他是什么跟我有何关系，我做出一副"周末回家可不想因为同学的政治倾向而被审问"的样子。我专心地啃着排骨，但其实那骨头已经被啃光了。

"什么共产主义者？"

我这样说不只是想回避话题，也是因为我不太确定共产主义者到底是什么。不过我口气粗暴了点，得圆个场，于是我很快补充道："他是社会主义者吧，某种。"

然后我妈也开始啦，又老生常谈地说起所有那些为社会主义和舆论镇压作宣传的"知识分子"，直到我发火了：

"好了好了，你们的社会民主主义也是一种社会主义。"我打断了他们，很生气让他们把我骗进了他们的讨论当中。要是有谁听到我坐在晚餐桌上，和老爸老妈吵政治，他一定会想"一个乳臭未干的长发小女生，是不是到过首都就有想法啦"。我可不想被人这么想。

特别是在我对整个事儿都没有把握，自己都没把这概念搞清楚的时候。舆论镇压？怎么镇压？古斯达夫，共产主义者？

不是说这关我什么事儿，但我还是需要把这概念搞清楚。

*

我考完试出来到了奥丁路，在学院的台阶上碰到了古斯达夫。他是在等我吗？我迟疑地打了个招呼，他不会以为我俩之间有什么吧？

他昨天也考过一门试，认为我们应该庆祝一下，建议去舟桥边那个靠岸的蒸汽船餐厅吃午饭。

"怎么去呢？"我勉强地问。人们总是希望你把自行车随便往哪儿一搁，然后跟他们一起站着等车，好像生命不够宝贵，可以站着等交通工具去浪费似的。

"斯维亚街，港口街，流水桥？"他建议说，并把他的公文包放到了我旁边自行车的架子上。

"你是骑车的！"我好惊讶，也好高兴。

他哼哼一声说"对，骑车"，让我明白他早在我在这城里骑车之前就已经骑了一辈子的车了。

那太好了。

他像人们平时骑男式车那样，把腿往后一抬，快速骑到了右车道上，我使劲踩着脚踏板好赶上他。

我们在曾经是艘蒸汽船的北泰利耶号上吃自助午餐。我们坐在靠窗有海景的位置，吃着鲱鱼沙拉，聊着性交技巧，就是"性交技巧"这个词。以古斯达夫对亚里士多德的研究，他觉得在谈性交时论技巧太荒唐了："技艺，是制作的知识，为的是修建什么，比如说修个房子。但那些以自身为目的的实践，是被实践智慧所规范的。亚里士多德以吹笛子作为实践的一个例子。"

"你是说性交更像吹笛子？"

"是的，不是吗？"

我想了想。

"但如果性交的目的是生育，那么你去谈论技巧就是对的啦？"

"可以这么说，可这个词儿不是这样用的，《快捷晚报》以及日常用语中它都是用来作为达到性高潮的目的，一个工具而已，除此之外没有意义。实践智慧，瑞典语里都没这个词儿，够典型的。"

我十分佩服他。

"你读他不是读的希腊语的吧？"

"嗯，是勒布版本，希、英双语的，在那儿它就被翻作'智虑'。"

我超佩服，也很好奇这些不寻常的思想如何付诸行动，即亚里士多德所说的实践。

*

晚间研讨会，当一位来自乌普萨拉的客座讲师讲到逻辑形式的一个细节问题时我走神了。古斯达夫在他的笔记本上写了句话，从桌子的另一端推了过来，问我下课后想不想去喝咖啡，我写道："好。你是不是跟我一样无聊？"他把笔记本再推了过来，在正中画了个×。笔记本用的是方格纸，好有准备。我眼睛看着黑板，好像是在抄写逻辑等价公式的样子，在×旁边画了个圈。

我们在纸上玩了三盘五子棋，各胜一盘，到下课的时候，不分胜负。好些同学下课后都要去瓦兰德咖啡馆。我们俩坐在靠里面一点一盆塑料植被的背后，各自点了个"吸尘器"，这是最便宜的一种点心的名字（长长的，绿绿的，两头带有巧克力夹层），开始聊起了上学期的克尔凯郭尔讲座，关于那种只顾个人需要一味去追求体验而不负责任的唯美主义者，那种选择为生命赋予道德意义的伦理主义者。在苏布斯街上的这家塑料咖啡馆，电视机在角落里喧闹着，我发现我们是可以聊天的，我们有共同语言，明白对方说的是什么。这让我挺惊讶："我以前怎么没发现这个？"

"那是因为你太有偏见了。"古斯达夫解释说。

"不用点偏见做保护来简化生活，日子怎么过？那早就被人生的丰富多彩给搞垮了。"

"有可能，不过你有的都是些错误的偏见。比如你关于'小资'就有好多傻乎乎的情结。你在乎人的外表，好像衣着很重要似的。"

也许正是这点蒙蔽了我。不管怎么说，我现在不再先入为主了。古斯达夫，他是谁？

他信教，但信得很杂，去各种教堂，像看电影海报一样看礼拜的日程，去天主会、贵格会、罗尼修斯教堂什么的。要是哪个清真寺有个好的阿訇想必他也一定去。我就没见过他这样的人。学校里那些信教的完全都限于他们自己的教会社团，是浸礼宗的就是浸礼宗的，不会去和那教会的不得了的名为"高教"的高中教会协会有往来。

让人困惑的还不仅于此，他总是跟他的宗教保持着独特的距离，就像他跟他的政治观点保持距离一样。他可以拿自己的偶像来开涮，像模仿大学老师一样无礼地去模仿他最喜欢的牧师，在引用陀思妥耶夫斯基时他会开怀大笑。

他说他对政治感兴趣的时间不长，是在学哲学以后才开始的，当然还因为越南问题。他对社会主义的态度和他对基督教的态度基本是一致的，简言之就是爱。

我跟他说我也是在往这个方向寻找我的意识形态，虽然对我来说挺陌生的。我刚去图书馆借了本《社会主义史》，是一个叫比尔的人写的，似乎挺有说服力的，他不会是个共产主义者吧。我读得比较多的一个作家是萨德莫斯，就像古斯达夫读陀思妥耶夫斯基那么多。读过萨德莫斯你是不会喜欢人的啦，而是相反。不过在我以这样的态度随口说些鄙视普通人的话的时候，他就会责怪我，而我也会接受批评，直到下一次又忘记了为止。

人们能够学会系统地去爱吗？

我们有共同的语言，我们明白彼此说的话，我们不总是赞同对方的看法。在谈到所谓一生最爱的时候我们互相是不认同的，我相信诚信、尊严、平等的互动、自我克制的必要性，而古斯达夫相信自我奉献。

"凡要拯救自己生命的，必然要牺牲生命。"他引用《圣经》里的话，"凡为我牺牲生命的，必然会获得生命。"原文里"生命"用的是"普赛克"这个词，它的意思应该是"自我"。

"是的，为上帝牺牲生命，但并不意味着为他人作牺牲，至少不是为了一个人。"

"为什么不呢？"

"哦？这样的话……"

自我？放弃自我？不再完全仅仅是马汀娜：失去、再生、改变，这可能吗？

"哎，反正只是形而上，所有他们称之为爱情的东西，都只是臆想，是在客观现实上的形而上的上层建筑。"

"当然是上层建筑，"古斯达夫冷静地说，"如果你生活中都不能够没有偏见，那你如何能够没有形而上。爱情是一种形而上的臆想，你要么选择，要么不。"

他在桌子的另一端，手里端着喝完的咖啡杯，热切地看着我，让我惊讶的是我没有跑掉的冲动，反而觉得他的目光里映射出了我的感觉。

这时他突然问："你夏天的时候为什么不给我回信？"

这次我必须回答他，这次我也能回答他，虽然有点吃力："因为我，不愿意，你，幻想，我们是，一对儿。"

说完后我叹了口长气，尽量温柔地补充说："要是我想和谁在一起的话，那就是和你啦。"

他没问我为什么不想跟谁在一起，于是我没机会发挥，他只是笑了。咖啡馆要关门我们得走了。推着自行车走在斯维亚街上，我们推着车走好手拉着手，于是他逗我说："那你现在就不怕我会有什么幻想？"

当我锁好了自行车，等着他在门口亲我的时候，他说（做出一副担心的样子）："想想邻居哈，他们可能也会有幻想的。"

我叫了起来，我得为自己说过的话被他讥诮多少次呢？

他看着我，摇摇头，表现出他很惊讶偏偏是栽到了我手里的样子。

"我是说，你又不是特别可爱什么的。"

他说得很小声，我一时也没多想，但隐约觉得这话有点奇怪，不知为什么它听着还是挺有希望的："你不是特别可爱。"

*

周六晚上我原本想请几个老熟人到新家来玩，但古斯达夫要去外岛，问我想不想跟他去。我一想觉得我其实挺烦我的老熟人们的。"当然要过夜不太合适"，他说，我想他是在开玩笑，我说"我只要自己合适就行了"。这季节这么稀疏的交通，不过夜的话就只来得及打个来回。

周六早上我们在亚拉广场搭汽车，周日晚从胡美莫拉坐船返回。在仔细看了他的时刻表之后，我觉得挺好的。

古斯达夫的父母却不认为这挺好的。他周五给我打电话说，如果没人打掩护，他父母不让我们去岛上。所以他现在又跟他哥说好了，另外，他父母问我有没有把郊游的事儿告诉我父母。

我吓得打起嗝来。我父母？打掩护？古斯达夫的哥哥都不住在斯德哥尔摩，他这一路过来就为了……

是我还是别人有病啊？我是不是在另类的圈子里待得太久了，颠倒了那些日常的偏见，完全忘记了小资圈子里的游戏规则，还是我只是碰巧踩进了一堆十九世纪遗留下来的礼仪上。

他们以为怎么来着？我一个成年人，单身，经济独立（虽说是政府的贷款），有一间自己的房子，愿意的话，我们可以一天到晚为所欲为，可不需要就为了这个去乡下？

"算了吧，"我说，"如果要这么兴师动众我宁可不去了。"

古斯达夫说："唉，父母嘛……"不以为然的样子，他不明白我有多在意。我感觉我好像有一百岁，经历过了一切，却要装出不谙世事的样子。我是说，整个这一套，就为了维护那良家女子的贞操和美德，而事实上却没什么好维护的。至于古斯达夫，就更糟糕了，好像我们一旦单独在一起我就会强奸他似的。

"我感觉我就像个坏女孩似的。如果别人认为我是个坏女孩我就是啦，不会还有别的意思，我是不是坏女孩全在人家怎么看。"

"这么说我就是一个坏男孩。"他挺高兴地说。

"你才不是呢！你是个乖得不得了了的男孩，乖得你的父母都完全晕了头，以为你周末去趟乡下而不被我强奸是不可能的。另外，这可太不一样了，没有坏男孩像坏女孩那么坏，你当然是知道的，可别让我把你给玷污了。

古斯达夫笑了起来，我说我可看不出这情形有什么好笑的。

到快出发的时候他哥突然脱不了身了，但这时他们要再制止我们显然就太晚了。我这边反正已经把手洗干净说清楚了，只有在不让我卷入家庭纠纷的情况下我才跟他去，有问题他得自己对付。

我还是挺高兴我们上路了。我们离开了一座墙上贴满了愚蠢的海报，被大选宣传搞得乱七八糟的城市。好在我们都还没有选举权，能够不带内疚感地离开这一切。去古斯达夫在的岛上的家需要两个多小时。我们坐了汽车坐了渡船再坐了汽车，然后还走了两公里的路。

常住那儿的只剩下少许的几户人家了——小户的农民和退休的老人，其余的都成了假日别墅，我们路过的大部分地方在这季节都关门闭户了。清冷的空气，森林。灿烂九月里的枫树，高耸的松树。我走在树下，满怀着虔诚。

路渐渐窄起来了，最后只剩了一条小径，我们到了他们家。有两栋房子，大一点的冬季屋，在山坡顶上；下面小点的，是个改修的海滩屋，大海就在那里。尖叫的海鸥（燕鸥，古斯达夫说，但我觉得"海鸥"好听些）。我们站在栈桥上，太阳照在水面上，闪闪烁烁的，我们呼吸着。

古斯达夫想吃点东西。他在大屋里生上了火，又出去劈柴，留下我来煮土豆，煎香肠。我问他为什么我不可以去劈柴，但没得到答复，被他留在了那里。我把柜子里的锅和袋子里的粮食拿了出来。

饭后收拾好以后，我们到外面他们家的地里走走看看。古斯达夫家几代都是外岛农民，他童年时所有的暑假都是在这里度过的。他带我去看他爬过的树，望过风景的石头，他修过沙城堡的地方。我试着用他的眼睛去看，虽然我知道这是不可能的，但只有通过类比去理解这些，只有通过我自己童年时的树和石头来理解。

天暗下来了，更冷了，我们进屋点燃了炉火，看了会儿书，喝了茶，在屋里的温暖中昏昏欲睡，直到我们无法再回避那个堆成了个大问题的问题：我们在哪儿睡觉呢？我不想主动提出这个问题，免得踏入新的尴尬境地，但现在我很困了，可以为了一张床不惜代价。当他问起我的意见时，我说最好就是我俩都睡在这个房间里，因为这里暖和。

他没反对，直到我们上了各自的床，分了毯子，吹灭了我们床之间小桌上的油灯，钻进了被窝里，等床单发出的声音都安静下来的时候，他就在黑暗中叹了口气："这一天会改变我一生的，我再不会是原来的我了。明天早上我头发会变得灰白，要不就灰绿，你等到明天看，我的头发是不是绿的。"

"什么，你什么意思？"我担心地坐了起来，改变谁的一生，这念头我可是一点儿都不喜欢。

他没回答。我大错特错了，原来他和他父母一样都是为礼仪所拘的人？

"你的意思是，我追问道，你以前从没和一个女生同过屋？

他叹了口气。

"那么这一天也该来到你的生命中了。"

"是的，不过我没想到这一天我们之间会有把拔出的剑。"

"一把拔出的剑？怎么会？可不是我的剑。"

"那我就扑过来啦？"

"你要是碰我，我会大叫起来的。"我说着把毯子拉到了耳朵上面。

"他把手从隔在我们床之间的过道上伸了过来，放在我的脸上。我又抬起头：

"我可是和男生同过床的，但没谁的头发变绿了的。"

"我说的不是我的恋人们，"为了说清楚我又补充道，"我是说和男生有同床过，但没睡过，也没被谁管过。"

"同床的他也不管你吗？"

"你想开玩笑是吗？为了不要扑到彼此的身上反正也用不着什么剑。"

"你的社交圈一定挺奇怪的。"

"你才奇怪呢。为什么就不能正经地睡一块儿，如果你跟人能正经地一起干很多别的事儿？"

他又叹了口气。我忍不住打了个哈欠。

"我们再聊好吗？"

"睡吧。"他说，把手枕到了脖子下，"你能睡就睡吧。"

我抖了抖枕头，双手抱着它，摆好睡觉的姿势。

"如果你不喜欢这个安排你一开始就该告诉我。"我嘟囔着转身对着墙。

不知道他是不是其实以为我会去勾引他，或者他以为我以为他会这样想，或者他因为我什么都不想而受到了伤害，可这原始的困劲儿一上来我什么都不能再说了，我在他入睡之前无情地睡着了。

我醒来时屋子里空空的。阳光明媚，我穿上了衣服，走到早晨的海边，让那些不舒服的感觉透透风。在这一出性爱剧面前，我感觉像个孩子一般无助。我发现我在不知不觉中会搞出些不幸的事儿，突然觉得自己就像个蛇蝎美人和无忌玩童的可怕综合体。我想回家。直觉告诉我要尽快逃离，消失，回到自己家里，那个可以做自己而不被人干涉的家。

他在给泊在栈桥边上的一艘划艇放水。阳光在水面上，湛蓝的九月的水面，我在海边的一块石头上坐了下来。他在船上干着活，把根绳子卷起来，把船桨和船板扔到岸上，作过冬的准备。他看到我，点头说了声早安，往房子那边示意："有咖啡，你想喝的话。"然后他继续搞着那船，背对着我，用勺子把水舀了出来。水花溅起来，在逆光下闪烁。

我渴望得到他。他背对着我，但我渴望得到他。我伤害了他，但我想被他安慰。

下午，天阴了下来，午餐后趁古斯达夫在睡觉，我去细雨中散了个步。他说他一夜没合眼，但现在也没睡。我回来的时候，轻轻地打开门，他把我们的床挪到了一块儿，好让我在他旁边躺下来。

于是我们就一起躺着，没有说话，被彼此的体温包围着，关于昨晚上荒唐的误解我本不想再多说一个字的，可这样一来误解就永远都不能消除。于是我又试探着去提起了那个话题，问他的成长环境是否给了他一种性敌视的教育。

"相反，"他说，"这是个庸俗的观点，以为基督徒就是性敌视。其实是世俗贬低了情爱。"

我对这个阐述表示怀疑，但他说正统的瑞典教育反而把性视为一种肮脏的享乐方式。

"我的成长教育正好相反，情爱是对造物主的一种赞美。"

"你是说我们俩躺在这儿互相拥抱着是一种敬拜？"

"周日下午的一个家庭小礼拜，你反对吗？"

"我不确定，不能说是性敌视，但也没把它搞得日常化点儿，让一个无形的第三者卷进来，这并不能让两人关系简单化。"

我们沉默地躺了一会儿，但得去管炉里的火。他爬起来，加了些柴火。

"你昨天是不是等着我勾引你？"他问。

"没有。但即便是，我也不会太吃惊，不会的。"

"你会让人勾引你吗？"

"你当我是谁？"

这让他平静了下来，但他还会有新的疑问的，于是我说清楚了："不是此时此刻，我们还互相不太认识。"（但有一天，我的意思是，千年以后什么的，在我们互相认识了一千年之后。）

"我们不能来互相认识一下吗？"

"我们现在不是正在互相认识吗？"

他蹲在炉边，掉过头来看着我，什么都没说，只是看着。那烟子让他眯缝起眼睛，抑或他是在笑。

3

　　花店又送花来了，这次我从包装纸里拿出来的是一盆迷你仙人掌。

　　"你看，"哈丽叶特说，"现在这礼物合适了吧。"

　　"是啊，现在就对了，我跟他说了我对红玫瑰的感觉。"

　　红玫瑰太平庸了，就一句陈词滥调，除了毫无意义的"我爱你"，什么都没说。这盆被我小心翼翼放到窗台上去的刺人的小仙人掌可是更有表达力。

　　还附有一张卡，上面写着："马太福音5:35"。我把坚信礼时用的《圣经》从家里取回来了，这事儿要继续的话，用得着它，我查到了："又不可指着你的头起誓，因为你不能使一根头发变黑或变白。"

　　《圣经》这书里一定有适合每一个场合，满足每一种需要的句子。我猜这是当他发现了他还是跟从前一样依然保留着红头发的时候，在暗示他愿意和解的态度。这就让我安心了，我可不想有人为了我把头发都弄绿了。

"那你们俩现在在一块儿了吗？"哈丽叶特问。我得承认看起来是这样的。我们基本上每天都见面，看电影看话剧，去彼此的家里，我们在哈加公园的林荫道上手拉着手散步，谈我们想去什么地方蜜月旅行，给我们的孩子取什么名字，如何布置我们的家。他说到要做张床，一张大床，我们唯一真正需要的就是这个，他说，我抬头看着他，仿佛这是我听过的最动人的话。

古斯达夫早就确定了要跟他结婚的那个人是我，我承认看起来是这样的，这似乎是缘分。而我之所以不承认要跟我结婚的那个人就是古斯达夫，是因为我刚确信了我是根本不会结婚的。

建立家庭的愿望大概是人类（具备自我保护能力的物种）天然的心理防卫机制，在你恋爱时会出现。而恋爱则是一种疾病，一种破坏天然功能的炎症。为了治愈它，让它恢复平衡，你会产生一种"我想要永远和他在一起"的感觉。当你一旦服从它，恋爱感就会消失，你就会恢复正常。当然这一切都是为满足生理的需要，以便繁殖（带着一种"我好喜欢他，想要做出很多个他"的感情）。

不过我们也有大脑，用它我们可以计算出即便我想永远和他在一起并为他生下二十个孩子，那也只是一时的感情用事，不必太在意。我知道我也希望能一个人待着，经常性的。但如果要跟他住一块儿的话，是无法满足我独处的需要的。（更不用说在生了二十个孩子以后了。）如果我们用大脑思考，就不会轻易上那些内分泌的当，而失去自身的独立。

当我在用理智思考时，我便完全不明白人们为什么一定要住一块儿。有那么多好玩的事儿是可以一起做的，但未必一定要同吃同住。

但当我和古斯达夫手拉着手，像其他人一样，沿着井水湾散步的时侯，我是不会让理智来制止我玩味这些想法并深入的。我们谈论克尔凯郭尔，谈论如何给人生一个伦理上的意义，实现日常的价值，像其他人一样，结婚、找份工作、养家、做一个守法公民。

"你愿意跟我一起实现日常价值吗？"古斯达夫向我求婚说。

这也许并不是我所想象的人生意义，他问那我想象的是什么呢，我当然也没细想过。但你应该做些什么更有价值的事，做点贡献什么的？然后我想到萨德莫斯说的话，就笑了起来：

女人真麻烦：那些举足轻重而不会用其生命来为你削土豆的女人们。她们需要一个使命，她们需要有所作为，她们去到人群当中。但就在她们让你完全明白这点之后，她们还是会去别人那儿为他削土豆的。

不论怎样，我保证，绝不去别人那儿削土豆，我再可笑也不会到那个地步。

可古斯达夫说，那正是人生的意义，削土豆。日常生活就是意义，那些我们身边的微小事物，那些最简单最亲密的关系。

于是他直接回家演示，在我的厨房里做了午餐。这方面他比我有经验，因为父母是双职工，他很小就学会了照顾自己。我这辈子都没见过像他这么能吃的人，一天要做两顿饭，外加前菜和点心，我想我自己平时大多就吃个三明治。古斯达夫想如果是他做主的话，我一定会长得很胖，他为此很是开心。

"我现在的身材有什么不好的？"我问，他回答说："哦，你的胯是会把人给割伤的。"

"你越胖越好，"他说，用手示范着，"我摸起来你好瘦小。"

他这么说，我还真不好反驳。

我向来嘲笑英文里"和……睡"的含蓄说法，但想起来瑞典语里的"和……躺"其实也同样的模棱两可。我们在我房间的沙发上一躺就是好些个钟头，又不做别的，这说法不仅显得暧昧也挺含糊。在那些没有词汇可表达的边缘地带（没有可以用得上的，只有不好听的诸如"动手动脚"，可笑的"眉来眼去"，或者医学性的"抚摸"这些词儿），抹掉了"和谁躺"着的真正含义，剩下的几乎就没意义了。我是说，相比那我们改良之后的，相当奇怪的定义之外的含义。

我告诉他有一次我们坐七路车时我如何留意到他的那双手，不知道那是不是一个预感？虽说那个时侯我是如此天真。他愿意相信那是个预感。

我告诉他我第一次对他产生肉欲时是多么困惑，我如何坐在那儿听他朗读，看着他的衣服觉得自己被隔离在那外面了，从没有哪个男人的衣服让我有过类似的念头。这故事让他听得无比愉悦，他带着最灿烂的笑慷慨地对我说，全归你。

我一时顿悟了许多，突然间理解了以前我从不怎么感兴趣的那些形而上的诗人们，"啊，美洲，我的新大陆"之类的，这发现的喜悦和征服的快乐，以及那插旗子的愿望。我很骄傲自己是个在闲人免进的私人领地上耕耘的人：在他的皮带下面有属于我的东西。发现你我是多么幸福。是的，确实有道理，我满怀虔诚。

我们还是不太清楚会在那最后的防线上退缩多久。古斯达夫认为我们应该结婚，但其实这也是个定义的问题，他也知道从一种更高更实质的意义上讲，互相睡过便是结了婚。

我个人认为我们首先要了解对方，其次要尽一切努力回避计划之外的小孩。然后哪天我要给校医室的妇科大夫打个电话，约个时间开避孕药。

"排队的时间长吗？"古斯达夫问。

一千年，不长也不短。

*

"共同的愿望，共同的拒绝"，据西塞罗说这才是真正的友谊，两个人想要的和不想要的东西是一致的。是的，敬仰和鄙视的东西也是一致的，这是两个人在一起的基础。以看电影为例，你们会为同一个镜头感动或者嗤笑。跟一个你充满恐惧时他却嗤笑的人坐在那儿看电影，就看电影本身或友谊而言，都是极其扫兴的。更糟糕的情况是，那个人坐在那儿全情投入而你却为之肉麻。

我和古斯达夫的电影口味之相投，无需用眼光或手势交流，单从彼此的呼吸就能听出来我们的共识。

"啊，"古斯达夫说，"你小小美化了现实吧，记得看《薇莉戴安娜》时你可没明白我为什么要笑。"是的，可那是过去，现在我懂了那是他表达欣赏的方式。在看《维吉尼亚·伍尔夫》时我也会意而笑，这是一部我们看过后经久不忘的片子。但看了伯格曼的那部关于失语女演员的《假面》，我们却就只是耸耸肩膀，便足以表达了，没什么可多说的。我耸了好一会儿的肩膀以表示实在没什么可说的，古斯达夫警告说："你别变成电影里她那样就行了。"于是我当然就变成了电影里她那样，进入了我的失语状态，不再说什么，我们从埃里克伯格区穿过夜晚黑色的街道一路嬉戏着回了家。

"你们俩看上去很是一对儿的。"希拉说。看上去是一对儿原来是这样的？我从没想到我会经历这个。不是半个，完全不像《会饮篇》里阿里斯托芬所说的那样，人们最初是个圆形，然后被宙斯劈成两半，直到他们在爱情中团圆（我向来把他们看成槌球，中间绕着条彩带）。古斯达夫不是我的另一半，他是我的另一个整体，我只是不知道原来还有一个他。对我来说单身是个自然的状态，可我现在还是感觉到我们是在一起的了，自然而又非凡的：一起性。

就像兄妹或玩伴，当我们从埃里克伯格的街上嬉笑着回家的时候，就是这种感觉。

有时侯我会担心古斯达夫只是我臆想出来的：是不是好得有点儿让人难以置信？

还有另外的一些细节也表明，我俩是令人怀疑的相似。

星座多么昂贵

一周一个星梦

梦到贫穷成堆

堆到水瓶座

麻雀多么廉价

太阳出来它们生活着

不知道还有另外的活法

…………

早上七点半，古斯达夫在电话里给我朗读着。

哈丽叶特现在在邮局打工，一大早就出门了。如果没人叫醒我，我会睡一上午的，我跟他说过他可以打电话把我早点叫起来。

现在他每次都找几句文伯格的诗来读给我听。这是他最喜欢的诗人，是他能想象的最好的醒来的方式。可是我一个词都听不懂，心想就算我再清醒一点也未必会好到哪儿去。

但他的体贴自然还是让我感激的，包括他过来给我做饭，这是他现在养成的又一个习惯。他在我身边但我并不觉得太被他打扰，这让我自己也挺惊讶，平时我可是常常有独处的需要的。这一定是因为相比其他我认识的人，哈丽叶特也不例外，跟他在一起我可以很自在。因为他一开始对我就不抱幻想，我也无需做作，不用装出一副比我自己更可爱的样子。我们可以一起沉默或者坐着一起看书，毫不费劲。

我们用尽可能多的时间出去郊游。天气好而又没有什么非上不可的课时我们就带上自行车、书、装满咖啡的暖瓶和一个可以躺着的毯子。去岛上和海岬，找个不被人干扰的草地，有风景的湖畔：船岛、长岛、动物园岛。比如在狗岬角的最外面，一个绿色小房子的后面，有个避风的地方，那里平时没人会经过。或者我们可以坐在骑士岛花园的露台上面的公园长椅上，看海湾下面的船和远处的车。午餐时间过后，周围的人就起身进去到别的地方了。这让我一次又一次地意识到作为学生所拥有的无比的优越感，一天二十四小时都可以四处闲逛，这是一种很享福的特殊状态，不知它能持续多久。

国王岛上那些陌生的角落我们也会去探索，沿着喇叭山的海边一直骑到底，我们找到一家叫"幸福"的餐馆，单为这名字也要进去喝杯咖啡。这是一家沮丧的馆子，坐落在荒凉的工业区，店内用的是廉价的佩尔斯多普塑料桌子。因为我们找到了它，根据我们郊游探险的原则，于是它便成了"我们的"，当然也是为些廉价的笑话作铺垫。

另外一个下午，我们入侵了城北的小斯谷冈区。我背靠着一棵橡树，望着瓦潭湾和特朗岛的轮船俱乐部。古斯达夫躺在草地上把头枕在我的腿上，耳朵对我的肚子。

"你听到什么了？"

"你的午餐。"

我点点头，煮卷心菜，大概可以听到的。

"我热爱你肠胃的蠕动。"古斯达夫说。

从来没有一个男人这样对我说过，但我并不觉得这听着有多奇怪：既然他爱我的一切，为什么要对我的肠胃破例呢。

我们看上去可能非常地诗意田园，但和谐却是假象：因为事实上只是我和谐，很接受这个诗意田园的关系，而古斯达夫则在这上面修了好些上层建筑，让那下面摇摇晃晃的。如果这就是那个一生的最爱，那我们该怎么办？我们该怎样？"现在我们这样有什么不好呢？"我说，"不能就这样吗？"但他却不能平静，晚上躺着琢磨着，有好些复杂的想法，到最后进退两难。"你看我，"我说，"晚上睡得像头猪，从来没什么想法，非常的平静和愉快。"但我的平静却让他不安。

于是他继续找出些新鲜花样来。这天我们在瓦潭湾时他突然声明他决定要抛弃爱情中的形而上，只保留生理上的，动物的，自私的部分。"随便你，亲爱的。"我说，把他的咖啡杯递给了他。

除了在亲吻我的时候稍微激烈了些，我没立刻发现有多大的变化，但他自己却觉得很不舒服，到晚上的时候就已经放弃这个方案了。等我正要上床时他又来电话宣布说他有了个新的想法。

"爱情不应该是基于对方的优点，因为特优总是暂时的可变的，而应该是：我爱你，因为是你。"

"这么说你谁都可以爱啦。我当然觉得爱一个人的优点似乎要更安全些，暂时的是个体，但对一个优点的感受是可以转移到另一个人身上的。比如说如果我爱的是那个红发哲学家的你，那么你即便在我之前死了也没关系，因为总还会找到另外一个人。"

"爱的目的不是为了安全。"

"那我就不明白你有什么好担心的啦。"

"你的优点很少啊，但我还是想起来了一个。"

"真的？是什么？"

"你有幽默感，这在女性中很罕见。我这辈子只见过两个，一个是一位同学然后就是你。我讲故事的时候女孩子们会笑，但她们自己却很少有趣。"

"你认识的女孩不多。"我干巴巴地说。（干巴巴是为了掩饰我的荣幸感。有趣，我认为这是个非凡的赞美。"亲爱的，没人有你这么好玩的。"我几乎想不出有比这更好的赞美了。如果有的话，那可能就是美丽了。）

*

太阳依旧暖和，我们骑车去郊游，看一看哈加林还没被拆掉的地方。我们坐在个水塔边上休息，看着秋天，觉得做学生真是很奇特。

"你知道今天是什么日子吗？"我问。

"什么日子？"

"两个月纪念日。"

"噢，是的，两个月前你第一次亲了我。"

"我亲了你？这是什么说法，是你亲了我。"

"没有，我那时候就没想要亲你的。"

"可是反正你亲了呀，这个我总该是知道的吧。"

"这谁都明白的，"我坚持说，"我亲你，从生理上说都是不可能的，你比我高一个头，我完全就够不着你。"

"可是你开始的，你把脸往上，噘着嘴儿。"

"噘着，我？一辈子都不会！去你的，我可是记得很清楚，我在找门钥匙的时候，你拿着我的包，然后我抬头看了你一下吧，你就乘虚而入了。"

我们斗了一会嘴，最后妥协了，说我们是互相都亲了对方，但在备忘录上我们却加上了各自的注释。

我在背包里找到了我的烟叶，放到烟斗里去的时候，突然又有了个想法：

"其实我俩就像是一本书里的，你知道吗？在言情小说里总是这样的，一开始她觉得那男孩丑而无趣，然后一声春雷后她豁然开朗，发现他有颗金子般的心，而事实上他也没那么丑，反正至少在充满爱情的时刻，他的那双眼睛变得好美丽，然后在最后一页他们结婚时，他会调侃说最初的她有多傻。"

"这是你在为不结婚找论据吗？像一本书里那样有什么不好的？"

"没有啊，相反。我不喜欢的只是，它会是一本很烂的书。"

太阳烈起来了，我解开外套，把身体在地上摊开来，躺在了他的旁边。

"讲讲你的过去吧。"

"我的过去，你都知道的吧。我在普通的婴儿中心出生，在北拉丁上的高中……"

"你生命中的女人们。"我更直接地问。

"哦，我该从哪儿开始呢？"

"从头开始吧，是在小学吗？"

"是在主日学，她叫伊丽莎白。她的名字刻在我小学一年级的一张书桌上，下次你来家里我给你看。"

他讲他初恋的伊丽莎白，讲他在初中时对索尼娅的爱慕，高中时常常一起去看电影但除此之外什么都没发生的英格丽。他讲他一生的最爱厄芜，在远距离倾慕她两年之后他们真的在一起了，他讲她在一次散步时第一次用那戴着手套的小手挽着他的那种感觉，讲他被介绍给她的父母，春天里几个月的狂欢，直到在他高中毕业前一周她和他意外地分了手。"挺会选时间的，是吧？够残忍的。"我点头说。

哦，当然还有比姬塔，在岛上邻居的别墅里，那个夏日的金发女孩，以及在大学读哲学的安·玛丽，哦，还有他在国外旅行时遇见，后来开始书信来往的莫丽卡……

我很震惊地听着，没想到他有如此丰富的人生，这么多名字这么多事儿。他最后有点抱歉地总结说：

"但其实只是厄芜和比姬塔，哦，当然还有安·玛丽和英格丽……你嫉妒了吗？"他充满期待地问。

"不知道，我想没有吧。那么久以前，像上辈子的事儿一样。"

但结果倒是古斯达夫嫉妒了。他对我的英伦生活原来有夸张的想象，我偶然说起我的情人他就误会了。

"亲爱的，‘情人’这个词可是复数，用单数怎么说你的情人呢？但其实就只有一个。"

于是我就讲他，来自瑞典的阿荣，我们因为同租一栋楼里的房子而遇见，成了我的命运，但说不上是"情人"。我们上过几次床，没什么特别的，其间他超在意不要被当作我的什么人了。"情人"是一个很不可思议的词，不管在文学里还是世俗中，我都没听人正儿八经地用过它。平常为简单起见我和女友们会说：我们的男人们，我们的婚姻，即便是那些一厢情愿的精神恋爱。

我迅速概括了一下他们：我的一千零一次不幸坠入情网，我的三两个不幸的恋爱关系（爱情和关系没有沾过边，所以会不幸）。最爱的和最不幸的和古斯达夫的高中恋情相似，我给他讲我如何远距离地爱慕那些男孩，在男孩住的社区里转来转去之类的。

"我不知道女孩子也会这样做。"

"我们一天到晚都在做这个。我还以为男孩不会这样呢，想想，真长见识。"

他沉默了一会儿，消化一下这个信息。

"阿荣呢，跟他怎么没结果呢？"

我笑了起来。

"这问题我其实也问过好多次，我想可能是因为我太喜欢他了吧。他年纪大些，而且还有别人，我对他专一只是让他头疼。在我从那房子搬走之前我们就分手了。"

"像阿荣这样的人，永远不会有什么'结果'的。他太不可救药，我也因此而爱他。"

"他是做什么的？"

"他到英国是留学的，跟我一样，他想做电影，但不知道后来做成了没有。"

"他还在伦敦吗？"

"不知道。五月二十七号是我最后一次见到他，一年半之前了。"

"哦，所有这些日期你都记得很清楚。"

"是呀，生命中的关键日期，到此为止还没多到我记不住。"

在我的过去中，最让古斯达夫烦恼的就是阿荣了。不仅因为他是我最近的过去，我跟他上过床，而且古斯达夫实在是不喜欢阿荣那种类型。

"为什么女孩子总会爱上那些坏蛋，那种不好好待她们的人？"

"这是自然规律，"我深有体会地说，"所有人都有栽到坏人手里的时候，这是我们都要经历的事情。那个不可救药的人，充满了吸引力。"

古斯达夫不以为然地一笑。

"当然几年之后，他会是全世界最小资的人，老婆、孩子、在哈塞尔比的排屋。"

"你才会呢，老婆、孩子、排屋。"我气乎乎地说。

阿荣不会的！

"你懂什么！"

"你还爱他？"

我又感觉了一下。

"某种程度上是的，像我说过的那样，我爱他就像爱一种非可能性。我爱你因为你是一种可能性，这完全不同的。"

他对我的这一声明还算满意。

"因为你'可以得到'我是吧？像我这样的，你可以得到可以失去。"

"我可没这么说。"

我们收拾好东西，把毯子抖干净，叠了起来，像平时叠被子的人们那样，我们也以拥抱结束。

"我需要你。"他说，把嘴搁在我的头顶上。

"需要来干吗？"

他放开我，想了一下，好像这问题很意外似的，然后回答说：

"为了一种意义。"

"你需要我为你削土豆？"

"正是，就像你也需要我一样，虽然你还没认识到这点。"

作为彼此的意义，这在我看来太简单太廉价了，但也许它并不像听上去那么糟糕，也许事实上无私是很困难的，这正是为自己而活与为别人而活的根本区别，哪怕为的只是一个人。

4

研讨会后我从衣柜把我的粗呢大衣取出来时，在口袋里找到了一块巧克力饼干，之前没有的，我赶紧把它收了起来，脸都红了，既感动又恼火。

而且还是我喜欢的牌子，这分明就像那些他坚持送给我的花一样：我知道你怎么看我追你这事儿，但我想让你打消你的那些看法。

他知道我的路线。我的自行车停在我们系外面，车架上有张用方格笔记本纸写的条子，一大张纸上只写了一句话："茶？古"。

我到布拉葛路时他正在讲电话，我在他房间里坐下来等他。

我听不清楚他在外面说了些什么，但从他的声音来判断对方是个男生，用的完全是另一种语气。平时他的声音就很低沉，我是说在跟我说话的时候，而现在则有一种特别男性的腔调。我不知道男人们在跟彼此说话时听上去是不是都是这么不同。他们用词会不同，这我是知道的，比如他们打招呼的时候会说：怎么着？

我抱着那些软软的垫子在床上坐了下来，往四周看了看。他书桌上有一张我的照片，镶在玻璃镜框里。不知为什么，我却不喜欢。不是照片不好，照片把我照得挺好看的，一个他自制的圣玛丽亚般美丽的马汀娜（散开的头发，从窗口斜照下来的光线，轻微过度的曝光，这时要如同圣玛丽般美丽也不难）。

那是不是就因为他把我那样放着，镶在玻璃下，装在镜框里，停泊在"老公"的书桌上？不知道要是他把那照片用根别针很马虎地别在他床后的墙上，感觉会不会不同，我想是不会的。

有人学习时想要你的那张脸在他跟前，照说应该是让人受宠若惊的。莫非是我对图像的原始畏惧？以为他会把我的灵魂盗走。但那照片上的根本就不是我。不，我也不知道是什么，但那房间的感觉却有点不一样了。

"你第一次等我的时候是因为我才放了贝西·史密斯的音乐吗？"他讲完电话后我问他。

他坦白地承认了："当然，那是我精心策划的一个细节。唱片机不是我的，它平时放在客厅里。你怎么猜到的？"

"简单的类推而已。我自己平时也挺在乎别人看我读的什么书，听什么样的音乐。对了，我猜跟你说电话的是你的闺蜜，是不是也猜对了？"

"对，是的。不过男生的好朋友不叫闺蜜吧。（我当然知道啦，所以才这么用。）他叫哈迪恩，目前在A1服兵役。对了，他想起来需要借本书，会过来一下。"

无需太多的直觉我也可以猜到这和借书没什么关系，但我也不反对，因为我也挺好奇的。

我见到的不只是古斯达夫的好朋友，也看到了他的另一面。我们把茶杯放到膝盖上，围坐在他的书桌边喝茶，我隐约的不安全感则越来越强烈了。他们用很雄性的声音说话，用姓甚至头衔来称呼对方，"林格伦"，那一定不是古斯达夫而是另外一个人，我听得出来，一个我不认识的人。

他们讲学校里的事儿和同学，古斯达夫模仿他们以前的老师。我不认识被模仿的对象，无法对他的模仿表示赞赏。我感觉自己像个局外人，心想，这跟他们讲兵役里的事儿没有多大的区别。不过这不是的，古斯达夫没有服过兵役，他不会去的，除非不使用武器。他希望可以因为学业而推迟，一直到他老弱体衰被免去为止。

当然，哈丽叶特和我的谈话里也充满了学生时代的故事和典故。一个局外人听起来会不会也有类似的感觉，是不是也可以类推的？

希拉和古斯达夫从一开始就互相欣赏，他们从拘谨礼仪迅速升级到了唇枪舌剑，能够像个人样地互相打趣。但对哈丽叶特，他却小心翼翼。我没多想，认为他是嫉妒，"马汀娜既然可以跟她，那为什么不能跟我住一块儿？"或许是因为哈丽叶特了解很多他所不了解的马汀娜，从十岁到十九岁的事儿？

我想以类推来理解，但却没用，我还是感觉像个局外人，就像他们跟对方聊的都是些服兵役的事儿那样，有种被遗弃的感觉。

*

古斯达夫的哥哥和嫂子来城里了，他父母请我们去家里吃饭。我不太喜欢这种场合，古斯达夫的哥哥和他太太，古斯达夫和我。但他很希望我去。

他们视我为家庭一员，自然是好意，因为我简直就不是他们梦中的儿媳妇儿，说是噩梦中的还差不多，一个抽着烟斗，说着脏话，把头发甩到汤里去的女孩。噢，那头发的事儿不是故意的，我只是想把它留长，可以垫着坐，但还不够长，只长到了汤的高度，有点难驾驭。

如果有谁是梦中的儿媳妇儿的话，那就是埃里克的太太安娜·卡琳了。她在岛上采了浆果，种了青菜，带回家，腌了，装到罐子里，写好年月，贴上最为整洁的小标签，送给婆婆做礼物。（我呢，从来没有过这么多的耐心去采果子，连采来做个甜点都没有过。）

埃里克和古斯达夫一样，从小就学会了照顾自己。但据古斯达夫说他结婚几周后就退化了：他现在连怎么洗袜子都忘了。

也不奇怪，有机会谁不趁机呢？

他比古斯达夫大很多，从里到外我看不出他们有丁点儿的相像之处。安娜·卡琳学的是护士专业，认为孩子小的时候她应该留在家里。虽然他们还没生小孩，但显然她已经在家里待产了。吃甜点（安娜·卡琳做的李子罐头）的时候，我们聊起了我们长大以后要做什么的话题。我迂回地说我至少还要上两年的学，意思是那时候车到山前必有路的。公公回忆说古斯达夫在高中时代曾有过做演员的想法，婆婆埋怨道，幸好那时他没当真，那种环境里面会有很多坏女孩的。

我惊慌地把目光转移到了李子甜点上。不是说我就是个坏女孩，没人这么说，但我觉得我应该也做一个坏女孩以声援那些坏女孩儿们。

古斯达夫，他只是在那儿笑着。

晚餐后我想帮着洗碗，他把我赶出了厨房，让我去和大家玩。安娜·卡琳手上拿着个毛线活儿坐在沙发上，我凑过去看她在织什么。没看错吧？是的，一条围巾。

发现一个女孩子坐在那儿织的是条围巾，这让我禁不住要过敏，我内心里出现了过敏反应。

我只想走掉，回家，回到那个我自己的自在的地方。

我做不到像古斯达夫那样因其平庸性而去热爱那些平庸的事物，我看不到它们的神圣之处。他认为非主流即主流，也许是这样的，不过他的这个非主流的主流却也好不到哪儿去。因为他就不是那样的人，他是个主流主义者，教条式的，深思熟虑的克尔凯郭尔式的。

但当我看到安娜·卡琳时我就明白了，他内心一直真正想要的当然就是这个：一个为他织围巾的小女人。

我只是搞不懂他要我来干吗？我得记住什么时候一定要问他一下。

书架上放着个棋盘，我问有没有人想下一盘，当埃里克拒绝我的时候，公公大概觉得他不得不出于礼貌跟我下一盘了。我继续我的社交失误，把他给下赢了。他实在比我差很多，我又不太会令人信服地故意输掉，而让人看出我是故意输给了公公，那就更不得体了，是不是？

要回家的时候，古斯达夫送我。他母亲到门厅来，叫他别太晚了。我赶紧下楼，以免被卷到这个话题里去，听说几天前他早上三点半回家时她跟他闹过。

"你从没想过从家里搬出去吗？"我们走到外面之后我问他。

"没有。为什么？"

"嗯，这当然不关我的事儿，但如果你晚上不回来你母亲就睡不着觉，那不是对大家都挺麻烦的吗？"

"我们结了婚我就搬出来。"他乐呵呵地说。

"瞧这月亮多好看。"我说。

"这是一个再普通不过的下弦月了。"他不让我转移话题。

"她觉得我们会怀孕的。"他解释说。

"是的是的,所有的母亲都担心这个。"

"是的,可我母亲怕我们会有双胞胎。"

"为什么?你家有这个基因?"

"完全没有,"他忍俊不禁,"只是她有点不同寻常地担心吧。"

我摇了摇头,我是说,他不仅很开心他母亲跟别的母亲一样担心,他还很开心他母亲比别人双倍地担心。

*

我尽量不卷入古斯达夫因为跟父母住一块儿而带来的麻烦当中,但这却很难做到。他如果在我这儿吃过几次饭,他母亲便会认为我也该去他们那儿吃几次。当这信息传到我母亲的耳朵里之后,她说我们也应该去他们那里吃饭:社交生活自有其规则。

古斯达夫穿着西服打着领带到了市中心,我厌恶地看着他:"你知道我是怎么看这种打扮的。"是的,他知道的,但这次不是为了逗我,是因为他刚去参加了一个示威游行过来,没来得及回家换衣服。我只好让步,在反越战的游行时看上去不要像个共产主义者,这比在介绍给未来的岳母岳父时看上去像更重要。

坐在回家的火车上我有点紧张,但乐呵呵地。严格地说,我不反对偶尔玩玩社交游戏。无可否认,这其中也有相当的满足感:是的,你们看,我想要的我就能得到,我想要的我也都能体面地带回家！从车站那开始我不知廉耻地和他手挽着手，这在斯德哥尔摩我是绝对不会这么做的。我绕路带他去看了棒球场的草地和校园的咖啡馆，让尽量多的熟人看见我们。

古斯达夫在听说我父母不再住我以前住的那套公寓时有些失望，但我向他保证父母家里除我的房间之外的地方跟以前一模一样，可他想看的当然正是我的"闺房"。

我们到家后我就嘻嘻哈哈起来。我觉得挺安逸的，像是一个对峙中的观众，一个亢奋而毫无责任的嘉宾，一个过生日的寿星，或者一个比赛的赢家：所有的这些兴师动众都是为了我，而我该做的都做了，可以靠在椅子上看他们为我尽力表现了。

一切都进行得挺顺利的，古斯达夫很会聊天，那让我厌恶的西服在这儿当然备受欢迎，可他后来又以他一贯的坦诚去解释了来龙去脉，结果把气氛给搞砸了，让他们觉得他如果不是穿着那西服，看上去会像个共产主义者，而他乔装打扮只是为了欺骗那种充满偏见，以貌取人，以为信念都是穿在牛仔裤上的观众（不言而喻，马汀娜一类的）。

"那可真他妈的没必要是不是。"酒足饭饱之后我们从父亲的车上下来跑到车站赶火车的时候我喘着气说。

"你不是认为这样的事儿很好玩吗？吓吓资产阶级们。"

"但别吓我父母呀。"

"他们不像你想象的那么容易被吓倒。"

"是吗？"我说，摔上了车门，"你当然已经比我还了解他们了。"

"很有可能。"

在火车上我们有个自己的包厢，我们各自拿出一本书来。我还没来得及看几行，就被他的笑声打断了。

"怎么啦？"

"你有没有想过根据社交规则下一步该怎样？"

我还没想过。按照这不可妥协的复仇规则，现在当然是该我的父母要被请到古斯达夫家去，然后就该……

如果早知道有这样的结果，当初我真不知道会不会让古斯达夫来我那儿煮大白菜。

*

在早报上我读到一篇关于我们和发展中国家关系的文章，让我挺郁闷的，整个上午我都挺郁闷的，人间忧郁（当今的一种悲观厌世的精神状态）。我问自己：在你处于一种根本不道德但你却无力改变的境地时，有没有任何道德的可能性？

下午我逃了口语练习骑车去听哲学系的集体伦理课，是关于以下问题的：当你处于一种根本不道德但你却无法改变的境地时，还有没有道德的可能性？一个具体实例，便是我们和发展中国家的关系。

这门课突然吸引了这么多的听众不奇怪，系上的教室太挤了，不得不搬到王石街上更大的一个教室去。这不奇怪，有这么一个把你的人间忧郁转换成正能量的讲师，让你下课时满脑子都充满了思想。

我骑车去动物岛想好好地想个清楚。在炮楼岬的餐厅喝了杯热可可，看了看浪花，读着斯德哥尔摩社民党区委寄到我邮筒里的一本关于越南的小册子。

我想到社会这个问题，现在我明白了我是属于一个社会的，这多有意思。政治，整个学生时代我都只觉得它可笑，认为它是学生会里那些自以为是的小大人一般的男生搞的东西，是大选时政党间的斗嘴。现在发现政治可以完全是另一个东西，与道德有关的，毫无疑问，它给我的生活带来了新的维度空间。

令人沮丧的不仅是在世界大环境中我们的角色，小环境亦然。这城市，每一个日常生活的画面，汽车、电车之类，其存在并非理所当然，是社会让它们运行，让那些即便不骑车的人也可以来动物岛；大学，可以免费上，甚至还有收入。这是因为税收！生病了有医院；剧院、博物馆……以前我可从来没有这样想过。

在北欧博物馆我跳下车，进去看了阿姆科维斯特展，别让社会白做了这些工作。作为一个公民和继承者，去享受一下文化遗产和那神奇而伟大的主人翁感。

"古斯达夫来找过你。"哈丽叶特说。

我还没来得及脱下外套，电话又响了。

"你这一天都到哪儿去了？"

"到外面发现社会去了，怎么啦？"

"你也该打个电话吧。"

"你是说，我每次骑车出去一趟都要通知你？你以为我找到别人了把你甩啦？"

"没有，我只想知诮你在哪儿。我找不到你，坐立不安的，就因为这个一整天什么都没做成。"

"反正现在我在这儿了，你可以开始做你要做的事儿啦。"

"现在我想见你。"

"明天吧，"我说，"今晚上我想看书。"

"我坐那儿你还是可以看书。"

古斯达夫想见面，我想一个人待着，怎么妥协呢？那我们就见"一小会儿"的面。

不，古斯达夫可不是我臆想出来的，不是我肖像的自我反射，他站在那儿，真真切切地，带着他自己纠结的情感。

在这种情况下的一小会儿不太好，看书是不行的，我气恼起来：他为什么硬要来找我？我很烦我们总是躺在沙发上动手动脚的，我觉得他把同样的话说了又说，我不想再吃什么了，我想一个人待着。他问我"怎么啦"，我没法回答他。

跟总是想和你在一起的人你又不可能说他应该理智点儿，克制些，说如果我们只有一半的时间在一起，那我会加倍地喜欢你。不行，你可不能这么跟他说。

也许还是住一块儿会好些。如果住在一起，你觉得需要的话，就可以进自己的房间去，把门关上。可当你有客人时，当你唯一的房间里坐着个客人的时候，你却不能这样做。

快到半夜的时候，他在门厅里把外套穿上了，准备要走。我们已经拥抱告别过了，但他突然又把拿在手上的手套放了下来，再次张开双臂把我抱住。

"多保重！"这本是句套话，但他说得那么认真，于是我问怎么啦？

他笑了起来："我只是想到有你我多快乐，你继续存在对我有多重要。"

我点点头，别担心，我是不朽的。

在某种意义上，某种奇怪的意义上，被爱这件事让我很困扰。

不是说我不想被爱，当然不是的。但我还是不知道我拿它怎么办，该怎样接纳它。被爱：成为情感的对象。

去爱就有趣多了，去对人产生情感，这感情出在我身上：去捕捉这突如其来的奇妙的感受，内心的波动，灵魂的基石开始下陷，去研究它门，思考它们，与它们一起生活，试图去表达它们。

但当你爱我的时候这感情出在你身上，是你的，你的内分泌，你的想法，我不能参与，感觉是个局外人。

*

早上醒来，感觉这是几个月来我最清醒的一次。我在浴室的镜子里打量着自己，冷淡而又生气地想：他怎么可以傻到想要和我结婚的地步？

如果我们住一块儿他就不会想知道我在哪儿，他说，那时他就知道我早晚会回家的。是吗？我知道那他会坐在那儿等我的。

和哈丽叶特住一块儿则是另一回事儿，我们不干预彼此的事情。如果我一天一夜没回来，哈丽叶特会冷静地想，我是在一个恋人那里。古斯达夫会吗？

不，我不稀罕这一类的自由，我没有幻想说多配偶制是什么好东西。吹嘘自己征服过很多人的人当然是可悲的，再说他们往往是最喜欢自怨自艾的人了。一个接一个地去追别人，只能说明他们没有找到值得保留的人。大众情人（男女都有）经常都是些绝望的浪漫主义者，直到白发晚年时都还会带着那个伟大爱情的梦想。

但鼓吹一生的忠实和婚姻的幸福在我看来也同样的荒诞。找到那个自己想要的人，或者成功地说服自己那个人是你想要的，这和道德有什么关系。可以令人羡慕，但不必赞叹不已。

我相信它是令人羡慕的。我想幸福的婚姻对于那些能有幸福婚姻的人是最幸福的事。我丝毫不想去赞美那种说所有核心家庭都有弊病的观点。我一刻也不怀疑古斯达夫是一个理想的配偶：明智、好脾气，从小就熟练操持家务。连个白痴也能看出来古斯达夫是那个对的人，而我是错的！

我俩犹如狗与猫。忠实对他来说很自然，就像特立独行是我的个性一样，谁要在我没情绪的时候想来摸我一把我就会用爪子去挠他。

我们其他方面的共同点让我开心得居然把我们的不同之处给忘掉了，但现在是面对真相的时候了。跟我结婚这样的命运，就连我的仇人我也不愿意带给他，何况是我喜欢的古斯达夫呢。如果他现在盲目到不能为自己着想，那心明眼亮的我就有责任保护他不被他自己所伤害。

别让他的爱情或者我们的情欲把我俩都给毁了，两者都是步入婚姻的错误理由。等情欲没有了的时候，你就会像个傻瓜似的站在那儿。而爱情在你追求到它之后就会消失的，我想这在世界史上是有先例的。

如果他不是那么迫切，如果他的迫切感稍微少一点儿，你还可以跟他去论个理，那么我们还可以有一个理性婚姻：唯一合理的婚姻形式。但和一个因为激情而失去理智的男人结婚，这是不正确的。

如果我要和古斯达夫结婚，那他首先得从热恋中挣脱出来，知道他自己在做什么，而那个时候，他也就不会再想要结婚了。

5

　　无需特殊的理由和借口你也是会郁闷的。平时我早上情绪特别好，一起床就赶紧开始工作。这一天为什么偏偏情绪不好，我说不出原因，这就更让人郁闷了，应验了俗话里"醒错了方向"的说法。

　　我得去城里买双靴子。到处都是人，我突然很怕人，怕所有这些潮水一般的陌生人。商场里闷热，我出了一身汗，外面街上则是十一月的灰暗和寒冷。以前我没觉得，此刻才发现人间原来是个地狱。

　　我本来答应了跟古斯达夫一起吃个午餐，可现在我觉得我该回家，躲起来，直到这忧郁的情绪过去。我不想在他面前诉苦，特别是那种无法定义的苦闷。他当然喜欢我把烦恼都向他倾吐出来，这个该死的圣人。是的，我配不上他。我配不上，让他走吧，让我安安静静地郁闷，无需感到羞耻。让他走吧，让他走，然后我可以说：我没说错吧，你看，不出所料，哪儿有这么好的事儿。

　　"你反正都得吃饭的。"当我从一个小卖部给古斯达夫打电话时他说。

"是吗？好吧，要是你能找到个够阴暗够沉闷的地方的话。"

他叫我沿着皇后大街走去特格涅街，他在那儿和我碰面，然后带我走进了一家果然很阴暗沉闷的啤酒馆，点了个薯仔粒，沉默地吃饭，我也不知道怎么解释。

然后他让我跟他回家，我就任凭他领着我，跟着他回家。我们走在皇后大街上，他看着我，我不想面对他的目光。他的眼睛，蓝蓝的，张开的时候大大的。

这双眼睛看着我，疑问地，关切地。

他家里的人都不在，我在客厅的沙发上坐了下来。柜子上的吊钟在一片宁静中嘀嘀嗒嗒地走着，远处奥丁街上传来车辆的喧闹声。

我忍不住哭了起来，不能解释为什么。古斯达夫不再问了，他只是亲吻我的脸。等我明白他是在把我的眼泪亲掉的时候，我禁不住笑了起来。他亲掉了我的眼泪，亲掉了我想为这眼泪找到理由的最后努力：为什么我就有人来安慰，为什么我的眼泪就会被亲掉，世上这么多流泪的人，不公平……

我闭上眼睛把脸埋进了他的毛衣，在他的体温里休息着，这里只有我们，奥丁街上的喧器声遥远得没有尽头。

吊钟敲了两下的时候他得出门去听一个讲座，我们在楼下的街上分手，灰灰的日光强烈得刺眼。

"更不开心了吗？"他一边打量我一边问。

"没有。"

他打开自行车的锁，我站在那儿，站了一会儿，看着他的脸，想了想我补充说：

"我的意思是，恰恰相反。"

他掰住我的肩膀使劲摇了摇。

"那你就要说啊，明白吗！"

"我不是说了吗。"我弱弱地说。

可是好费劲啊。

我用下午的时间来读了一下从古斯达夫父亲的书架上抓下来的一本书，田立克的《存在的勇气》。我了解到焦虑可分为不同的类型，神经焦虑型和精神分裂型，然后他把第三类叫做存在焦虑型。

当然凡事一旦起个名字便轻松起来了。"存在焦虑"比"醒错方向"好听多了，除此之外这一诊断也没给我什么启发。假如染上的是这病，那也就无法治愈了。

*

多元爱，古斯达夫说他上午遇见前任厄芜时有这感觉，现在再次见到她他觉得好奇怪。

坐四路车去普克影院看布努埃尔的《泯灭天使》时我一路都在想这个，我坐在车上琢磨着，我们在斯比勒街下车时我问：

"你到底是什么意思呢，多元爱？"

"那就是你说的觉悟呀，我突然想到其实我是有可能爱上别的女人的，被除你之外的人所吸引。"

"不过，"他说，停顿了一下，我们穿过车流，赶紧走上电影院前的人行道，"只要你忠实于我，我就忠实于你。"

这是一个承诺吗？

我没有要求这个，但他现在把它放到了我的手上，于是我拿着它，又大又重，既开心又恐惧。

只要我忠实于他。只要。

*

英语课大都排在白天，只有研讨会是在晚上，但学生太多了，结束之后大家要一起交往不太可能。在奥丁街上我们蜂拥而出，分成两路，一路往上去地铁站，一路往下去斯维亚街，到了十字路口再分一次。虽然住得很近，我平时还是会骑车，但这个晚上我却走了路，最后慢慢地就和一个住在蔷薇果学生宿舍的男孩结伴了。他的外衣口袋里揣着本《工人》杂志，我们开始聊起了工联主义。我对此了解不多但很有感觉，如果你可以这么去说政治的话，我很想更多地了解它。

当我们在我家门口停住时，他建议说让我跟他回家喝茶。

以我对人的了解，他是个那种说茶却言他的男孩，但他并不知道我意识到了这一点，于是我就厚着脸皮拿他的话当真。

他学生宿舍的房间很小，大部分空间都被一套令人刮目的音响设备占据了，每个角落里都有扩音器，可坐的地方只有床和一张靠背椅。他放上张古典音乐唱片之后，去了公用厨房，我选了那个靠背椅坐下来。我看了看那唱片的封面，是莫扎特。

以我的教养，和异性相处的第一诫便是"不玩火"。你跟一个陌生男人去他的房间，如果被谋杀的话，那只能怪你自己，但不去我又如何多了解一下工联主义，或者结交上新朋友呢？等我们喝了茶，听了莫扎特和亨德尔，谈了瑞典总工会以及我们为什么要学英语，然后他开始套近乎的时候，我便起身礼貌地说我要回家了。他没有试图袭击我，只是摇了摇头。

"女人。"他说。

我站在门口笑了笑，他对着我回笑了一下。

"超有风度。"哈丽叶特说，我回家时她坐在厨房里玩填字游戏。

"是的，我要是他的话，还真不知道能不能这么随和。"

"为什么呀？"

"什么为什么？"

"就那样跟着他回家。"

"也许，"我说（回家的路上我想过），"或许我主要是想体验一下背叛古斯达夫的感觉，但又不真正地背叛他。"

"是吗？什么感觉呢？"

"可怕。"我说，把洗手间的门关上，开始刷牙。

*

在报纸上看招聘启事的不是我而是哈丽叶特，可她把那报纸摊开放在电话边，我不想看也看到了。我的目光落到了一家出版社的招聘启事上，他们想招一位"年轻点儿"的，主管他们青少年读物出版的人。

我一眼便看出这是份梦想中的工作，我又把那招聘启事仔细地读了四遍，没办法，仍然很明显，对我而言再合适不过了，一份千载难逢的工作。但一个不眠夜之后，我又认识到我其实并不想要这份梦想的工作，我不想要任何的工作，我只想上一辈子的学。（"上学"意味着自由时间。根据词典：不工作，"休闲、娱乐的精神生活"。）而被雇用则意味着，在固定的时间，固定的地点，干固定的活儿。日复一日，年复一年。

我黑着眼圈儿，悲惨不堪地起床给出版社打电话咨询更多的信息，希望被告知我不合格，但事与愿违，他们欢迎我投递应聘资料。

我去了趟图书馆，复印了我的成绩单，战战兢兢的。

这个过程缓慢而稳定，梦游一般。你会有房子，你会有未婚夫，你会有工作。然后你就被困在那儿了。

现在就差去买台电视了，我心想，然后把我的资料投到了邮筒里，祈祷着不要被选中。

我收到了面试的通知。

我穿上裙子，把头发绑起来，让自己看上去不要太"年轻"。在哈丽叶特的衣柜里我找出个公文包，这样手里有个东西可以拿着。我和自由道别。

出版社老板感觉既亲切又明智，强调他们不太看重文凭，关键是要找一个真正对文学感兴趣并能积极工作的人。我一副"文学，什么玩意儿；积极工作，多可笑"的样子，心想他们如果要雇我，就得接受真实的我，想让我去迎合讨好我可做不到。我跟他们实话实说，我从来没做过类似的工作，不知道我是不是会喜欢，也不能现在就宣布说这就是我一生的使命。

他们答应圣诞节后给我答复。

办公的地方看上去也挺好的，房间明亮整洁，有很舒适的布艺装饰。我闭上眼睛，充满绝望地跑了出去。

这地方大概被我搞得没戏了，可又有什么用，我迟早得长大谋生的，现在我逃脱了这梦想中的工作，那么剩下的就只有更加糟糕的了。

我给古斯达夫打电话问了他两个问题：第一，你想和我结婚吗？第二，你保证去教育学院做讲师来养我吗？虽说以前我让他发过誓不做讲师的，但现在只要我不被雇用什么都行，我宁愿做寄生虫，宁愿做娼妓，是的，宁愿做讲师的太太。

"我长大了打算做圣人。"他回答说。

"那你可养不了家。"

"我以为你会养家的。"

"我改变主意了。你做圣人的话我会要求签订婚前协议书。"

古斯达夫过来安慰我，但这次我伤心欲绝，他也安慰不了我。

*

我们说好了圣诞节要勾引对方的。对，两厢情愿地：我们事先达成了一致，以确保将来不要在说法上产生分歧。选择这个时间主要是因为我们想要有一整夜，能够相拥而眠（可不是随随便便的），那这个假期最合适，因为哈丽叶特会回家，整个公寓都会是我们自己的了。而古斯达夫的父母要去岛上，他从家里消失一两天他们是不会发现的。

选择这个时间的另一个原因是，在排了两个月的队之后终于轮到我可以去见妇科大夫了。

我坐在等候厅，从护士的电话聊天中听得出来，那位医生在开避孕药时挺吝啬的。我是有思想准备的，哈丽叶特第一次就没有成功，她都十九岁了，可还是被认为太小了点儿。希拉最近一次去国家性教育协会回来后的报告，让我也做好了充分准备。他们居然问了她是否有未婚夫一类的问题。（"我当然会说我有啦，还能怎么说，在他们问你的时候！"希拉这样说。）

我准备不惜一切代价。跟大夫聊了大概一分钟，他问都没问，我就跟他说我订婚了。随后，等我被放到那张体检椅上时，他问起我们打算什么时候结婚。

结婚！我们才不会结婚呢！我差点喊了出来，但及时提醒自己，别人认为既然订了婚便是要结婚的，这很正常。我勉强回答说大概要等一下，得先把学业完成了什么的，听上去非常可靠而有责任感。

这类谈话，加上这恐怖的体检，足以让任何人从此对所谓的性生活失去兴趣。

不管怎样他给我开了避孕药，我从医科大楼里冲出来一步三跳地穿过了奥丁广场，去老鹰药店把那一小盒药，如同光荣的战利品一般带回了家。

*

圣诞夜下了雪，至少可以说算是在下雪，楼下街上的雪一落地就化了，但坐在窗前抬头看，灰色的雪花在空中飞舞着。

我想象中的这一天就是这样的：窗外是安静的雪，屋里温暖宁静。一个温暖宁静的房间，只有我们俩。

下午他带着公文包过来了，里面装着睡衣、牙刷和作为圣诞礼物的书。我们把我买的圣诞树抬进了屋里。虽说它干得都没什么味道了，却是一棵真正的圣诞树，而且那二十多支蜡烛闻起来也是有味道的。

"在自己家里的第一个圣诞。"我点燃了它们，郑重地宣布说。（我们的家？我的家。你在我这儿的那个家。）

晚餐前我们各自把作为圣诞礼物的书用礼品纸包了起来，饭后我们互相交换，把它们打开来。古斯达夫送给我《哈西迪轶事选集》，我给他买了《菲利西亚的婚礼》，然后我们又把对方的书互相借来看。

我们一边听着收音机里的音乐，一边喝着晚间茶，坐在沙发上看着没有星星的天空和邻居家点着灯火的窗口，到处都是圣诞树在闪烁。

然后我们就上床睡觉，带着仪式感：吹灭了二十支蜡烛，剩下几支温暖地照着我们。收音机里放着巴赫，他替我脱了衣服，这仪式无可厚非。可我注意到我还是挺紧张的，就像是第一次似的。我们已经非常亲密了，到了这一步如果不把亲密进行到底反而会显得不正经，可我还是觉得有点尴尬。

"我以为女孩子晚上都会把头发放下来的。"当我坐在床边用橡皮筋把头发扎起来时，古斯达夫抗议说。

"你这是哪儿来的想法？艺术、电影还是文学里的？"

"对，这难道不是经典的主题吗？"

"他们把这个叫做现实主义！现实生活中只有因为虚荣你才会在公共场所把头发放下来，在家里你是不会的，特别不会在床上，你可不想到处都是头发。"

"我们在岛上的时候你反正没那样扎在后面，像个老鼠的小尾巴。"

"那是我跟你一起还装腔作势的时候，现在我不那样了，希望你能以此为荣。"

"当然，我真高兴被带入女性的神秘世界里，了解到奥秘的真相。"

我友好地吐了个舌头，钻到了他的身边。

不管是神秘还是不神秘，我的心都怦怦地跳着。

"你害怕吗？"他把被子给我们盖上时问。

"有点儿。"

我不知道怕的是什么，不是具体的，比如我会疼他会阳痿或者闪电会劈下来，不为什么但还是怕。他安静地躺着，头靠在我胸口，我把手搭在他的肩上。也许他也害怕？

"你记得这是'实践智慧'而不是'技艺'吧？"

他抬起头，笑了起来："你是说我没必要犯什么性能神经官能症？"

"不着急的，"我小心地说，"我们有一辈子的时间。如果你愿意，我们可以再等等。"

"再等一千年？"

"不，不用一千年。"

我们没等到十分钟。

跟××睡，这怎么说都是个迂回的说法。我们没有相拥而眠，根本就睡不着。在我那张狭窄的行军床上，挤得出汗。凌晨时我开始头疼了，古斯达夫穿上睡衣去哈丽叶特的房间裹上条毯子睡了。相拥而眠的事儿恐怕只有电影里才有。

我醒来时天依旧很黑，但却是早晨了。我问他想不想去教堂，但古斯达夫不理解为什么为了点儿圣诞氛围一大早就要出门，他宁可去十一点的那个普通礼拜（我猜，也是免得去跟人挤）。

那还早着呢。我听见他在那儿搞咖啡杯的声音。过了一会儿他端着个托盘进来了。在厨房的桌子上吃早餐怎么说都方便很多，但在床上半躺着，托盘放在腿上，手肘压着彼此的肚子，不知为什么，却更有气氛。

"这是什么味道？"他突然问，把鼻子皱了起来。

"烤面包的？要不就是蜡烛？"

"不是那个，指的是你，香水吗？"

"啊，体香剂而已，你在厨房的时候我去清晨如厕了一下。"

"你觉得该起床了吗？"

"谁说的？"

"你清晨如厕后还要睡觉呀？"

"你喜欢我在你怀里有一股汗味吗？"

他打着手势差点把托盘给弄翻了："我太喜欢你有汗味儿了！唯一更喜欢的就是你有骚味了！"

我把咖啡托盘端起来，把溢出来的咖啡倒了回去。

"我还以为在爱床上消消毒挺好的呢。"

他把鼻子和额头都皱了起来。

"你这是哪儿来的想法？"

"我猜的。"

"我们大概还有些奥秘有待探索吧。"我说。

"嗯。"古斯达夫说，一边嚼着奶酪三明治。

*

过元旦的时候哈丽叶特回来了。古斯达夫带上睡衣、牙刷和《菲利西亚的婚礼》，又搬回了他自己的家。

我们反正也没打算庆祝新年，这一点我们俩有共识：时光流逝，没什么可大惊小怪的。有些人患有假日恐慌症，周六晚上如果他们得坐在家里就会觉得是自己社交的失败，如果没人邀请他们去新年晚会就会以为是自己有问题。

我会觉得是别人有问题。仅仅因为年月换个数字就兴师动众的，要用彩带和鞭炮搞些名堂出来，好像世界老去我们老去是什么值得庆祝的事儿似的。

有时我也会有社交恐惧症，但和日历没有关系。

哈丽叶特和一个西装男伴出了门。我上床睡觉，装做没事儿的样子。我只想睡觉。

6

　　"人大概生来就不该有性生活。"当我告诉哈丽叶特我染上了个难以启齿的病的时候，她沉思了一会儿说。

　　"显然是不应该的，可每次都会这样，"我抱怨说，"每次我有个恋人的时候！只有在电影里他们才会相拥入眠，而且醒来的时候睫毛膏还在原处，也从不会过敏或者有尿道炎。"

　　我以前得过这个，所以我知道该怎么做：打电话、订时间、在医疗所排队；被体检，被询问私生活中的每一个细节。第一次那个医生满不在意的样子说，唉，没什么，可能就是感冒引起的而已；第二次是另外一个医生，完全不提感冒的事儿，而是明显地让你觉得这是个罪过，好像我染上了才公平似的；第三次又换了一个医生，高高兴兴、滔滔不绝地跟你讲"蜜月现象"以及细菌群如何需要时间才能相互适应。反正结果都一样，开一些没用的药和一小管儿一小管儿可怕的阴道冲洗液把你打发回家。阴道冲洗液！我对着哈丽叶特大声说，他们取这么个名字就是为了进一步地羞辱你！

　　干脆进修道院算了，既然这是天意。

　　我什么都没跟古斯达夫说，男人听不得这些，尤其是他。我们历经甘苦的女人们总是会互相分担，彼此启发鼓励。但古斯达夫，他会崩溃的，我怎么也拦不住他的愧疚感，和上一个恋人经历的那些细节这次就免了吧。

虽说我知道他肯定愿意我什么都跟他说，让他来分担我的烦恼，但这也正是我不想告诉他的原因，不想把这些包袱都扔给他。这是我个人的罪过，我要自己扛着。

做出英雄主义的决定并不难，难的是将其付诸实践。现在这情况下要我装出一副无忧无虑的样子，可是超出了我的能力范围。或许这是我邪恶的潜意识在捣乱（把所有的负担都加在古斯达夫身上），背着我去给他暗示。反正他立刻敏感地察觉到了什么，在卡斯罗饭馆的餐桌上，他用那双蓝色的大眼睛充满疑问地看着我。

我不习惯做大无畏的演习，于是这事儿合理而必然地以失败告了终。我有烦恼，他想知道是什么。我为了不让他担心什么都不说，他因为我什么都不说而难过。他唠叨着，我烦躁起来，挡不住滑进了个遭受不公正待遇的角色当中，并且开始享受这被误解的快乐。

为了找话说，也为了给我的低落情绪找个解释，我给他讲了下午和我见了面的希拉。

"她很郁闷，传染了我。她想和那个跟她在一起的男孩分手了，现在她认识到他们，用英语说就是'不般配'。"

"你说瑞典语好不好？"古斯达夫说，把番茄酱挤到薯条上。

"我是不会无缘无故用英文的！如果它们具有同等的表达力，那我干吗要用另外一种语言来说？"

他没回答。

"你当然知道我说的是什么。'错配''误婚'，这没法翻译的，瑞典语里就没有，瑞典语是一门贫乏的语言。"

古斯达夫嚼着薯条，不吭声。

"这种现象可是有的。"我看着窗外说。

"瑞典语叫'不门当户对'。"他试着说，我没表情。

"那只是在你下嫁的时候用的，'不般配'则可以用在很多不同的情况当中。希拉发现她和她男人不合适，挺可悲的，因为她很爱他。"

"真奇怪你会为其他所有的人心碎，你能不能为我的爱情悲伤稍稍难过一下呢？"

我脸都气白了，或者说我希望我能把脸都气白了。他怎么敢这样来说我的朋友们，好像我分担他们的烦恼是件不自然不合理的事儿似的！

我不仅生气了，我也为我生气而生气，恼羞成怒。

我站了起来，拿起我的粗呢大衣，哲学研讨会一刻钟后就要开始了。我们沿着街往上走，我看都不看他一眼。

老师还没到，我们在走廊上待着。有个同学上次没来，她问都讲了什么，我就跟她聊了几句。古斯达夫站在一旁，等她一挪开便凑过来小声说："你看上去一副要咬人的样子。"

他看着我好像是在等我对他一笑，我转身走进了教室，装着不认识他的样子。

这个讨厌的男人，我真是太可怜了。

这是个英雄主义的课题吗？

最让我生气的是，我明明知道自己是怎么回事但却不能克制，我明明看到自己有多可笑却笑不起来，我失去了所有的自嘲能力。我把自己关起来，反锁起来。

经验告诉我，唯一能解锁的办法就是找回我内心的笑声，比如说想到什么有趣的事儿便忍不住把它说出来，能为自己的可笑而笑，这样就不会再像个烈女一样生闷气了。当有人神经质地笑个不停时，人们会说，给她一记耳光吧。可是要医治那个神经质地生闷气的人却没那么简单。幸好那研讨会还挺吸引人的，会上讲了段轶事让我没多想（来不及想到我是个受苦的人）便笑了起来。那锁被打开了，我勉强又回归正常。

可是我没劲儿去参加研讨会后的聚会了。

"我要回家，把自己藏起来，"我解释说，"让世界从我的眼里消失。等我郁闷完了我再回来。"

"我可以跟你一起藏起来吗？"古斯达夫问。

于是他跟着我回了家。

但纸是包不住火的，反正包不到要去看医生开药那么久。久了他对我拒绝他的含糊理由便不满起来，现在只剩下一个解释：你不再爱我了！

于是我只好放弃了，把男人听了受不了的事儿告诉了他。果然，他都快疯掉了，坚信是因为他的疏忽给我带来了不可治愈的伤害，会让我失去生育能力。他揪着头发，发誓说他会像阿伯拉尔一样被施以宫刑，进修道院。

"别傻了，没人要进修道院的，我只是去看看医生而已，一周后就没事儿了。"

为了安慰他，我提到我以前也有过的，再说也许只是吃了避孕药后的反应。

"我反正再不敢和你睡觉了。"

男人，正如我所说的，他们一点事儿都受不了。

"那我会来强奸你的，"我坚定地说，"我保证我一好起来就去奥丁广场中央把你给强奸了。"

这才让他稍微放松了点儿，但我也对自己发了誓：再别有自不量力的英雄主义了。

*

一个角上盖着公章的棕色信封，是出版社寄来的。正如我料，是一封友好的回信，说很遗憾，条件好的求职者很多，职位给了另一位。

我想它反正不是我梦想中的工作。如果我不合适这份工作，那么这份工作也不合适我吧。

我决定了，这不是我的圣召。

剩下的问题是，什么是我的圣召呢？随着一天天过去，一门门通过的考试，这问题变得越来越迫切了。尽管我竭尽全力地拖沓，可还是没有成功地落下学业，期末考试之后我无论如何都必须要有新的措施了。古斯达夫认为我可以学哲学，可我仍然不想，我一方面是觉得可惜了这么好玩的一门课；一方面是因为我已经上了这么多课，要想拿文凭会太快了点儿；加上暗地里还有另外一个原因：我不知道我是否足够聪明，但这我就不去深究了。

我是不是应该去做个兴趣与能力测试？说起来我自己都可以做。坐下来想了想，我到底擅长什么呢？我语言能力挺好的，特别是瑞典语。我是我见过的最单有文体学才华的人。这样的人可以拿来做什么？自然应该是和书籍有关。写书吗？不，我没想象力；写书评？我对文学没兴趣；出版书籍？那不需要什么才华。所以嘛，很简单，理所当然，我怎么以前就没想到呢：翻译！

我给出版社打电话告诉了他们我的想法，出版社说他们暂时不需要更多的译者，但或许将来会有机会；我又打电话去瑞典电视台，在电视台我定能派上用场的吧，可那里回答说目前只需要芬兰和塞尔维亚、克罗地亚语的，英文译者他们那儿已经人满为患了，当我向他们指出，他们需要的是擅长瑞典语的人时，他们生硬地问我还有没有其他语言的文凭，我没有也不想有，大学并不是最好的学语言的地方；我又给瑞典电影有限公司打电话，说他们外语片的字幕糟糕得让人无地自容，接电话的女士完全没有意识到这点，她说没听人抱怨过。

我挂上了电话，你看我在这儿，前所未有地明确我想要做什么，可这又有什么用？

对于不存在的东西人们也会有圣召吗？

*

"你真美。"古斯达夫说。

这就像是他在企图破坏我的自信。

古斯达夫以他对我外貌的评价来表示他的爱。为了表示他有多爱我，他之前得不断地强调我有多丑：我的翘鼻子多可笑，我的头发多干燥，还有那粗短的很喜剧的腿，他每次看见它们不能穿长袜，都快笑死了，然后他会满眼崇拜地来阐述他是多么地爱它们。

或许我在这里面诠释了太多的目的性，或许这只是恋爱错觉和片刻清醒的正常混合（它们可没那么粗短），但也可能只是个策略：先把我的自信摧毁再重建，在他那儿。

如果是这样，那他是没戏的，因为我的自信坚不可摧。

"怎么大部分人，"我问哈丽叶特，"都有自卑情结？我怎么就有这么多的自尊，多得够一个连队用的？诚然我又美丽又聪明，至少很聪明，至少聪明到可以认为自己够美丽。但这在平时也没用的，是不是？"

"你有一个快乐的童年吧，"哈丽叶特推测说，"就是说你的'如厕训练'很成功，据说那是很关键的。"

"自信的人挺好的，"我说（自满地），"你也不错呀，了解这点也挺好的，才敢跟你折腾。"

她坐着，把手肘子撑在桌子边上，把她那瑞典金发在肩后分成了三股辫在一块儿，开始准备晚间的洗漱。

"就是，那些总需要人打气，说他们有多好，不断需要人记得去赞美他们的人可麻烦多了。"

"当然啦，"她用牙齿咬着橡皮筋说，"知道两个人都挺自爱的，互相折腾就容易多了。"

"古斯达夫大概也是有过成功的'如厕训练'的，如果这很关键的话。他的自尊是我见过的最纯粹的。"

"也许这就是我俩最重要的共同点，我想，对自我价值的信念。对了，我记得他有一次说过，我是他认识的人当中唯一他感觉和他平等的，不高傲也不卑微。"

"别太相信那个了，"哈丽叶特警告我，"有些人比他们看上去要脆弱。另外我觉得他对你还是挺紧张的，比如你不在家时他就老打电话。"

"是的，对我当然是的，他爱上了我，是有病的。除此之外，他超有安全感。你应该看看他答辩过后，他的主考人过来跟他道歉说对他的论文批评过于严厉了点。什么？古斯达夫说他可没觉得。他对自己的论文信心十足，根本没注意到别人试图在贬低他。这该叫什么来着，病态的天真。"

"反向妄想症？"

我们晚间茶后我把东西收拾好，哈丽叶特穿好睡衣去了盥洗间。一阵刷牙声中她说了什么，我没听清楚。

"你在嘟囔什么呢？"

"我说，他信教到底什么意思呀？"

"我也在问这个，他从来不说。但有时我会想，他的那种安全感也许某种程度上是和宗教有关的。"

我手里拿着茶壶站在盥洗间外面，对着那扇半开着的门解释说。

"他似乎觉得世上的东西都不那么重要，也许正因为这个，他才能够凡事都看得很轻，既快乐又认真。"

"一种乐观的虔诚。"

"或者说是一种虔诚的乐天主义。"

"如果信教可以让人这样，那也挺好的。"哈丽叶特说，把嘴里的水吐到了洗脸池里。

*

早报上写着：美国加紧攻势——"促使河内谈判的正确方式。"我读的时候跟平时一样忧喜参半，有一种恐惧感以及一种可怕的满足感：他们真丢人！越来越丢人了！

古斯达夫过来还一本他借哈丽叶特的书，之后我们一起出了门。我要去干洗店，他要去图书馆。我们生活中普通的一个日子，这样的一天就这样挺好的，这样的一天我好喜欢。是个风雨天，他穿着件话剧里那样的黑色披风雨披，像唐璜或卡尔十二世，我也说不准。他站在街角上挥手时，那雨披在风中翻飞着。

我办完了我的事儿，然后要去系上，但我又绕到了奥丁广场，心想或许会再碰见他。果真碰上了，在哈加街口。

"难得见面，很快分别……"他笑着说。

"很快分离，"我纠正他说，"要和后面的那个音押韵。"

他下午有门诗论的考试，我想着这个，一边闭上眼睛过了一遍我的语法课（那个照着日光灯的缺氧的，被他们叫做教室的小房间！）。我心想如果是"很快分别"那就不会用这种修辞了，叫什么来着，对仗句。我应该跟他说一下，如果考试他被问到的话。

希拉坐在那儿翻着一本书店的目录册，打折季刚刚开始，我答应跟她去商店。我们出来的时候开始下雪了，细细的雪花吹到眼睛里，从那刺眼的灯光和闷热中出来挺舒服的。

从书店出来她跟我回家去喝杯咖啡。她想明白了，那个男人并不是她想要的。我告诉她我想明白了，我生来是要当翻译家的。希拉说我们的人生还是应该做点什么，比如参加一个学习小组什么的。我告诉她我参加了一个发展中国家问题小组，但发现还是自己看书更有效率。

我们坐在下午的夕阳下聊着男人们，说我们将来该做什么，这是十分平常的一天。

我正把米放进锅里要开始做晚饭时（新的饮食习惯），电话响了，是古斯达夫，他刚考完了试。

"你会爱一个连民谣断句是什么都不知道的人吗？"

"我就爱你这个样子。你今晚有课吗？"

"有的，可我不去了，再说下雪了，去不了。"

"哈丽叶特要去听音乐会，如果合适的话你八点左右到我窗口来吧，别忘了用你的披风把脸遮住就是了。"

我们很少有机会见面而不被人打扰，或者不打扰别人。哈丽叶特和我虽然从不禁止对方带男人回家，但我们也很注意不在对方跟前云雨，房间不隔音哪怕一点动静都能听到，谁愿意听到别人的情爱生活呢，反正我们当中没人愿意。

哈丽叶特有音乐厅的年票，而我则是电影俱乐部的会员。

快十一点的时候她回来了，我和古斯达夫还在正儿八经地谈着自由意志和绝对自我，还有平等、权威偏见和自以为是。我认识到没有人是特别的，而古斯达夫则认为每个人都很特别。问题在于，我们会不会是同一个意思？

"我不相信我有什么特别的，"我说，"但因为别人也不特别，所以我们是平等的。"

"我不知道我有没有什么特别的，但也许我会有的。而假如把我们两个不特别的人搁一块儿或许我们可以一起成为特别的什么。"

"什么呢？"

"嗯，比如一个幸福的婚姻。"

"至少会是个独创，"我赞同地说，"会满足我的独创欲，难得见到个幸福的婚姻。"

"埃里克结婚已经五年了。"他若有所思地说。

我不太清楚他这话跟我们的话题有何关系，但我也没去过问埃里克的幸福生活，而是说："五年之后，你想我们还会存在吗？世界还会存在吗？（美国加紧攻势——"促使河内谈判的正确方式。"）

"噢，我相信我们还存在。"

"十年之后呢？"

"世界也许还存在，人类未必。"

"我说的就是人类，这个世界。"

"这世界十年之后不会存在了，我想不会的。"

然后他笑了起来，就像他知道似的，然后穿上披风准备踏雪而归。

"很快别离，是个对仗句。"

"不会的，它会是个地狱。"古斯达夫说，穿着他那件翻飞的雨披再次拥抱了我。

7

"你想一起去喝咖啡吗？"下课后我们走出来的时候本特问，一群人排着队等着要去。

我再想去不过了，坐在咖啡馆里当业余哲学家是我最爱做的事儿。但现在古斯达夫和我说好了要去我那儿，所以我得再问一下他："你想一起去喝咖啡吗？"

我们不想，我们宁可回我们的家。

他也没问我想怎样，于是我什么都不说，没人问我就什么都不说，我就跟他一起往家里走，沉默了一路。

为什么会这样？我们自己在一起时俩人挺好的，说我们自己的语言，完全沉浸在两人世界里面。但一旦我们跟别人在一起，微乎其微的一点儿什么事儿，我就会意识到古斯达夫的存在，我就不能随心所欲了。我不再是"我"，而只是"我们"的一部分，我们可是两个人。

我不知道我是否有会习惯的那一天。

我一路都闷闷不乐，不是因为我喜欢生闷气，尽管看起来如此，只是我又陷到了闷闷不乐当中。他试图和我讨论讲座的事儿，可我不理他，上楼时也没看他一眼，好像他跟不跟着都无所谓似的。

我开门后发现屋子里原来有好多人，希拉和一个女友坐在哈丽叶特那儿喝着咖啡。看到她们我顿时恢复了正常，在哈丽叶特的房间里高高兴兴、滔滔不绝地加入了她们。（没问他想怎样。）

古斯达夫喝了杯咖啡就回去了，希拉留了下来吃晚饭。

傍晚时懊悔感向我袭来，我放下书，出去在冬雪中排遣一下。好冷，我正要往回走的时候，看到个熟悉的身影闪进了隔壁弗雷街上的门洞里。是古斯达夫，他在我社区里转悠干吗？

他说过他年轻时这样干过，再说我自己也有的，把青春都用来在人家的社区里转悠了。我记得那感觉，有时只是好玩，挺激动地四处转，希望碰上那个自己仰慕的人；但有时却是因为自己不快乐，也没别的办法，只想就近待着，于是晚上就在街上溜达，因为这是最让人受得了的事儿。古斯达夫也到这地步啦？

他看到我走向他躲着的那个门洞，便走了出来。虽说这时已经挺晚了，但他还是跟着我上了楼。

我想为下午的事道歉，却不知道该从何说起，不知道将来有没有可能去避免类似的情况。明明知道自己还会再犯，却为此道歉，这可不诚实。

"要茶吗？"我问，他摇了摇头。

我在沙发上他旁边坐了下来。

"这样是不行的了。"他说。

"什么事儿不行？"我问，做出一副不解的样子以掩饰我的担心。

"我永远接近不了你，我们之间好有距离。"

（可我觉得刚刚好。）

"我受不了了，"他说，"我尽力了，但你却没有改变。"

（我为什么要有改变？你选择的就是这样的我呀，你知道我不是个那么可爱的人。）

"你从来都不会为了我做什么，我敢肯定如果是那个你真正爱的人，你会为他做一切的。"

（我从不为你做什么？好吧，你要这么说的话。）

这样的指责我没法去面对，我把自己彻底地封闭起来，觉得心里被冒犯了（你为什么不相信我的爱情，为什么不认可我爱你的方式，为什么不给我做自己的权利），还有愧疚感（确实，我当然应该，但我不像他爱我那样爱他）。

被冒犯而又愧疚，是的。

"你跟我在一起只是因为你能得到我，只因为你能够做到。你在我这儿只是寻找一种安全感，那种拿着烟斗穿着花呢夹克坐在靠背椅上的安全感。"

"花呢夹克？"

这也太过分了。

"安全感！如果有什么是我不需要的，那就是安全感了，我向来自己感觉很安全。"

"那你要我干吗？"

"你总不会期待我在你那儿去寻找冒险吧。"

"你可以在我这儿寻找我，可是你没有。"

也许吧。我就不明白为什么一定总要这么寻寻觅觅，吵吵闹闹的，为什么就不能随遇而安，我们在一起不是挺幸福的吗？

他坐在那儿，两手抱着头，像一幅不幸的画。

我不知道该说什么。

沉默了好一阵之后他站了起来，走了。就这么走了。

我坐在沙发上哭了起来，因为一切都那么可怕。难过中也有一份冷冷的不满。这是干吗，他为什么要这样闹？和我一样他明明知道他很快就会回来的，却非要装出一副要离开我的样子。

果然，我还没来得及去洗手间洗脸就又听到他上楼的脚步声了，我赶在他按门铃前去开了门，希望哈丽叶特已经睡着，别把她给吵醒了。

*

古斯达夫的激情并不因为我们俩互相勾引过就过去了，可是我的情欲，到哪儿去了呢？

我不想做一个一旦把人"征服"了就对人家失去兴趣的俗人，我不想，可我就是不再觉得床第之欢那么好玩了。偶尔会，但不像古斯达夫那么频繁，因为他不断有需要，我是说不断的。

严格地说幸好我们也不是经常有机会，我平时也绝不是那种喜欢去搞什么隐秘恋情的人，偷偷摸摸的，一点儿都不浪漫，只是紧张、可笑，在别人不在的时候"趁机"，为了片刻的欢情，时时刻刻都要竖着耳朵听动静：是不是有钥匙开门的声音？你关好门了吗？几点钟了？

一点儿都不诗意恬静，也没有多少柔情蜜意。

我们机会不多的好处在于，我也没多少机会被注意到没情绪。我的荷尔蒙供给本来就不足，和古斯达夫相比更是少得可怜，而他的，对于一个能量尚未被消耗掉的（至少没在女人身上消耗掉）二十岁的男性青年来说，应该是正常的。他说，他的性欲犹如野兽，像一群被拴住的老虎，很正常的吧。

我的荷尔蒙更属于精神类的。精神上我对他充满了欲望，我说的不是精神上的结合，而是精神上对肉体结合的欲望。我喜欢想象和他上床，相比去做，我更喜欢去想。

目前还勉强过得去，但如果我们结婚了，有了无数个机会的时候，这就会成为一个慢性的矛盾。一周多过一两次我就觉得不好玩了，但古斯达夫却认为一辈子都可以用来不断地做爱。

我想到这点，就觉得我们没结婚真是幸运。

*

复活节我们去了岛上，没有要谁来打掩护，但被给与了"要好好照顾对方"的忠告。面对跟平时一样的"别怀上双胞胎了"的唠叨，我做着鬼脸，但也知道这其中还有另一层更重大、更艰难、更紧迫的含义。

在路口下车的只有我们，汽车转个弯，嘎嘎地开走了。我站住，凝听着。树的沙沙声！山坡上森林里松枝发出的奇妙的声音。啊，我上次听到树的沙沙声是在什么时候了？大概还是上次来这儿时，同样的树。

我很高兴我们又来到这里，可以让那次的尴尬被新的记忆所覆盖。这次的季节跟上次完全不同，阔叶树的叶子都落光了，可以极目远眺，纵观世界了。今年的复活节来得早，阳光，寒风，即便在屋里，嘴里哈出来的都是白烟。我们先把那些潮湿的床单拿到太阳下去晒，然后给炉灶劈柴，古斯达夫教我用锯子，我干得热火朝天的。还有什么能够像体力劳动这样让人快乐？劈柴就更好了，是无与伦比的发泄方式。如果让古斯达夫来做的话当然会快一些，但我得练习呀。我拒绝放下斧头，跟他说如果他想找事儿做可以去煮土豆。

到晚上的时候屋子里稍微暖和了起来，我们住在那栋大一些的房子里，所有的墙上都挂着刺绣的格言警句（他解释说，是奶奶留下的）："自己的家黄金般宝贵""不要在日落前赞美""主之恐惧，智慧之初"。我们睡在了"主之恐惧"的下面。

树叶掉光了，便可看到邻居家平时被植被挡住的房子了。那里一年四季都住着一个小老太太，她大概有一百岁了，一直都在那儿的。古斯达夫经常帮她搬柴火、提水。不知道没人的时候她怎么办，一定是有小精灵来帮忙吧。早上我从窗口看见古斯达夫在去井边的路上站着和她说话，等他提着水桶进来时我好奇地问他说了什么，他笑起来："她看见有个小姑娘跟我在一块儿，说就是就是，趁年轻要好好玩儿……"

"什么好好玩儿，真可笑。"

"不好玩儿吗，和一个小姑娘住在乡下的小屋里？"

"我可不是什么小姑娘。"

"不是吗？至少你看上去是的。"

"有可能，但你可以跟她说，和我住在一个小屋里是不好玩儿的。"

外面只停了一辆自行车，但古斯达夫在老太太的柴屋里还看到过一辆，她愿意借给我们。第一眼看上去它挺破的，一定几十年都没用过了，但在给它打上气上好油之后它又恢复了元气。从前的东西质量真好啊！我大声说，踩着那个极其陌生的家伙，摇摇晃晃地上了路。

我们骑到渔港下面去看船，骑去上面的小卖部为周末做了采购。然后我又劈了些柴，不是因为需要，但以防外一，我可预防性地发泄一下对吧？

圣周五这天刮着冰冷的带着雪粒的北风。古斯达夫打电话问教堂有没有接送服务，把教堂的执事给问蒙了。假日居民没有车却想参加礼拜的，还没有过先例。后来执事又吞吐地说接送是有的，可仅为本教区的居民提供，我们这种情况让祖先们的教堂不知如何是好了。

这是个有诱惑力的挑战，于是我俩把所有的衣服都穿上，骑上自行车上了路。将近十公里的路，在逆风中感觉有三十公里，我们骑到的时候布道已经开始了，可它不太值得这一路的辛苦，不值得。为什么牧师都这么正能量？我不介意诗篇和仪式，但这些只是被称为布道的陈词滥调。当牧师讲到为什么无需在圣周五难过的时候，古斯达夫扑哧笑出了声，我在旁边生气地推了他一把："你一定要笑的话，能不能在心里笑，别出声。"

回去比的时候快了两倍，现在我们也饿了，一头扑向了抹着越橘果酱的煎饼。就是说，我们还得先把它们煎好了才能一头扑过去。我们轮流着煎，倒不是因为什么极端的平等主义，而是我们太饿了，得边做边吃。

平时的话，我们确实是很严格地遵循平等原则的，做饭、洗碗都平分。古斯达夫对此表现出的那种欣喜让我很不高兴："怎么着，你以为我会让你养家糊口吗？这很难说，你看看埃里克就知道了，我以前可从没注意到你还有持家的本领。"

"是没有，你想吃好吃的当然还是得自己做，但开开罐子，搅搅拌拌的我是可以搞定的。"

我得知他买了羊排做复活节晚餐，还是得他自己做，他照着烹调书在炉前搞了半天，我则抱着袋甘草条躺在厨房的沙发椅上：你可真有兴致。

做好了当然还是挺好吃的，这我没什么好说的，但值不值得这么麻烦呢？我的意思是，如果你能靠罐头和甘草条过日子的话。

两条船都需要刮磨和油漆，划艇和帆船都是木制的，得花上好些天的工夫。但天气却不允许我们在户外待得太久。大部分时间我俩都在暖和的厨房里，各自坐在藤椅上，人手一本书，把脚伸到炉子跟前。古斯达夫读《伊利亚特》，他在学文学史，这是他的教材；我读《罪与罚》，因为他说没读过陀思妥耶夫斯基的人不可交也。

小木屋型的幸福感：柴火噼啪作响的壁炉，一间夕阳下温暖的小屋，瑟瑟风声，古斯达夫和我，我们的世界文学。

彻彻底底的小木屋幸福感，直到外面的世界又来提醒我们，提醒的方式是古斯达夫的父母复活日上午要来岛上了。他开始说起要把闹钟上好准时起床，以便能正经体面及时地把他的床搬到厨房里去。我呻吟起来，又来了！什么是正经体面？不诚实比放荡更体面吗？

"你真以为他们会相信这个？你不觉得他们早就明白了我们已经睡过了吗？"

"有可能，但和让他们直接看到还是不一样的，看到了他们也许会觉得不得不来干预。"

"随便你吧，我可不管这样的傻事儿。"

可这并不这么简单，晚间茶之后他想亲热，我推脱着，但他却不罢手。

"你这是怎么啦？为什么这么有距离？"

"什么有距离，"我哼哼一声，"跟平时一样的啊。"

"是的，跟你平时最有距离的时候是一样的。"

"不能一天到晚都要交配吧，我们昨天不是做了吗，还有前天，还有周三，两次呢，我的荷尔蒙也不是要多少就有多少的。"

"这不只是荷尔蒙"，古斯达夫说，"不只是交配，（为什么他用我的话还要像打引号似的？）是我怎么都接近不了你。"

"我讨厌双重道德，"我嘟囔着说，（虽说我不想再讨论这个了，但这总好过那个"我平时有距离"的话题。）"你先把我搞成个坏女孩，然后在亲戚面前做出一副好男孩的样子，我觉得你这样就像是在跟我划清界限似的，很难理解吗？"

"我不是想跟你结婚吗，有没有？是你不想啊。"

"他们可不知道这个。"我简短地说。他面对我这突兀奇怪的逻辑，眨了眨眼睛。

"我只是觉得没必要伤害他们，"他解释说，"他们对一切的看法都跟我们不一样的。如果是你的父母，你难道不会这样做吗？"

"现在我们说的不是我父母。这是你的问题，但我只想告诉你，我觉得你是个伪君子。"

然后我又想了想，如果是我的父母会怎样，我不寒而栗。

"如果是我父母，"我说，"要是我问心无愧的话，就敢做敢当，要么我干脆就不做。"

我又想了一下补充说："我会头一天晚上就把床搬出去睡一夜，至少那个晚上是真的，而不是大清早来做这事儿。"

"伪道德！"他笑了起来，"那不过是一种更隐晦的虚伪，自欺欺人罢了。"

我们没什么好多说的了，除发现对方很假很虚伪之外我们没什么好说的了。于是我们就上床来睡个和解觉。但这时我已经没情绪了，无法分享他的肉体快乐，看着只是让我更加绝望。他的脸凑在我跟前，那么天真，那么柔软，赤裸裸的，完全不设防。他就是这么个小孩，"好好照顾对方"，这责任重大，我哭了起来。

古斯达夫关切地抚摸着我的头发，试图和我说话，可我浑然无力。他披上了睡衣，蹲在床沿，把头靠在我的头旁边。"睡觉吧，"我小声地说，"让我睡，好吗？"

他终于从我这儿走开了，把他的床搬了出去，在厨房里度过了剩下的夜晚，以便虚假而体面地等待公公、婆婆在第二天上午的到来。

我去森林里散了个步。

*

虽然我们的机会不多，但同样的情形却反复出现：古斯达夫有情绪了，我却没有。怎么办呢？该怎样妥协？

大部分的时候，尽管一开始我并不想，他还是可以调动起我的情绪的。但这需要无比的耐心和投入。古斯达夫是有这耐心和投入的，但我没有。有时候我连来情绪的情绪都没有，连任人摆布的情绪都没有。

我说不要，他就会难过沮丧，确信我不爱他了，然后每次都会以我跟他上床而告终。

于是情色行业就这样开始了，像每个时代里它都被人发明那样，现在又被我发明了。"你这么说，也太夸张了吧，"古斯达夫说，"我们可是连婚都没结的。"那会是什么呢？如果你不想跟人睡却不得不睡，那肯定是为了得到别的什么，性交易的实质正是如此，不论你是用金钱、婚姻还是别的什么来作交换。

"咬紧牙关，想点儿别的。"这个是给女人的古老忠告。但这也行不通，我不投入他就会不满，如果我不喜欢，那么他也不能享受。

说起来这也算不上是什么很高的代价，我换之而来的当然是安全感，还有集体感，包括一种性生活的安全感：用"我现在没兴趣但和他睡"来担保"我有兴趣时有人可睡"。不过现在永远都没时间有什么即兴的情绪，总会提前就被"满足"了。再说，从心理学的角度，我也怀疑这是否可能：这一回你咬紧牙关想别的，下一回你则投入而享受。违背自己的意愿所带来的心理创伤，是会影响你的整体体验的，让你对这类事情冷淡起来。他的每一次亲近都成了一个威胁，每一个抚摸都会带来反抗。我们被困在了自己的角色当中，不能自拔：说要和说不要的人，或者更确切地说，说不要和说要的人，开溜者与唠叨者。

"你没法设身处地理解，被利用是何等的屈辱。"我抱怨说。

"你没法设身处地理解，被拒绝是何等的屈辱。"他回答说。

"我当然能，我能想象如果有肉欲的是我而躲避的是你，我敢肯定，那一定糟糕透了。"

"你这么说我也能够想象，如果我不愿意是什么滋味。"

"但你无论如何也无法设身处地想象在这种情形下和我睡觉的滋味，因为生理上是不可能的。"

他承认我或许有点儿道理。

"但作为想象实验，去想象我被利用相比去想象我没肉欲，难不了多少。"

"是的，两者都同样的不现实，对吧？我正是这个意思。我不知道为什么我俩在这点上看法如此不同。"

他也不知道。

8

剩下的英语课严格说来，我只需凑出一篇研讨论文就行了。几页而已，小事一桩，不值一提。但我在选题上却拿不定主意，只好去问古斯达夫。

"你们系上肯定有人以前也做过的，你选定个范围就是了，他们那儿一定有长长的选题清单。"

"长长的选题清单我自己也能搞，问题是大部分的选题都大同小异的。"

因为古斯达夫没能给我个什么建议，我只好在教务处学业指导的接待时间去系上查一下目录册。我到那儿的时候教务助理不在，只有一个老师坐在那儿给学生监考，他鼓励我去见一下我的博士后导师。

"哦，好的。"我说，就像这主意很新鲜似的。

其实这是个老主意：在他给我文学课监考的时候，我已经就论文选题问过博士后了，他一副"论文是再麻烦不过了"的样子，说我可以从阅读课中选一本书来做文章。

不巧的是，现在博士后的办公室正好就在走廊旁边，因为门是半开着的，所以他有可能已经听到了我们的对话，于是我只好走进去了。

我尽量用轻松的语气：

"嗯，我在给论文找个题目。"

他把头从一堆纸里抬起来，摘下了眼镜。

"是吗？你以为你可以在这儿找到？"

我用眼睛四处扫了一下，会客的靠背椅、桌子、没洗过的咖啡杯、书架上的燕麦盒、他坐在那儿写的那些纸。

"哦。"我喘了口气，抱歉地笑笑，好像我当然应该明白，英语系是城里最不合适来找个英文论文专题的地方，而英文博士后则是所有的人当中最不应该提供咨询意见的人。

"哪个方面的呢？"

"现代文学吧，我想，莎士比亚什么的该写的都写过了，是吧？"

一篇十五页的研讨论文当然没人认为能写出什么新意，可我这番夸张的话并没有引起他的反应。

"哦，嗯，你可以从教材里找点什么出来，欧威尔、海明威。"

我没吭声。

"劳伦斯。"在用眼光打量并鉴定了我的性别之后，他又补充说。

"好的，"我说，"可以是他们其中的任意一个。"

"这样你就把以后的考试也准备了。"

真够可以的，他居然不记得 个月前已经亲自给我监考了现代文学。

"好的，我看看萧伯纳。"我希望结束这个谈话。

他似乎也没注意到我说了个他并没提到的名字，或许他没听到我嘟噜了什么。我退了出去，还没把门关上，他就又回到了他的那堆纸里。

萧伯纳虽然挺好的，我对他了如指掌，可是我写他什么呢，这才是我想知道的。

管他的呢，我骑车回了家，躺下来读我从古斯达夫那儿借来的内斯的《经验语义》。

*

"你爱我吗？"古斯达夫问。

"你说的'爱'是什么意思？"

他叹了口气。

"我觉得，你不能提这么个问题，"我解释说，"'我爱你'这句话没有逻辑价值，只有感情意义。如同虚无主义者对道德的陈述，就像是说了声'唉'或'哇'一样。"

"或许它是一个表演性的表达，就像是说'我保证'，说的即是做的，就是它的内涵。"

"但这种说法，只是个假象，在现实生活中是不可求证的，好比你说了'某人在某地做了某事'一样。"

"人们可以在需要释放内心压力的时候说'啊，我多么爱你'，但你不能用它来提问，作为问题它是毫无意义的。"我解释说。

"你知道我什么意思。"古斯达夫说。

"当然，我知道你的意思。我确实爱你，有时候，刮西北风的时候。"

"'去爱'是一种意愿，是一个你做出的决定。"

"哪里，'去爱'是你无法决定的。爱情来去匆匆，谁都不知晓其规则，但你可以决定不去理睬它。"

我决定了不去理睬感情这东西，以及它的稍纵即逝：不能把生活建立在激情之上，不能永远都在热恋中。和半年前相比，我现在对古斯达夫的感情不同了，但这并不让我担心。

可是他却很担心，从早到晚。

"你没把赌注押在我这儿。"他抱怨说。

"押什么押，又不是什么该死的转盘游戏！"

"你不在乎我，只是接受我，像接受一个室内装饰，居家物品，锅啊什么的，你把它放哪儿就去哪儿拿它，一个你随处可放随手可拿的东西。"

"对啊，有什么不好的？这就是我理想中的关系：整洁光亮的一架锅碗瓢盆，搁哪儿就在哪儿，需要时随时可以拿下来。理所当然地知道彼此的位置，其他的精力就可以用来做些更重要的事情。但这样不停地翻来覆去分析我们自己和我俩的关系，一个这样管不住的，不断要从架子上蹦下来满屋乱窜，要引起你注意的锅……我该拿它怎么办？"

他没打招呼就走了，我真烦，我发现自己竟然也陷入了家庭斗嘴这类蠢事当中，我又难过又屈辱。

爱啊爱的，我是爱他的吧，但一定得说吗？就像爱国这事儿，作为概念，在我看来同样的危险而没必要。全世界我当然最爱瑞典了，如果不生活在这里我是活不下去的，我爱它因为它是我的家园，即便它不是最宜居的地方，可我也不会因此就要站起来唱国歌或者挥舞着那蓝黄的旗子。爱国，只可意会不可言传。

我希望和古斯达夫也如此，一起在家里就够了，不用说来说去的。

我上床睡了一觉，醒来后没那么生气了，但却更加难过。

"有些人，生来就不适合婚姻。"古斯达夫引用了谁的话说。是的，这么说他为什么不放弃改变我呢？不管从哪个角度看，显然我们最好还是分手，这样他可以重新开始和哪个更适合的人去拥有他的幸福婚姻，而我则可以舒舒服服地老去。

我一边做着咖啡，一边发现这是如此显而易见。咖啡还没喝，我就把杯子搁在了一边，躺着哭了起来。正在这个时候，他来按门铃了，我就正好在他怀里哭了一场。

"我们可不可以不吵这个？"我恳求道，"可不可以不讨论我们应该怎样，而只是顺其自然？"

"天气挺好的，我们可以出去骑自行车。"

于是我们就出去骑自行车。我们把车取出来，踩着车穿过了城区。春风里，街道干燥，尘土飞扬。在特格坡上，一辆卡车开了过来，满载着从冬季仓库里拉出来的公园长椅。阳光明媚，在阿芙·查普曼帆船旅舍的甲板上可以坐下来喝咖啡，可我们继续骑，骑去卡斯特岛，隔着地上的水洼，我们手拉手地骑着自行车。

我忘了戴帽子，骑了一路之后，头发乱成了一团。我也没带梳子，当我们在卡斯特下面的山坡上坐下来时，我把古斯达夫的梳子借了过来。他不满地看着我像平时那样梳头，梳子卡住了就拽，头发一团团地落在草地上。让我来吧，他再三地说。你怎么行啊，我说，但他坚持说我总可以试试吧。

好吧，我坐在了他的膝盖间，他给我梳头。有人梳头挺舒服的，是的。可当他说梳好了的时候，我却很怀疑，把梳子从他那儿拿过来试着再梳了一下。头发里的结都去哪儿了？

"我把它们理顺了，这又不难。"

我把梳子还给了他，又有了挫败感。你哪儿来的耐性？

*

到现在，我很为没人能告诉我该如何写论文而生气，于是我化愤怒为力量，随心所欲地写着，用上了所有学过的科学术语和学术行话。措辞的快乐很快让我陶醉了，内容也就顺理成章。古斯达夫说动笔前我应该决定要写什么，可我却只是一味地写，至于写了什么，还是让读者自己去决定吧。

写了十六页之后我打住了，也不知道算是写完了没有。既然我不知道该怎么写论文，当然也不知道它是不是已经写好了。反正我对它已经很烦了，把它打包进了行李，去正在岛上打理他的那些船的古斯达夫那里。

他说这是他读到的最好的有关"我如何看待萧伯纳的《康蒂姐》"主题的论文。那就行了，我把它寄给了博士后。

古斯达夫在给船刮磨，我去森林里走了走。树下铺满了白色的银莲花，忽然下起小雨，静悄悄的，犹如一阵低语。"好像所有的天气在乡下都很美丽。"我热切地说。我们在屋角把自家种的荨麻采回来，煮了个美味的汤做晚餐。

但手上没活干，我的存在焦虑感又来了。我将来的人生要做什么？但首先的问题是，我夏天要做什么？

我不是特别喜欢旅行，但也很高兴我有旅行过。抛开那些繁琐的细节，国外旅行的记忆还是很美好的。去年夏天我什么都没做，过后感觉空空的。现在我翻看了一堆旅行广告手册和课程，报名准备去以色列参加一个月的基布兹生活。

"为什么偏偏要去以色列？"我回城办护照，把我送到蒸汽船码头的时候，古斯达夫问。

"因为在那儿你还可以一边干活儿，一边做点有意义的事儿，包括环游约旦和黎巴嫩，但只是观光而已，主要还是在以色列。"

"那你观光的时候要留意一下那些难民营。"

难民营？哦，巴勒斯坦的。

"我会留意一切的，"我保证说，"要是我回来的时候变成了个锡安主义者就奇怪了。"

我不知道他不喜欢我这次旅行是真的出于政治原因，还是仅仅出于一种合理的个人感情。他两年前和家人度假时已经去过了以色列，我觉得他应该也让我可以去享受看看这个国家的机会。

"你为什么不能在岛上呢？"他问，"难道它不是人间天堂吗？"

"我只是觉得我还没做什么让我有资格拥有这个天堂。再说它又不是我的岛，我想先一个人做点什么，然后夏天剩下的日子我们可以待在天堂里。"

"那我们什么时候去开帆船呢？"

"我回来以后还有时间吧，我又没有打算要移民。"

"你爱我吗？"他在栈桥上问。

"你说的'爱'是什么意思？"

"什么意思都可以。"

"这么说的话，什么都会有'我爱你'的这层意思。"我高兴地说（一只脚踩在甲板上）。

9

"你在公共场所不要责怪我好吗？"古斯达夫小心地说，"我们单独在一起时我还受得了，但有人在的时候好尴尬的。我恨不得一头钻到地里去，但我唯一能做的就是走开。我走开了，无地自容。"

不知道他指的是哪一次，我可以想起好些个场合，越想越不舒服。或许是在那天的家庭晚餐上，公公问我论文写的是什么，古斯达夫笑嘻嘻地说马汀娜要等读者自己去判断，我就冷冰冰地解释说那只是我做的一个分析萧伯纳的《康蒂妲》的尝试而已。我故意把重音放在了"尝试"上面，好像我在分析方法上的不足应该是古斯达夫的责任似的，因为他没有替我来写。

要么是在我得知以色列之行因可能爆发的战争而被取消时，古斯达夫给哈丽叶特解释说马汀娜以为这都是她的错，就因为她要去，中东就会爆发战争，我就嘟哝着说他是幸灾乐祸，说引发战争的更可能是他的那些热切的祷告。

也可能是那个周末，和他家人在岛上，雨下个不停，我和安娜·卡琳在一个屋子里待了一整天。我都快疯了，穿上雨衣冒着暴雨要出门，古斯达夫说马汀娜觉得乡下所有的天气都很美丽，而我则摔门而去，把玻璃窗都震得嘎嘎作响……

是的，他会揶揄我，但都是善意的，以我俩之间向来用的一种自然说话的语气，不是为了在别人面前嘲笑我，而是想通过提及我们曾经说过的事，表示我们之间的某种默契。之后我是能够意识到这一点的，但当时却什么都意识不到。他的套近乎只会让我浑身上下不舒服，我会极力挣脱，在心里踹上他一脚，和他说些气话，然后走掉。直到引起了周围人的反应才意识到，因为人们自然就会对古斯达夫表示同情。

有人在的时候我就是受不了跟他在一块儿，再说我也不喜欢跟谁"一块儿"和别人在一起，我是说，有很多人在的时候，你是跟谁在一起的，他从某种意义上便要代表我，我也要代表他。比方说我就很讨厌我得为古斯达夫讲的那些傻乎乎的笑话负责，哪怕别人都笑了我也会坐在那儿无动于衷。最讨厌的是他要插话，以一种更了解我的身份去跟人家做解释或者发表评论。

和哈丽叶特在一起有时也会这样，记得有些晚会上我会因为她在场而挺不自在的。她太了解我了，我不能表现出我希望中的马汀娜的那个样子。是的，我想起了好多类似的场合，结论是，我就是这么一个人来着。

这不是什么借口，当然不是。在旁人面前跟你的对象赌气是没道理的，应该等到你们自己单独在一起时才对，这点面子还是要给的。我也不打算为自己开脱，我说过我挺不好意思的，不知道该拿自己怎么办。

我坐下来给他写一封信，虽然他现在也在城里，但这样的事用书信讲要容易些：

"我知道我很难相处，你不用告诉我这点。我知道只要我不改变，对你来说都不是什么安慰，但这也意味着，我意识到了我是有愧于你的，因为你得来忍受我。

跟人在一起真不容易，我一个人的时候不论心情怎样都不太有所谓，总能找点别的事情来做，不去想它。可是当我和你在一起时，突然就有所谓了。你会在我自己都没意识的时候留意到我的情绪变化，它们通过你被放大，然后就好像变成了你的过错似的。我注意到了，在我写不了论文，去不成以色列，甚至在岛上下雨的时候，我都表现出是你的过错的样子。我也不知道为什么，但就像你在给我机会，让我可以把一切都怪罪于你，对你发脾气似的。

你别以为我会变得更好，我只会变得更糟。我会责怪会抱怨会因为下雨烦你，会拒绝你的亲近，会推迟我们的婚事。等到我们结了婚我还会变得更糟，会当着全世界责怪你，会离家出走会背叛你会在糖里撒下玻璃碴，但我也会和你坚守在一起，因为你是我的另一半。

不管是谁和我分享人生，我都会对他不耐烦的，会因为下雨而责怪他，那个能受得了的我人一定是一个可以成为圣人的人。

你想要我吗？"

我把这信读了一遍，觉得它不像我想象的那样带着忏悔，听上去似乎没有内疚感，看来坚信"我无力改变自己"这一想法又乘虚而入了，阻止着我去许下一些我无法信守的承诺。我提笔又修改了一下：

"附：我是说，可以原谅我吗？"

我试着用条圣经引言再来修饰一下，在一个角上添上："《箴言》27:15"（大雨之日连连滴漏，和争吵的妇人一样）。

我赶在当天邮局最后一次腾邮箱前把信投了出去，好赶在我们新一轮的分手与和解之前把信寄到。

好吧，古斯达夫说这次他就原谅我了吧。但然后呢？然后会怎样，我们一辈子都会这样吗？他说到我们的生活，我们的将来。我叹了口气。

我们躺在哈加公园的草地上，我们的自行车在一棵巨大的橡树下友好地互相靠着。布鲁斯海湾在阳光下闪烁，紫丁香在我们头上开放，我们在为我们的未来争吵。

他希望我们订婚。

"那只会把亲戚都给卷进来的，"我不耐烦地说，"却不会改变我俩之间的什么。"

"亲戚已经都被卷进来了。"

"可不是我卷进来的！"

"有个戒指多好。"他说，天真无邪的样子。

当然挺好的，我没出声。谁不觉得有戒指挺好的，谁都可以这么天真的！左手上戴着个闪亮的金戒指甩来甩去走来走去的，所有人的心里都有这个愿望，这也是大部分人要订婚的原因。可我以为成熟的人能够免去这类事，在我看来订婚的唯一意义就是宣布结婚，以订婚代替结婚是习俗惯例的最可笑的胜利了。

"他们觉得这看上去挺奇怪的，"古斯达夫说，"你住在岛上什么的。拖得越久，他们就越会觉得看着奇怪。"

我不满起来。

"你先把我请到乡下，然后说亲戚们觉得我在那儿看上去挺奇怪的，所以我们至少得订婚。我把这个叫做'要挟'，你搞得就好像是我毁了婚约似的，我告诉你，不是这样的。"

"那你的意思我们该怎样呢，一辈子都不结婚吗？"

"我以为我们已经结婚了。"

"是的，"他承认，"当然，在上帝和我们彼此面前什么的，是的是的，但在世人的眼里……"

"借口！如果不是你自己这样想，你是不会用它来跟我理论的。可是你怎么能这样想？你知道我是什么样的，你必须意识到一切都只会变得更糟。"

这正是他意识不到的。他认为我应该改变，应该学会适应、体谅、主动。

要是他没说"主动"就好了，"适应"和"体谅"兴许我还能接受，但"主动"，那超越了我的底线。他听上去就像个师长或者家长似的，像个道德说教的监护人，不，我受不了，我不能接受有谁来敦促我要"主动"。

"不行，算了吧，"我说着站了起来，"我想要你，但不想以法律的名义结婚。"

我们骑车回家，直到在我门口分手时，也没再多说什么了。我把自行车锁上，看着他。

"那你不想要我啦？"我问，指的是我十分钟之前说的话。他回答说不要。我们站在人行道上看着对方，试图判断我们是不是当真的，这是不是个结局。

我开始喘笑起来。

"你在笑吗？"

"你要我哭吗？"

他骑上车，转过身："你借的那本内斯的书，可以寄还给我。"

我笑得更厉害了，愤怒而歇斯底里：这关系到我们的人生，你却开始说内斯！

他走了，我进了屋。我们真的是当真的吗？我不去想它，关于我们，我今天没劲儿再去琢磨了。我把我打算在哈加公园看的《圣女贞德》拿了出来，在沙发上躺下。

第二天早上阳光依旧灿烂，但电话却没有声音。我喝了咖啡然后就不知道该做什么了。把《此刻》放在唱片机上，一首伤感得令人作呕的老歌：此刻，既然你走了，我将如何与所有这些我不在乎的人一起度过我生命中的时光？

我该如何度过所有的这些时光，我的人生。我好讨厌去面对"我的人生"。如果这只是一个普通的星期二的早上就好了。

但却不是，我不能骑车去哈加公园，一个人躺在开花的紫丁香下面。我怎么能再去躺在紫丁香下面，怎么能再去别的任何地方？

我打点好行装出门了。到别处去，去任何地方，反正不能在这儿，守着那唱片机里的老歌和沉默的电话。

我坐地铁到了沃伯格，然后再搭车往南，或许我可以去希拉家的夏日别墅找她，我大概知道在哪儿。

十分钟后我就拦到辆车，开车的是一个让人很烦而又健谈的男人。他问我去哪儿，我说去斯莫兰。这听上去挺模糊的，他大概会以为我一心只想被人接走。不过他也没什么好说的，他自己也挺神秘的，说他的任务就是开车到处走查看路况。为方便起见，我总是更愿意相信别人说的都是实话，除非有相反的证据。我不管他了，而是沉浸在我自己的胡思乱想里。

快到南泰利耶时他突然拐上了去仁宁根的出口，我懵了。当警车在路口把我们超过并截住时我还是一头雾水，只是很烦那些警察，他们要来做醉驾测试时，我甚至很为他们感到尴尬。我从来没见过这样的吹气仪，其中一位警员背着个盒子，在我看来和避孕套的盒子一样尴尬可笑，可以用作讲这类笑话的好材料。

直到那位警员说测试结果表明他醉驾，要我跟着上警察局时，我才明白了过来。那个男人否认他有饮酒，说他没安全驾驶是因为疲倦和失眠，正在离婚，他可怜巴巴地解释说：你们不理解我吗？

这可没用，谁都能大老远地闻到他满口的酒气，那个警察在车里捡到了伏特加空瓶，恐怕一直就搁在那儿的，只是我粗心得近乎白痴。

司机被警车带走了。我坐在司机的车里，由另外那位警官开着车。也不知道他离婚的事儿是不是真的。为什么不是呢？我俩一个酗酒，一个流浪。逃亡的路，会通向哪里？

在警察局我得说服他们我并不认识那个男人，我够傻的都没有注意到他喝醉了。还好我身上带了学生证，至少可以证明我就是我，但不知道这又能证明什么。但当他们问起我出生的教区时，我又犹豫了起来。我是在一个教区出生的？我只知道我是在婴儿中心出生的，但不知道是哪个教区。或者他们说的是我父母住的地方，我从婴儿中心出来后的社区？要留我工作单位的地址也不容易，哪怕没有警官坐在跟前把我的回答用打字机打出来。荷兰达街？不不，那儿只有学生会。奥丁街？王石街？皇后街？毫无疑问，我给他们留下了傻之又傻的印象。

他们还是把我给放了，但没把我带回原处，照理说这应该是个合理的要求。如果从这儿再走回E4公路，不知要花多长的时间，再说那可是高速公路。现在已经是下午了，天黑前我是来不及去希拉那儿了，而且我也一点儿都不想去了。看来冥冥之中有什么，在指点我：回头。

既然都到这儿了，那就给父母打个电话说我今晚要回家过夜吧，让这趟出游不至于显得太滑稽可笑。

上楼时我想，不知道古斯达夫有没有注意到我失踪了。哦，他知道的，哈丽叶特给我汇报说他已经来过了，可她也什么都不知道。

我打电话到布拉葛路，他父亲说古斯达夫去岛上了，这把我搞糊涂了：

"他不是明天要考试吗？"

"好像不考了。"

他的口气僵硬，就像我应该知道他的考试为什么被取消了似的。古斯达夫到底是怎么跟他们说的？

我尽量公事公办地结束了我们的谈话，然后打电话去岛上。

古斯达夫的语气不僵硬，但非常沮丧。

"你不明白你伤害了我吗？"

"我不是故意的。"

"不是吗？"

"我出走是因为我自己也受了伤害。我以为我们之间结束了！"

"你以为？"

扪心自问。

"我以为你是这样以为的。"

他抱怨说他一夜没睡，整天什么都做不了，最后只能跑到岛上去了。这是我的错吗？他这么爱我是我的错吗？我做了什么去助长他的情绪了？或许我是做了什么。

反正听他的口气是这样的，他说"我爱你"时，听起来就像个可怕的指控。

他让我答应他搭第二天的头班船过去。他把考试的时间推迟了一周，现在他想马上见到我。

那一夜轮到我睡不着了，我害怕。这最后会怎样结束呢？我不能没有你，古斯达夫说。我能的，但我不想没有你。看起来这好像意味着他对我更依赖，更无助。奇怪，我还以为他是我俩当中更坚强的那个。我强硬，他刚柔。他有快乐的天赋，我却没有。嗯，或许我也有的，但不是他那种快乐。

等到我过去的时候他已经冷静下来了。我在海边找到他，他在看书。他睡了个好觉，觉得让我也体验一下失眠挺公平的，我们就没再说这个了。我们一起掉进了那个绝望的洞底，没什么可多说的了。我们彼此在一起，这就够了。六月，阳光开始变得温和，他牵着我的手，我们一起走进了森林，躺在地上的苔藓上做了爱。夏日在我们的头上和身下，我们彼此在一起。如果我们不想或不能做别的，那这样也好。不，也不能说好，但就是这样了。反正，我们在苔藓上并排躺着，六月的阳光温暖着我们苍白的身体。我们抬起头，望着松尖上的夏日蔚蓝。

就这样了。

*

为了安慰我因被取消的海外旅行带来的失落，古斯达夫出主意说我们去赫尔辛基玩两天。因为再远的旅行，他既没钱也没时间，况且之后他还要和埃里克出去开帆船。

这虽然不是我所期待的，但也没有更好的办法了。赫尔辛基是座美丽的城市，和斯德哥尔摩既相似又不同，是一种独一无二的综合，一样的光线，一样的空气，同时又是那么有异域风情，比如那个完全陌生的语言，以至于在酒店我们都说不清楚我们想要的是双人房。我们在一条后街上找到了那家廉价的小旅社，又脏又破。他们给了我们各自一个房间，并不是因为正派体面，只是为了多赚点钱，而古斯达夫却不好意思去和他们理论，让我很生气。

为什么我就不能自己去理论呢？我也不知道。有了伴儿我就变得依赖起来，忘记了我自己也可以做事情，而是一切都让他来安排。我是习惯一个人旅行的，不是因为喜欢，而是从来就没人和我结伴而行过，但现在有了伴儿却不知为什么竟变成了个无助的包袱。我们去市区，是古斯达夫看地图弄清楚我们的方位，我只是跟着走，又盲又聋又哑。人说，四只眼睛比两只眼睛管用，我可没觉得。我只觉得我不管看哪儿，看到的都是古斯达夫在看着我，他挡住了我的视线。

长途旅行之后我有点头疼，吃过晚餐我就上床睡觉了，古斯达夫自己出去逛逛。

我睡了一两个钟头，十点左右醒了过来，悄悄地溜过走廊，去敲他的门，他却不在。他去哪儿了呢？他要是不回来，我就会被遗弃在这个脏兮兮没人听得懂我说话的旅社里！我带着被人遗弃和绝望的感觉回到了我的房间，都快哭出来了，我脱了衣服，上了床。

我没锁门，过一阵他过来了。我琢磨着我是用毯子半捂着脸表示生气呢，还是掀开毯子对他表示欢迎，最后我折中了一下：把毯子的角卷了起来，气恼地说："你这么久去哪儿了？"

"看电影去了，"他回答说，把鞋踢掉后，从毯子角钻了进来，《粉红豹》。

"电影，"我哼哼着说，"可用不着到国外来看吧。"

"躺在床上睡觉也用不着到国外。"他反应很快地回答说。

"可这是为了一起躺在一张床上而没人来干涉。"我继续用赌气的语气说，把毯子拉到我的下巴下，盖到了他的头上。

"唔，你有没有想过这旅社之所以肮脏就是因为有我们这样的人住这儿。"

"我们可是各有各的房间的，"我笑出来，"说到肮脏你能不能把衣服脱了？"

下午的时候下雨了，我们去逛了学苑书店，看了旅游商店里的陶器，然后古斯达夫想去参观一下乌斯彭斯基大教堂。我则宁愿在港口走走，远距离欣赏一下那圆顶就满足了。于是我俩就分开了一两个小时。

我做了个深呼吸，全神贯注，以免迷路或被车辆撞倒。我沿着码头散步，享受着异国的气息，发现我一边走着一边仔细地把所有的印象都记在脑海里，就像要做汇报似的。我走着想着斟酌着，为了一会儿能把一切统统讲出来，我一边走一边在心里给他写着信。

我在心中的信里说：两只眼睛比四只眼睛看到的东西更多。我们晚餐汇合的时候，我也可以用他的眼睛，去看看那大教堂。

*

古斯达夫出去开帆船的时候我回到了父母家里，到此为止我们还从来没有分开过这么久。我在门厅里走来踱去地等待着邮递员，就像去年夏天那样，但却比当时更加迫切了。我明白了原来有罪过就是这样被惩罚的：重复，补习。

他当然是希望把我带上的，但那船实在小得没办法，住不了三个人，而和埃里克一起开帆船则是某种传统。

他们出去了两周，回来时脸和手都被太阳晒得红红的，领口和袖口里面的皮肤却白白的，海上挺冷的。我能展示的则是我在城市公园里的一张毯子上晒黑的身体。

我以为这下古斯达夫航行够了，可他在天堂岛却还是坐不住，不让我清静，直到他可以带我再出去一趟。有天早上刚有了点适当的风，他就决定我们要去海上郊游一天。

这风刚好，他说。如果这是刚好，那大风会是什么样的，我在心里打鼓。

我一直觉得开帆船看上去很棒，当然近看也如此，白色的帆在风中扬起，船在水里溅起的浪花，等等。可是如果你远处看到船身倾斜甲板入水，都觉得是小小惊险的话，那么在船上的那种感觉就更是无与伦比的了。

我想帆船这玩意儿，还是从栈桥或檐廊上来观望的好。如果一定要去海上的话，那我也宁可坐那艘马达缓慢转动的简陋的小划艇。

古斯达夫父母的假期都是在岛上度过的。他们住在大房子里，他不得不住进了厨房，我则自己住在海边的小屋。和他一起时我忍不住会说这多虚伪，多可笑，但一个人的时候我也很享受，至少晚上可以清静一下。（为什么历来的道德卫士们就不明白或者装作不明白，光天化日之下也是可以乱搞的？）

在报上我读到了一封有关避孕药的女性读者来信，难怪避孕药这么有效，它会让你变得那么讨厌和不开心，连看你男人一眼的兴趣都没有了。难道真是避孕药的不是？反正有什么地方不对，我的荷尔蒙随风而去，越来越少了，而古斯达夫的却越来越多。第一次重逢后和他上床还挺好的，第二次也行，但第三次我就觉得有点烦了。

我也不能说是他的错，因为他绝对不是那种一味追求自我满足的野蛮的家伙。

"为什么你就不是那样的呢，我跟他抱怨，为什么你不能像咨询栏目里写的那些瑞典男人一样，周六晚上一个快攻就完事了。"

"那你就不会抱怨啦？"

"当然会的，那我终于就有理由可以抱怨了。"

我从来没听人抱怨过一个总要求反馈的无私的男人，坚持他的伴侣也要得到享受，一个不断要求你为他评论和喝彩的人。你还没来得及喘口气他的问题就来了：我还行吗？好不好？五星级的？是的是的是的，我叹着气，你是全世界最好的恋人，我不是说过了吗，怎么这么唠叨，我们现在能不能下盘棋，或者出去钓钓鱼？

照理说应该是天堂一般的日子，阳光、沙滩、帆船。可如果这是天堂的话，那我恐怕就只能是那条蛇而不是别的什么了，他让我觉得我自己是如此恶毒，如此邪恶。

如果仅仅是有时周六的一两次快攻我也就不说什么了，如果只限于偶尔一次老老实实的瑞典式的房事，我也就认了。但是，他对温情的永恒的需求，他时时刻刻都要亲吻的需求，他无论我去哪里都把我拽住的手臂，连经过一扇门而不被他趁机拥抱一下的可能都没有。如果我们要去哪儿，那他是一定会牵着我的手的。骑在自行车上还好，那多少有点惊险（前轮随时会撞一块儿的危险），但晚上去森林里散步时，他也要挽着我，一幅漫步中的家庭田园画面！这时候我就会挣脱，我心想：不具有爱的能力的痛苦，这难道不是地狱吗？

但只要我们做些具体的事儿这日子还是过得去的，天气不好的时候我们就着手维修一下海边的小屋，古斯达夫修修那漏水的屋顶，我给屋子里糊上新的亮色一点的墙纸。我们一起选墙纸，品味上我们罕见地一致，这有点像过家家，或者是以此代替那些严肃的事儿。他仍然梦想着婚礼，不可救药的浪漫，改不了的。对我来说，这个可能性早已无影无踪了。有些人，生来就不合适婚姻，大家最好能都认识到这一点。

这个晚上空气很闷，陆地那边一整天都雷声隆隆的，现在可以听见大点的雨滴落在树叶上的声音了。我坐在窗前等着看海湾的闪电，想必会是一大景观。

古斯达夫带着一筐柴火进了屋，把门关上，把湿漉漉的雨衣挂起来，在床边坐了下来，看着我。

"你爱的只是我乡下的房子，"他脱口而出，"你只是在利用我。"

"那你不满意吗？这可是你的伦理，要为别人奉献的。我怎么能够像不去踩那个门垫似的故意不踩躺在我脚下的人呢？

"我们可以像门垫那样躺在彼此的脚下，"他建议说，然后因为那个画面笑了起来，"这样就不只是一个人被踩了。"

"我觉得那好像不太舒服。你对对方有要求，那也不太合适你的奉献伦理。"

"我不要求对方的奉献，但我觉得你至少应该接纳我试图给予你的东西。"

"那不就是利用你吗？如果你认为人生的意义是削土豆，那么你尽管去削就是了，但你却不能要求我在不认同你的伦理的情况下，要把你给我盛的土豆统统吃掉。"

"为什么不呢，你还没有意识到削土豆的价值吗？"

"我承认形而上的伦理有它的审美优势，可以用来作装饰，爽心悦目，耐人寻味，但做起来却太不实用。"

"你是说我的伦理可以像艺术品那样挂在墙上，但在实践中却要去遵循其他的原则？"

"是的，到时候你就得把那些老生常谈的功利主义的智虑道德拿出来，不管它们是多么的贫乏无味。"

远处传来了雷声，不见闪电，但雨滴砸在了窗口。他站起来去看那刚刚修过的天花板，那个平时有水印的地方，如果现在不漏雨的话，那说明他干的就是一手好活儿。

"全世界最好的屋顶维修工。"我奉承说，开始把床罩叠起来，准备上床睡觉了。

"你不爱我。"他说，更加沮丧了。

"我当然爱你。"我说，更加生气了。

我是爱他的，以我的方式。古斯达夫却不认为这是一个很好的方式。我也开始想，他或许是对的。

下周六是我们的一周年纪念日，一年前的这一天我们在一起了。我问："我们该怎么来庆祝一下呢？"

古斯达夫立刻回答："披麻戴孝。"

10

我们系的走廊上排着长队，类似的队伍只有长周末前最后那几小时在酒类专卖店才看得到。新生注册，这类事儿是由学生接待处来打理的，我来系上是想找博士后问问他是否看了我在夏天前寄给他的论文。

他房间里没人，但公布栏上写着现在是他的接待时间，于是我坐下来等他。我听到他的声音在附近的什么地方，听上去是和几位老师在谈笑。半个小时后他回来了，很吃惊的样子，问我是找他吗，有什么事儿。

"我的一篇论文。"

他不记得了，在桌上的纸堆里翻了一翻，但没找到。

"算了吧，"我大方地说，"没太大的损失，我可以再写一篇。"（我挺乐意的，这样我又有点事儿可做了，一旦动笔便会挺有意思的。）

但他说可能在他家里，问我可不可以下次的接待时间再来。

"当然可以。"我礼貌地回答。

这样他就有了一周的时间，他还真找到了并且也看了，说挺不错的，他的意思是，让我把我的成绩簿拿出来，把成绩记下来。

我还需要上两门课才能得到文凭，但文凭又有什么用，每秒钟就有十来个毕业生出炉，最好还是趁着有工作机会的时候去找份工作。如果要找的话，大概也不会是通过职业介绍所。我猜这就跟住房介绍所一样，想要找到个公寓就得四处托人，看有没有谁认识谁有多余的房子，这是就我所见唯一可行的公寓介绍途径。于是接下来的几周我逢人便说我想要找份工作。等我正要放弃这办法，打算去邮局找份坐在那儿给邮件分类的活儿时（哈丽叶特行我也行），我的一位老同学打来了电话，她偶尔听说，在这学期结束之前，有一个英语和瑞典语代课老师的职位，如果我立刻和学校联系，就有机会得到。

"在哪儿呢？"我勉强地问。毕业时我们可都发过誓不要再踏入讲台的，虽说到目前为止大部分人都出于无奈而打破了这一诺言，我还是希望自己成为那最后的一个讲台反抗者。我以为她会说是在莫尔比或者夏托普之类的郊区，但她说是在海纳桑德。海纳桑德，在北方？这太出乎我的意料了，有种挡不住的诱惑。

我给校长打了电话。如果我能马上过去，他就雇用我。我当然马上过去。

除和同学们发过誓之外，还有很多好的理由不要踏入讲台，主要是很可能会被吓死，但如果不选择被吓死，那也会被饿死，或者因为存在焦虑而愁死。

古斯达夫也不为难我，他意识到一个鸿雁传书的马汀娜比起一个有存在焦虑感，一味抱怨没人要的马汀娜更好。他帮我拎着包去了中心站，和我挥手告别，答应找时间上来看我。

十月，可我要去往冬天的方向。在海尔辛阑树枝已经光秃秃的，再往上便是梅代尔帕德，然后就是翁厄曼阑。（我是做了功课的。）

在这座满是寄宿生的校园城里，住宿问题不难解决，感觉好像人人都在出租房子。校长把他一位亲戚的地址给了我。我走过几个可爱的街区，有矮矮的老木屋，我希望要去的地方也是这类老屋，但那地址却把我带到了一栋再普通不过的公寓楼前。三楼，窗子对着条安静的小街，屋子里堆满了家具和摆设。我把行李放下，去城里看看。

这城不大，有一座十九世纪的教堂，一个挺现代的城市图书馆，然后就是学校，好像就这些了。我在街角找到个公布栏，仔细地看了看，只有一个关于戒酒组织三月十三号活动的通知和一张周五十九点三十分《西部亡命徒》的电影海报。今天是周二。

别惊慌。我走进了一家咖啡馆，空荡荡的，只有几个年轻人坐在一张桌子边。我点了咖啡和三明治，翻看了一下收银台上放着的《西北日报》：熊的数量在北方有所增长。

我瞟了一下邻桌，说不定是我的学生呢。他们有多大，一点儿都看不出来。我不知道现在这个年纪的年轻人是什么样子的，我最不了解的就是现在的年轻人了。

但别惊慌，大不了就是死。

在返回公寓的路上我发现街上的人在回头看我，有两次我明显地注意到有人从蕾丝窗帘的背后打量着我。

我床头的墙上挂着两个用陶瓷框框着的格言："爱永不止息。""你为此祷告了吗？"

我给古斯达夫写了一封信，祈祷我能活过明天。

确切地说，当我用我的新钥匙把教室的门打开，让"孩子们"拥进去的时候，我需要克制住的不是惊慌而是狂笑。我坐在这儿做出一副老师的样子，这是可以把任何人都笑翻的，可"孩子们"却都一本正经的。只要他们稳得起，那我也稳得起。"孩子们"，在教师办公室里大家都这么说。他们长得都很高大，看上去比我们十七岁的时候成熟多了（说起来，比二十一岁的我也显得更成熟），但至于内心的成熟是否同步，我暂且不下定论。相比斯德哥尔摩的孩子们，他们反正是乖多了，很听话，叫他们做什么就做什么，让我一次次不断地惊讶。他们以近乎令人尴尬的讨好，把从我嘴里说出的一字一句都记了下来。下课铃响的时候，有几个人留下来和我聊天，他们认为我从斯德哥尔摩来是很厉害的，噢，原来让人钦佩我是这么容易的事儿。

有天下午，我去看望了我帮忙代课的那位生病的老师，了解了一下不同班级的进度情况，把他的备课材料、笔记和问答题借来看看，我发现教学上没什么可担心的。

问题还是在于如何在业余时间逃避精神上的枯竭。

周五十九点三十分，《西部亡命徒》，今天是周三。

电影院倒有好几家，但基本上放的都是同样的电影。

天气多云、有雾、温和。城外是森林，E4公路从那里穿过，往北是哈帕兰达，往南是斯德哥尔摩。

周三，将近黄昏。

E4公路往南，我给自己许诺说周六早上一定要拦个车回家，周末不能在这地方过，这太过分了。

这天早上周围都被雾笼罩着，路上湿漉漉的很滑，是个出事故的天气。但诺言就是诺言，不信守自己的诺言我将来如何能够相信自己？

这个周六的下午，当我走在空荡荡的铺满落叶的诺图街人行道时，我还是觉得有点儿不安。这感觉，怎么说呢，嗯，像是在作弊，开溜，没有留守。如果一到周末就逃回斯德哥尔摩，那么住在北方秋天黑暗的小屋里又有什么了不起的，分明就是作弊。

除了古斯达夫没人知道我回家了。他父母在岛上，我可以在他那儿过夜。我把学校的轶事和我业余时间里被扼杀的精神生活讲给他听着玩儿，他在我走后却一点儿都没闲着：除了要忙着照顾失恋的哈迪恩之外，还要搞越南公告，写关于缇图·克沃里昂德尔的学士论文，在赛格书店打工赚外快以贴补学习贷款。他讲的那些内部新闻的娱乐性远远超过了我讲的所有故事，书店唯一劳神推出的只有额仁马克的幽默系列，店员的工作就是问问顾客是否需要作者签名或者礼品包装。古斯达夫说他开始认同我的观点了，如果上班就是这么回事儿的话，那还是做一辈子学生的好。

我俩可聊的话题很多，度过了一个方方面面都很有收获的夜晚，然后天亮的时候我又得去哈加北站了。这会是个解决我俩共同生活问题的好办法。（再说，"共同生活问题"，多讨厌的词儿，就如《佩拉》里说的"发生亲密关系"，听起来好像是甲嵌或椎间盘脱出症似的。）

在胡迪克斯瓦尔和松兹瓦尔的路上我遇到了最不希望发生的事儿：我搭了两个胡子拉碴的男孩的车，而他们竟然是我的学生娃。我把他们认了出来纯属侥幸，各个年级加起来我有上百个学生，但在这地方看到张他们这个年龄而又让我觉得熟悉的脸，便不难猜出他们是哪儿来的了。

他们在把车停下来之前好像也没认出我来，他们的惊讶可想而知。这事儿第二天就在学校里传开了，但不知道它是让我赢得了更多的尊重呢，还是失去了我老师的威严，这年月我怎么知道年轻人是怎么想的。

*

讲课这事儿，好像也并不完全那么简单。我每天早上都信心十足的，每天下午却又疲惫而迷茫。我尽职尽责，去教室的时候把每个细节都准备好，备好课，知道我要说的每一句话。但一旦学生们参与进来，一切便乱了套。我以为让他们自己分组学习是个挺省事儿的办法，没想到分组本身就是个巨大的挑战：想参加的不想参加的和根本就不想做这练习的。民主？哈，混乱与专制之间的选择。

我说的话他们倒都是做了笔记，似乎很感兴趣的样子，但要他们记住却是不行的。我天真地以为我认真说过一遍的东西他们就能记住，但很快我就知道了，如果我把什么写在黑板上，又打印出来，并且口头上提醒他们两次，那么下周可能有一半的人会记住。

同事们友好地嘲笑我这个新手的乐观主义。我发现他们已经有了一种职业的冷漠，会用内部行话来讲学生的傻和没希望。我理解这是一种自我保护，并令人惊讶地容易陷进去，即便是像我这样刚刚做过学生的人。

我还发现，和学生要说老师的闲话一样，老师们在办公室里也会说学生的闲话。开始的时候我还挺吃惊的，我以为老师们的生活中有更高雅的兴趣，处于被压迫地位的学生们这样更自然些。但这也是一种自我保护，我们需要把自己的经验与别人对照，以证明自己没有看错，没有疯狂，不比别人更不称职。我们就是需要做比较，班级和个人。于是就有了闲话与是非。

这当然会造成一些偏见。在我见到他们之前，我就听说了8C是个格外棘手的班级。因为我期望如此，所以他们就如我所期望的那样了。小白鼠都这样，何况学生孩子们呢？

*

每个周末都回家，长此以往也是行不通的。但自从那次我坐了一千公里的车回去，就为了见一面古斯达夫以后，他的情绪就特别好，有史以来第一次开始相信我们的关系了，相信它是一个关系，那种一个没有被社会合法化的关系。

本来这样就可以安心了，可我却又找到了个新的争执的话题。原来你对我们的关系比你对我本人更感兴趣，我写信指责他。你的爱情是我们之间的障碍。我希望的只是我们彼此拥有，就像拥有架子上的一个锅那样，无需给它个什么特别的称谓，你却用我们的关系来欺骗我。

我承认，被欺骗的方式有比这个更坏的，但不管这让人觉得有多牵强，我就是这么认为的。我嫉妒他的投入，我羡慕他的激情，但我也害怕他的激情，因为它制造了一个不真实的我，所以我试图去建立一个"唯名论"的爱情观，只给古斯达夫和马汀娜，而不给他们之间的什么关系留有空间。

古斯达夫寄来的回信是《哥林多前书》7:29 - 30：

……那有妻子的，像没有一样；哀哭的，不像在哀哭；快乐的，不像在快乐；购物的，像一无所得。

是的，或许我正是在往那个方向探索。拥有彼此，如同没有彼此，轻松不经意地去爱彼此。恐怕只有这种形式的爱情才不会让我患上幽闭恐惧症了。

但当我们的通信来往进入下半学期的时候，这长期的分居生活竟然也让我在我俩的关系中找到些自我满足和安慰：我把他的照片摆在我那寂寞营地的床头柜上；在教师晚会上，我以在斯德哥尔摩有未婚夫为由来维持我的操守；我把日常生活的快乐寄托在他的来信和电话中。和我熟识起来的同事不多，他们大多都是成了家的，除那些教师晚会之外，他们并不感兴趣于其他的交往，而在那类晚会上他们却期待着跟你从没有任何往来直接过渡到亲密接触。

有个周末古斯达夫终于要上来看我了。我给他发了电报：《箴言》7:18，我早就为此准备好了，电报局的女士全然不知她发的电报内容是：你来，我们可以饱享爱情，直到早晨，我们可以彼此亲爱欢乐。

我没发16和17条，虽然它们听上去更加诱人：我已用绣花毯和埃及线织出的花纹布铺了我的床。我又用没药、芦荟、桂皮熏了我的榻。来吧……一来因为电报局是按字收费的，另外也因为我太实事求是了：我并没用芦荟和桂皮来熏我的床，只是预定了小酒店的房间而已。

头天晚上我躺在租来的公寓里，脑海里出现了一幅画面：我看见来自斯德哥尔摩的火车如何进站，古斯达夫如何拎着背包下车，我如何迎上去扑进他的怀里用亲吻把他包围起来。

可是，我想，这可不是对待一个锅的态度。这可不是一个随便的什么家用品，一个什么实惠的东西。这样的一种盼望，这样一幅重逢的幸福画面，这怎么说都是极为特别的吧。

周六上午从斯德哥尔摩来的火车进了站，古斯达夫下了车，我迎上前去。他看上去原来是这个样子，这种红色的头发，拥抱他原来是这样的感觉，我的鼻子只够得着他衣服上带着的那个越共徽章。

当我们在市区观了光，在港口散了步，在火车站的餐厅用了晚餐，在小酒店过了夜（没有芦荟、桂皮和来自埃及的麻布），然后再走到开往斯德哥尔摩的火车站台上时，我才明白我把自己给欺骗了。我骗自己去挥舞着旗子唱着赞美诗，虽然我知道我不该这么做。仅仅一个月我就已经栽培出了爱情，让自己陷入所有关于爱的想象中，而真正面对爱情对象时我却又失望了。

我们上次见面之后我想，我适合做的是一个水手的妻子，数月当中只有一两次激情的会面，但这也是个错误，除非我是一个永不上岸的水手的妻子。

"你说过要申请一个美国的奖学金的，"他找到座位后我隔着车窗说，"你真的会申请吗？"

"如果我申请到了，你会跟我去吗？"

"全世界我最不想去的地方就是美国了。不，我只是想，假如你在那儿的话，我会再爱你不过的了。"

"再爱我不过，除非我死了，对吧？"

"噢，就是，除非你死了！"

我立刻想象出那个年轻的黑衣寡妇的样子。唉，这么年轻就当了寡妇，但却对亡者忠贞不渝，每天都带着鲜花去墓地……这最终解决了我俩共同生活的问题。

*

　　黑暗渐浓，吞噬着白昼以及白昼里的每一段自由时间。上午在闪烁的荧光灯下上课，把你催眠得几乎无法保持清醒，更不用说学生们了。当我下午三点半沿着街道走回住处时天又黑了，广场上圣诞树的灯也已经点亮。

　　只有偶尔课间休息时才能跑出去透透气。远处山上的太阳和雪，把我的心往外拽着：出去，到外面的世界去。或许是我想家了。我永远都在盼望，生来如此。我翻看着日历，看到了四月，犹如看到了"幸福"一词，就因为我们现在置身在十二月里。秋天时我盼望着春天，春天时盼望着秋天，古斯达夫不在时我想念着他，家在远方时我想念着家。而此时此刻我则盼望着所有的一切，想念远方是因为我在这里，想念家是因为家在远方。

　　不然我还是觉得住在这个高纬度的地方挺有意思的。它是如此的不合情理，人们显然不应该生活在这样一个太阳无法到达，一天到晚都得待在室内才能活下去的地方，如此不合情理以至于你觉得它有趣。当我在早上七点的黑夜中从床上爬起来的时候，只需从全球的视角来想想，就会爆笑起来。

　　学期结束前几天校长来请我春季时为另一位老师代课，他们对我这么满意让我挺开心的，但我没怎么犹豫便回绝了他，这里还没到这么有趣的地步。

剩下的就只有给学生打分的忐忑之夜了（托马斯·尼尔森是什么鬼，我有学生是叫这个名字的吗？），以及一个让我有足够机会来守护贞操的冬至祭典似的晚会。我提前做好了准备，在那优雅的长裤里面穿上了暖和的打底裤。这打底裤除古斯达夫外是绝对不会给别人看的（中长，有可笑的条纹，即便可以和外裤一起脱下来而不被看到，但再一起穿回去却是不可能的）。

结果这些安全措施都是没必要的，倒不是因为没人来试着和我搭讪，而是来搭讪的人实在太多了，他们以全世界最无魅力的方式，不做选择，逢人便上，非但没让我感到荣幸还让我觉得羞辱。他们就近找人动手动脚，不成便走开，不会把时间花来跟你聊天，到曲终时剩下他一个人在那儿没舞伴。所以如果有人不是在清醒时，而是在酒醉失态时对我表示兴趣，难道我还会去欣赏他们吗？

学校里主教瑞典语的那位老师很是浪费了些时间来跟我跳舞，也试图用各种语气来说服我跟他回家过夜：

（诱惑地）"会很爽的，你说呢？"

（挑战地）"你不是什么贞女吧！"

（轻浮地）"这不意味着什么，我知道你有人了，我也是……"

我再没听过比这更糟糕的邀请了（你别太认真，我们不过就是上个床）。

"如果这不意味着什么的话，那我们还不如各自回家自慰呢！"

他就再没来请我跳舞了。一两个钟头之后，我看见他挽着女音乐老师跌跌撞撞地走了出去。

隆冬黑暗中的酗酒晚会和交配仪式。我坐在窗台下喝着橙汁，如贞女般冷淡，神殿般孤独，对人类充满了鄙视。

*

　　我和古斯达夫以斋戒和祈祷的形式庆祝了圣诞。倒不是为了纪念去年的圣诞，发挥披麻戴孝的精神，而是我们加入了一个支持发展中国家的运动，反对商业化和奢侈化以及圣诞节的疯狂购物。这个运动是去年某个教会发起的，现在壮大起来了，城里不少地方都在组织。我们在密德波雅广场一个供暖不足的场地，芭布如·阿文英和C.H.赫尔曼森等人在台上以演讲娱乐着大家。

　　斋戒两天之后我就虚弱得不行了，得让古斯达夫把我搀扶着回家。于是他就像有了证据似的，说明吃饭的需求不只是个小资情结什么的。这时候我又晕又弱，没劲儿去跟他理论争辩了。

11

　　我打工打够了，也就是说，这些个月我赚的钱够花好久了，至少会跟打工的时间一样久，而我能够规划的生活大概也就这么长时间。

　　一个有产者如果不去找点好玩的学来上，你还干吗呢？有一天，在北欧博物馆对面，我发现那幢我们多次骑车经过的童话般的房子原来是大学的一个院系，谁都可以进去登记做新生。这太诱人了：市中心的一个童话宫殿，带有箭塔、塔楼和阳台的小小的骑士城堡，教室里有瓷砖壁炉和金皮墙纸。我以前从未见过金皮墙纸，现在意识到，这正是瓦萨城区荧光灯教室里我所缺乏的。至于这座童话城堡里讲授的是民族学的课程，我也就认了。

　　"不是每个人都可以像你那样脚踏实地而又目标明确的。"我跟古斯达夫解释说。他认定了教师行业是他唯一的未来，正在为硕士论文做着最后的润色，然后准备去申请上师范学院。

　　当然我也是可以当老师的，我不会是个好老师，但相比大部分人也不会太差，不过这也不是个好借口：在我做了这么多年的学生之后，我认识到，做一名好老师是老师的义务，否则他无权去占用别人的时间。

好老师是有的，我这辈子也碰到过一两个。但在我自己尝试做老师之后，我只能说我不是这其中一员。我知道我可以站在教室里说些正确而智慧的话，但我却没能力带着威信去说，让人真的能够听得进去。我相信一个好老师必须得有威信，这一部分来自你的知识，另一部分则是与生俱来的气势。一个四十五公斤重的人能有什么气势？

另外，相比大多数人我更缺乏对教育学的兴趣，这也很基本。单对自己的专业感兴趣并喜欢与人分享是不够的，你还必须对学习过程本身感兴趣才行。我在学生们说英语而找不到词汇时会失去耐心，忍不住就会把正确答案告诉他们了。还有在给他们出了一个有趣的题目写文章的时候，我更愿意自己去写一篇，因为我觉得会写得比他们更好……

这方面我绝对是缺乏天分的。我怀着毫不含糊的喜悦走下了讲台，回到了课堂。

这个学院，包括它的地址也与其外观很般配：闲庭门。

我很快发现了这座城堡里还有一位童话王子。不，不是王子，他没有什么王室或贵族的气质，但童话，他是的。黑头发，黑眼睛，矮小而不臃肿，一个小型的理想人物。他总是穿着同样的衣服，棕色的灯芯绒裤，蓝色的条纹无领衬衫。他和他的宠物们住在老城的一个阁楼里，天花板很低，连他这型号的人都快站不直。他和鱼缸里的鱼、一只猴子、两只猫一块儿住那儿，如果他家里有浴盆的话，估计他还会养只海豹。

他吹笛子，写诗但没想要出版，客人要读他就给他们看，但不会主动去鼓动他们。

这一切似乎做作得令人恶心，给古斯达夫讲的时候，我意识到这听上去有多做作和恶心。可奇妙的是，他身上却没有任何让你觉得矫揉造作的地方，他就是这么个人，对自己的举止满不在乎，不明白正是这样的举止会被人理解为造作，而街上的那些淘气的小孩们取笑的也正是他。他养宠物是因为他喜欢和它们在一起，他穿条纹无领衬衫是因为他觉得方便。（这伪无产者的装扮就像幅漫画，我也有一件，是在家里穿的，但作为学生，我可绝对不敢穿着它去公共场合。）他吹笛子写诗是因为他喜欢，他学民族学是因为他感兴趣。（不像我，只是对墙纸感兴趣。）

他平易近人，助人为乐，是我遇到的最好的同志战友。跟他调情是一个荒唐的想法，好比跟《姆明》里的史力奇调情一样（我跟古斯达夫解释说）。他是一个童话人物，超越性别规范的。

史力奇应该是我能找到的对他最好的描述了，一个户外精灵，一个随心所欲，来去自由，对朋友很忠实，但又绝不为之束缚的人。

可以用"正直"一词来形容他，米克具有那种罕见的正直，有无法触及的内心，让人有强烈的想去接近他的冲动，一个你闪电般爱上的朋友知己。

*

第一学期的课很多，谢天谢地，这样我几乎周一到周五都能去那个童话宫殿里了。几乎每天课后都有几个人要一起去喝咖啡，或者去动物园岛散步，去博物馆或斯堪森。我热爱郊游，我和古斯达夫为什么就不再像刚认识的时候那样出去郊游了呢？

我最喜欢的是在斯堪森散步。有雪，安安静静的，没有人，除水池里的海豹之外，几乎也看不到其他的动物。我总是和米克一起待到最后。雪色黄昏，我们坐在海豹栏外面，可以聊无限久的天，直到门卫来说他们要关门了。

他还有一个超常的本事就是不睡觉。我从没把睡眠的需求当作小资情调，因为我每天就像个奴隶似的依赖着九小时的睡眠，但米克却似乎从不犯困。他可以整夜地坐在咖啡馆里，不是酒吧，他不喝酒，再说他也穷得像只教堂里的老鼠（没有学习贷款了，因为他早已超出了国家学生资助委员会所规定的学习期限），在咖啡馆，奥图或红房子咖啡，当生物钟让我屈服的时候，我就把他一个人留了下来。

有天晚上他从一个电话亭打来了电话。说他在学院的图书馆坐着看了书，觉得现在该去卡克纳斯电视塔探索一下。

我正在刷牙准备上床睡觉，但如果米克要我陪他去电视塔，那上床的事儿就得等着。

我顿时想到，如果我现在是和古斯达夫同居的话，那就不可能这样做了。我顿时觉得不和古斯达夫住一块儿是多么好。

米克在汽车站等着我，他坐在一张结冰的长椅上，抽着玉米烟斗，看起来一副"夜色多美好"的样子。我们坐电梯上到最顶层，再往上走了一层，然后又上了个闲人免进的楼梯，穿过一道门，走进了外面的黑暗中。那里比观景台高不出几米，但因为是禁地，所以很刺激，就像在童话宫殿里探索秘密通道一样。这上面刮着风，一片漆黑。他牵着我的手，以免我绊倒了。我们站在栏杆边上，整个城市都在我们的脚下。放眼望去，一片灯火。另外一边则是海，是冰。

风又冷又大，刮得最厉害的时候连呼吸都很困难了。等我们都快被冻僵了，才踱回去，下了楼，在观景台的自动售货机里买了杯热可可，暖暖手。

"旅行，"米克说，"应该去哪儿旅行一下。"

我使劲地点头："我也正这么想来着，山水与风景，是旅行的美好之处，要不然我们看书就可以更多地了解到那些陌生的国度。"

"但，感受风景，"他附和我说，"哪怕看电影也无法体验。"

在回市区的路上我们聊了聊我们曾经做过的旅行。他跟着我回了家。我们坐在地上靠着壁炉取暖。米克讲他浪迹芬兰的经历，从北部的三国边境到南部的赫尔辛基。我把脚伸到炉火边，恍惚地想到基尔皮斯耶尔维的篝火，当然应该做这样的旅行。

我醒来时，发现自己睡了一觉而米克却不见了，但屋里还有他的痕迹：地毯上是他的烟斗，他在柴筐边用一把小刀削的那些木条（他把小刀从单肩包里拿出来，就像别人在需要时把打火机或圆珠笔拿出来一样）。我发现，他总是忘记或留下什么东西，你可以称它为粗心，但也可以说，他不太看重物质的东西，视其为身外之物。

我下午上课时把它们带上了，听他说昨晚上他是一路走回家的，那时已经没有夜班车了。我可以给你钱打车，我说，这话完全没必要，因为他是喜欢走路的。

古斯达夫没问我晚上都做了些什么，他习惯了我一到晚上就睡觉了，但开始好奇我白天都做了些什么。

这天晚上他不期而至。

"你去哪儿了？"

"上课。"

"不是四点就下课了吗？我去了你那儿，心想我们可以出去吃饭的，可他们说你已经回家了。我给你家里打电话，却没人接。你到哪儿去了？"

"斯堪森，你要咖啡吗？"

他耸了耸肩膀，我开始烧水。

他来接我，我心想，如果今天我和米克在去看海豹的路上碰见了古斯达夫会怎样？那他就可以一起去吧？当然，可那就不一样了。他不会喜欢米克的，他会嫉妒。多可笑，多丑陋，多么错误。童话里是不应该有嫉妒的丈夫的！

我给他斟上了咖啡，我们喝着咖啡。他建议我们去看电影话剧什么的。我太困了，再说我还是得做点功课，古斯达夫嗤之以鼻：自从我转向以来他就没把我的学业当真过，他自己的学业则像是用尺子划出来的一条直线。

咖啡喝完之后他没再说什么了，我就把利德曼的《牧羊屋》拿了出来，古斯达夫则拿起一张报纸。我太困了，读不下去，只是盯着书发呆，心想这可不行，只会变得越来越可笑、丑陋和错误。我如果审视自己，能看到我是在尽量少地与古斯达夫有往来，尽量少但不是没往来，我不断回避着，半真半假，寻找托词和借口。

你不爱我，这是他通常的解释。我可从没相信过婚姻能够以恋爱为基础，它与此无关，而是与团结、友谊、互助有关。可我如果爱上了别人，那又怎么能和古斯达夫团结呢？

虽说他手里拿着张报纸可也读不进去了，他把报纸关上，起身要走，然后又坐了下来。

"怎么啦，"他问，"我们之间有什么事儿吗？"

"没有，没什么事儿。"我说。

这样说总是没错的，引开话题，把人搞糊涂，糊涂得连我自己都不知道我是什么意思了：是承认我们之间有"什么"已经消失了，还是惋惜没有"什么"介入我们之间，没有米克。

但古斯达夫是懂得谈话的技巧的，他不让我引开话题。

"那我们该怎么办？"

我沉默着，说又有什么用？

"如果我们之间没什么了，那最好还是分手吧。"古斯达夫说。

"我们总可以试一下，看会怎样，一个实验性的分手，像平时咨询专栏里所建议的那样。"

这会挺麻烦的，像我俩这样已纠缠在彼此的世界里的，要再纠缠出来挺麻烦的。不再只是有一两本书放在对方那儿了，而是有好多的东西。然后还有亲戚，分手最艰难的一点莫过于要告知亲戚们了。

但别人也搞定过这个，为什么我们就不行呢？只要下定决心，当然行的。

"我们还是可以做朋友的吧？"我说，虽然我知道这是全世界最粗鲁最愚蠢的台词了。可为了我自己，我还是这么说了，因为要完全失去他我会受不了的。

但他没有留下来和我讨论这个实验条件。他拿起外套，走了。

*

两天后邮局寄来了一本书，是古斯达夫从我这儿借的，一句话一个字都没有。我该怎么理解呢？

我得打电话问问他我该作何理解。

"林格伦。"他接电话的声音跟往常一样，高兴而关注的语气，好像他等待的是一个愉快的电话。

"喂。"我小心翼翼地说。

他立刻以拒人以千里之外的一种冰冷的"你找我干吗"的口气回答：

"喂。"

"我只想问问怎么样，你好吗？

"谢谢，很好。"他说，详细地描述他现在晚上开始好睡觉了，都长胖了。我们一起笑了起来，他声音里的那种冷漠没有了。

"你父母怎么说？"我问。

"他们说这样也好。"

"哈迪恩呢？"

"他说我们也许本来就不合适。"

"你家人怎么说的呢？"他又问。

"我还没告诉他们呢，"我嘟囔着说，"我们又不经常见面的。"

"你想跟我结婚吗？"

"我想和你做朋友。真的，不行吗？"

他的回答是：绝对不行。这正是我们做不到的，反正一时半会儿做不到。

平时我都是周末回家去看我父母，周五晚上妈妈打电话来问我们哪天回去，我拖延着说还不知道……

"你们是不是打算要去乡下？"

"嗯，没有，我可以回来的。"

"古斯达夫还在感冒？"

"嗯，没有，我还是会回来的。"

"你们不会是要分手吧？"

我做了个深呼吸：

"有可能吧。"

"那多可惜，"古斯达夫未来的岳母说，"他是个挺好的男孩。"

"是的，但光好是不够的。"（赶紧地）

"当然还要有共同的兴趣爱好，可你们是有的呀！"

"是的，但不够。"（对抗地）

"那是出了什么事儿吗？"

"没有，没出什么事儿。"（神秘地）

我也可以说，是因为糟糕的性生活，我们性方面不合适，我们伦理道德不合适，我们价值观不一致，可这就太多了。没有，没出什么事儿，我于是说。没什么特别的，一切都不合适。

我不明白为什么大家立刻就肯定分手是我的责任，但他们就是很确定：

"你遇到别人了？"

"没有啦。"（不满地）

"要是他现在找到另外一个人，你会怎样说呢？"

"对他来说，很好啊（攻击性地）。他想结婚，我不想。我现在这样挺好的。"

"现在你是这么说的，但想想当你……"

"当我又老了又丑又没人要的时候！"（跃雀地）

"你以为那么容易就找到个关心你的人啦，一个不只是想利用你的人。"

我叹了口气。她这么说意思很明白：我需要他是为了晚年的安全感，好像退休保险似的。如果要说利用的话，我可知道到底是谁在利用谁。

"反正，你可要想好啦，"母亲说（声音里是几代人的经验），"想好了再从像古斯达夫这样的一个男孩儿身边跑掉。"

我不寒而栗。想好啦，我可真不敢，想想我要抛弃的是什么。

再说，跑掉，什么跑掉？好像我需要跑到什么安全地带去似的，好像他会来追我似的。他不会的。

他是不会来追我的。

*

"这样也好，"希拉说，"你们反正都不合适。"

"从来没有谁像我们这样合适的了。"

"可是你已经不爱他了。"

"爱呀爱的（烦躁地），你总不能老是恋爱吧。"

"是不能，那你拿他来干吗？"

"当然是拿来'结婚'的啦，我们俩在一起其实挺幸福的。"

"你是想说其实你挺幸福的。"

"是啊，只是他老有问题，偏要不幸福。"

"那你可以和另外一个人'结婚'啊。"

"这正是我不能的，如果我不能和古斯达夫'结婚'，那我和任何人都不能'结婚'的。"

"那个谁呢，他叫什么来着，米克？"

"你开什么玩笑，他是个爱情幻想，可不是什么'结婚'的对象。"

"说起来，"希拉说，"你对这类事儿早就很超脱了，你曾经讲过你的大觉大悟，我记忆犹新，说人们完全不需要成双成对的。"

"那是从前，现在我可是习惯了。这是他的错，完全是他的错。"

"走着瞧吧，你会再改掉这个习惯的。"

希拉真傻，她完全不懂，没人懂我，除古斯达夫之外从来就没人懂过我。

这样一想我又开始笑起来，所有悬在心里的石头都落下来了，好像我需要的就是这个。我们属于彼此。我怎么能忘了呢？分手？多傻，我们是属于彼此的。

幸好，我都忘了其实是他主动要分手的，我把一份破镜重圆的邀请信给他寄了过去：《传道书》3:7。

古斯达夫来电话说，我们什么时候可以见个面吃个晚餐吧。今天怎么样？我说，我可以做。但他却不上当，要见面就在餐馆，中立地带。走一下过场我是可以接受的，然后我们会一致认为16天的分手实验以失败告终。

我们在奥丁广场的德让邦藤门口碰了头，面对面地坐在张桌子旁边，忍俊不禁，笑我们喜剧性的授受不亲，做出一副分了手的样子。

着实让我惊讶的是，他原来已经又开始和别人约会了，更让我吃惊的是他也愿意把她给甩了。

"如果你的意思是，"古斯达夫指的是《传道书》，"我们可以重新再来折腾的话。"

"其实我想寄给你的是《传道书》3:5，但好像太直截了当了，也许你会觉得还不是时候。"

"是时候，真的是时候了。"

"不过我已经停用避孕药了。"我警告他说。

这让他很开心，因为我们分手以后我就没有了性生活。

"其实，"他说，"我一直都想知道吃包着糖纸的'太妃奶糖'是怎么个滋味。"

我点点头。

在弗雷街上有个避孕套自动售货机。我们凑齐了一克朗的硬币。

12

或许我还是应该订婚。戴上戒指挺实用的，既可表明自己名花有主，又可提醒自己不要花心。

而且也给古斯达夫贴上了标签，万一现在还有别的女人想追求他的话。

我认识他时他还是个处男，那时候我以为他是不受女人青睐的，其实只是他没有好好地去经营罢了。仔细一看我才发现，他一点儿也不遭人讨厌：他把头发留长了以后看上去也不再那么像个高中生了。我以为他很难另外去找到个给他削土豆的人，显然只是我轻浮的妄想。

我把订婚的想法告诉了他。可那个长久以来，一旦看到首饰店就会把我拉过去看的古斯达夫，现在却不再那么积极了。他干巴巴地说，要订婚，那四月一号愚人节应该是个合适的日期。

这样你四月二号就可以取消婚约，然后说那只是个玩笑而已。

唔，到时候再说吧。为保险起见，我们一起在公寓介绍所登记排队了，租给学生的拆迁房需要排上那么一年半载的时间。（但至少得是两房一厅，我强调，一间给你，一间给我，一间给我们俩，再小我就不要同居了。）

哈丽叶特提到要搬到她男人那儿去，或许这房子可以归我一个人，可是我却不能续她的合同。再说即便我和古斯达夫不搬到一块儿，他还是需要个自己的公寓，总不能永远都住在父母那儿。老是向他们宣布跟人分手的事儿，然后把新的女友们介绍给他们，太累了，他解释说。

这可以理解。在布拉葛路的家庭晚餐上重新露面时我也感觉挺傻的。他父母一如既往地热情、友好，我不知道他们反反复复多少次说服自己这是件好事。

我详尽地审问了他和另外那个女人交往的程度，原来他们只见过一两次面而已，是北欧语言系他的一位同学，他们一起去看了《尤利西斯》。为了扯平，我和米克也去看了这部电影，然后回家和古斯达夫讨论。

看完电影之后米克建议我们去喝咖啡，可我已经答应了要和古斯达夫见面，于是我就邀请他一起回家，介绍他俩认识。之前我没跟他讲过古斯达夫，怎么说呢，这更像是我把米克介绍给古斯达夫，而不是相反。我想我是把古斯达夫当作自己人，而米克则是一个外来物，一件拿回家给古斯达夫看的现成艺术品。

可之后古斯达夫说米克挺无趣的，没觉得他有什么特别。这当然可以理解，他可是带有盲目的偏见的。

*

哈丽叶特搬了家，我继续住下去，在没人因为合同来找茬儿之前（这是随时都可能发生的事儿），而如果古斯达夫现在搬过来，稍后又要搬走的话，这就没意义了。

这一点不说他也明白，但让他不解的是，现在没人打扰我们了，我们怎么没有一天到晚都翻云覆雨呢。

"万物皆有时，"我布道般地说，"读民间故事，写毕业论文，做饭洗头，和希拉会面，物各有时。"

"还有回避拥抱，你想什么时候才又是时候呢？"

"想什么想，我又不会把做爱写到记事本上。你会吗？"

"这个月其实就有过两次，两次而已！"

"哦，你真做记录了。"

"这个你不懂。"

"我是不懂。我就不明白你在我没情绪的时候跟我上床有什么乐趣。"

"无所谓乐趣，饥饿的老虎哪里有什么乐趣可言。"

"你没我之前不是也挺好的吗？"

"你不懂，那可不一样。如果我渴望的对象是你，那我就是一天自慰四次都没用的。"

"一天四次我可真没那么多时间，"我嗤笑道，"超没逻辑（"无逻辑"，真是取闹的高手）。而且我也不懂你的那些老虎，难道你有的是一种非吃我不可的老虎吗？我不相信那个，如果你自慰没有同样的快感，那就不是什么性饥渴，而是个心理暗示，是一种表达占有的需要。"

"占有？这可是我想给予你的。"

"这正是我不明白的：你想在我不想要的时候给我，然后又来抱怨你的需要没得到满足。"

"是啊，我给予的需要没有得到满足。你没有这样过的吗？

"反正不会像咆哮的老虎那样就是了。"

他叹了口气，把手伸出来："来吧。"

我迟疑了一下，最好一做了之，这样最方便。可现在我们为此吵的架那不就白吵了吗？

关键在于能够彼此沟通，所有的婚姻家庭专家们都这么说，只要能沟通就总会好的。我们谈了又谈，脸都谈紫了，有关我们性生活的方方面面我们都刨根问底地深入分析了，但结论还是我们的需要不同。聊了两个小时的性话题之后，这世界上再没有任何事情，比跟他上床更让我没兴致的了。

"我们说过什么时候要去木偶剧院看《乌布王》的，我看了报纸今晚就有。你能不能叫你的那些老虎届时老实地待着？"

他嗷了一声。

*

又到复活节了。我们拎上十五个装满了生活必需品的纸袋子，一进小屋，我就问他我们怎么住。

"你尽管说，我遵命就是。有哪个敏感的亲戚要来的话，我可以住柴屋。"

只有埃里克和他太太哪天会过来，如果他们到时候在意的话，古斯达夫准备好了要去对付。

"但老虎们可以住在海边的屋子里。"他沮丧地说。

"亲爱的，老虎们可以住这儿，只要它们不上床就行。床下有地方的，我们可以把痰盂放到柜子里去。"

"床下，噢，不会有机会放它们出来吗？"

"会有的，"我慷慨地说，"总有什么时候是可以的吧。我们要不要说好周四、周日？"

"周三。"古斯达夫说，一把把我拽到了"主之恐惧"的下面。

"床单，"我说，"是湿的。我们会得膀胱炎的，还有绞肉要放到地下室去。"

"而且面包得装进盒子里去，壁炉要生火，柴火要劈，栅栏门要修，船要下水，但物各有时，"古斯达夫说，"我现在要强取你。"

"你是说强给予。"我更正了他。

自从我们换了墙纸之后，海边小屋的门窗便显得破旧起来。古斯达夫全力忙于他的那些船，我就骑车去杂货店买来油漆，把门窗重新刷白了。因为还剩了些涂料，我顺便把有些家具也漆了一下。

刷油漆是一件很愉快的事，和物品接触，产生这样的亲密感：审视那些瑕疵，触摸那些表面。是的，刷油漆绝对是很情色的事（不过我不会告诉古斯达夫，他只会说些话来损"精神化"）。

他对我的勤奋很是赞赏，毫不掩饰他因为找来个如此能干的女主人而沾沾自喜。但随后，他也承认他还有种失落感，一种在这雪白屋子里的陌生感，不再是他们兄弟俩童年时代度过夏日夜晚的那个陈旧的小屋了。

按理说是这是他父母的房子，没有许可我是不会擅自行事的，但既然他鼓励我做事，那就没谁可抱怨什么。我对自己的作品很满意：留下我的痕迹，把我刷进他的生活。

复活节前夜，埃里克和安娜·卡琳开着他们的新车过来了（一辆萨博旅行车：足够装下他们未来所有的孩子们，我恶毒地悄悄说）。我们把划艇拖下了水，划出去首航。埃里克和古斯达夫给彼此讲他们的帆船往事，安娜·卡琳也有过长途航海的经历，我有种局外人的感觉，我怎么就没航行过？

夏天，我想，夏天我们要去开帆船。

四月，阳光在水面上闪烁着。等夏天来了，我真的要学会开帆船。

古斯达夫和大海的关系，让我很嫉妒，或许就是那第一天早上我坐在海边看他在那儿搞船桨和船板时就感觉到的，他背对着我，望着海面，似乎大海比我更重要。

还有他和这些人的关系，他们共同分享一些我没有的东西，就连这个无足轻重的安娜·卡琳也比我早认识古斯达夫，埃里克则认识了他一辈子，在我还不知道他存在的那些年。我嫉妒他的童年。

我内心隐约有种欲望，一种想表示占有的欲望。

他俩没有留下来过夜，黄昏时我们把他们送到了公路上，然后穿过森林，安静地走回了家。轮到古斯达夫做晚饭了，他拿出那些罐子来，把柴火放进炉子里。我坐在厨房看报纸，不，我是在看木地板上走动着的他的脚。他穿着运动鞋，以前在学校里上体育课时穿的那种蓝色的鞋，它们自古以来就放在这厨房沙发的下面。

我心里隐约有种要去诱惑他的欲望，此时此刻。

严格地说，我并不知道该如何做。我从来就没去诱惑过谁，怎么下手？去缠在站在灶前的他的腰上吗？

如果他这时说，你什么意思？如果他把手松开锅哐当一声，他说怎么了，你现在是要主动吗？或者，哦现在你想要了，那我就得答应你吗？如果他这么说，那就算了。

我放下报纸，把自己藏在头发里说："着急吗晚饭？"

他转过身，我站起来，缠在他的腰上。他什么都没说，好在这次他什么都没说。

事后，他当然还是说话了。

"你这是怎么啦？"

"我看到你的脚就欲火中烧了。"我解释说。

*

古斯达夫准备着他的最后一门考试，我继续我的民族学研究，我只能说它是一种打发时间的方式，我得很快再找到点别的什么事儿来做。大学里有个叫"职业向导"的部门，虽然还早，但我想去求证一下我已经知道的事情：我的专业选择不仅让我没有机会进入教师行业，也不能找到任何一个现有的见得人的工作。职业向导跟我解释说，一个文科毕业生唯一的用武之地，不管学的是什么，能申请的地方就是图书馆学院了。

图书馆学院，我心灰意冷地想，我这辈子都要坐在图书馆里了吗？

通过希拉的一个亲戚我找到了个做翻译的工作，于是又一个幻想破灭了（它原本是我的召唤）。我发现翻译是一件不可能的事。不但很难，有些细节无法翻译，而且从原则上整体而言，也是不可能的。一种语言无法被另外一种语言所代替。

我或许应该早些认识到这点，但我从来没有真正去翻译过实用的长篇文字。或许通过这次经历我发现了译者们的职业秘密，他们一直心知肚明但却保密着的事儿。

　　不知道自己该做什么是很痛苦的，我也越来越成为我周围人的一种折磨，而最受罪的便是古斯达夫，因为他和我最亲近。

　　　　我用失恋来安慰自己，这已成了个恶习，我从小就养成的，虽然现在长大了应该稳定了却还是改不了。

　　　　陌生人：每个爱你们的男人都很可笑，你们如何能再爱他？

　　　　夫人：我们不爱他！我们只是忍受他，然后去找另外一个人，一个不爱我们的人！

　　上午我出门之前，古斯达夫过来了，我们上了床。然后我骑车到了系上，为要见到米克而喜悦。真变态，不能这样下去了。我知道的，但刻意不去想它，我现在没劲去试图改变什么了。

　　所以我忍受着他，忍受着他时而要求的婚姻权利，我为安全感为退休保险买单。但我的快乐，我日常生活中的刺激，则去一个不爱我的人那儿寻找。

　　古斯达夫从来就没被那个"米克是史力奇般无性别的人"的说法而说服，遗憾的是我必须承认，是我把他浪漫化了。事实上他和一个在北方什么地方上成人学校的女孩在一起，因为他太专情所以显出对其他女孩子不感兴趣的样子。我没把这个告诉古斯达夫，这或许会让他安心，但我不想让他得到这个满足感，我不想让他可以跟我说，你看，专一的人还是有的。

我感觉自己是个坏人，这是种可怕的感觉，但我就是这样的，每次我试图有所改变的时候，就只会变得更糟。

我当然明白那种喜欢投入到绝望恋情中的人是有问题的，一种不成熟，或者缺乏应对现实生活，应对身边那个对你有实际要求的人的能力。但失恋与幸福相比可是有趣多了，而不幸的恋爱与不幸的婚姻相比又唯美好多。

*

"你不会以为我会恭喜你吧。"当哈丽叶特通知我她周六要结婚时我冷冷地说。

"当然不会的，但你可以过来恭喜一下乔纳斯吧。"

"那也不真诚。我可不想和你结婚，几乎就像我不想和我自己这样的人结婚一样，真的。"

"是的，但男人是怎么回事你是知道的。"

"会是在教堂吗，那一整套？"

"不是教堂，"哈丽叶特强调说，"不是主堂，只是在瓦萨教堂的侧堂。"

"你们不用因为我而来，"她还说，"但有点儿观众家里人会挺高兴的。"

这一切主要都是为了讨家里人的欢喜，为什么不呢，如果这么点小事可以让家人开心而我们自己又不在乎的话。我向来不理解那些因为声称婚姻是绝无意义的而永不结婚的人。既然无所谓那就无所谓呗。

我反倒觉得哈丽叶特既然要走过场，却不搞隆重的排场，有婚纱礼服什么的有点奇怪。如果不趁机享受打扮自己，那在教堂里结婚又有什么意思呢？古斯达夫也这么认为（他满脑的燕尾服梦），不过他自己永远不会去想教堂婚礼，他可是个信教的，知道那一套。我以前从未想过，但当我听到那些仪式时我也同意了他的想法。到底是谁搞出来的这一套啊？"幸福的最高境界""为社会的繁荣""以良好的教育为后代造福"！哈丽叶特知不知道她做了什么？

　　牧师自由发挥的那几句话就更糟了，我担心地瞅了古斯达夫一眼，还好这次他克制住了他的嗤笑。

　　我知道我会哭起来的，我哭了，不是因为繁荣社会而感动，而是纯粹的难过。那个可怕的法学家乔纳斯，他去各地实习时会把哈丽叶特拽上，我俩的关系再不会像从前那样了。

　　晚餐后的活动只限于家人，他们开车上了路，我站在石子路上，对着后视镜中哈丽叶特的金发背影无谓地挥着手。

　　"他们这是个策略式婚姻吗？"当我们回到维斯特曼街停自行车的地方时，古斯达夫问。

　　"绝对是的，甚至是放弃式婚姻，她放弃了找到她想要的，所以她现在随便嫁给谁都可以了。"

　　"听上去不太可靠。"

　　"放弃可是最可靠的。你以为爱情式婚姻会更持久吗？"

　　我们又回到了这个话题。

　　"你太尖刻了。"古斯达夫说。

　　这是一种对分担负罪感的表达吧。我是那种让他受伤的人，这是我的错，可他也在自己伤害自己，他明明有回避的自由。

我利用他，他让自己被利用，我们都有罪。

他承担他的责任，是的，他的理念是爱上谁都是自己的选择，他选择了我他便要自己承担责任，哪怕是死路一条。

他承担了他的责任，可我这部分还是够沉重的。

*

结业考试他得了高分，挺好的，说明我没让他失去学习的能力（除失眠和消瘦之外）。我的课也上完了，不知道会不会再见到米克。最近这几周我很少看到他，他在忙着推翻社会，大学里蠢蠢欲动，在国外学潮的启发下，反对高校改革报告的运动正在演变成真正的暴动。我们签了名，参加了游行示威，但我们院系却没有什么特别颠覆性的活动。因为城里没有其他的事儿让我们可留下来，我们打算趁外岛在被休假的人们塞满之前尽快出去开开帆船。

埃里克已经出过一次航了，他把帆船开到了韦姆德的一个栈桥，我们正好和他换个班。我们计划从康霍姆湾往莫亚岛开，然后或许可以继续到布里岛，我很想去看看法葛湾和斯卡姆峡。

但如果你们在上船之前不是一对儿开心的"夫妻"，那么到了船上你们也开心不了。

被动地坐在那儿当乘客只会很单调，于是我试着去学习了一下开帆船的技巧。我真的尽力了，我发现这正是一根我缺乏的神经，我学不会区分上风和下风行驶，我不知道如何从桅杆顶上的风速旗来辨别风向，我搞不懂他为什么不能跟我说那棍子是该往右还是往左，而是喊着：下风行驶！我拉错了方向他就跟我急，他甚至偏要说右舷、左舷，就为了听上去更不得了一点儿。

我从来没见过古斯达夫像他在海上时这样情绪失控，大概是因为太紧张，这也不难理解。让我不解的是，他怎么会热爱这种把他变成个咆哮的海德先生的状态。

风顺的时候，还是挺享受的，那时候至少不会刮那种让人牙齿哆嗦的风。船帆没挡道的时候，你甚至可以脱掉一两件毛衣，躺在甲板上晒太阳，但在逆风行驶帆船倾斜的时候，就不一样了。我知道它不会翻，他告诉我船基本都是翻不了的，给我详尽地解释了龙骨的重量以及在剧烈倾帆时为何风无法吹倒它，我相信他的话，我理性地认识到了这点，就像我在格伦那伦德游乐场明白过山车故意设计得让人以为会掉出来而事实上却不会那样。

但我却无法习惯这感觉，更别说享受了。我搜紧船舷，绷紧脚趾，努力不去看甲板如何在水中出入，同时强迫症似的坐在那儿，算计着游到最近岸边的距离和目前的水温，十二度？十四度？

他负责掌帆，我有时和他轮换着掌舵。"你开得很好啊。"他突然鼓励我说。我完全不明白我好在哪里，因为我还是一窍不通，但故意不问以免扫兴。可是好景不长，"上风一点儿！"他又发号施令了，我试着把那根棍子往我这边拉，"不对！我说的是上风！"

最麻烦的就是把船停在栈桥后再从那儿开出来，要注意不要撞坏了其他的船或者绞上了别人的锚线。这时他需要我参与，我要拿着绳了跳上岸去，各种的"注意"，注意右舷，右舷哪！古斯达夫很紧张，大吼大叫的。

我不仅胆小，还很笨。

有些人天生就是不合适做海员的，但我至少能做饭会做家务也好啊。可不管在哪儿我都是碍手碍脚的，特别是在这船变成了家的时候。在这艘简单的星型船上，舱里没有固定的卧室和其他舒适品，早上起来一切都得收拾：睡袋、床垫、食品袋、垃圾袋、餐具、燃气炉，每天晚上又都得再拿出来，那时候我已经饿得半死了，路上只吃了从包里翻出来的一两片脆面包三明治。

天气好的时候，我们在座舱里铺上桌布吃晚餐，晚上风静了下来，水面像镜子般明亮，这时候我觉得生活没什么不好的。但下起雨来可就不这么觉得了。下雨的时候放在地板上的东西全被打湿了，从塑料袋里拿出来的干的东西也被打湿了，渐渐的所有的东西都被打湿了，船上一片难以描述的狼藉。那时候便需要一种不食人间烟火的爱情了。

到弗如峡上面的时候刮起了大风，就连古斯达夫也觉得太大了，虽然我们把那张大帆缩了两转。他决定去一个避风的海湾里靠岸，等待天气好转。

这我没意见：躺在甲板上，太阳下，从乔哈姆的书里读一些关于可以靠岸的可爱的小海湾。浪拍打着鱼鳞般的船舷，需要小便或者舒展一下腿脚，我们可以随时上岸。没有人迹的外岛，充满了初夏的气息。虽然海上是风暴，但海湾里树林下却风平浪静，只听得到蜜蜂的嗡嗡声和鸟儿的叫声。

第二天早上，风停了，但接下来却连续是好些个雨天，我们改了航。当终于可以看见家里的港口时，我们如释重负。在一两次转舵失败之后，我们终于成功地抓住了浮标，古斯达夫最后一次把那不羁的帆收了起来。事后的祥和让人觉得一切的艰难还是值得的。

在岛上我们打开了收音机听斯德哥尔摩那边革命的进展。上一次我们听到的消息是校园解放军要占领歌剧院了，但新闻里却一点儿没提到这个。显然在暑假期间，革命基本已经成了泡影。

13

　　我们打算以分手来庆祝我们的两周年纪念日。这不是因为一时不和而突发的那种分手，那样的分手往往只会以失败告终，这是我们在做好充分准备并达成共识之后的分手。八月二十六号这天正好，把各种纪念日都放一块儿挺实际的，用不着去记住太多的日期。

　　我们都想彼此拥有，但就"拥有"的形式不能达成一致，我们想要的是不同的"彼此"，那唯一的出路便是彻底分手。在这一点上我们看法一致，没有比这个让我们更能达成一致的了。我们在这一共识之下，一起度过了夏天。决定了要放弃之后，我们相处起来反而更和谐。八月初，我们最后一次去了岛上，这大概是我第五次最后一次去岛上了，但这次会是我最后的最后一次。

　　岛上的环境很适合宁静的庄重，感伤的成熟。秋天的氛围，寒冷，有风，树上的叶子已经变黄并凋零，井水也干涸了，我们得用桶去有深井的邻居那儿打水。我们去森林里采蓝莓，在柴炉上烤黑麦面包，完完全全地为存在而存在。

　　秋天及成熟及庄重的放弃：一种美丽之死。我们带着成熟与放弃的心态上了床，每一次都几乎是最后一次。因为每一次都几乎是最后一次，于是我也就不好拒绝他了。

这一切让我们相当自然地和解，以至于到了分手之际我们根本就看不到分手的理由了。但如果这时我们中有谁要开始退缩，那另外那个人便会立刻出来制止，不要重头再来！你是知道会有什么结果的！

我们都知道的。

*

"我现在明白你的问题所在了，"古斯达夫说，"你没有灵魂。以前我从未质疑过女人的灵魂，但你却改变了我的看法。"

"如果你说的灵魂指的是有思想的话，那确实如此，我也从来就没做出有思想的样子。"

我不是一个有思想灵魂的人，有自己思想的人少之又少。我非但没有自己的思想，而且也不会像古斯达夫那样，带着思想走来走去，总要想出点儿什么。学哲学的时侯，我曾一度以为自己也会如此，但后来发现不然。我对思想的兴趣仅限于审美性的，比如从结构的角度，或者是限于心理的，比如从人类的特点上（不是因为我对人有兴趣，我最不感兴趣的就是他们了，而是对人类的特点）。我缺乏的是对思想智慧产生兴趣的能力，去思考它们。

如果这是普通的女性特征，那我只能表示抱歉了；如果这是混进了我个性中的女性特点，那它至少是我的。

"所以你天生就是一个吸血鬼，"他下结论说，"总是需要新鲜的血液。因为你自身缺乏思想灵魂，所有你必须寄生于他人。"

"我没有你反刍的本事。我需要社交，需要新鲜的刺激。"

"我们俩真是太不合适了。"

"所以我们要分手，"我提醒他，"但是你要知道，我会继续和你保持来往的。"

"你的性生活打算怎么办呢？"

"管它呢，我打算让它随风而去，顺其自然。再说，如果你愿意的话，我们偶尔还是可以上床的。"

"那跟现在没什么不一样！"

"实际上当然没变化，但本质却变了。"

"亲爱的，至少有一点我很欣赏你，就是你对形而上的感觉。"

他笑了起来："你没有灵魂，但对形而上很有感觉。"

天气突然转暖了，有了几个无比美丽而又阳光灿烂的秋老虎天。是该把帆船拖上岸的时候了，但我们还想再最后出航一次。埃里克也在，省得我当船员。暖风习习，太阳下，我趴在甲板上看一本小说。缓慢的侧风航行，闪烁的水波掠过，背上被太阳晒得发热。这就是生活，我想，但很快纠正了自己，从欣快中拽了出来："一种生活方式"而已。现在可不要被它迷惑了，不要以为生活就是这样的，还有别的存在方式，一定有的。

我们给海边小屋在年度上锁前做了个大扫除。我仔细地清扫了床下：这儿可不能留下来什么夏日记忆，那些卷进灰尘里的犹如石灰岩时代微小物种的松叶和烟草。最可怕的是那些头发，我和古斯达夫两人都像猫一样掉发，粘满了地毯，捏住一根便出来一绞，他红黄色的和我棕色的头发，在奶奶织的那个条纹布地毯上，又织成了一层脏兮兮的毯子。

我们最后一起共进晚餐时，古斯达夫无意中提到了一个他喜欢的女孩子。或许他不是故意要引起我的嫉妒，或许他只是忍不住什么都要说，但如果他明白我们是要潇洒而合作性地分手的话，现在他应该注意点儿。

我既受伤又生气，但也为此感到欣慰，这说明我还有我的自尊。于是我调动起我的愤怒，在岛上四处把我的东西搜罗了起来，感觉我所需要的攻击性情绪都从内心深处涌出来了。（这地方，是他们家的，可没真正欢迎过我。我不属于这里，我是属于别处的。这小屋是我刷的，算是我请客。那个在栈桥边摇晃着的蓝色的划艇，和我也没关系，再说那是条破船，总是很难驾驭的。）我的攻击性情绪汹涌而至，我为自己具备如此实用的能力而感到欣慰。

我把我的东西收拾了起来，包括古斯达夫给我买的那个吊床。虽说它在城里派不上太多用场，但它是我的，我可不想有别的女人来躺在上面。

我一个人去海边散步，走在晚风里，觉得自己像个法西斯似的。我健康而坚强，并为此感到骄傲。

然后我们搭着汽车哐哐当当地返城，最后一次一起堵了车。

二十六号那天我们为分手而见了面，选了家咖啡馆，是北梅拉伦湖边的一家露天咖啡。午后的太阳，风中枯萎的芦苇。我们像往常一样交换了几本互相借的书，然后就无话可说了。其实，还有一件事情不确定：我是不是有可能怀孕了。

自我停用避孕药以来，他只要碰我，我都会叫他戴上"太妃"避孕套，对这种事我近乎怀有细菌恐惧，坚信它比最可怕的流感还要容易传染。（不是随处都可以读到跟人共用一个浴盆就怀上孕的事儿吗？）尽管我知道这次可能性不大，我的例假可能只是推迟了一周而已，但古斯达夫还是很担心。他并不比我更想要小孩，也就是说，根本不想要。

"理论上讲我当然还是有兴趣的，"他说，"看看那孩子是个什么样子的。"

"有孩子的经历并非就是无趣的，我是说，它好比是意识的扩张。"

但我们都很清楚，把这样的一个兴趣作为生孩子的基础是不够的。如果只是对照顾小孩感兴趣的话，那还不如去领养。这对我们在此事态度上是一个很好的考验：我们是不会考虑去领养的。

"再没有比我们更不合适做父母的了。"古斯达夫肯定地说。

我必须承认，怀孕将是我们这个如此有希望的分手的一个不光彩的结局。

"但如果是双胞胎，那我们可以一人要一个，反正我们又不用结婚。"

"大概只会是一个，"他相信，"一个长得跟你一模一样的恶毒的小女孩。"

"这样的话，那她就归你了。如果五月份你在家门口找到个鞋盒子，你就知道那里面会有什么了。"

他一副很担忧的样子，我向他保证："我一旦来好事儿了就马上通知你。"

我们观望着对方，以为会伤感起来，但都没有。我们为此做了充分的准备，对分手的想法已经习惯很久了，没有了震惊与冲动，不会纯粹出于感动就重新投入彼此怀抱的。

现在只等我们各奔东西了。我们打开了自行车的锁，我从圣·埃里克街回家，古斯达夫骑去特格巴可恩。

自我一个人住以来，就感觉这房子又大又空。我在房间中来回走动，考虑把床搬到哈丽叶特那层去，但又想还是照旧吧，如果是个冷冬，只需给一间屋子生火就好了。我要搞个新的电话插座，好躺在床上聊天。

我吃了晚饭，收拾好，看看表。我还在等着他过来吗？坐在我的高背椅上，我无所事事，听着钟的嘀嗒声。

要是从前，这时候他已经过来了。

*

我抑制着我的厌恶感去做了那份翻译工作。之所以厌恶，是因为这明明是件不可能的事，却偏要装出一副可能的样子。

除此之外就没冒出来什么别的事儿了。我给报上登了广告的一个电视制片课程寄了份申请，被叫去面试。第一个考试我通过了，但还没等到第二次考试我就烦了，我的语言天赋拿去电视上有什么用。

大学的课程目录上仍然满是我没学过的课，但我没劲再选什么新的课了，于是我就无精打采地开始了英文课的第三个学期，领来了我的学习贷款。

课挺少的，大部分时间我都待在家里，周围也没什么动静。米克偶尔打电话来，我现在可以毫无阻碍地和他来往了，却不太想了。他被女朋友抛弃了，很郁闷，我挺怕他会爱上我。时间久了，我觉得米克其实也有点无聊。

哈丽叶特从城里搬走了，希拉正在为一个男人全情投入。

为什么我不认识更多的人？为什么我最近几年没多交点朋友？这比生孩子还难，我想，不知道我为什么会这样去比较，大概只是个语言上的联想吧。做爱不作战，做爱不做小孩，做朋友不做爱。

我的例假拖了很久都没来，久得我都开始看见周围的小孩儿了，我是说注意到他们，观察地铁里推着童车拎着袋子的妈妈们，我心想，假如，不，不会有小孩的，不会轮到我头上，不！

晚了十一天之后，我早上醒来时肚子疼起来了，毫无疑问是痛经。本来是可以让古斯达夫再担忧一阵的，但我信守诺言立刻给他写了信："双胞胎问你好，宣布他们不存在。"我考虑着要不要附上个适当的《圣经》里的段落，我相信一定有什么引言是关于没有孩子的好处的，但我不敢开始去翻那本书，害怕会勾起一些往事。

周复一周，不变的平静生活。每个周六我都在想应该做点什么，翻看晚报上娱乐版的广告，随意地出门，走到奥丁广场，买个热狗，回家，再看一下娱乐版的广告，上床睡觉。个个周六都如此。

精神生活，要是有精神生活就好了，娱乐性的精神生活。

夏天的炎热彻底退去了。外面刮着风，拆迁房里挺冷的。我很吝啬没生什么火，柴油都很贵，我理性地把它上升为人生哲学：尝试一切，哪怕有时挨个冻。从前人们就是这样的。我坐着看书，手上戴着手套，膝上盖着毯子。这也是一种可以收藏的人生经验。

*

九月中旬，古斯达夫打电话来说我们申请的公寓批下来了：斯德哥尔摩学生公寓协会分租给我们赫伯格街上的一房一厅。

"你需要吗？"他问。

"我想不需要了。"

"那我就自己搬过去了。"

"我觉得你应该搬过去。"

我停顿了一下。"如果我们确定我们不一块儿住的话。"

他完全确定。

*

我看书、找工作、吃饭、睡觉。

就这样了吗？我是说人生。

在系上我看到了一张邀请大家去学生会大楼跳交际舞的海报。交际舞我们是在体育课上学过的，我记得那些把自己从无精打采中拖出来，跟着音乐蹦来蹦去的时光，挺开心的。

我把自己拖出去，去学生会大楼，想象着我会和一个清新的农民学生跳沙蒂希步舞。

一个从东德来的光头请我喝啤酒，和我聊议会选举，他想知道怎么可能有人会去投左翼的票。

在冷冷的秋夜里走回家，我发现不论是我的德语还是沙蒂希步舞都今非昔比了。

我感觉我生活过了。

*

有一天在一个讲座之后，我在人文图书馆外面碰到了古斯达夫，我们一起走到了街口。他告诉我他月初搬了新家，说欢迎你什么时候有空过来玩吧。

我们在街口分了手。

他看着我，就像看着任何一个人那样，就好像我不曾是他的"老婆"，不曾是他的最爱似的。

我想起他以前看我的样子，有一次我们走在皇后大街上我不舒服了，他就用他那双大大的眼睛看着我询问我他能为我做点什么，他说如果这个世界上有任何他能为我做的事，他都会去做。

伤感的傻瓜，老年感伤痴呆。

我把自行车狠狠地推进了停车处，踹开了门。

所有的一切，我恍惚地想，从一开始都是他的主意。

*

可是在古斯达夫之前我也是生活过的，那时候日子是怎么过的呢？我从抽屉底把以前的日记翻了出来，迫切地想重新找回遇见古斯达夫之前的自己，结果很是让人沮丧：一页页失恋的故事、学生时代对老师的一两次发泄、英伦岁月里简短记录的几个经历，但主要都是单相思，对代号为"E""K"的热恋，他们的名字我现在都已不记得了。精神生活？在这令人窒息的准情爱里，哪里有一丝的精神可言？

两年前我的日记突然中断了，最后一页夹着从报上剪下来的艾贝·林德的一句话，我是在哪儿找到的？"日记的年龄因为性成熟而开始，因为有了持久的性生活而结束。"

是不是应该理解为日记记录的主要是性生活，或者是性生活的缺乏？还是说重点在于，一个持久的性关系便意味着以恋人来代替纸上谈兵。

幸好我突然被聘用了，把我从我的这些胡思乱想中解救了出来。是一家出版社，不是上次的那家，要小一些，显然更无聊一些，主要出版纪实文学和教材，还有一个脾气似乎不太好的老板。但寻找职业梦的姑娘可不能挑剔。我先要跟以前做这份工作的男孩儿实习两周。

这两周我超不适应，但也不奇怪，像个傻子似的坐在人家的桌旁，自己不做什么有用的事儿，被人带着到处去看那些令人费解的印刷程序和对稿件的编排设定。

等到我的前任终于离职了感觉就好多了。我有了一份真正的工作，一个自己的办公室，一张自己的写字桌！一台接到总机的电话和盖有公司印章的信纸。

我得到了本要校对的书稿，这是份需要语言天赋的工作，这里还真的需要我。在读了三页之后我开始怀疑作者是否是瑞典人，他没能写出一句可以从我这儿过关的话。我删除、修饰、添加标点符号，不亦乐乎，连喝咖啡的休息时间都不要了。我去勤杂处再要了些红色铅笔，很快我在公司里就因为这类的铺张消费而出名了。

*

古斯达夫请我吃晚饭，好让我去欣赏一下他的新居。但一个即将拆迁的房子，没有什么可欣赏的，比我的那个还糟。原来的房客都没有了，只有在拆迁许可下来之前临时住着的随时可能被驱逐的学生。窗子对着后院，挺黑的，但有一个可爱的前院。其中一间房他已经粉刷过了，白白的墙，另一间只竣工了一半。有几件家具是从他父母家拿过来的，另外几件是从蚂蚁铺和小东西两家二手店淘来的。有一个挺好的旧摇椅，几乎是完整的，床是他用刨花板自己做的。

"挺宽敞的。"我说。（意思是：典型的双人床。）

"用得着的，如果所有的老虎都要有地方的话。"他回答说。

我不去深入这个话题了，坚持不问有关他性生活的任何问题。

他请我吃了用蘑菇煮的猪柳，喝了红酒，我们在刷得雪白的屋间里，坐在桌旁，互相交换了信息。因为他不能再推迟为祖国服兵役了，只好推迟师范学院的事儿。他现在在斯达国际援助组织服非武器兵役，白天办公时间都周旋在发展中国家的信息和发展援助文件当中，但他在那儿如鱼得水。我不得不承认这似乎是个超明智的保家卫国的方式，何况这也是个超有意义的打发自己时间的办法，我的校稿工作相比之下便显得没那么有意义了。

"但这只是份临时的工作，不会持续太久的。"他说。

"哦，那是。我可是被正式雇佣，拿月工资的！"

然后我趁机问了古斯达夫，怎么能投左翼的票。

"那还能投谁的票？"

"我以前从来没投过票，不知道不能投他们的，于是我想当然就投了。"

"谁说的你不能投他们的票呢？"

"一个光头的东德人。"

大概因为是德语，我很难解释，我被搞糊涂了。好在古斯达夫很聪明，可以搞懂这些概念。

吃过饭洗过碗之后，他拿出了一叠刚洗出来的照片给我看。夏天的一卷胶卷一直放到了现在，是岛上的和开帆船时的照片：我们发表了对曝光的评论，就摄像的角度、裁剪交换了意见，好像这些照片跟摄影手册中的插图一样，与我们自己无关。

"好了，我该回家了。"我们在楼梯上说再见，再见再见。

我们像朋友一样道别。

从南岛回家挺远的，古斯达夫搬这么远。舟桥边吹着冷风，这城市里充满了回忆，当我们还在一起的时候，没有什么我们没一起去过的地方。

我迎着风踩一脚算一脚，很为自己的睹物伤情而恼怒。我真的就忘了吗？没有，我没忘，我记得很清楚：在一起极其可怕，但分手却又如此悲哀！

让一种曾经有过的亲密就这样死去。完全不来往挺可怕的，但这种正式的往来也一样的恐怖，如何才能把这关系搞得正常化呢？

我既不想结婚也不想不结婚或者离异，可是又没有一种零度的婚姻关系，木已成舟。这一生我们就只能这样不在一起了，成为彼此分手的那个人，成为彼此的前任。多么混蛋的一个关系。

14

虽然我坐在一张自己的办公桌前，在一个正儿八经的单位上班，让我觉得挺举足轻重的，但我必须承认这感觉消失得出乎意料地快。每天都要坐在那儿，这让我难以接受。

同事不多，无聊得很，所有人的鼻子都长在脸的正中央。

古斯达夫劝我别老拿这类的话去说人家，没有人是平凡的，古斯达夫说，所有的人都有其独特和有趣之处。理论上是可以这么说的，但仔细观察之后你会发现，大部分人的鼻子就是长在脸中央的，以前我只是这么假设着，但现在他要让我认为他们特别而有趣，然后我一个一个地去发现他们并非如此，这样可就累多了。

单位上的那些男人们，我怎么看都找不到一个让我产生丁点儿兴趣的人，这就很糟糕了。因为我真不需要太多理由就会对人产生兴趣的，不管是在中学还是大学，不论学的是什么专业，总有人让我可以去关注。

但是这些穿着尼龙衬衫谈着边际税率的中年职员们！你会和一个右翼男人上床吗？这是我在杨·米尔达的书里读到的他妻子提出的一个问题。就我的理解，答案是"不"。

唯一让我还可以喜欢的是一个女孩儿，但她已经结婚了。我不是那个意思，只是说玛丽亚有家庭了，她跟其他人一样每天一到五点钟就往家里跑，没机会交往。休息时闲聊几句，无法真正地彼此接近，绝不会像学生时代的同学那样，绝不会一起去泡咖啡馆看电影，去彼此家里打地铺过夜。

偶尔我还是会去参加个研讨会，但有时间去正规地上学是不可能的了。有时我会骑车去马克思咖啡馆，坐在那儿看书，只为了能看到一些其他的人，或者是希望会发生点什么事。有一天，我突然碰到个可爱的卷毛男孩，问我当天晚上想不想跟他去南部的恩厄尔霍尔姆。他没有别的意思，就因为有个博斯塔德示威者的审判，如果不是第二天一早得上班的话，我是很想跟他去的。

我几乎失去了联系和哈丽叶特。她搬家以后我们开始了书信来往，但她对此似乎并不上心。书信来往再好，也养不活一个吸血鬼。希拉也跟她的男友搬到一块儿了，这并不意外，但这消息还是如同一道寒风：现在就只剩下我一个人了！

什么剩下？你可以问，怎么剩下？我是自愿的，怎么会"剩下"呢？你可以回答说。可别人是不会知道的，而我就是被孤独地剩了下来。现在我体会到老人们在报上读着讣告看着自己的同龄人一个接一个消失的感受了，我目前不过是到了这个看到结婚海报的年龄了。

如果她们只是结个婚也就罢了，但她们却要出嫁，走掉，消失，然后你就再也见不着她们了。

反正是今非昔比了，希拉再也不会顺路上来喝杯咖啡了。即便她哪天提议我下班后去她家，我也不会太乐意了，或许我来得不是时候，或许她男人会觉得来来往往的人太多了，就连在给希拉打电话时我都不再敢确定接电话的就是她了。

再没有谁会像以前那样"顺便过来"聊一会儿了。我明白我应该长大，告别这一类的交往。到我这年纪是应该成熟了，成立自己的家庭了，这是我们社会中唯一确认的成熟标准。但想一想，万一我现在代表的是更高级的成熟呢？我越过了一个文明发展的阶段，代表了几代人之后的那种很普遍的"不成家"一族。

是的，在孤独中我是可以以此为乐的。

*

那个我想让它顺其自然的性问题，却并不像我想象的那么简单，它会从背后乘虚而入。

我有点羞涩地想起我曾经有一次跟古斯达夫说到关于欲望和自慰。拥抱的愿望当然很特殊，拥抱荷尔蒙。你的腹部有需求，你的身体呼唤着另外一个身体，正如《会饮篇》里所说：被切开的那一面在提醒你它的存在。

结婚好不好？哈丽叶特来电话时我问她。有人做伴儿挺好的，她回答说。不出所料，听上去挺务实的，因为放弃而结婚不会浪漫到哪里去。

到目前为止，我都回避跟我不爱的男人有什么瓜葛，但长此以往这原则还是很难坚守的。和人有点儿亲密接触的需要日益强烈，我开始担心我会随便跟谁就上床了，管他是右翼还是左翼的。可我不想这样，不想因为需要亲密就开始跟乱七八糟的人交配，为了有人做伴就跟人做爱。

我想起和希拉在最初交往时有一次，我们坐在乌谷咖啡馆里聊同学间的八卦，开始说到班上的男生，哪些是哪些不是"花花公子"，是否可以从外表上看出来。另外，我们都一致认为不花的男生才有趣，对人们会认为臭名昭著的唐璜们有魅力感到不解，那些人人都染指过的男人们。去征服一个从未被征服过的人当然更有挑战性，希拉说，我觉得最性感的就是和尚了。

之后我们的话题自然转移到了哪些是花花公主上（即：对异性感兴趣或者有很多艳遇的人）。我们立刻一致认为碧玉老师很典型，那个总是用姓来称呼我们的蛇蝎美人。（我们也用姓来称呼其他人，以保持与他们的距离。）这类女孩早上会早一个钟点起床，在她出去抛头露面之前把自己好好地修饰整理一番。如果她坐着聊天的那个房间里有个男人进来的话，她顷刻之间就像变了个人似的，搔首弄姿起来，就算是在跟你说话，也都是说给那个男人听的。

我想到的与此相反的类型，是一个穿着格纹裙，戴着眼镜，规规矩矩的女孩子，但希拉却表示怀疑，人不可貌相。

我自然很好奇希拉是怎么给我定位的，却又不好开口问，结果反倒是她先来问了我。我说我会把她排在中间的什么位置，但又稍微靠近碧玉老师的地方。我出于礼貌说得很委婉，其实我早知道希拉在这方面是很前卫的了。

接着我就顺水推舟地问她会怎么排我，她想了好一会儿才说：你是属于不可归类的那种。

这回答让我非常满意。不论她认为我像个贞女似的规矩而不性感，还是像个花痴一般淫荡而轻浮，或者就是普普通通，平平庸庸，都会让我恼怒的。我想自成一类，需要特殊的标准，不可用他人的尺度来测量的一类。这是我的骄傲。

只和自己真正喜欢的男人们来往，这是件奢侈而又让人享受的事儿，但你得有几个你喜欢的男人。难道我现在需要去学生会勾兑那个东德人，才能有个可以面面相依一会儿的人吗？

不，那还不如去找古斯达夫呢。或许你会以为我的骄傲一来就会禁止我，却不知在古斯达夫那儿，我的骄傲从来就没因为任何事情禁止过我。虽说现在我们仅仅是朋友，但一起缠绵一下应该还是可以的，这可是在我们分手之前我就跟他说过的。

我厚颜无耻地打电话让他过来，跟他实话实说。他很高兴我是给他打的电话，也不装模做样的，这方面他没有一点儿骄傲，他也实话实说，这就过来。

但他过来了也没用，到现在，这变得真的很糟糕了。他临走前告诉我，他要跟别人好了，而这次可不是随便什么人，是他童年时代岛上那幢考究的夏日别墅里的金发比姬塔，他和那个夏日女孩又重逢了。冬天她住在北部什么地方，但现在搬来斯德哥尔摩了。她在上幼师，寄住在东岛的一个亲戚家里，离布拉葛路不远。他们就是在那儿碰见的，并且交换了电话号码。

"一段夏日恋情，"我说，"一两次月下的漫步，这种关系成不了的吧。"

"每个夏天的恋情，"他纠正我，"年复一年。"

那意味着加起来有好些公里的月下漫步了。是的，我记得，他讲过的。最后为了别人，一个长相不错、头脑简单的小商人的儿子，她拒绝了他，我记得。

"你能明白这报复的快感吧？"

"是的，当然，不过如果你要去报复每个因为别人而拒绝过你的人，你忙都忙不过来。"

"你是不是把别人所有的关系都视为你遭到拒绝的原因？"

"是的，所有的，我对整个世界充满了嫉妒。"

那么，多一个少一个也就无所谓了。

这正是有所谓的，有没有被古斯达夫拒绝，这是一个天壤之别。

我本来以为以一种实在而低调的心态去跟他上床会让我心平气和的，可第二天我却完全失去了平衡。前所未有的伤感，各种层次的，可以用一个"湿"字来表达。我瘫软无力，感情起伏跌宕。等花店送来花，我从包装纸里拿出一把黄色的菊花时，已泪如雨下，眼泪都足以拿来浇花了。菊花，秋天的花。噢，我愤怒的青春记忆，那时候我还不懂得因为红玫瑰而感恩。

问题当然在于我没有思想灵魂，没有始终如一能为我提供行为规范的意识形态。我迷茫的内心只有无数个不同意识形态的雏形，它们在不同的情况下浮出来，自相矛盾。所以每一个理论都既可用来认同又可用来否决我和古斯达夫的关系，但要我把它们搜罗到一块儿，怎么挪来挪去我都做不到。

我们在一起时最受苦的是古斯达夫，我们分开时最难过的是我。如果我们的道德原则是，他人的痛苦重于你自己的痛苦，那么他的责任就是要忍受我，而我的责任便是要离开他。但如果我们得把自己的痛苦也算上，每个人首先要对自己负责，那么古斯达夫早就应该离开我，而我则应该有权利去缠住他。

把一种道德标准用在我这儿，而另一种用在他那儿，绝对是不道德的。这样的话，只能从一种原始的功利角度来看，认为重要的是世界苦难的总和而不是分配，然后再来回答我俩谁受的苦最多的问题。

这样的计算是不容易成立的，要算的不仅是数量也有质量：或许不幸的成分比幸福的更深更大，抑或相反，一个普通的幸福便可抵消一个巨大的不幸。

我还没想清楚就已经厌倦了功利主义者，而变成了某种美学的道义学家，一个说两人的关系本身就有其价值的人，如同一个实现我们目标的问题。哪怕你也知道你会永远生活在不幸中，那都与其价值无关。或者是相反，就算你幸福又怎样，谁说我们就一定要幸福呢？生命的意义也许根本不在于此。

我怎么才能识破我自己的这些浑浊的动机，搞清楚我想要他的愿望究竟是出于一个真正的归属感呢，还是一种不靠谱的削土豆的浪漫主义？我的独处的愿望究竟是出于自私的懒惰呢，还是健康的独立性？而我现在觉得不能没有他，是不是仅仅因为他目前虽然没有我但却似乎过得很好呢？

你要选择，古斯达夫说，现实不是"是不是"的问题，而是你自己得决定你要去如何诠释它。哪儿那么简单！我没有意识形态怎么去选择，我首先得选择一种意识形态。

他抱怨我永远都拿不定主意。但如果他能先拿定主意，那至少会简单一些。

"相比很多细微的关怀，她更适合那个巨大的伤怀。"我想起年轻时读过的一本很烂的小说里的这句话，讲的是一个复杂的女人和一个对她而言太简单、太善良的男人的婚姻悲剧。我记住了这句让人恶心的小格言，一定是我少女时代预感到了它说的是我自己。

也许我是适合巨大的伤怀，如果他现在终于找到了个可以织围巾的女人，那我可不想去妨碍他的幸福。这一点我很清楚，不希望他为我做什么牺牲，把我当成一个负担。我把这个想得够清楚了，写信告诉他：当然，你对我没有义务，别因为对我无情而感到羞耻。这让我觉得自己很有风度的小小的快乐，你就作为回报来让我享受吧。

我被电话吵醒了，希望是古斯达夫。是他。我把话筒拉到了暖和的被子里面，嗔怪他吵醒了我，然后马上建议我们今晚见面。不行，他有事儿。他打电话只想问一下，那封说"我在他决定之前拿不定主意"的信是什么意思：

"你的意思是，如果我想要你，你就不想，然后反之亦然，是吗？"

"你总结得太好了。你要和别人结婚的话跟我说一声，这样我就知道该怎么去做了。对了，你保证过要给我汇报你和比姬塔的进展的。"

"哦，挺好。"

"牵手了？接吻了？上床了？"

"是的，是的，没有。"古斯达夫回答说。

我想不起来有什么要补充的了。

"你不高兴了？"

别因为对我无情而感到羞耻。这让我觉得自己很有风度的小小的快乐，……让我来享受吧。没有多少快乐可言！少而又少！

我沉默着，只是叹了口气。

"那你想怎么样？继续跟以前一样吗？不行的啊。"

我跟他说我的想法，道德哲学问题总是让他感兴趣的，于是我们又聊了一个钟头，来回讨论了一下，当然没结果，能有什么结果呢。

最后他说我们以后可以慢慢开始见面，来往，做朋友。有空你打电话吧，他说。

然后我们就挂了电话。

十点半了，我该起床，做清洁，出去办事儿了。

我把被子拉过头顶，想再睡个回笼觉，但却睡不着，我已经睡了十个钟头了。

我把脚伸到床沿，磨蹭着起来去厨房做咖啡，心想：他会过来的。不，他不会过来的。从前他是一定会的，这样一个电话之后他总会过来，好让我们又投入彼此的怀抱。

现在不会了，他会想，都会过去的，最好别管我。再说他还要管那个"比姬塔"。周六，今晚他当然是要和她见面的。

我喝着咖啡，漫无目的地翻着早报，把收音机打开，是跟往常一样伤感的流行歌曲，爱情的幸福。"现在我们有了彼此，才不会去在乎别人……"我关上了收音机，听不下去了（如此无奈，在流行歌曲这样的东西面前无奈，真让人羞辱）。

桌上是他送的花，我盯着它们：如果他爱的是别人，送我花干吗。它们还开着，可我把它们一把扔到了垃圾桶里。

十一月，脚下的地板冰冷。我出门去邮局，却逛到了诺图，双手抄在粗呢大衣的衣袖里。空荡的小街，结冰的地面，光秃秃的树。西伯利亚：流浪者，贫困和寒冷的社区。

一个本能的对比：她那儿很温暖，她在弗劳拉街上优越的亲戚家新装修的房子里，整铺的地毯和柔软的拖鞋，中央暖气和身体的温度……

这个想法让我无法忍受。他们之间的温暖，还有亲密。

我走在西伯利亚，我的无产者的社区，一时忘了每月在出版社有两千两百克朗薪水的我，比起在幼师当学生的比姬塔可能更优越。可她的父母很富有，她住东岛，安定的上流社会的东岛。一时我只能看见黑白，只知道一切我没有的她都有，一切她对了的地方我都不对。

她金发、丰满，我黑发、瘦削，这没法比的；她很有女人味儿很温柔，我很知识分子很麻烦，这没希望的；她天生就是贤妻良母，而我则是朋友和情人。他让她做了贤妻良母，便既不需要朋友也不需要情人了。

嫉妒的魔鬼跳起了牵手舞，把理智给跳走了。我又着迷又恐惧地看着这奇怪的舞蹈，这奇特的演出无疑有它的娱乐价值。也许我真的更适合单相思，但单相思的对象是古斯达夫，却是我从来没想到的。

我回到了我冰冷可怜的拆迁房里，煤油快没有了，最好留到夜里用。

夜里？

要有风度，我提醒自己，要慷慨大度，让他去享受。我又感觉了一下：这我能做到吗？

我希望她能好好地去伤害他，我希望他在被欺骗和抛弃之后，带着失望与羞辱回来我这里。那时我就会把我的鬓发往后一撩，发出清脆的笑声，说，有空的话我们当然可以见面来往，还可以上床，我挺乐意的，但仅此而已。我会说，太晚了，现在太晚了，我再也不会做你的女人了。

有风度，啊，有天使一般的风度。事实上我却是个经典的精神变态者：脆弱、残忍、多愁善感、有虐待倾向。

我给希拉打电话说，过来吧，听一下我的新感悟。但希拉要请她公公婆婆吃晚饭，没时间管我的感悟。

我把壁炉点上，躺在地板上，看着那些魔鬼跳舞。

电话响了，是米克，他需要一个老师的地址，但他的大学课程目录被他给搞丢了。我帮他找到了地址，也没说别的什么。米克不喜欢在电话里聊天，他尽快地结束了通话：

"知道你还活着挺好的，继续活下去，再见！"

隔壁邻居家的钟在墙后轻轻地敲了五下。我起身，把厨房的灯打开，看了一下储柜。晚餐大概可以喝咖啡，或许还有个三明治。我开始厌倦我的自怜自艾了，把那张还没读的早报翻开来看。

当我读到《新人新事》版，吃到第二个三明治的时候，门铃响了。要是从前的话……但现在不是从前了。但如果是古斯达夫的话，那就是从前。

是古斯达夫，穿着他那件黑色的雨衣。

"我只想把这个给你。"他说，递给我一袋甘草糖。

"为什么呀？"我说，退到屋里的黑暗中，不接受他的礼物。他把它放在了衣帽架上。

"我只是骑车路过，得继续上路了。"

"是要去你的新欢那儿吗？"我说（满脸的大度）。

"什么？"古斯达夫惊讶地说，"我要去南越民解办公室油印点东西。"

我们站在门厅里，看着对方，茫然地笑了起来。他有点无措，不知如何是好的样子。噢，他可不像我这么硬气，这么容易铁石心肠，他是不会伤害谁的。他看着我，眯缝着眼睛跟平时一样地笑着，从茫然到无措，到绝望到幽默。

"你看上去好瘦好可怜。"

我苦笑一下，做出副更瘦弱的样子。

"我不该来，"他嘟囔着，"现在我又觉得自己像是一夫多妻似的了。"

"这么说你现在是和她在一起了？"

"没有，我在她那里也搞砸了。她问我是不是决定了，我说不知道……"

"决定了什么？"

"我告诉过她你和我很难决定我俩的关系。"

他说不知道！他还没决定！他和我一样举棋不定！

我把身子直了起来，我再次彻底地找回了我的自尊。

"她呢，她知道她想要什么吗？"

"这我不知道，她挺害羞的，我押了二十五克朗和哈迪恩打赌说我能吸引她，不过他大概会赢。"

我笑了起来，他是绝对不会跟她这样说我的，只有跟自己的闺蜜、兄弟和情人才会。相比你谈论的对象，你与你的倾诉对象要更加亲密！

"我可不跟你们一起去打这个赌，但你还是继续给我汇报吧。"这小小的推心置腹让人感觉挺好的。

"我俩更像，你和我。"他客观地说。

这时我内心那最后的魔鬼消失了，我完全恢复了正常，健康、完整、自尊：只要他承认我是他的同类，他选择了她又何妨！

他把我搂进了怀里，我的脸贴在他光滑的雨衣上。几秒钟而已，几秒钟后他就走了，但那一刻他却是我的。我爱他，不会只是因为知道他几秒钟之后就要离开我才爱他吧?

*

学生住房基金会最后终于发现哈丽叶特已经没上学了，我最多在她那儿能住到新年。我逢人便说起我的处境，希望有谁碰巧认识哪个有空房的人。果然，当我在咖啡休息间抱怨了几天之后，玛丽亚就来说她跟他哥哥提到了这事儿。他在阿斯特朗姆街上有一间房，空那儿已经有两个月了，想租出去，如果我能把这两个月的租金都付了，那么他愿意把合同转给我。

我一拿到钥匙，马上就骑车过去看看。一开始我还挺怀疑的，市中心的房子空了两个月都没人租一定有什么问题。但或许只是玛丽亚的哥哥以前没有尝试出手它，至少在我迅速检查之后并没看出来什么问题。虽说它有点暗，在二楼，没壁炉，而且靠近圣·埃里克街喧闹的十字路口，没有平时我习惯的那种安静，但却没什么大问题。

不过那墙纸，其中有三面墙都是那种大众灰色，加上一个大花的，这我可受不了。得贴新墙纸，或者全部重新刷一次。我去了墙纸店，翻看了些样品，但很快就绝望了，我一个人怎么选得了墙纸? 要是能征求一下古斯达夫的意见就好了。他跟我的品味一致，但却比我更确定自己的判断：如果他来选，会是那种两个月之后我仍然喜欢的，而我只能确定在看样品这一刻我喜欢的是什么。

我去征求古斯达夫的意见，于是这墙纸便成了我们的滑铁卢。从墙纸开始，最后是整个房子的装修，因为我后来还需要人帮忙挂百叶窗搞灯具。我自己当然也能做，但对他来说却更简单，因为他个子比我高，而且也占有那种男性教育的优势，对螺丝、起子、墙面修补膏、插座内部都更熟悉，我的自立能力还是有限的（极限是2.4米，再高的话，我搭个凳子也够不着，而天花板有3米多高）。

我当然得请他吃晚饭以表示谢意，然后我们再去看一部两人都想看的电影又何妨呢？然后作为回报，他也想让我帮他看一下他写的一篇文章，是关于坦桑尼亚的一个援助项目的。尽管他穿着牛仔裤，系着皮带坐在我的旁边，我还是把文章给看懂了。但过去一起读论文的时光仍记忆犹新，于是我们就又互相勾引了对方，然后分手的事儿就又这么不了了之了。

周一午休时我去街角的商店订了朵红玫瑰给他，送到他单位让他好好地难堪一下，附上了一张写着《箴言》26:11的卡片（正像狗转过来，吃自己所吐的，愚昧人一再重复他的愚妄）。

他继续和比姬塔见面。但只要我知道我是他最亲近的人，那他再跟谁见面我都无所谓了（只要他别当面欺骗我）。另外，他现在还向我透露，让我极其幸灾乐祸，她其实也有别人。显然他们的关系也不太确定，但她自然不会因为那个说"不知道"的古斯达夫就把人家给甩了。

于是我们俩又凑一块儿了，没什么欢天喜地的，相反，前所未有的灰心丧气。这就像戒烟：你先是下了一个很大的决心，但却因为不够自律而又栽了进去。再下决心，又重蹈覆辙，到后来连下决心的劲儿都没有了，对自己失去了信心，只能顺其自然了。戒的时间越长，栽得就越重，就越绝望。

在这次真心实意但却还是没有维持到三个月的分手之后，我们放弃了离开对方的想法。古斯达夫说要找到另外的出路需要海格力斯般的力量，而他能有的劲儿还需使到别处去。他用《圣经》里的话来宣布投降，把《哥林多前书》7:5寄给了我：夫妻不可彼此亏负，除非两相情愿，暂时分房，为要专心祷告方可；以后仍要同房，免得撒旦趁着你们情不自禁，引诱你们。

没有自我约束力和海格力斯般力量的懦夫当然是永远不该走入婚姻殿堂的。法律应该禁止他们，就像禁止与兄妹和原生性癫痫病人结合那样。这是一个不能修复的错误，然后你就被困在那里，永远都无法挣脱了。

15

古斯达夫来负责选了墙纸。看样品时我觉得那颜色好像深了点儿，图案花了点儿，但等工人把它贴好之后，我下班回来第一眼看到便有一种回家的感觉，这感觉如此真实，我甚至开始相信转世这件事：我前世一定住过一个墙上有着这种深绿色图案的房间，不然怎么解释我这强烈的似曾相识的感觉呢？

它是那么自然，两天之后我就完全不再注意到它了。

"不应该是这样的吧，"古斯达夫表示抗议地说，"那你贴它来干吗？"

"没有的话我会想念它，"我解释说，"但我不想一定要看见它，你总不能老是让自己的墙去分散你的注意力吧。它应该和你内心的风格是一致的，并且自然而然地融入到周围的环境里面。"

"哦这样，看来我也应该融入到墙纸里面去？"

"我一直都这样给你描写我理想中的关系的，是不是？你不在的时候我很不开心，但你在的时候我希望你就像那墙纸一样安安静静，默默无闻，自自然然的。"

古斯达夫不满地打量着那面有绿色图案的墙，这仍然不是他理想中的关系。

于是，我有了自己的房子、工作和未婚夫。我悟到了，这不仅是个正常的，而且也是个必要的进程，有了工作就得有未婚夫。一周上五天班，你没时间见其他什么人，但人你总是想见的。你希望跟人交往，但不成家你跟谁去交往？同事是不来往的，老朋友都嫁出去了，除了守着自己的男人还有谁可以交往的呢？要去借人家的男友，对我来说，比一个失败的婚姻更让人感到羞辱。没有男人我大概还是过得下去的，但没有朋友却不行，至少得有个真正的朋友。显然，唯一确保有一个不会嫁出去的朋友的办法就是跟人结婚了。

"不要以为我只是因为没有更好的选择才跟你在一起的。"我补充道，免得古斯达夫误解了：你就是最好的，是跟我最像的。

最像的，在方言里是"最好"的意思，但也有"像"的意思，因为跟你最像的人也是你最喜欢的吧，至少如果你原则上不反感自己的话。

我俩不仅对墙纸和电影的品味是一致的，在政治观点上也一致。古斯达夫是我认识的人中唯一一个有资格说自己既左翼又明智的人。单位上的人右得让我想到处去扔炸弹，咖啡休息时他们除了聊吃的，头一天的电视节目，背着人说闲话，就会无一例外地抱怨税收，几乎成个仪式。但是，和那些想颠覆社会的左翼年轻人在一起时，我又恨不得躲到有右翼倾向的《瑞典日报》背后去。大学里极左翼犹如雨后春笋，长势前所未有。每次研讨会都会有人跳出来说些革命的套话。如果他们讲的东西有趣也就罢了，但却只是些一味地反驳，带攻击性和自卑感的发泄。诚然，课程和教学需要激进化，马克思教学组也正在朝这个方向努力，但到底需要多少口水仗、派系斗争和对老师的莫名骚扰呢？没完没了地开会，那些以"揭发"反动派为使命的学生大会。

今年的极端主义也发起了反圣诞的运动，掀起狂暴的反圣诞礼物，反降临节日历，反一切的风潮。太过了，又只是为抗议而抗议，我们决定各自跟自己家人一起安静地过一个传统的圣诞。

"我不回家我父母会难过的。"我跟一个在度慕思商场外发传单，试图招募我们去参加什么抗议活动的人说。

"小资就应该被鄙视。"发传单的人嗤之以鼻。

"不，他们应该受再教育。"古斯达夫说。

"这你可不能通过让你老妈难过来实现吧。"我说。

发传单的男孩转过身去面向人行道上的另外一个人，他可没想到他自己的老妈，我们把传单揣进口袋里走了。

*

春季学期我还是在英语系注了册，却没时间学什么了，而不学习让我精神萎靡起来。我羡慕古斯达夫在做着一件他觉得有意义的事，我的工作虽说不是直接扼杀灵魂的，但坐在一张办公桌前让我很受不了。当我可以把工作带回家时，同一件事，我愿意花双倍的时间去做，比如那个给旅行手册配插图的校对工作。那是一份巨大的拼图工程，我铺了一地，趴在那儿做，充满了工作热情，吃饭都顾不上了。可只有在特殊情况下我才被允许把工作带回家，在单位你可不能趴在地上做事儿，地方太小了，再说老板也不高兴的。（我试过，但他觉得若有人来访，看上去不太好。）不能以最理性的方式来做一份工作，这让我胃疼。

于是我只能坐在办公桌前，每过一刻钟就看一次表，是不是终于到了可以咖啡休息/出去吃午餐/回家的时间了。

于是生命就这样流逝了，日子就在你焦急等待的时候流逝了。

这感觉严重破坏了我的职业操守，我开始逃班。打电话说我生病了，其实只是一颗阿司匹林就能解决的头疼。我半天都躺在床上，读书，抽烟，下午起床溜出去散个步，或者去听个研讨会，要么就跟古斯达夫一起去参观一下轮船交易会。

逃班并不会让我良心不安，让我良心不安的是要在一张办公椅上荒废我的生命。每一次想到我会错过的生活我就很焦虑，那些我可以经历的，但现在/不久/很快就会为时已晚的生活。

只需读到民族学老师道恩在《今日新闻报》上写的一个书评，我就会开始质问自己为什么没有好好地去做民族学的研究，那怎么说都是一个有意义的专业。或者看到一篇关于在海格岛发掘的文章，我就会产生考古学的焦虑，我为什么在还没去尝试挖掘之前就放弃了？我给考古系打电话，问他们夏天有没有什么我可以参加的田野工作，但都满员了。跟着他们上课也不行，因为我要上班，而课都是白天的。

希拉要去上那个我没去的电视制片课程，米克要去做援助发展中国家的工作，古斯达夫要当老师，哈丽叶特来信说她要当妈妈了，就连这个也给我带来了真实的战栗。如果哈丽叶特行，那我为什么不行呢？或许这是我会错过的最伟大的事情，而很快，很快我就会太老了！

大家都成了什么，除了我以外。你成了出版人员，古斯达夫说。可是我并没有，不过是看上去如此而已。

"你为什么不做研究呢？你那么喜欢上学的。"

"你是说读博士？但那可是一辈子的任务，我永远都拿不定主意的正是一辈子的任务。"

"现在这最多不过就是五年计划。"他说，把一篇关于博士学位新制度的文章给我看，叫简博士，表示这是件容易搞定的事儿。

虽然古斯达夫觉得我有份工作是件特好的事儿，他毕业后失业了我还可以养他。但他表示也可以放弃被养的机会，如果我能在博士论文的前言里答谢他的话，用那种让人恶心的句子，像平时作者致谢他太太那样，因为她和孩子们没去干扰他写论文：最后但最重要的……

我会考虑的，我保证说。

简博士，这头衔写在电话簿里多可笑！

*

有份工作就需要个婚姻，但同时工作也会破坏婚姻关系。辛苦了一整天回到家里我会兴致勃勃的，想去城里，去人群中，什么都行，出去就好！但古斯达夫却带着他的荷尔蒙而来，古斯达夫只是对我兴致勃勃！于是我就有了个新的拒绝模式：亲爱的，我上了一天的班，只想轻松愉快。七天当中五天都管用。

我们为什么不再出去郊游了呢？我想，为什么人们只有在刚恋爱的时候才去享受生活呢？我把他拉到了城里，去电影院，去咖啡馆，在雪暴或春雨中散步，天气越坏就越好。

有个星期天，我跟着他去做礼拜，发现布道的内容是关于错过时机和宽限期，牧师把那永恒的惩罚做了人文主义的引申。这是我最后一次跟你去教堂，回家的路上我跟他吵着说，还以为可以得到点精神上的启发和慰藉，却被劈头训教了一番。什么错过时机！

白天变长了，我从单位被放出来时，天边仍有一缕忧伤的晚霞。如果不回家而是直接骑车去大自然里，那我还能赶上看落日。一个三月的夜晚，在错过了阳光灿烂的白天之后，我一头骑进了丽莉昂森林里。当我看到那些白白的桦树时，我哭了起来，是真的哭了起来，我走到最近的那棵树跟前，触摸一下它，以确认它的存在，白梗的桦树是存在的。

我们该怎样生活？

天黑后我回家时，古斯达夫来电话问我去哪儿了。去拥抱白桦树了，我回答说。我一直都怀疑，他说，你是那另类的少数。这我可从未否认过。

复活节我没长假，上班族都没有的，只有过节的那两天放假，几乎都来不及去岛上。那两天大家都要出门，队排得很长，很拥挤，很多人跟我们一样都在那家小杂货店为周末采购，人满为患。

是的，岛上，这是我的耻辱，说过再不来这儿的，可我绷着，为了能在大自然里纵情狂欢几天我现在不惜一切代价了。我躺在栈桥上，听破冰的声音。海湾外面的冰已经融化，但这里面还没有。流动的冰块，在水面上漂来荡去的，互相碰撞着，嘎吱作响，有点像水鸟的叫声，如果你闭上眼睛会以为你听到的是海鸥的声音（准确地说，或许是燕鸥吧）。再近一些又是另外的声音了，一种安安静静的沙沙声，是阳光下的冰正在解冻。

我躺在栈桥上听着冰融化的声音，这是唯一能减少我存在的焦虑感的东西了。

*

"哦，这可是你内心的风格。"希拉来视察我新贴了墙纸的家时干巴巴地说。这不是她的内心风格（她的是宜家风格），但她一眼便看出来这墙纸正是我一直想要的。

除此之外，我家里的布置跟以前差不多。她嘲笑我的那张床：

"你还在用你的单人床啊？"

"是呀，怎么啦，我就一个人。"

"嗯，但现在单身的也时兴用大方床，你一定是觉得它看上去太饥渴了吧。"

"我觉得我地方太小了，要是床就占了一半的话。我的情人们得自己去解决床位的问题。"

"哦，你反正还有个沙发。"

"你有没有什么新的觉悟？"我问，把咖啡从保温瓶里倒了出来（我提前就把咖啡煮好了，为的是不要浪费希拉宝贵的时间）。

"妇科大夫真是不可思议。"

"这是个老话题吧，是我最早的一个觉悟。"

"我就是不明白他们为什么一定要在挖你的宫颈细胞样本时来跟你聊天。"

"可能是为了让你放松吧，想点儿别的，就像牙医总会一边在你嘴里塞满各种仪器，一边问你对德布朗最新的小说或者中东局势的看法，职业技巧而已。"

"性敌视也是妇科大夫职业技巧的一部分吗？"希拉说，"我小心翼翼地问他避孕药是不是会让人有阴道分泌物，因为我读到过的。他一方面说不是的，一方面又让我觉得如果是的话那我也是活该，因为需要避孕药的人一定很放荡。"

"这个我可都习惯了，我现在觉得另外那种大夫更让人震惊。我上次也问到了阴道分泌物，问是不是人人都有，是不是就没办法了，因为我读到过的。他把它说得再自然不过了，说只是有的人多点儿有的人少点儿，跟别的分泌物一样，你要把它当作一种天分。"

"天分？"

"他用的就是这个词，一种让人生更丰富的天分，跟其他的天分一样，音乐什么的，只不过这个是荷尔蒙而已。"

"他的意思是你要把自己看作一个有荷尔蒙天分的人吗？"

"是的！我这个荷尔蒙的白痴！"

"那你是怎么反应的？他博得了你的年度一笑？"

"当时没有，我在看妇科医生时总是没情绪的，但事后我把它作为可讲的笑料记了下来。"

我把这事也给古斯达夫讲了，博得了他的世纪一笑。

女人之间似乎再没有比避孕药和卵巢炎让她们更热爱的话题了。哈丽叶特有个周末推着童车带着她刚出生的女儿到城里火速来访的时候，又为我们共同的阴道体验基金会提供了新的基金。我以为我知道生孩子大概是怎么回事儿，但哈丽叶特的描述显然说明我把整个事情严重美化了。不是说她对这事儿有多消极，她幸福得近乎让人作呕，紧紧抱着她女儿几乎就不让人去碰她，但她充满细节而又毫不煽情地讲了生孩子这事儿有多血腥，比如说她讲到了"产后污物"，我就从来没听说过，讲到了母乳泄漏，讲如何把卫生巾塞到文胸的下面。天呐，难怪男人对女人会有恐惧感，如果我自己不是女人我也会有的。

*

当我终于明白了上班族不会有暑假的时候，我就把工作给辞了。一个月的辞职期限，然后我就直奔皇家图书馆去了，借了一大堆书回家，我现在要成为一个简博士了。

但哪方面的博士我还不知道，应该是英语文学吧，而不是语言方面的。英语文学里一定有值得我把人生中的四五年贡献出来的什么吧。不管怎样我得先把第三学期上完再说。这期间，我也借回了一大堆好玩儿的书，看看我是不是能找到些新的想法。

古斯达夫在斯达国际援助组织一服役完，就去把船拖下了水。有时我也跟着他去出航一天，但还是不能乐在其中：开帆船于我简而言之就是饥饿和恐惧。他也不再努力让我成为个有用的船员了，而是让我留在岛上。于是我就躺在海边读关于开帆船的书，十分地享受。他回来的时候我们还可以互相交流经验：古斯达夫给我讲他去纳萨群岛的航行，我给他讲我的尼罗河之旅，虽然去旅行的人其实是约兰·西德。

但等他养成了不再问我要不要跟他去开船的习惯的时候，我就偏偏会跟着他去，只因为他没问我。

现在我可不能怪是我的工作破坏了我们的关系了，只能说两个人的关系本身就是一种毒药。

同居生活让我变得蛮不讲理。我渴望清静，可当他骑车去小卖部比平时多花了半小时的时候，我就又会胡思乱想他到底去哪儿了，一定是碰到了个熟人吧，在外面哪个地方坐着喝杯咖啡愉快地聊着天，我想，觉得自己被他忽略了，心里酸溜溜的。

我们在汽车上他从口袋里拿出本书来看的时候，我也会受伤，因为他宁可看书而不和我聊天。虽说我外套口袋里也有本书，他先把书拿出来看，仅仅是个偶然。但如果是我先开始看书而他想和我说话，那么我大概又会因为他打扰了我而不满了。

没有道理，作为一个平时挺理性的人，这让我挺痛苦的。我不是受不了古斯达夫，而是受不了和古斯达夫在一起的那个我。

他只是觉得我情绪化有点麻烦，但这却不是情绪的问题。我的行为是有方圆规矩的，即坚定的"反其道而行之"的原则。他想做爱我就想聊天，他想聊天我就想睡觉，如果哪个时候他不想做爱了那我肯定就会想的。其实我也有去勾引他的幻想，我会给自己描写那让人兴奋的情景，却没机会真正实现，因为总是会被他抢先。

早上、白天、晚上。早上他性欲最强而我最不想。一睁开眼睛，我就想去太阳下迎接一天的开始，游个晨泳，煮杯咖啡。有时他还没醒我就起床了，但更多的时候，他会到我床上来，而我会挣脱他，然后他会生上好几个小时的闷气。

白天拒绝他是最容易的：万一有人来了怎么办？晚上吧，如果要做爱，那就是晚上了。那时候我累得无力反抗，半睡半醒，就听之任之了。他抱怨说觉得他自己就像个恋尸癖者。

这是地狱吗？噢，我相信一定有比我们的关系更不快乐，至少更单调的关系。反其道而行之的原则也导致了他每次不理睬我的时候，我就发现我想要的正是他。

你是觉得我的背影更有魅力吗？他不满地问。但我不喜欢的只是他的黏糊。当他用那么一种自我奉献和自我牺牲来爱我的时候，我能爱上他的东西就所剩无几了。我唯一需要的就是一点点冷漠，一点点炙热的冷漠。我引用了一下挪威话剧《爱情悲剧》里的话：要知道，你爱得越多，对方就爱你越少。

而他却总是和我相反，这也是我们为什么永远都在转圈的原因，就这样：他想要我，我不想要他；他不想要我，我想要他；他想要我……

在这不断的反反复复中我们反正总会有规律地转回到我们两厢情愿面对彼此的情况，虽然很短暂，但却难以割舍。

反正没人能说我们不合适，我们完美地互相弥补，互相吸引而依赖，我们的关系成了一台真正的永动机，一个完美的恶性循环。

*

七月份的时候古斯达夫的哥哥埃里克也来岛上了，我的角色从抱怨古斯达夫变成了听安娜·卡琳抱怨埃里克。听得我不寒而栗：听上去我难道也是这样的吗？

"你没有更好看的衬衫了吗，我刚把那件黄色的给你洗干净了。""现在要去钓鱼啊，可我们再过半小时就要吃饭了。""嗯，不错，可到时候肯定又是要我来清理它，再说，我们晚餐已经买了排骨啦！"抱怨似乎已成了她跟他说话的自然腔调，一看到他她都会有说的，没有什么她注意不到的细节，没有一次他开口而不被她反驳的："1966年？你有没搞错，是68年秋天，这我可是知道的。""那公寓一点儿都不好看，很丑的，再说是在斯科讷街，哪儿来的伯纳德街？"

一般来说她都是错的，但这却更是助长了她的坚持。如果你反驳她，她就会不动声色地另外找个细枝末节去批评指正他。尽管我可以"理解"安娜·卡琳，但还是对可怜的埃里克的处境深表同情，我觉得（我这家庭心理医生）这是个尴尬而又一目了然的病例：反驳埃里克是她唯一可以证明自己的方式，她没有自己的东西，没什么让她可以建立自尊的。他们没能生孩子，于是她便给自己的家庭主妇角色带上了殉道者般的光环。这自然也是她自己的错，虽说埃里克承担了养家的责任，她其实也不必把工作辞掉的。她现在的不满也不难理解，我是说，与理解我自己的不满相比，我更能理解她的不满。

有她这可怕的榜样在我跟前，我不管怎么说都要努力地好好善待古斯达夫了。再说，有亲戚在场的时候，我们总是会换一种语气说话的，因为我们那些轻松而粗俗的聊天，我们的内部笑话，他的欲望我的反抗，会把他们搞蒙的。

埃里克从城里带了两瓶葡萄酒来庆祝他的假期，我们在檐廊一起吃了晚饭。几杯桃红酒之后我就变得温顺起来，连我自己的男人都认不出我来了。夜晚多云，漆黑。在去海边小屋的路上，我们互相紧紧挽扶着以免摔倒，考虑要不要在午夜游个泳，但一致认为还是床上好，也不知道这是红酒还是安娜·卡琳的功劳。总之，我们在床上度过了今生难忘的一夜。

古斯达夫搭瓦克斯霍尔姆公司的船去图书馆了，我躲开亲戚们，虽然带着内疚感，但尽可能多地享受独处。（这是他的地方，我无权因为他不在而享受。）

第二天晚上他回来了，从蒸汽船码头骑着自行车，把书包和食品袋挂在车上，摇摇晃晃地回来了。但当他把一个装酒的袋子放到厨房桌子上，暧昧地看了我一眼时，我就走开了。

你休想。

*

唱起颂歌敲起鼓，弹起美妙的竖琴和琵琶。在月初的满月和我们的节日里吹起号角。（《诗篇》81:3–4）

古斯达夫在我们三周年的纪念日送来了鲜花和问候。以前可从没说过纪念日要击鼓唱歌的，如果他这不是在尖刻讥讽，那大概就是在煽情了。

16

　　米克去上了一个援助拉美发展中国家的课程，秋天要去哥伦比亚做志愿者了，这让我觉得头上像是烧了堆炭火似的。我自然意识到自己也应该做点儿类似的事，这样才会让人生有意义。

　　你应该做的是去为革命效力（我指的是变革，必要的变革，不管它会怎么个变法）。我试图为自己找托词：每个人都只能各尽其能。以我的条件，去哥伦比亚是做不了什么的。那我能做的是什么呢？我就那么点儿语言的天赋和耳朵的功力，不知道该怎么个为革命效力法儿。

　　再说我的语言天分到底有多少也很难说。我教授说，论文的选题犹如选老婆，得自己来挑，不能听别人的。我根据自己的性别把这至理名言修改了一下：论文的选题就是要坐等，等待被选中。我还在等待中，日复一日，我等着论文的选题来找我，说，我要你来写我！

　　但现在我开始感到绝望了，我太老太痴呆了，自然没有什么选题还会来要我的。于是我又尝试着主动些，把人家写的学位论文借回了家，想从中找点主题来发挥。我已经不指望会有什么题目能让我兴奋不已而充满激情的了，只希望可以安安静静地找到个让我还受得了，能够一起厮守几年的选题。

*

一个平平常常的星期三的早上，我从梦中迷迷糊糊地醒了过来。是什么？是谁？是个男人，一个我经常在皇家图书馆遇见的，从未对他产生过非分之想的陌生男人，可这却是一个这么余味悠长的梦。

我醒来，四处张望着，所有我看见的男人突然之间都很男人了，身体、脖子、头发、手、骨骼什么的。

这是怎么啦？荷尔蒙吗？那可真是个美好的重逢，居然会是在皇家图书馆这样的地方。

古斯达夫早就盼望着我能进入专家们所说的女人性欲旺盛的中年了。我个人觉得这只是暂时的，我对我的荷尔蒙没一点儿信心，它们总是来去匆匆。我想象它们就像《姆明》里的小精灵：带电而难以预测，危险而羞涩，总是四处游荡。

你习惯把性生活用童话术语来描述，你猜心理医生会怎么说？古斯达夫问我。这我完全可以想象。他自己却喜欢说起老虎，但这不是他的发明，而是多梦西·L.塞耶斯小说里写的。

事实上他怀疑我一天到晚都在把肉欲精神化，像我这样没有情欲需要的人真让他难以想象，而我的这个梦只能证明他的怀疑是对的，他不明白我那被其他男人唤醒的性欲为什么就不能回家从我的另一半那儿得到满足。但我的荷尔蒙小精灵们是被好奇心所驱动的，它们想去远行，去做新的探险，是的，去征服新的领地。

这自然不是我第一次意识到男人的魅力，但早在我第一次被男人吸引的时候，环顾一下四周我就知道他们是大有人在的了。想到还有那么多我没机会遇见的男人，我便有晕眩之感。在觉悟到我其实是想和世上所有的男人都能发生关系时，我便得出了结论，既然一辈子只能做出些不伦不类没有代表性的选择，那还不如另辟蹊径了。如果所有我错过的男人都像那些我没能选择的生活一样让我焦虑的话，那恐怕一出门我就会惊慌失措起来的了。

反正古斯达夫一定是宁可我带着幻想去看别人（仅限于看）也不愿我性冷淡。再说他自己也如此，我是说，他也是带着幻想去打量女人的。如果幻想都是犯罪的话，那这世上便没有人是无辜的了。"忠实"这个词其实是不准确的，它是一个事后我们才达成一致的介于两种含义之间的定义，一种是没有意识到其他人的存在，一种是跟任何人上床都保持内心形而上的专一。

只要你对我忠诚……他从一开始就保证过的。这其实是个早就失效了的诺言，后来我们并没有承诺过该如何与其他人交往，只是心知肚明我们不要"当面欺骗"对方。在古斯达夫和比姬塔的插曲之后，在我俩所有的那些名不正言不顺的分手之后，我不再会为自己的拈花惹草而良心不安了。有晚会的时候，不论是他师范学院的，还是我们系上的同学组织的，只要是不带家属的那种，打情骂俏是免不了的。从跳舞到调情犹如一个滑梯，说不清楚究竟是从哪儿开始过渡的，你可不想一副胆怯扭捏的样子，但一旦你开始调情便会一发不可收拾，很难知道底线在哪里了。因为腰带提供了一个天然分界线，我就本能地以此为界：腰以上可放荡，其余的要有所保留。

要坚守这一点对于我来说并不难，我的荷尔蒙再旺盛也就不过如此了。但要我不去爱上谁却是高难度。好久都没有什么值得跟古斯达夫一提的恋情了，不过托尔斯滕的事儿我还是得告诉他才行。

他是我们系上学科协会的，一个精力充沛很有干劲的左翼男孩，看上去有点儿凶，但比大部分要聪明。我们从学期一开始就互相关注了，我说的不是眉来眼去的那种，而是更实在：我们留意到对方，都有更进一步关注的愿望。我倒没幻想他会是个什么心灵知己，或者有米克那样的个性，但当你有严重的社交饥渴时，你的要求也自然会渐渐地降低。

我们不是一个班的，但在系上学科协会晚上搞活动时常常碰到。另外我们也属于一个自由小组，由一位老师主持的读者剧场，每月一两次在不同人的家里轮流聚会，有点独特而少见的文化社交方式。有天晚上在排练《人与超人》时我俩正好被分派了泰纳尔与安的角色。

倒不仅仅是因为我们坐在那儿演一对恋人就来电了，他最吸引我的地方还是他的那个莱斯利·霍华德似的口音。男生在说英语的时候不带达拉纳或哥德堡的口音很难得，甚至包括专业老师在内。他的形象和口音是完全不吻合的：高大、魁梧、金发，这都更加强了惊喜的效果，他的那件冰岛花毛衣上别着个领袖像章，而且他还吸口含烟。

那天我们在国王岛，托尔斯滕要坐地铁回家，而我住在同一个方向，于是我们很自然地就结伴而行了。到了我家门口，我们又很自然地拥抱了。我知道接下来很自然会发生的是什么，所以当他想跟我上楼时，我不得不很违心地回绝了他。

我把这事儿告诉了古斯达夫，不是为了得到表扬，是为了抱怨。都是你的错，我抱怨道，让我不能发展我的人际关系。

我觉得偶尔能带个男人回家挺好的，这可是唯一能够结交新朋友的办法：通过交欢来交友。据我所知，我周围的人都是在情人当中招募朋友的，但我的这条路却被堵死了！不是有没有荷尔蒙的问题，我可也是有社交需求的。

再说我这个人就是这样，再没有比我拒绝过的男人更让我痴迷的了，很多年后我都还会去想他们。也不知道是出于什么原因，或许是无限的同情吧，因为我无限的自尊，他们因错过我而错过的人生？反正就是这样的。

"你是了解我的，"我恳求他，"如果我能够不拒绝托尔斯滕的话，那么这恋情会过去得快很多。"

"你的意思是我的最好策略是压抑性容忍？"

"是啊。我欺骗你一两次真的就那么重要吗？你真的就那么反对吗？"

他真的很反对，原来古斯达夫是希望我能从头到脚都要有所保留，他才不想听我说什么社交的需求呢。

噢，是这样，那就算了吧。

暗地里去欺骗他我可没这么降格。那么我就酸溜溜很是不满地"专一"吧。我就忠实于他，并让他来吃这个苦果吧。

*

我从皇家图书馆的一本书上读到，某刊物上的文学评论被指控是为政治观所左右的，这听上去很耳熟，但说的却不是当今斯德哥尔摩报界的马克思主义者们，而是十九世纪的《爱丁堡评论》杂志以及辉格自由主义。于是我订了几期，想看个究竟。我随意地翻了几下，但不知道到底该怎么去定义使用的标准，如何将它们系统化。我又读了几篇文章，准备再订几期来看看。这时我才意识到，我是在开始着手一篇论文了。

这一发现让我激动不已，必须去弘姆勒公园走一圈让自己安静下来。这真的可行吗？分析某个时期的评论，考察其依据和方法？反正材料应该是足够的。图书馆里收集了该杂志在1929年停刊之前的两百五十期。问题是，如何从中做出明智而有限的选择。

如果我能把书借回家做研究当然是最好的了，但只有那些最近一百年的书才可以被借出，而这样的年代划界并不是很客观。再说，该杂志最有影响力的时期还是在十九世纪初，避开这个阶段恐怕不可能，所以我就好待在皇家图书馆里了。

接下来的这些天我又浏览了一些文章，看来这想法是可行的。我迫不及待地想开启一个详尽的论证分析。当我开始看出一些模式，想到了分类的方法时，我喜出望外起来。

秋天来了，五彩缤纷的，但我却视而不见，连头上烧着的那堆炭火我都视而不见。我带着我的小小才华，把自己毫不留情地关进了图书馆的小屋里，趴在打字机上做起了摘录。这是一个只有我原来的办公室（曾被我视为监狱）四分之一大的小房间。区别在于，在这里我可以随心所欲，什么时候想去这小房间就去，什么时候想咖啡休息就咖啡休息。你瞧，我需要的自由不过如此。除了自己之外，没人可以命令我，在这种情况下，让我去接受一个严格的工作纪律是没问题的。

第三学期的考试我考得不错，但博士后导师却没在成绩簿上给我最高分。我本来想告诉他关于我博士论文的事儿，结果只说了声多谢再会。

难道是我没有学术天分？还是他小肚鸡肠子来报复我，就因为我研讨会时在桌下偷看了晚报？

我难过了一阵之后决定要生气。不行！他们想把我甩了可没那么容易。于是我在接待时间去找了教授，告诉他我打算要读博士。他自然是没有拥我入怀，说这正是他所期待的，但他也没有嘲笑我，只是找出了一份申请表让我填。

又过了一段时间，我的邮箱里来了张油印条子通知我被录取了。看来博士后导师第三学期没给我高分大概只是因为他走神了。

我参加的第一个博士生研讨会是关于研究方法的，非常有趣。出席的人不到十五个，同学突然从女生占多数变成了男生占多数，每个人好像都博览群书挺专业的样子，我顿时感到我是进入了更高的领域，觉得学术研究理应如此。一帮知识渊博的人围坐在桌前讲他们通晓的事，让人很有启发和收获。坐在那儿吸取着知识，我感觉自己好像在成长。

下一次研讨会要讨论雷内·韦勒克的《批评的概念》中的一个章节，由我来做介绍。我骄傲而快乐地开始准备了起来，但很快就从这高领域里摔了下来，因为我连找到这本书这个最基本的任务都没法完成。皇家图书馆的已经被借出去了，市图书馆里则没有，而人文图书馆里的文献参考资料又被一位后来移民国外的老师带走了。我给城里的每一家书店都打了电话，但他们都没有。如果要从国外订购，那至少需要几周甚至更长的时间。最后我不得已只能屈膝去借了博士后导师的那本。

当然，这还仅仅是个开头而已。很快我就明白了，这四年的正规学习时间，并没有把那些花在四处奔波找书的年头算在里面。确实，如果都能继承个像样的私人图书馆，那读个博士并不艰难。

*

　　划清界限好难，我跟古斯达夫抱怨说，和异性交往时有些情况下会发展出一种内在的逻辑，让你绝对没有机会能很自然地去拒绝。那就别让自己进入到这类情况里面去，他回答说。

　　难道他的意思是因为托尔斯滕周五有可能参加系上的晚会我就不应该去？现在就是这样一个情况了，但我是不会去跟他请假的。一个月来我都只能看着托尔斯滕在走廊远处隐约闪过，我的荷尔蒙焦虑而躁动，都可以拿来充电了。晚上出门打扮时，我没有把那条可笑的带条纹的中长裤穿在我的长裤下面了。

　　和往常一样，吞拿鱼沙拉、葡萄酒、法式面包、政治讨论、录音机里的流行歌曲，然后慢慢地就开始跳舞了。最初的那几个钟头托尔斯滕没来，我开始焦急起来，居然连拒绝他的机会都没有，但后来他还是在门口出现了。我看到他在拿纸盘和沙拉之前注意到了我，没过一会儿他就到我这边来了。我们跳了一两曲，然后我说了声谢谢，但他却充耳不闻，于是我们又跳了一曲，再跳了一曲。然后我没劲再跳了但他还是不放手，于是我们便就近倒在了一个空着的高背沙发上。当你在一间半黑的屋子里搂着对方坐在一张高背沙发上时，再互相亲一下也就很自然了，我是说，这连"进一步"都算不上的，如果不亲一下那才奇怪呢。

　　或许是很奇怪。屋子里也没那么黑，而且到处都是人，再说我向来就反对在公共场所调情。他注意到我走神了，调皮地拽了一下我的头发：

　　"你是在哪儿啊？我们之间好有距离。"

我们坐在同一个沙发上他这样说也许有点奇怪，但也说明他挺敏感的。

"因为我不喜欢公共场合，"我解释道，"我们可以去别的地方吗？"

他说当然可以，于是我们找到了各自的外套，离开了这个音乐大作的小木屋。我们漫无目的地走下皇后大街，路过瓦洛宁酒吧，进去各自要了杯啤酒。然后我们就面对面坐在了一张桌子旁，开始了解对方。

他讲他的生活，我对他的印象发生了变化，他在我眼里成长了起来。我以前多多少少只是简单地把他归类为一个极端左翼，但现在和他面对面却突然发现他其实更成熟，比我想象的更经历丰富。他有过两年的海上生涯，一段破裂的婚姻，一个住在外地的小孩。他讲他来自一个优越的医学世家，讲他极度情感化的少年时代以及他回归理性的政治觉醒。

我看着他想去抚摸他，但又不好意思把手伸过桌面。他的头发是浅黄色的，又长又粗，让人想到平时用来做圣诞老人胡子的那种羊毛，我很想去摸一下它的质地，但又不确定是不是敢去挑战他的男性自尊。

我在海纳桑德和出版社的经历与托尔斯滕的海员生活相比似乎没什么了不起的，在我把我生活中最有趣的部分也给他讲过之后，我们俩都一致认为应该回家睡觉了。他跟我一起去了地铁站，坐上了地铁，走到了我家门口。他陪我走了这么长一段，把整个晚上都花在了我身上，我就不好再拒绝他了。于是我让他跟我上了楼。

我们躺在沙发上，不是床上，不要上床，但结果这也是一个错误，等他的手摸到我腰带时我才制止了他。他很快就明白了这个原则，当他不小心再摸到那儿去的时候，他便自我谴责起来：

"可耻，托尔斯滕。"他对自己说。

"很好，"我嘟噜着说，"你说了我就不用说了。"

他带着幽默感去看待这事儿挺好的，用跨界的术语来表达。

"不好意思，我现在侵略了你的领空吗？"

他问我为什么偏偏在腰带那儿制止他，我得承认那不过是随意而定的，是一种妥协一种奇怪的道德，不是双重道德，而是准道德：下半身的道德。

这当然很可笑，我觉得我们做着世界上最自然的事儿（谁能说它不是呢），不继续反而不自然。我以前还从来没有对一个我如此不了解的人产生如此的欲望，现在发现这是可能的，让我既开心又恐惧。

这自然是因为新鲜感，对新鲜事物的渴望，就因为它是新的，是最初的欲望，但现在如果碰巧它也是你唯一的欲望怎么办？

要不是因为古斯达夫的话……我心想。

或许这只是个借口？我想和托尔斯滕上床，此时此刻，可事后会不会后悔我并不知道，明天以及将来。正是为了更好地预测将来，我认为应该事先更好地了解对方，不然两个人的关系会突然发生让人震惊的转变：有些男人事后无法正视你，千方百计地会回避你；有些则以为上过床就拥有了某种权利；还有些会出乎意料地爱上你。这不仅是我个人的经验之谈，也是我从希拉那儿听来的故事中得来的警告。

其实我并不清楚我想要多"自由"，但因为有古斯达夫所以我暂时不用去多想。我把这个解释给托尔斯滕听，他既没表示愤怒也没表示尊重，只是什么都没说。这于他大概也不是那么重要吧，不必在这上面费更多的精力。

于是我们只是躺着，在情欲中昏昏欲睡。我满心欢喜地去闻他的脸颊，他闻起来好陌生，令人刺激的陌生，令人担忧而有趣的陌生。然后我们就在沙发上睡着了。床上会舒服些，但那又是个界线。家具道德。

古斯达夫来皇家图书馆接我，我挺累的。早上和托尔斯滕在汽车站分了手，一个挺突兀的站台道别，没有任何迹象表明我会在类似的情形下再见到他。我和古斯达夫穿过弘姆勒公园，穿过铺满落叶的小径，只有橡树上还有叶子。我们往上走到了普门纳德餐馆，去吃晚餐。

古斯达夫精神挺好，高高兴兴的，他很喜欢师范学院。你不管把他搁哪儿他都挺喜欢的。他说到我坐在皇家图书馆里做研究是多么的好，说他跟一个学者"结婚"是多么的好。

我喜欢古斯达夫的一点就是他从来不羞于表达如此这般的感情，可他选错了时机，他的话给了我一个接话的机会：

"学者是挺好的，可是'结婚'？"

我问他想不想和一个像我这样跟人上过沙发的女人"结婚"，他应该知道和他在一起的是哪种女人，我认为不管怎样他都有权知道。如我所料，他当然不想。那现在我们又得分手了。于是今年我们又有了一个小小的"秋离"。

这次分手比上次的还要短。或许我们现在都把规范和概念搞混了，连我们到底是什么关系都不记得了。反正我们还是继续来往，继续上床。一周后我问他对此作何感想，他笑了起来，说他觉得和我前所未有地"在一起"。

"我想这很典型的，又分手了，典型的我们俩的关系。"

"那挺没希望的。"我说。

当你开始觉得分手已成了你们关系的特点的时候，当你们可以爱恨交织打趣地把分手说成是"很典型"的时候，那么你们大概永远都没希望能够真正地分手了。

事实上，即便不去定义它，也还是可行的。我们是古斯达夫和马汀娜，如果我们的关系是前无古人的那种，那叫它什么其实都无所谓。是在一起还是分了手？都不是，又都是。

只有在亲戚面前这个问题才是个问题，我们不再向他们宣布我们分手与和解的消息了。现在我们最赞赏的便是不介入原则，避免带对方去参加家庭聚会。在他有了自己的公寓之后，这也是可能的了。

偶尔他还会提到同居的事儿，理由很实用：自从他开始有了固定的课表以来，他的时间就变得挺紧张的，而每次见面都要穿越城区，是件挺麻烦的事儿。住一块儿多省时间，只要回家就能见面。

可我还是觉得回家是回到了我自己的家，想见古斯达夫时才见古斯达夫最好。从弗瑞德汉姆广场到密德波雅广场用不了多久，我仍然不明白为什么"在一起"就一定要以同吃同住同睡来表现？为什么伴侣关系只有这样才会被当真，这是什么道理？我以萨特和西蒙·德·波伏瓦为榜样：他们几十年以来都被称为"永久伴侣"，但他们并没有结婚，也没有同居！

像萨特和西蒙·德·波伏瓦一样，这个想法他还是喜欢的，但坚持认为"永久伴侣"的说法有点儿别扭，谁会愿意这样被介绍，他的意思是，说"我太太"就简单多了。可是就介绍说我是马汀娜不行吗？

　　为了说服他我反对的不是婚姻的程序，我提议我们可以有个婚礼但不用同居。他也喜欢这个建议：在一个不结婚但同居很普遍的时代，稍微有点儿反潮流。我们认真地考虑这个方案，甚至还开始从法律和经济的角度去研究结婚到底意味着什么，结果我们发现，如果他将来当了教师，那么作为妻子的我便会失去得到学习资助的资格。那就算了，为了能够被叫做太太，戴上个金戒指，不值得。

　　如果还有什么不搬到一块儿的理由的话，那就是我们其实根本就没有地方可搬。我的这间房是不行的，他的学生公寓也只是临时的。

　　于是我们继续我们脚踩两处的分居方式。无可否认，住在不同的地方让人有点漂泊感，但我试图声称这也是一种健康的感觉。

　　这突然让我想到了我的牙刷，这个象征着归属感的东西，在这世界上我把它们至少放在了四个地方，一把在我家，一把在古斯达夫家，一把在我父母家，一把在岛上。

　　他却买了一大把一次性的牙刷。我承认，这也许是个有先见之明的投资。古斯达夫说，这象征着我俩的关系。

*

　　师范学院的第二学期他要实习，被安排在维斯比。想到我近乎病态地喜欢一个人栽培爱情，而不让对方来干扰介入，这样也挺好的。就像我在海纳桑德时那样，不过现在相反，去外地的是他。

　　这我就不喜欢了，那个远行的人比起那个留守的人要好过多了。他在信中讲他的小镇生活，小镇的样子，老师们下班后都做什么（酗酒呗）。一切听起来都是小镇的感觉，挺可怕的，而我却好羡慕他。我羡慕他在别处，有所事事，不一定就要是维斯比，也不一定就要当实习老师，但我很羡慕。这大概就是那个常见的有点精神分裂的想法，生活在远方，随便哪儿都行，包括维斯比，只要不是我在的地方。

坐在皇家图书馆的小屋里，在打字机上敲着节录摘要，感觉好像比起住在维斯比租来的那墙上挂着格言的房子更不真实。或许因为后者更浪漫，更虚幻。凡事一旦像是你从书中读来的，你就会觉得它是最真实的。我当初喜欢待在海纳桑德一定也是因为我觉得自己像是哪本书里我喜欢的人物，像在一本自传体小说里面，一个年轻时在天涯海角寻找和挣扎的人。

但我现在坐在皇家图书馆，晚上回到一个冷清的家，意识到我对古斯达夫的依赖程度，物质和精神上的，完全的依赖。下水道堵住了，我自行车的灯坏了，我都搞不定。我的头发需要剪了，除古斯达夫之外，还能把这任务交给谁？没人跟我讨论了，我如何能写成一篇论文？

于是我写了很多长长的信，电话费也变得很多。

结果就是这样的，开始只因为一个墙纸，最后你却变成了一棵藤蔓。

*

系上的研讨会不再像我刚升级到博士时那么新鲜有趣了。第一次的时候大家好像都挺专业挺智慧的，现在我觉得他们只是在重复那些说过的话。在那次我要介绍韦勒克的会上，他们开始时说了很久的题外话，直到快要结束时才进入主题，我不得不缩短了我的介绍，后来也没时间讨论了。下一次开会则要讨论一篇论文中的一个章节，我的任务跟往常一样又只是走个形式，然后可以去教务处登记几个学分。

散会后我们出去喝啤酒。男生聊了一些书，就像他们对书中的一切都了如指掌似的，但现在我听着觉得可疑，他们聊书唯一的目的好像只是为了卖弄。

另外，他们和本科生的区别，除了年纪要大一些，男生要多一些，就是他们更有右翼倾向，我是有天晚上在我们聊到托尔金时才想到这点的。坐在我旁边的人说托尔金其实不算什么好作家，坐我对面的那位便说可是基于他的政治倾向我们还是喜欢他的。

"政治倾向？"我惊讶地说，大家就都笑了起来，没人回答这个愚蠢的问题。等我明白了他的意思时，我不寒而栗。

我习惯了周围都是左翼的人，当我意识到我是一个人跟一帮坚定的右翼学生坐在一起时，我彻底无语了。后来又说到学生民主的实验组织，他们便开始取笑系上左翼的活动，虽然我也很难认同那些不成熟并带有攻击性的左翼人士在一些场合上表现出的激进主义，但当他们坐在这儿喝着啤酒诽谤着左翼时我却一言不发，还是让我觉得自己就像个叛徒似的。

古斯达夫定期给我打电话问我有没有因为托尔斯滕而背叛他。没有，我气冲冲地说。他就说那大概只是因为我还没有更多的机会吧。我觉得他没必要讽刺我，但话又说过来，我也拿芭芭拉取笑他，算是扯平了。芭芭拉是师范学院一个爱上了他的同学，据他描述是一个相当丰满的南方女子，比他大挺多的。小鲜肉，我讽刺他。在他们各奔东西要开始实习前的一个晚会上，她向他做了最不知羞耻的表白。圣诞节又送了他一件她亲手织的毛衣（我同意了他收下这份礼物，条件是他不要以此为理由来要挟我，不要幻想我为了击败我的竞争对手就会开始给他织毛衣）。

他的来信中主要讲了一些风俗人情，乡村的无聊，教师们和他们的酒，而我的信里则是些关于论文的想法和请他评估的草案。古斯达夫对我的研究表现出令人惊讶的兴趣，我不知道他是真的感兴趣呢，还是他明白了通往女人心的是论文的道理。

学期开始后不久，他说他已经和当地南越民解组织有了联系，在那儿认识了一些有思想的人。(我在海纳桑德时怎么就没想到这个？或许那里当时还没有。）除此之外，我们的通信中充满了我们读闲书时读来的节选段落，特别是和婚姻主题有关的。

古斯达夫引用德语的尼撒的贵格利的话：

> 假如在婚前可以经历夫妻生活，或者以某种方式可以预测到婚姻的后果，那么那些选择童贞而不是婚姻的人将会很多。

我用尼采的话回复他，瑞典语的创意译本：

> 不仅要急于播种而且要生长！婚姻的花园有利于你。两人的意志创造出一个更优秀的个体，因为这个意志，你们相互尊重，我称之为婚姻。但太多人所说的婚姻并非如此，唉，太多了，我该怎么叫它呢？两个人的精神贫困！两个人的肮脏灵魂！两个人的可悲娱乐！所有这些他们都

叫婚姻，而且还说他们的婚姻是建立在天堂的。

古斯达夫继续回复我，引用英语的别尔嘉耶夫的话：

原来婚姻总是个陷阱，要么被迫，要么牟利，要么是一味地痴迷。

但最后还是由克尔凯郭尔来总结：

结婚，你会后悔；不结婚，你也会后悔；结不结婚，你都会后悔……

17

在市图书馆的台阶上我遇见了正要和几位同学去喝咖啡的托尔斯滕，我跟着他们去了乌谷咖啡馆。我们坐在那儿聊着政治，天黑了。或许我已经过了喜欢这类社交活动的阶段了，觉得索然无味，宁可去皇家图书馆继续干我的活儿，可我还是坐着没走。很明显，托尔斯滕无视我的存在，于是我就继续坐着，等着他结束对我的视而不见。

真可笑，因为我其实已经不再对他感兴趣了。现在他跟其他人在一起，又变小了，变成了一个普通而自满的左翼学生而已。（我指的是精神方面的，他的外表还是足以给人留下深刻印象的，即便那塞在上唇下的口含烟让他显得超傻。）

那我还坐在这儿干吗？因为我想征服他，一点不错，发扬传统的帝国主义精神，捕杀、吞噬。如果你不在他来引诱你的时候拒绝他，不在他满不在乎的时候去引诱他，你如何能够改变他自以为是个征服者的想法呢？

他对我失去兴趣我是可以理解的，他觉得与其隔月和我有半个艳事，还不如把人生的宝贵时间用在更好的事儿上。只是我，一副生活中没有比这更重要的事儿的样子。

佩尔·埃里克，一个在系上刚当上了助理的戴着眼镜的男孩，建议说去看电影。于是我们就找来了张报纸，然后坐地铁去南岛的狮子哥达剧院看了部很烂的西部片。虽然其他的女孩都走了，现在就剩我一个，但托尔斯滕还是没对我表示出更多的兴趣。之后他邀请我们去他家，于是我们就去了。围坐在厨房的桌子前，喝啤酒，聊政治策略。我们讨论起极端左翼和明智左翼的话题。佩尔·埃里克说他正在找一些明智而有思想的人，我眼前一亮，让他举个例子。他摘下那金属架的眼镜，看着我，想了一下，说比如阿马斯·拉帕莱宁。这可不是我所说的明智左翼，他属于挺极端但比较有趣的一个，但那是题外话。

然后我们又喝了更多的啤酒，聊了瑞典政府承认北越的后果，即对瑞典南越民解组织的影响。之所以承认就是为了削弱该组织的力量，他们认为这是毫无疑问的，但能否达到其险恶目的，我们的意见却有分歧。托尔斯滕认为这给该组织的人带来了困惑，有些人不再意识到帕尔梅政府的帝国主义真相了。佩尔·埃里克说托尔斯滕严重低估了同学们的政治意识。

我道了晚安，总算要走了。

早上，我被街上的噪声吵醒了，坏心情像一块云似的悬在屋子里，灰蒙蒙的雾一般地升起。

我很累，睡眠不足让我很累，浪费了昨天一整天让我很累，被托尔斯滕淘汰让我很累。

但直到古斯达夫来电话，我才真正意识到自己的情绪有多糟，我听见我用低怨的声音接了电话，像是从什么巨大悲伤的深处传来似的，想必他也能听到，噢，原来我的情绪是如此的糟糕。

跟平时一样，和古斯达夫说话会滋长我的坏情绪，而且还会泛滥到他的身上。好像托尔斯滕对我不理不睬是他的过错似的。哼，我有机会却没能和托尔斯滕来一场艳遇就是他的错。坏情绪一旦定了调儿，我便无法去调转它。

本来是想出去精神抖擞地散一个长步的，但现在只有去楼下街上的便利店买点东西的劲儿了。吃过午饭后我感觉好了些，但这时古斯达夫又来电话，于是我马上就又感觉不好了。

"你怎么啦？"他问。

我跟他说我心情不好，我说心情不好是我的人权，叫他最好躲开。

"好吧，那就等到明天吧，明天是周六，我会回城里来。"

"我知道。"我说，那口气仿佛世上的一切苦难都扛在我纤细的肩上似的，而古斯达夫的归来则是那根会粉碎我的稻草。

我对自己感到恶心，去了皇家图书馆。

*

只有在图书馆的小屋里度过很多个钟头，把一大堆摘录搬回家的那些天，我才觉得自己是真正有用的，才可以问心无愧地睡觉。但也别被这甜美的敬业满足感所误导了，有时你还是必须得思考，尽管它不是那么令人愉快，你还是需要停下来想　想你在做什么。

周六我待在家里想了一整天，到晚上的时候，想得把指甲都给咬断了。不过这时我也想出来些精彩的好主意，写满了半页A4纸，我从地板上满意地站了起来。（思想工作我也是要趴在地板上才做得最好。）

带着满足与和解的心情我开始为古斯达夫做了晚餐，这让他很惊喜。他本来是想请我去餐馆吃饭的，但更乐意来我这儿，尽管我不会做什么美食佳肴，只有米饭和冻鱼条。他大赞了我做的晚餐，以至于我必须提醒他不要太过头了（什么时候我真正好好做一次饭，他又该怎么说呢）。别谢我，谢谢芬杜斯食品公司，我强调说，开始煮咖啡。

我们喝着咖啡聊着革命，我再次抱怨说，没几个像我们这样明智的人。古斯达夫讲他的教学尝试，他反动的学生以及几乎同等反动的同事们。他们的晚会跟我在海纳桑德一样，也是放纵地酗酒，奇怪，教师队伍可不像新闻和演艺圈一类有这等名声。这让我又联想到了芭芭拉，她好像给他打过几次电话，我突然想到，他最近的信里都没提到她了，于是我问：

"你跟芭芭拉怎么样啊？"

"唉。"古斯达夫说。

"她放弃啦？"

"唉，放弃？她大概是不可救药地爱上我了吧。"

"但你却是那个坚定不移的锡兵。"我逗他说。

他开始收拾晚餐桌子，脸转到一边像是在自言自语：

"你想不到的。"

"怎么啦？坐下来说说清楚。"

我从没见过他这么一副内疚的样子，事实上，我大概从没见过任何人这么一副内疚的样子，所谓的那种满脸上都写着他既想隐瞒又想倾诉的令他感到羞耻的东西。

"你确定你想知道吗？"

"你不说我怎么知道呢？你先讲吧，然后我再告诉你我是不是想知道。你欺骗我了吗？"

他叹了口气。

"是的，我和芭芭拉上了床。"

"和芭芭拉？"我说，但我的意思其实是，"上了床？"

最初那一刻我不相信，不是真的，我从来没想过……照理说就我俩现在这关系，我不应该吃惊的，但我还是没有料到。

"什么时候？"

"圣诞节，放假的时候。"

"一次？多次？"

他无地自容地："三四次，我记不清楚了。"

三次可是能记清楚的，四次啊，四次？

"还会有吗？"

"不，不会了。"

"感觉好吗？"我问。（不带讽刺，很认真的，我需要知道：好不好？）

"挺不好的，老实说很尴尬，没有爱情挺没意思的。"

"你真的需要用经验去证明这点吗？"我说（我现在毫无疑问是带点儿讽刺的了，有点儿酸溜溜的），"我都可以告诉你的，你也可以在书里读到的，到处都写着，每面墙上都写着的。"

他没有反驳我，没有说他必须亲身体验才能去确信这个深沉的秘诀。

我真的难以理解他：和一个根本就不吸引他的女人。

"怎么发生的呢？"

"什么，你是说具体的吗？"

"是啊，怎么开始的？"

"她对我动手动脚的。"

"在哪儿？"

"我们学校的晚会上。"

"我是说在你的哪儿？"

他笑了起来。

"你想知道吗？到处都有，比如这儿，还有这儿。"

"她老得都可以当你妈啦。"我傻帽地说。（是的，就这么傻。）

"不过就36岁而已。"

"可是，你自己不是都觉得很尴尬吗？"

"当时没有，是后来。开始还挺好玩儿的，一个女人把我当作性玩物，有趣。"

嗯，这我当然是理解的。谁不需要时不时感觉自己是个性玩物呢？而上次我让他有这种感觉是什么时候了？

"那，"我不再问他的时候他说，"你还想知道？"

"当然了。你应该懂的，这么简单的道理，我从来都没想过还需要我来明说：你如果欺骗我，我当然想知道。"

"准确地说，不诚实才是'欺骗'。"

我的意思是：比起他和另外一个女人上床，更让我震惊的是，他两个月来什么都没说，让我生活在一种假象里面。而事后他还继续拿这个老气的女人来开玩笑，用玩笑来刻意掩饰发生的事情。

"就在上周你还在信里说，没有，和芭芭拉之间没什么。"

"那是真的，当时是没什么了，不再有什么了。"

"耶稣教会所定义的真理！实际上却是谎言，是欺骗来着。"

"这不正是你平时需要时使用的真理的定义吗？"

"我，是的，但我没想到你也会，用在我身上。"

最让我失望的正是这一点，把他降低到了我的道德水准上，但这也让我释然，省得我再有自卑情结了，不过这世界却因此更加糟糕起来。

但不管怎么说，他现在自愿坦白了。他担心地看着我，等着我的反应。

关于"不忠"，我真不知道该说什么，很纠结的感觉，或者说我不知道我希望自己有什么样的情绪反应。我应该哭着冲到街上去，扯着我的头发，撕烂我的衣服，我被欺骗了！我应该羞辱而愤怒，大声说走吧别让我再看到你了！

现在我毫无准备，非常惊讶。我当然明白我早该有所预料的，像我这样年复一年地让他性饥饿，我当然明白这是我的错，我还没傻到不明白古斯达夫欺骗我是我的错的地步。那我去哪儿找愤怒的理由呢？

根据游戏规则，我应当嫉妒。但就算我找遍了灵魂深处的每一个角落我都找不来类似的感觉。想象他和第三者在一起，只是觉得挺奇特的，几乎不可能，就像去想象别人做爱一样的困难。其实内心深处，你是不相信会发生这样的事儿的。

不是说我就没有嫉妒心，我只需想一想他和比姬塔在一起的那段时间就知道了，没有比那次更让我体会到经典的嫉妒了。但就在他跟我说我是他最亲近的人的那一刻，我的嫉妒感就无影无踪了。而他和这个女人的故事已经结束，他丝毫没爱上她，也没在她那儿有所收获，那我有什么可嫉妒的呢？

不管我如何看待这事儿，我都找不到什么嫉妒感，而更像是同情。是的，我同情他。古斯达夫需要这样，在一个同事的醉酒晚会上泛点儿情欲，这么个无聊而平庸的事儿。

我甚至也同情她，那个陌生的芭芭拉。人到中年而又没有魅力，一个需要去借用别人的男人来满足自己的女人。被嫌弃而又无望地爱上了人家，他甚至担心她会"出事儿"。

我不知道是他还是她更可怜，反正不是我。

我充满困惑的内心这时突然有种强烈的想要去和他亲热的冲动，好像要展示一下我们是在一起的，我们属于彼此。但这办法也太简单了，普普通通地动一下感情，然后投入彼此的怀抱中。这是一个虚假的办法，我们的关系可不能这么继续下去了，用他对我的定期欺骗来唤起我对他的欲望。

今晚我让他回他自己那儿去，我累了，现在想睡觉了。

"可你会原谅我的对吧？"他问，传统而不合时宜。

"没什么好原谅的。哦对了，你没有马上告诉我。这次我原谅你，下不为例。"

"噢下不为例。那要是我再欺骗你呢？"

"你会吗？"

"可能啊。是的，可能的，要是我遇到个我更喜欢的。"

"我相信你会补偿你自己的，对吧。"他又补充说。

"可能啊，要是我遇到个我喜欢的。"

"问题是，"我又说，"那我们的'婚姻'里还剩下了什么呢？"

"反正我早就感觉到它越来越脆弱了。"

"是的。"

但我应该说恰恰相反。最近我感觉我俩越来越不可分离了。正因为我们的关系这么糟糕，如此糟糕却仍旧继续，这在我看来一定是什么形而上的东西把我们拴一块儿了。一条无形而坚韧的纽带，我们是"天生的一对儿"。

当然事实上，并没有什么形而上，只是"习惯的力量"而已。

他一走我就睡着了，早上醒来很困，比入睡的时候还要难过。

失望多于释然。我当然是很可怜的，还有什么比我更可怜的呢，我不但被欺骗，而且还是我的错！

相比最初的那一刻，现在这事儿更让我觉得是个事儿了。不是事情本身，不是作为事件而作为症状。现在绝对不同于从前了，一个新的篇章。

我再次想到我们最初在一起时，那个秋天，他看着我的那双眼睛，他的眼里充满了我。

无可否认，作为这样一个被人爱慕的对象是令人烦恼的，现在我不必烦恼了。他应该还是爱我的吧，只是不如从前了，没那么"死心塌地"，那么忘我投入了。这很自然，无可厚非，这表明，他不再是那么超自然的圣洁了，他也开始为自己争取点什么了。而对性生活有需求，这也没有什么不正常的。

我希望他是和我有性生活，没有比这个更让我想要的了，但我却不知道该如何满足他。接下来我们会怎么样呢？一夫多妻吗？我表示怀疑，这种事儿好像也是有的，有些人的关系很坚强，他们可以搞定这个。"再说吧。"我现在暂时只能这么说了。

吃过早饭之后，我给古斯达夫打了电话，告诉他我要去皇家图书馆（阅览室周日也开放）。我一头扎进了旧期刊，把自己埋在了十九世纪的杂志里面。古斯达夫没有再来和我见面，他又回维斯比去了。

*

还有什么力量比习惯更强大呢？一切如旧，我忙我的学业，古斯达夫忙他的教学，我们通过书信保持来往。他每封信里都向我担保他"最近"没有欺骗我。什么意思，最近两小时？"上次以后。"他解释说。是的，这是个很合适我们当前关系的爱情誓言：亲爱的，我上次以后就没欺骗过你了。我暂时保证永远忠实于你。

为简单起见，他建议我们发誓在复活节之前永远忠实于彼此，省得每封信每个电话里都要为此唠叨不休。我回复他："你许愿不还，不如不许。（《传道书》5:5）"好吧，那就复活节吧。

他于是把《雅歌》6:9寄给了我："唯独我的鸽子，我的完全人，是独一的；是她母亲独一的宝贝，是生养她者的宠儿。众女子看见她，都称她为有福；王后妃嫔见了，也都赞赏她。"

天冷了，好冷，下了好多的雪，我突然疯狂地盼望起春天来，盼望着可以骑自行车。我想骑到动物岛去，上到卡克纳斯电视塔和你一起喝咖啡，我在信中写道，在春风里在化雪后湿漉漉的路上骑车。

你最盼望的究竟是什么？他问。有必要分等级吗？我说。但如果一定要分的话，那我最盼望的是骑车，其次是你，然后是其他，春天和所有的一切。（重在坦诚相见。）

当温度计上的水银针停在了零下十度的时候，我就去地下室把自行车抬了出来：一个顺势疗法的咒语。部落人跳祈雨舞，我希望能跳个化雪舞。

*

复活节时，气温又回升到了零度，但还会下雪的。岛上的圣周六看上去就像圣诞夜，新雪盖着旧雪，圣诞卡一般雪白的杉树。我们试着去森林里散步，但雪壳太薄承受不住，膝盖都陷进了雪地里。我们只能走在扫过雪的路上，其余的时间都待在了围着四堵墙的屋里。

住得离我们最近的邻居老太太去世了，要卖房子。我要是有钱能把它买下来就好了，这更让古斯达夫觉得我爱的不是他而是他乡下的房子。我向他保证说，如果我住在三百米之外，我会更加爱他的，但没用。我试着给他讲清楚，我受不了的不是他，而是和他在一起的那个我，也没用。反正都是我受不了。

屋子里太挤了，我们的关系也太挤了。重逢的快乐只持续了一两天，然后就一切如故了。不仅仅因为他总是要说吃的，要唠叨做爱的事儿，他做的每一件事情都让我恼火：他总是摔门，为什么就不能像别人那样握住门把再关上？从山坡上走下井边，他吹着的那跑调的哨声；吃饭时他发出的声音；他在木地板上的跺脚声。

无可否认，这都是些小小的日常坏习惯，严格地说，不过是比我独处时所习惯的那种安静多了点儿有活力的声音罢了。这样说他好像我烦的是他走路他呼吸他存在。其实这不只是因为古斯达夫，但现在这儿只有他。这么近，这么挤。

吃午饭的时候，他打开了收音机，虽然我也宁可不听到他吃饭的声音，但也不是随便听什么都可以的，比如大弥撒。

"我不想汤里有赞美诗。"

"你大概也需要主说句话吧。"

"这我不反对，我讨厌的是人的抱怨。"

那难听的所谓的赞美诗。颂歌！信徒为耶稣复活的欢呼声。这是我听过的最压抑的欢呼声，我没了胃口。

古斯达夫没有关收音机的意思，我端着汤盘走了出去，坐在门厅外面。那里没生火，有一股老鼠药的味道。这时他才把收音机关上了，但我既然已经坐在了这儿赌气，那我就还是继续坐下去吧。

我回到厨房时，他已经开始洗碗了，当然只是做给我看的，因为该我洗碗。我把桶和刷子从他那儿拿了过来。

"别做出一副殉道者的样子。"

"谁是殉道者？"

"我呀，别抢了我的角色！"

我们笑了起来，气氛缓和了一些。他在卧室里坐着看一本书，我洗完碗后穿上外套把头探进卧室，告诉他我要出去散个步。

"不许我一起去吗？"

许什么许，想去哪儿去哪儿，问题都提错了。他是个聪明人，古斯达夫，聪明智慧。可这方面，他的理解力却有限：你想要独处，却不想作解释。有些问题就不该问，因为没法回答。

他把不知踢到哪儿去的靴子给找到了，我们给壁炉加满了柴火，在外面的时候好让火不要熄了。装柴火的篮子已经空了，他去穿外套，我去拿篮子，出门时再去取一点儿柴火。

停在柴屋里的自行车的龙头上结上了蜘蛛网，我感伤地拍了拍坐垫。

这天气要是有个雪橇就好了，或者一个雪板车，路好像都是为它们修的。雪被扫过了，但没有撒上沙子，坡度刚刚好，而且这个季节路上几乎没车。

"一辆雪板车，"他从楼梯上出来时我带着抱怨的口气说，"为什么这儿就没有雪板车呢？"

"外面棚子里有一辆，但我不知道还能不能用。"

"有吗，你从来没说过。"

"我想它可能坏了，我们可以去看看。"

它是挺破的，靠背都松了，其中一个滑板上的踏垫也没了，但还是可以用的。古斯达夫拿了根绳子把车身绑住，把滑板上的锈磨掉，就可以用了。

路跟我想象的一样，很光滑很理想，我们一路滑过，耳边一阵风。我们轮流着踩，脚就像有记忆似的，知道下坡时该如何打转弯。无可比拟的快乐，或者说，只能和骑自行车相比的快乐。

我们在下午的黄昏里滑在森林的小路上，冲到坡上坡下，有时用其中一边的滑板滑出条曲线，有时摔翻在雪堆里。龙头又坏了，很快手也开始有了记忆，记起绒毛手套上结冰的感觉。最后上坡的那段儿我们俩都在后面推着走，他把我的一只手揣进了他的衣服口袋里为我取暖。

"你现在开心了吗？"

"你是说我温顺了吗？是的，我现在又开心又温顺，你即便是又开始说吃的我也受得了了。"

"要是我又开始说上床做爱呢？"

"那也受得了。"我叹了口气，反正这都是最后一夜了。

复活节是星期一，古斯达夫得回学校了，但作为一个自由学生我可以留在乡下工作，直到我需要去图书馆。

我送他去了车站，和他挥手告别。汽车在过弯道后便消失了，马达的声音也没有了，安静了起来。彻底的安静。我穿过森林走回家，太安静了，一块雪从杉树枝上落下来也把我吓了一跳。唯一能听到的就是我自己的脚步声。我是地球上剩下的最后那个人。

小屋里也一样的安静，我开门的时候那门嘎嘎地作响，我走上一圈，收拾了古斯达夫的东西。把一件外套挂在门厅，把洗好的碗收进了柜子里，把他的那件大毛衣穿在了我身上，像个小斗篷似的。穿人家的衣服，那件你看惯了穿在别人身上的衣服，有种奇怪的感觉。这是一种特别混杂的体验，既是身份的错位，又是一种拥抱。

打扮成古斯达夫，或者说套在他的毛衣袖子里，我把我的笔记本在桌子上摊开来。我不喜欢坐在那儿盯着墙工作，我起身把桌子搬到了窗前，这样就可以看到森林了。

一个人在这儿感觉很奇怪，在屋里搞这搞那的就像是我自己的地方。坐在窗前，看着窗外的那些财产。

我觉得我就像是斯特林堡笔下的人物，那个邪恶的女人，咄咄逼近把周围的人都吞噬了，直到她自己戴上了皇冠。欸，享受孤独也不是件禁忌的事吧。

可是我享受吗？

当然是安静了点儿，太安静了点儿。

在屋外还没特别觉得，屋里却更感觉得到。事实上，是有种阴森森的感觉。我不知道我原来还怕黑，尤其是在白天的时候，但除了说怕黑我也不知道该怎么来描述这感觉。没有什么具体害怕的东西，比如老鼠或者狼或者强奸犯什么的，但我就是害怕。

可笑，我可是要工作的。我把我的笔记本看了一遍，试图调动我的思维，但在这种震耳欲聋的宁静中却完全不可能，这样一种干扰性的宁静，不断地分散着我的注意力。

炉子里的火还燃着吗？对了，是不是该吃点儿甜点了？我来烧点水，重新布置一下厨房，把桌子搬到窗口，吃饭的时候我想看海。柴火快用光了，我得去一趟柴屋，顺便给我个理由来铲一下雪。

不是说就非得要铲雪，以前我们也踏雪到柴屋去过的，但我还是把铲子找了出来，好好地铲出了一条宽宽的路。然后我再去取柴火，一筐又一筐，够用到夏天的了。

这挺花时间的，于是又到了该去厨房吃点心的时候了。我只有在要查看壁炉的火的时候，才会进去那个有书桌的房间，然后很快又回到了餐桌前。

在那儿我发现了收音机，这下我得救了：人的声音！我发现最好是可以调到个国外的频道，一个沉静的声音说着一种我一个词都听不懂的语言，最适合在工作的时候听了。

但当我试着听了一下一台的节目时，我被吸引住了。播放的是一个特别棒的教育科普节目，关于民间迷信和"自然之声"的讲座，让你听到各种鬼的声音。太好了，以后听到它们，你就可以认出来了。

我给古斯达夫打电话想告诉他关于婴儿鬼的声音，但那边却没人接电话。

天黑的时候就没那么阴森了，那时怕黑的感觉变得没那么抽象了。虽然我其实很害怕，但还是得去外面把厕所那嘎嘎响的门给关好了。到了外面感觉就好些了：夜在我的周围，庞大而宽广。

晚上我把收音机开着，听完了晚间祷告、新闻和海上天气预报。我缩进了冷冰冰的被子里。另外那张床上空空的，这里没有什么可以打扰这夜晚的宁静了。

只有壁炉里噼噼啪啪的柴火燃烧的声音。

18

一切如故，这不是你想要的。你要她的欲望，犹如港口外的防波堤，而对她的仇恨，则如同暴风雨中冲击着那堤岸的浪，没人能够承受。

这意味着，严格地说，仅是你个人内心的纠结挣扎，应当在神经科大夫的监护下来进行。

《菲利西亚的婚礼》中关于"离婚"一段。

好吧，我去看一下神经科。学生会有一个几乎免费的心理医生，我预约了个时间，排队的人比起妇科少多了。看心理医生和做妇科检查感觉差不多，只不过他检查的是你的心而已。若不是为了不遗余力地挽救我和古斯达夫的关系，我是不会这样去屈膝的。

去看病，那就是说我承认自己有病啦？唉，即便没病也是可以去看的。总是哪儿出了问题，而且看来问题是出在我这儿的。虽说问题出在身体上，我却知道需要看的不是妇科。我的阴道好像长合了似的，他进去时总是痛得要命，但这类事儿往往是因为某种心理障碍，好像是心理被上了锁似的。就我所知，心理医生就是要帮助那些有心理障碍的人打开那个锁。

但当我坐在樱花路诊所的那个候诊室时，却觉得自己既明智又健康。我不知道该怎么跟心理医生说，"我对我的男友没性欲，有药吗？"

挺荒唐的。但人们既想又不想和自己的伴侣在一起，却一定是最常见的吧，属于常态。每天在《捷报》上你都可以读到些药方：咖啡外加一小杯干邑白兰地，就足够了，英格和斯迪恩担保说。再说我们自己也发现了这个偏方，只是古斯达夫从未成功地让我把那白兰地喝下去过，因为我一旦发现他买酒回家的动机不纯就会非常生气。

心理医生能说什么？坐在候诊室我心想，如果他说我潜意识里因为有罪而有内疚感，但事实上却是想成家，我是一点儿都不会惊讶的。他还可以把我不想成家解释成一种策略性的反转愿望，潜意识往往是这样运作的。那么我就会说他是在和古斯达夫结盟，而他则会把我诊断为偏执狂。

是婚姻关系里的权利问题让我不能忍受。古斯达夫会对我拥有法律、道德、现实和风俗传统意义上的权利，这让我觉得就像得了湿疹一样。

我想要他，当然想，我只是不想他拥有我。我不能用我自己来款待他（除非是喝了一杯干邑白兰地，那时全世界我都可以款待的），可是如何能放弃自己的吝啬呢？要是说这就是常态，我好奇平时人们是用什么样的万能药来忍受它的。

如果心理医生问我做了什么梦我该怎么说呢？我的梦都直白得让我羞于启齿。我从来就搞不懂弗洛伊德的那些病人，做着各种稀奇古怪的梦，搞不懂它们是肉体的象征。我梦到做爱那就是做爱，令人愉快的梦！我梦见阳具时，难道要去问心理医生它是不是蛇的象征，是不是说明了我隐藏着对蛇的恐惧？

记得很久以前，在古斯达夫之前，我反复做过的一个梦。我梦见我要结婚了。盛大的婚礼，教堂里坐满了人，牧师站在神坛边，只等着新人走进来了。而我，这白色的新娘，却惊慌地躲在一个角落里。我不要，我后悔了！可是太晚了，如果我不进去，那将会是个丑闻。亲戚们沮丧地在我的周围走来走去。我挤在一个角落里，急得哭了起来。

梦里的细节，每次都会有些细微的变化，但总是在同样的教堂，那个在老家我行过坚信礼的，我的那些小资的要谈婚论嫁的儿时玩伴们结婚的教堂。还有一个总出现的细节就是：没有新郎。我是说，没有一个具体的人，我醒来时总不知道要跟我结婚的是谁。关键的是那个我不想踏上的神坛，那种跟梦见错过火车一样的焦虑：来不及了，来不及了。

哼，我可不需要什么心理医生来分析这些。

他要是让我讲梦我就改编一下，让它们模棱两可一些，这样好让他有事可做。

等了二十分钟之后轮到了我。心理医生是个女的，没有白大褂，看上去像个办公的女人，穿着西服短裙，盘着头发。

我给她讲了我的情况：我没性欲了，想知道除酗酒之外还有什么办法。她没问我的梦，但问起了我的童年。哦哦，当然了。

我就给她讲我的童年，因为我父亲没有过什么越轨的行为，我也不记得有见过马交配的情景，我从来都知道小孩不是送子鸟带来的，所以她也没什么好问的了，只说今天就到这里了，然后把下周预约的时间写在张纸条上递给了我。

外面阳光明媚，融化的雪水从樱花路的山坡上流了下来。我蹲在人行道上，用手上的纸条叠了一艘船，让它顺着石板路一路开了下去，直到在下水道边搁了浅。（献给弗洛伊德）

我怎么会这么傻以为一个陌生人可以了解到我自己都不了解的东西？心理治疗的谈话自然是需要时间的，但如果她需要二十四年才能跟我现在一样了解我自己，那我宁可把我的时间用在别的事儿上。我不会再去她那儿了，除非他们来抓我。

我骑车回家准备给古斯达夫打电话，把整个这事儿当个故事讲给他听。我很是为那些笑点提前忍俊不禁，但古斯达夫却没机会听到我的这个故事了。我到家时，地板上有封维斯比的来信，信里他告诉我他又开始了一段新的关系。

没有什么能够改变我对你的感情，他写道，再次引用《雅歌》6:9，外加6:8，上次他没想到这个，他说，可见从《圣经》里断章取义是件危险的事儿，你得看上下文。而上下文是这样的：

> 虽有六十位王后，八十位妃嫔，并有无数的宫女。但唯独我的鸽子……

八十位？没有，现在暂时只有一位，但这是他想继续交往的一位。这次挺好的，他信里说。

我坐在沙发上，读着他的这封短信，不知该如何去回复他。我只觉得很累很累，好像再也站不起来了，手无缚鸡之力。

他在那边遇见了一位女演员，曾经是个模特儿，后来在国家剧院当演员。

我所有的偏见汹涌而至，协助我去想象她。模特儿：优雅、富于挑战性、世故；演员：暴露、情绪化、放荡；国家话剧院：当然是一般般的，一个在乡镇巡回演出的二流演员。

他怎么能这样？

如此懦弱，他只敢写信，我心想，不敢跟说我。这时，电话响了。

哦，他问我信收到了吗，我是怎么看的。

"收到并存档了。暂时不做评价。"

"不发表任何意见？你没什么想跟我说的吗？"

"等下次新闻发布会吧。"

"你难过了？"

"难过？为什么？你应该知道我会是第一个为你在外省的战绩而鼓掌的，我要在墙上挂张地图，用大头钉来做上标记。"

"马汀娜，"他大声说，"我爱你，我爱的是你！"

"这我拿来有什么用啊？"

"你要我和爱娃分手吗？"

爱娃。她叫爱娃，就差叫这么个名字了。

"不要，那何必呢，你们那么好的，别为了我去麻烦。你不宁可娶她？"

"她是结了婚的。"

"真的？"

"反正法律上是的，她丈夫住在斯德哥尔摩，还是哪个郊区。她周末回家，于是我们经常搭同一班船。"

我无语。一个已婚女人，他还有没有道德？

"我想要的可是你。你想要我吗？我们结婚好吗？"

"不会因为这个就结婚，"我说，"以前都没有说要结婚，现在不会因为你背叛了我，反而要跟你结婚了。"

我懒得跟他抬杠了，什么都不说，拒绝再跟他说什么了。他得等着，等我恢复了再写信，就说这么多了。

工作是没法再做的了，于是我骑车去了希拉那儿，她正好在家。我不是为了聊这个，暂且不聊，我得自己先想清楚了。

六十位王后，八十位妃嫔，还有无数的宫女。

"你家里有酒吗？"我问，可希拉只有桑莓汁。于是我们就喝着桑莓汁，读着《晚报》，聊她憎恨的电视台的工作，严格地说，这世界和刚才没有太大的区别。

希拉请我吃了晚饭，然后我骑车回家睡觉。梦到了我的毕业论文，一个如何把材料系统化的天才的想法，可醒来后却发现它就是我平时的工作方法。

我把椅子挪到书桌前，取下打字机的罩子，开始写我的声明了。我把他的信再读了一遍，开头是"最亲爱的"（现在是用的相对比较级？不是那个绝对的"亲爱的"，而是八十位妃嫔和无数宫女中"最亲爱的"？）"又发生了……"

我从他的这句话开始：

什么又发生了？这以前从来就没发生过的，从各个角度来说都是新的，至少对我而言。

上一次，你是在结束之后才告诉我的。"不诚实"相比"不忠实"更让我震惊。这一次，你是警告过我说会发生的，而这只是个开始而已。我没有理由惊讶，可震惊的程度却是有过之而无不及的。

上一次，你描述说那是一个糟糕的经历，我真心地对你和她都充满了同情。这一次，如果我理解正确的话，我能同情的只有我自己了。

我那次的反应也包含了一瞬间的释然，因为和一个圣人在一起是件很复杂的事，而那次的事情让我觉得我俩好像平等了一些，但现在这平衡又被打破了，只是反过来了而已。这次我真切地感觉到，自己就像那个被冒犯了的妻子，够资格做一个殉道者了。

木已成舟，我无能为力。我只能静观动向，审视一下我有可能作出的选择：

假设我给你发出最后通牒：是她还是我？你很可能会选择我，但暗地里却会继续去耕耘你的野地。这是我能想象出来的最坏的办法了。

如果我说好的，你可以随心所欲，只要跟我说一声就行，那就会有一连串类似的事要我去面对。我或许会慢慢习惯然后麻木，可这麻木是我想要的吗？

要从感情上去要挟你一般来说是不难的，我可以说说我们的过去，十一月的那个下午，皇后大街上你深情的眼睛，我可以引用你以前信里的话，或者把你的思绪带回岛上去，让你联想到那些被美化的时光（记得那次我们在海边《乱世忠魂》一般的激情吗？）等等，这些很可能会让你充满感伤地回到我身边，但这却会让我感到恶心。

我把信纸从打字机里取出来，点上烟斗，开始了下一页：

我可以把我内心深处那些已经枯萎了的老派道德观又调动起来，大声说：请你不要再出现在我的眼前了。可我是想见你的。（另外我又写了篇新的论文草稿，你得帮我看一下。）

当然你最希望能看到的是我个性的蜕变，我能够去满足你的肉体需要。我只是不知道该怎样蜕变。要我装着去享受那件我不享受的事儿，这超出了我的能力范围。

我们也可以暂时中断一下我们的关系，这样我就不用去扮演一个被欺骗的妻子的被羞辱的角色了，然后等到你的那些恋爱中场休息时我们再恢复关系。可现在你既然尝到了血的鲜味，大概一时半会儿不会有什么中场休息了吧？

剩下的办法就是，我与你同出一辙以摆平我们的关系，我也开始去耕耘我的野地。这是可以暂时止痛的，但长远来看却会变成个奇怪的关系，总要靠别人来调整我们的天平。

你有什么更好的建议吗？

这次我回避了《圣经》，而是引用了阿尔姆奎斯特的话：难道我非要被欺骗吗？非要去欺骗吗？

我把信装进信封时想，人们平时总是说，女人缺乏逻辑，只会感情用事。我考虑要不要把这封信做个复印件，存到皇家图书馆的手迹集里去，作为反驳这一理论的科学依据，但那大概需要它先变成了文物才行。

*

周六了，但古斯达夫要下个周末才会回来。我望着打字机，真的只想一心坐下来工作，太没心思出去勾引谁了。但这样下去不行，如果非要被欺骗那我也就只有去欺骗。

我坐下来翻看我的电话本，很为这事儿来得不是时候而恼火，我真想不出个我想见的人。但总该有谁可以一起去看场电影的吧。托尔斯滕？不可能。阿荣？我该换个电话本了，把过了期的旧情人都删掉，阿荣的那个地址是好多年前的了。我一边继续翻看着电话本，一边很快地想，他现在会在哪儿呢？还活着吗？佩尔·埃里克？他不是很有趣，但毕竟是个男人。反正我对他不那么在乎，所以可以冒一下失败的风险。

我可不会直截了当的，太没女人味了。我以需要系上的一个油印件为借口去找当助理的他。虽然因为是周六我只能给他家里打电话，但也得给他个机会明白这不是什么公事。

佩尔·埃里克接了电话，听到是我他挺惊喜的，答应周一把油印件寄给我，并要去找支笔记下来。他一边找笔一边和我聊天，笔找到了还继续聊着，关于学业和老师，关于天气和春天，关于他背后放的音乐。我问是什么，他说是刚买的一张"自由进步剧团"的唱片，建议我过去好好地听一下。

这也太快了。

"你住哪儿的呢？"我没有直接回答。

"叶鲁姆学生区，在利町岛路。"

"乡下啊，"我说，"为了听张唱片也太远了点儿。"

他嘟噜说每次都是这样的，其实搭个公交车过去不难的，但一说起来，大家都觉得挺远的。不过确实，在我们互相又说了一下关于住在好的位置的各种优点之后，他也承认，然后说：

"你那边有好几家电影院。说不定我可以把你骗去看场电影？"

我欣然而笑，恭喜自己不仅找到个可以一起去看电影的人，而且他还以为这是他的主意（我想有可能他也在那儿恭喜他自己，让我以为他以为这是他的主意，但又打消了这个念头：佩尔·埃里克不会比我更聪明）。

之后我就安心地工作了几个钟头，直到我要出门。我们在格兰德电影院门口碰了头，看了帕索里尼的《猪圈》，然后去到对面的酒吧。佩尔·埃里克给我讲解着这电影的意思。如果换了古斯达夫，我只会用个鬼脸来评论这部电影。为什么不是古斯达夫呢？我坐在这儿只想着自己的男人，那跟别人出去又有什么意思呢？

我们继续聊系上、老师、极端和保守阵营的阴谋，我试着说了点儿俏皮话但却不管用，我说讽刺的话但他却要一本正经地来回答，我根本就没有表达的观点他却要来和我争执。我点头表示同意，那感觉就像，怎么说呢，就像在土路上玩影子，没有投射，没有亮光。或者说像是跟一个用手接球的人打乒乓，他能把球给接住就不错了，还能指望他打什么比赛。

他开车送我回家，开得一耸一耸的，每次在路口换挡时都会颠上一下。这就像他平时的动作，有点生硬和紧张。不知道开车的风格是不是也可以引申到其他方面，我好奇这是否也能看出他做情人的风格来。我好奇古斯达夫开车会是个什么样子。

佩尔·埃里克把我送到了门口，他拉住手刹和我亲吻道了晚安，但没熄马达，我不提议，他也不好跟我上楼，可我就是不提议，我只想睡觉，想不通为什么就因为我男人欺骗了我，我就不能睡个好觉。

"今晚很愉快，"他反正是这么说的，"我什么时候再给你打电话。"

"哦不不，"他想起来了，笑了，"是你给我打的电话。"

走在楼梯上我想，如果他真的记成了是他给我打的电话，是不是也说明我成功地裹上了那陈旧老派的性别角色，而这正是女性机智的最终胜利呢。

*

我去市中心接古斯达夫。为了不碰上爱娃，我们没有约在克劳拉伯格高架桥的汽车站，而是约在了瓦萨街。这不，他来了，直接来自她的怀抱。

在我们后来的书信里我说得很清楚了，我们的关系暂为没有性关系的"婚姻"，不是要挟他，也是为我自己好。不管说是返祖还是不返祖，我反正是本能地反对重婚、混交。我可不想和我不了解的东西混在一块儿。

四月温和的夜晚，西边的屋顶上还有一线光，我们走回了家。

他立刻又开始向我保证他的爱情，我才是他的"老婆"。爱娃很清楚这点，不会跟我竞争的。

"她自称是我的嫔妃，是她自己这么说的，我没跟她提起过《雅歌》。"

"是吗？她也唱我的赞歌吗？"

"你的赞歌？"

"这不是她们的任务吗？嫔妃们。"

"我从不做其他的事，只唱你的赞歌。这正是我们共同的地方，我和爱娃：我们和自己另一半的不幸福的爱情。她丈夫是个你平时说的那种不可抗拒的家伙，爵士乐手。"

"他欺骗她吗？"

"没断过。她在维斯比的那些时候有另外的女人和他住一块儿。爱娃疯狂地爱着他，每次回家都尽量地把自己打扮得好漂亮的。"

我把我那粗呢大衣的帽子套在了头上。

"我没劲听这些事，别以为我会在乎的。"

"是的，我也觉得用打扮自己来维持婚姻是靠不住的。不管怎么说，她崇拜他就像我崇拜你一样。我常说，我'老婆'是唯一能理解我的。"

"你们合唱赞歌啊？太恐怖了。你别把我扯进去好不好？"

"那怎么行呢？"

我们经过了特格坡，市政厅码头上白色的船，一群高高兴兴的人正从皇后岛游船上下来了。

"演员。"我说。这是个提问。

"儿童剧团。"他具体地说。

"你在信里不是说是国家剧院吗？"

"那是她来哥得阑岛之前了，现在是那种自由剧团，在岛上安营扎寨的。他们也来我们学校演出过，但我错过了。"

哦，这种剧团，不是我所想象的那种轻歌艳舞。儿童剧团，为社会服务的，没那么光彩迷人……听上去至少更亲切些。

"你们怎么认识的？"

"我们给示威游行画牌子的时候她跟我们在一块儿。"

"你们经常见面？"

他犹豫了一下："你想知道细节？"

"我问就是想知道，没别的。"

"他们是要巡回演出的，有时候不在，但最近都在维斯比演出。所以这周就，嗯，我想是每天吧。"

"还有晚上？"

"她住的位置挺好的，其实就在学校旁边。"

"谢谢，谢谢，够了。"

但我又忍不住要总结一下："那实际上你是住她那儿啦？"

"她有自己的公寓，我那儿又不许接待女孩子。"

"挺诱人的。"

我们沉默了一下。

"你嫉妒吗？"他突然问，就像是他这时才想到了会有这种可能似的。

"不知道，我也很糊涂。这正是我不理解你的地方，你说你想要的是我什么的，这我也信，但却不太明白你要她来干吗呢？"

"那只是另外的东西，你不用嫉妒的，因为我给她的是你不想要的。"

"你的意思是，其实你这样做纯粹是为了让我轻松，我应当感激才对？"

"我是说，我和爱娃的关系开动了我的一部分，以前没用过的，那个和你在一起永远不会有用的部分。这感觉其实像一种个性的蜕变，就像我把头发的颜色变了之类的。但这并不会改变那个跟你在一起时的我。"

"你个性中的新东西。"我阴阴地说，"那除了亲爱的小鸡鸡还能有什么。"

"它是我个性中很重要的一部分，这正是你不懂的地方，我不用一天到晚地觉得自己不满足了，那变个人似有什么好奇怪的呢。"

"一天到晚都带着被压抑的荷尔蒙。"我没吭声儿，他就把他自己的话翻译了一下。

我不说话了，我的沉默驱使他要再说清楚点儿，不是为了伤害，我相信他没有这种需要，只是拼命地想试图被理解：

"她是个挺好的情人。"

我们走上了手工街，走到里蒙多电影院跟前时我哭了起来。在手工街的里蒙多电影院前，在周五晚上出来看电影的人流中，我就站在那儿哭着。

他用双臂搂住了我，把我的头搂进了他穿着翻毛皮衣的胸口，把我的鼻子按在他胸前的南越民解徽章上。

"我没想到你会这么在乎。"他在我的头发里小声而无助地说。

"我尽量不在乎啊。"我抽咽着。

我先是决定了不和古斯达夫有肉体关系了，但在和他度过了一个无眠之夜后，我又决定了不要再见到他，可接下来我们又照常相处了一天，便又一切照旧了，又是一夜的夫妻生活。我不决定什么了，就像每次我们决定了只是做朋友一样，到头来还是行不通的。我们在厨房吃着晚餐，在沙发上喝着咖啡，一如既往的，"混交"仿佛是一个过激的词汇。我的反对是认真的，但我也可以不去想它。我们在一起的时候，感觉另外那个人很遥远很无关紧要。事实上，之后感觉还好一些，一切都没那么紧张和戏剧化了。或许是可以习惯的，或许真的一切都是可以习惯的。

他把决定权放到了我的手里：你不愿意我就不再见她了。我拒绝负这个责任，我希望这事儿从来就没发生过，但现在既然已经发生了，那我可不想他"为了我"去跟人分手。但同时，知道决定权在我手里感觉也挺好的，他们的关系取决于我的慷慨大度。

如果我能说服自己他不再爱我了，那倒会简单些，可现在却没这么简单。新的一个工作周开始了，他又要回去，和爱娃在哥得阑地窖餐厅晚餐，庆祝他们的重逢。但当他来信说，他既想念我的精神又想念我的肉体，他的上半身和下半身都对我充满渴望时，我却又没有理由不相信他。

在回信中我除了寄上了《圣经》的引言什么都没写。我的书信恐怖活动用《德训篇》7:26和《马太福音》5:32开头……

我只用引言，只字不提他该和爱娃分手，只是每天都给他寄一条《圣经》引言让他去琢磨。如果说什么时候我能依靠《圣经》的话，那就是现在了，几乎什么都可以查到，找到些实用的段落。

一个妇女若合你的心意，你不要离弃她；若是一个可恼恨的，切不可信赖她。（《德训篇》7:26）

凡休妻的，如果不是因她不贞，就是促使她犯奸淫。（《马太福音》5:32）

不要与有夫之妇同坐，也不要与她同席宴饮，饮酒时也不要同她辩论，怕你的心转向她，因你的情欲而陷于丧亡。（《德训篇》9:9）

你心里不要贪恋她的美色，也不要被她的媚眼勾引。因为妓女能使人只剩一块饼，淫妇猎取人宝贵的生命。（《箴言》6:25-6:26）

盗贼因饥饿偷窃充饥，人不会鄙视他……和妇人行淫的，便是无知；行这事的，是自我毁灭。（《箴言》6:30，6:32）

要喝自己池中的水，饮自己井里的活水。你的泉源岂可涨溢在外？你的河水岂可流在街上？……要使你的泉源蒙福，要喜悦你幼年所娶的妻……你为何恋慕淫妇，为何抱外女的胸怀？（《箴言》5:15等等）

我没写别的，只引用。如果他还要回家取邮件的话，他信箱里每天都会收到一条《圣经》引言了。

又过了一周，古斯达夫突然忏悔不已起来。大概不是因为《圣经》的威望而只是事态的自然发展吧。他来信说，他觉悟到他天生可能只合适一夫一妻，他可能并没有他最初以为的那样爱爱娃，可现在她却爱上并且开始依赖他了。"我该怎么办，你这么聪明的，能不能给我个建议？"署名是"老公"，抬头是"亲爱的老婆"。

我发出了一阵银铃般的笑声，就像小说里写的那样。

我打电话到维斯比，好让他听到我的笑声。

19

　　一样的日子，依旧很冷，唯一让人感觉到时间流逝的便是书桌上那些越堆越厚的稿纸。在家工作时我几乎见不到人，有时找个事儿去趟皇家图书馆，只为了去一下它楼下的苏姆勒恩餐厅，跟某个熟人打个招呼，证明我还会说瑞典语。

　　通常能够让我出门的便是各种游行，这其实可以占据我所有的业余时间。反对驱逐吉卜赛人，反对区域规划，总有什么事儿。当然最主要的还是反越战，永远都在往美领馆跑，几乎还没来得及回家又要去那儿了。到现在大家都知道美国已经丢尽了脸，可他们自己意识不到，那又有什么用？

　　于是我们就去海滨路游行，一次又一次的。虽说这只是个小小的政治行动，但反正都要出门去，去呼吁几下那何乐而不为呢？能尽微薄之力总比什么都不做的好，而且走在一个举着标语的队伍里，被站在路边的那些人指指点点，至少可以减少我因为自己袖手旁观的生活而带来的良心不安。

　　到目前为止我还从未喊过口号，但五一后没两天，又该喊的时候，我发现自己和上万人群一起高喊着："美国撤出柬埔寨！"面对着戒备森严的美领馆以及它对我们的视而不见，我突然觉得，这不是一个能不能喊口号的问题，而是一个迫切的需要了。

无能为力，当你感到无能为力时，还有什么比大声喊叫更自然的呢？

*

这个周末古斯达夫带上了个新的忏悔回家：他染上了一个可耻的疾病。

这时响起来的就不只是小小的银铃了，假如我的笑里有铃声的话那就是震耳欲聋的那种了：这是我有生以来听到的最好笑的事儿了！有罪必罚！

我笑得比古斯达夫听到我的妇科大夫说我是个荷尔蒙的天才时还厉害，我笑瘫了。

他则因为那些在维斯比诊所得到的关于性病的小册子而非常的不安，关于症状及处理办法的红色小册子，像警报似的。虽说医生认为他的病情不算严重，但在检查结果出来之前不容许他有性交。于是现在他想套近乎我就会铃声大作：离我远点儿！我可不想被我男人的情人的男人以及他的那些拈花惹草给传染了！

他虽说不能分享我的热情，但还是忍不住又给我讲了一个让人哭笑不得的事：他在候诊室里居然碰到了他的两个学生。

"你说这会破坏你作为老师的威信呢，还是让他们对你更加尊敬？"

"很难说，就像你那次在外面搭车被你学生发现了一样。这两人看起来更像是恨不得要躲起来的样子。"

“这样的事儿富贵人家也会遇到的，”我哼哼地笑了起来，“富贵人家也会有罪必罚的。”

“罪过的报应是死亡。”古斯达夫嘟囔着说，一边去读那关于梅毒让大脑软化的资料。

我拍了拍他，感觉自己就像个伟大的母亲，告诉他平时医生是怎样讲细菌菌群和蜜月现象的。

周日晚上我送他去市中心的时候心情格外轻松。《圣经》管不到的地方，瑞典王国自有法律来干涉。

但我和往常一样不跟他去车站，那儿有爱娃在等着。

“你为什么不想见见她？她挺好的。”他向我担保说。我相信他，也不再怨恨她，古斯达夫说她挺好的那我相信她就是挺好的。

“她想见我吗？”

“当然了，她很希望你不反感她，而且她对你也很好奇。”

“当然是在你讲了那么多之后啦？行，我们再说吧。”

长久来说这大概是难免的，我们先看看它是否会长久吧，他在维斯比的实习也快结束了。

*

我在规定的接待时间去找教授，我的博导，告诉他我在做些什么，心想他或许想了解。我从他的眼里似乎瞥见了一丝认同，但也可能只是我的想象。

我说什么他都挺接受的，既不反对，也不赞同，就像是在说，你要做这个，可以，你想做，我不介入。

我排了一个钟头的队，在他办公室就待了四分钟，其间还被三个电话打断了。我出来的时候虽然接待时间已结束，可还有六位同学在外面等着。

事实上我是提前开始了我的论文，还没正式的资格被指导。因为按照教学大纲，我应该首先完成文献的阅读。但我想先知道我是不是可以写这个论文，否则开始读文献也是没有意义的。

我试着写的第一章已接近尾声了，也就是说，是处在剪切粘贴的阶段了，因为我发现如果全部重新组合，把首尾的论证交换一下，那我可以用它来做论文的开头。这意味着我家里到处都是文件和稿纸，满屋胶水的味道，也就是说，这是一个我不能把工作带到克罗诺贝格山公园去做的阶段。

但春天却正处在桦树发芽的阶段。从我窗口望出去，除了对面的屋墙什么都看不到，我得跑到楼下的拐角处才能看见那些桦树。我每隔一小时就跑到楼下拐角处去看看那些桦树的长势，再跑回楼上来剪切粘贴。

然后我再来完成那可以随身携带的文献阅读。

耶稣升天节古斯达夫有假，我们搭上头班船去岛上了。冰已经化了，三角草从盖满棕色橡树叶的地面钻了出来。古斯达夫已经好了，不严重的。太阳下很暖和，我们都敢躺在外面的地上亲热了。户外总能给这事儿增添一层特殊的色影：你感觉到和大自然合二为一；和小岛、橡树叶、三角草，和是宇宙一部分的彼此合二为一了。

他父母周六过来了。那个晚上古斯达夫和我还是住在海边的小屋里，他们没发表意见。在我们不订婚的第四个年头，我们被接受了，他们显然是已经放弃。

不过我也放弃了，反正我们都分不了手的，那还不如就订婚吧。

尽管他遇见了那个完美的情人，而且还是个挺好的人，如果古斯达夫愿意的话，她甚至准备放弃对她另一半的绝望的激情。尽管如此，他想要的还是我：这种爱有点超乎自然，你必须投降的。

或许因为我感觉到她是一个威胁，产生了一种新的需要，给他戴上金色的镣铐？还是因为在冰雪融化，三角草开花的季节不再有一个可以去的岛，这念头让我受不了了？

傍晚，我们沿着海边的一条小径骑着自行车。日落时，我们坐在个岬角边说起了订婚的事。如果要办，那一定要从简，不要让亲戚们兴师动众。我策划了一个草案：

"仲夏节把我家人请过来，趁你家人也在这儿，那时大家都会以为我们是要订婚了。终于订婚了！他们所有的人就会互相说。但仅此而已，我们只是请他们吃个仲夏晚餐，然后第二天高高兴兴地和满怀失望的他们挥手告别。"

"哦，"古斯达夫说，"那我也要站在那儿满怀失望吗？"

"不是的，你等一下，我还没说完呢：然后我们再很快随便找个工作日来简单地交换一下镣铐，那时亲友团已经刚刚聚了会，就不好再凑一块儿来庆祝了！这样我们就混过了亲友团的盛会，也把婚订了。"

"恶毒，"他若有所思地说，"恶毒以致卑鄙。再说，为什么不在仲夏之前呢，为什么不就在五旬节呢？"

"五旬节，那不就是一周以后吗？"

他笑了起来："是的，这是你推迟日期的办法，像推着童车似的，为了安全起见至少要提前一个月，让我们永远都到不了目的地。再说也奇怪，你对我们关系的合法化好像只在这个季节才表示兴趣。五月份的我就更有魅力吗？还是因为岛上那时更有吸引力？"

"我很难分清楚对你俩的感情，"我承认说，"有可能只是因为冬天太漫长了，这儿的夏天是我不想错过的。"

"没有岛你就不能爱一个男人了吗？"

"老实说我不知道，最好还是等等吧，看这感觉会不会有变化。十一月订婚也许更好，更现实些。"

"你是说要有秋天的冷静，而不是春天的躁动？"

"说到这个，我忘了告诉你哈丽叶特从她丈夫那儿搬出来了。"

"这么快？我记得他们结婚时你说，那种放弃式婚姻才会持久。"

"显然不是的。可能更多的是绝望而不是放弃，根本不持久。绝望也要找到个正确的方式。"

"是的，我可不想和一个亡命徒结婚。"他说着站起身来。

即便有春意，在这石头上坐久了我们还是给冻坏了。

*

古斯达夫唠叨着要让我和爱娃见面，我得承认我的这个鸵鸟姿态不是很光彩。她存在，而我装作无视她的存在是没用的，再说我也和她一样好奇。于是学期的最后一个周五，我去中心车站和他们见面了。

一开始我企图尽量把自己打扮得漂亮些，端庄的灯芯绒西装和优雅的发型，后来我决定反而要做出一副微不足道的样子（被古斯达夫爱着的我）。有些人不必打扮得那么引人注目，有些人是有灵魂的。于是我穿得跟平时一样去了车站：牛仔裤，毛衣，头发披着，甚至还很土气地把围巾系在了下巴底下，而不是别致地在脖子后面打上个结。

这次他们是坐火车从尼奈斯港过来的。我找到站台时火车已经进了站，我在一张有靠背的长椅边站住。

远远地我就看见了古斯达夫，他很高很容易看到的。他旁边的女人应该就是爱娃吧。在我看到她的那一刻她也看到了我，她是从古斯达夫给她看的照片上把我认出来的？她试着想躲进人流中，但他停下来跟她说了句什么。他们继续走到了我跟前。虽然没必要，但他还是给我们做了介绍。

——这是爱娃，这是马汀娜。

我们相视而笑。

站在火车站台上我们相视而笑，这好奇怪。而奇怪之处正在于，我们似乎一点儿都不觉得有什么奇怪的。我们笑了笑，试图把对彼此所有的了解，我们的心知肚明，我们请求对方的谅解，不要难过，都装进了这个笑容里。我们想用这站台上的微笑来令人信服地否认整个社会整个该死的世界所期待的我们对彼此的感受：被欺骗的女人和那个情人。

她看上去好孩子气！比我想象的个儿小很多，圆圆的甜甜的，而不是一副模特儿样，完全没我想象中那么特别。她穿着一件普通的浅绿色府绸外套，开口时说着一口方言。古斯达夫从没提过，她是说北方话的，老天，这可加强了我的优越感（人总难免有点儿偏见的）。

她说着关于时刻表的事儿，二十分钟后她还要换市郊火车去索伦蒂纳。我们走进了大厅，爱娃很体谅地走在我们前面一点儿。他手里还拎着她的箱子，我有一种强占了她位子的感觉。下周我应该去古斯达夫的学校参加毕业庆典，这时想趁机也去拿一个时刻表，他点点头，好的，那我和爱娃先去她的火车那儿。

服务窗前没人排队，我很快就拿到了一个往返时刻表，然后我绕过小卖部，买了张晚报。当我回到二站台时却只见爱娃一人在那儿。我迟疑了一秒钟，但再转身又太晚了。一个人去面对她会更尴尬，但现在也只好迎了上去。

"古斯达夫看你没还回来，"她说，"他出去找你了。"

她说"古斯达夫"，这么亲切地提到他的名字。随后我也立刻提到了，说起了在维斯比的"古斯达夫的房间"，感觉自己挺不厚道的。我们说起他的名字，亲密得不合时宜。

于是我们就又聊了一下住房的事儿，她说她在维斯比租的那房子有多好，再次向我发出了邀请，以前她也通过他转达过的：我过去的时候我们可以住她那儿，她自己那些天会在外面巡回演出。

"位置不是很中心，但你可以借我的自行车。"她又说。那《圣经》里说的炭火又在我头上烧起来了。（我的就是你的，尽管用。）

"能看一看哥得阑岛挺好的，"我说，"要不然光是那学校的晚会其实也不会太有意思。"

"古斯达夫很想让大家见见你。"

哦是吗，是的，当然了。

这时我们看到他回来了，我们站着没说话，等着他走到了我们跟前。我们又闲聊了几句，然后火车进站了，爱娃挥手说了再见。

古斯达夫和我走出去，到了瓦萨街上。

"你看到我们的时候为什么那么一副惊讶的样子，"他问，"你知道她会一起来的，对吧？"

"我看上去很惊讶吗？那我没意识到，糊涂的反应吧。对不起，我对这种场合不太有经验。不会啊，我来就是为了见到她。"

"你说说？"

"你自己说说，"我问，"她怎么说我的？"（我可以想象我不在的那段时间他们说到了我。）

"你看上去那么弱小，让她挺良心不安的。"

"是吗？哦，那我也是，彼此彼此。"

我对我之前的想法感到内疚，关于衣着的可笑想法和自我肯定的需要。和她交锋之后我觉得自己占了上风，这很大程度是因为实际上要离开的是她，而要接管他的则是我，如果换了是我在去维斯比的时候见到了他们，那我就不会这么乐意了。

我可不愿意是她的那个角色，所以我也觉得羞耻。

"对了，你为什么没告诉我她是个乡下人？"

"我没有吗？"

"你把她说成个见过世面的女人，我把她想象成一个风尘女子，致命女郎般的艺人，而她说的却是一口北博滕话！"

"是西博滕话。很好听的呀！"

"是的，听上去很温和。"

"你的意思是不够致命？"

"可能也够的，不过也许是另外的什么致命法。"

我们穿过老城走回古斯达夫的家，在这温和的夜晚，从那些开着门的地窖小饭馆里散发出欧洲大陆特有的气息。

嫉妒？我突然很清楚了，我嫉妒的是他而不是她。古斯达夫我是了解的，我"拥有"古斯达夫，可我却不能拥有他所经历的她，这是我想要的，我想要她。

怎么个要法呢？吞噬，像童话中想把那小公主连肉带毛发一口吃掉的山怪那样。我意识到在这里我把自己想成山怪是很难跟外人解释的，这实在是一种无以言传的感觉。

"你想什么呢？"他问。

"我在想，我是不是能够做个同性恋者。"我说（不是为了试图言传，只是为了吓唬他）。

他骤然止步，盯着我，装出惊恐的样子：

"天，我想我再不会让你和爱娃见面了！"

*

古斯达夫的学生们高中毕业了，要请教师及其家属在城市酒店共进晚餐。为了让他们看我一眼，我也去了，他们就好好地看了我一眼。

一个咯咯笑着的女孩跟我坦白说，古斯达夫上课时讲的哲学她一个词都没听懂过；一个剪着短发的男孩说，他第一眼看到林格伦就知道他是个南越民解的人。我想这也不难猜出来的，在他胸前戴着那个民解徽章的时候。

现在的年轻人挺让我震惊的。虽说我那年代的毕业晚会上也有人喝醉，但一般来说不会还没到场就醉倒了，在这里他们是醉醺醺地进入前菜的。

在餐桌上我和古斯达夫的导师聊了天，他人挺好的，可后来人们开始跳舞，就乱糟糟起来了。好些个老师以为我是学生，向我提出了非分要求（毕业生显然被视为合法的猎物），最后我没办法，只好去和古斯达夫手拉手地坐在一块儿了，以表明我是以配偶的身份来这儿的。实习老师的妻子，这么个角色。

古斯达夫是不酗酒的，他喝醉了只会难过，无快乐可言。我则会在微醉的温顺之后昏昏欲睡，亦无快乐可言。

当我对这人群和电子音乐烦了的时候，我们就不辞而别，骑车回到了爱娃的住处。

古斯达夫租的小屋我们是不能住的，酒店贵而无聊，那为什么不住爱娃那儿呢？是啊，为什么不呢？我隐约觉得应该有些理由可以反对的，是有的，但我却忘了。反正爱娃提出了这个建议，而古斯达夫也觉得挺实际的，于是我们就住这儿了。躺在爱娃的床上，一张既舒适又时尚的方床。

混交？是谁说过混交的？不会是我吧？

这是一套两房一厨的公寓，在东门外一幢挺现代的楼里，很普通没什么哥得阑的特色。她租的房子是带家具的，从房间的布置上不太能看出什么来。墙上有几张话剧剧照，一个东方舞蹈面具，没有书架？一点儿书都没有？只是窗台上有一小堆，她常住的地方应该还有些书的吧。远远的我就看到了耶尔西尔的《追猪》，还有一本铁托·库兰德的书，一定是古斯达夫借给她的。

那儿，有一张爱娃的剧照。嗯，她还是挺好看的。不知道演的是什么，但看上去挺特别的，比现实中的她更接近我对于她的神话般的想象。

古斯达夫很反常地比我先睡着了，我又躺了一会儿，感受这陌生房子里的气息。就是在这儿，在这房间，这床上。

地板上一张椅子下面有一双红色拖鞋，高跟的女式拖鞋。

我把自己的鞋放在了门厅，我扁平的男士拖鞋。从小到大我都穿着这样的拖鞋，因为它们最舒服。

一定要长大吗？一定要变成个淑女吗？

早上有雾，雨欲下不能的，可我们还是骑车到城里去看了看。毫无疑问，很值得一看。那些低矮的老屋，鹅卵石铺的路，废墟上古雅的餐馆，开花的苹果树和紫丁香的花园。阴天也有其好处，有太阳的话，这一切会显得太田园了。古斯达夫稍显疲惫地带我参观着，异域风情已经让他有点儿厌倦了，他很高兴不久就可以搬回家，秋天他准备在斯德哥尔摩开始找工作了。

开始下雨的时候，我们回到了屋子里，躺在床上看书。我要等爱娃回来以后再走，古斯达夫说，不然她会不高兴的。三点左右一辆出租车停在了外面，爱娃来按响了自家的门铃，我去开了门，古斯达夫从厨房的烟子里探出头大声说欢迎欢迎。

于是我们就更多地相处起来了，不往心里去。她讲她的巡回演出：四天在不同的地区，不同的学校，不同的观众，在不同的老师影响下的不同的孩子们。因为报上说他们有左翼倾向，有几处开始的时候对让他们演出挺犹豫的，但那里的观众就更好奇了，被禁止的东西总是有巨大的吸引力的。

最好是秘密地演出，她发现，在阴暗的地下室，不公开时间，比起安排在学校必修课时会有更多的人来看。

他们又再讲了讲这个城市，讲了讲患政治恐惧症的剧团和一些非主流的教师。古斯达夫挺好奇他们在给他的鉴定里会不会写到他在讲课时是做过政治宣传的，爱娃相信一定会的。

她是左翼但很明智，又一个同类。而且她来自真正的工人家庭，古斯达夫并不掩饰这一点更是增加了他对她的兴趣，因为他和我一样都是小资家庭出身的。她就像他所担保的那样，是挺好的，有一种安安静静的友善，确实可以说很可爱。在我收拾我过夜用品的时候她把一些杯子拿了出来，于是我们又喝了咖啡，然后他俩送我到了码头。跟她聊天像和任何一个刚刚认识的人聊天是一样的，她就像是任何一个人，这一切都自然得不自然。

20

下雨了。六月通常是岛上最好的季节，但今年却反常。雨把那绿意过滤成了一片灰色。

古斯达夫出去取柴火了，我听见他在外屋那边吹着口哨，跑调了，但我还是认出了那个曲子，也记得它的歌词：

> 来吧我的侯爵夫人
>
> 让我们跳起小步舞
>
> 即便没有燃烧的篝火
>
> 也可以点亮别的火焰
>
> 一二，一二……

古斯达夫的取柴歌。很快他就会用胳膊肘把门打开，再用脚把门踢上（因为他双手都抱着柴火，为什么他就不用去年生日我送他的那个篮子呢），然后哐当一声把抱在胸前的柴火全部扔到柴柜里（为什么他就不能把它们堆得整齐点儿？这样也可以多放些）。

我读着昨天的报纸，他进来时我头也没抬地问：

"一个好情人该是怎样的？她当然是任何时候都愿意的，但还有什么？除此之外还有什么优点？"

"你是说爱娃有什么优点是你没有的？"

"对，比如说……"

"这不好描述。或许你可以说她更努力经营更随性一点儿，就像她会在我们坐汽车的时候来咬我的耳朵什么的，这种事儿你永远不会做的。"

"是不会的，这有什么好处？"

"你试试看。"他建议说。

"你知道吗，我纯粹是从科学的角度提到这个话题的，不是为了从的你的情人们那儿学到点什么技巧。"

"技巧，这不是什么技巧。相反，她只是随性，随心所欲。"

"我也随性呀，比如说，你和我上床时我想抓紧时间听一下电台的散文节目Obs。对了，说到这个，你能不能把收音机挪到床头柜上去？"

他摇了摇头："别傻了。"

"好吧，哪天我想通了就去咬你的耳朵。但你要我随性我可永远做不到，我觉得装出来的随心所欲比不随性更糟糕。"

他没吭声，或许是认同了我，或许只是在想什么。

"还有就是，给爱娃做饭真的很开心，她真的是个美食家。"

这点我没什么好说的。对古斯达夫的烹调我从来没给过他应得的赞誉，或者说我根本就没太留心他盛上来的是什么菜。我对吃的不感兴趣，这我有什么办法呢？如果有兴趣的话我就自己动手了。我可不是那种食色至上，可以食中见色，色中见食的人。那种《空中楼阁》式的屋顶爱情晚餐现在已成了一个流行病，我则喜欢各就各位，冰鞋在"冰柜"里，饭在桌上，性在床上，没什么好说的。我就是这种人，可不想因此有什么情结。

只要他不遇到个做饭的女人，让他发现有人做饭多好，我就心满意足了。

*

一到学期末，我的存在焦虑就会如期而至。一个美丽的清晨，它又来到我的床前嘶嘶发声：应该做什么，人生才有意义？

写一篇论文需要四年的时间，这也不足以让它闭嘴。我记得有个职业向导曾经提到过图书馆，我就用这个来让它住口："我总是可以在某个图书馆去找份工作的。"其实对此我并不敢确定，但暂时可以用来对付存在焦虑。当然我是摆脱不了它的，只能控制住它。做什么？……我一醒来它就开始了，我迅速地回答：欸，什么时候我总可以在哪个图书馆找份工作的。

我并不完全相信这个，所以我老是不断地忘了，一次又一次地去想。是什么呢，是不是……是的是的，图书馆，图书馆什么的！

这当然不是"应该做什么才有意义"的答案，但它回答了我将来可以做什么的问题，至少起到了控制住存在焦虑的作用。而至于应该做什么的问题，我已放弃了答案，我不知道应该怎样以失去生命来保全生命。

夏天的时候我给自己找了个可以带在身边做的事儿，校对 份历史论文的英译版。不好玩儿，但主要是可以带到岛上，在一个崖缝上来处理。

古斯达夫想出去开帆船，我既不说要跟他去的话，也没说要挽留他。他计划出门的那天早上下起了瓢泼大雨，海上的天气预报不令人乐观，他推迟了航程。

我们一整天都待在了屋里，我只是穿着雨衣去了趟邮箱那儿，空空的。在森林里我吸着嗅着，却闻不到任何味道，好像整个大自然都被清洗过了。

天快黑了，他在屋里点上了煤油灯，我回去时窗前闪着温暖的灯火，黑暗的树林中一小块黄色的亮光。屋子里烟雾弥漫的，我把窗户打开了一点儿，古斯达夫套上了他的大毛衣。

"好臭。"

"我可以抽你的烟，如果你觉得那臭味要小一点儿的话。"

没什么可争的，我只能生气地瞪着他。

"你有什么不高兴的？"

"没有啊。"

"看你那一副咬人的样子。"

"我肚子疼。"

"是晚饭吃坏了？"

"没有，只是伟大的自然规律罢了。"我自嘲说。

"那可就不是我的错了，对吧？"

"就是你的错，你至少可以过来，把你的手放这儿让它暖和一下。"

古斯达夫很乐意把他的手放在我的肚子上。他知道在女人必须得忍受例假的时候，让男人来忍受有例假的女人，这不是什么无理要求，至少可以用手来协助一下。

"一切都是我的错，我知道的，但除此之外呢，你肚子疼可不是我的错吧？"

"当然是的，因为你是男人。"

"在这个不平等中我或许是有优势，但这又不是我的发明。"

"正是因为你是男人我才在这儿的，不然你也不会和我同住一间小屋了。因为你是男人我才在这儿，因为我是女人我才会肚子疼，所以我在这儿肚子疼是你的错。推理不出来吗？"

他把额头皱了起来。

"如果因为甲有了乙，如果因为丙有了丁……如果非甲或非丙……"

"那就是非乙了，但现有了甲，所以就有了乙和丁。这正是我说的呀，是你的错。哦，你的手好冷啊，我还是要个暖水瓶好了。"

他给我盖上个毯子，把头靠在我疼着的肚子上，不如暖水瓶但总比什么都没有的好。

"你让我把手放你那儿它们就变冷了，因为我太爱你太想温暖你，所以紧张得都发冷了。"

"这是自然的绝妙规律。"我叹了口气说。

后半夜雨停了，不再敲打着屋顶。我被他吵醒了，他在打包行李。

"现在你可以一个人待几天了。"

我在枕头下面哼哼着表示我知道了。

"我回来的时候你还会在这儿吗？"

我又哼哼了一下，但意识到我得说得清楚点儿，于是用力把自己从温暖的床上拽了出来。

"嗯，应该会的吧。这工作挺花时间的，我可以在这儿做。但你可以打电话吧。"

"到了有电话的地方，我会打的。船上没助手，要开进港口挺麻烦的。"

他把他的那些袋子拎到了船上，我看着他挂好帆把船开了出去。我在栈桥上挥着手，感觉自己像个海员的妻子。

但这感觉仅仅是站在栈桥上那一会儿才有，回到小屋里我只觉得一个人待着是多么的舒适，当然也有与这舒适感不可分割的内疚感，其阴影与背面。不应该喜欢一个人待着，这挺丑陋的。尤其是当你不是在自己的家里，而是在一个把主人赶走了的房子里的时候。

像个斯特林堡笔下的墨盖拉似的。

我把我的稿子带到了海边，坐在个崖缝上读着，被折磨着：这文字简直没法整理，我只能把那些最明显的错误修改了，但却仍然有着瑞典语的痕迹。

外岛海湾里轰轰隆隆像高速公路一样，因为瑞典人民现在开始休假了。再说，这里就是个高速路，船在这儿几乎都排起长队了。小屋的窗子嘎嘎作响，跟在城里的家一样喧哗。古斯达夫要找到个海湾来靠岸过夜一定是不容易的。

等他寄来了艾略德·马特森的明信片，我就在墙上的航海地图上开始跟随着他的路线了。晚上我都待在那个有电话的大房子里，坐在那儿练习说"我想你"。到了现在，这也开始是真的了，我带着我的内疚感一个人待了这么多天，现在下定决心要做一个温柔而殷勤的"妻子"了。

这么去想是不难的，或者去写，但要开口说出来却不容易。

"我想你"，这话在嘴里感觉怪怪的。

周二晚上电话响了，是婆婆来问古斯达夫有没有消息。我向她汇报了最近的这张明信片是何时从何地寄来的。我暗地里想，她会不会也在航海地图上跟着他走呢。她是不喜欢他一个人出去远航的。

然后古斯达夫就来了电话。

"你什么时候回来呀？"我说。

"按计划该是明天吧。没多远了，大概20海里。"

"这意思是，什么时间呢？"

"看情况了，但晚餐时我会到家的。"

"好的，那晚餐会在桌上等你的。"

我在脑子里准备着接风晚餐，拿着笔和笔记本坐在檐廊上计划我要去小店买什么，啤酒、面包和鲜鱼，或许在烤箱里烤个用蛋糕粉做的蛋糕。偶尔一次，大概百年一次吧，做顿晚饭还是挺好的。

我想我要先骑车去买东西，然后去地里挖土豆，取柴火，打水，然后去摘些花，现在草地里没剩下多少绚烂的花了，大多是那种蓝色的叫什么的来着（五叶草？），它们最多管一天，但只要他回来的时候有鲜花迎接就好了。而且我要对他很温柔很温柔，毫无怨言地跟他上床。

我刚计划到这儿，就听到屋外水面上传来喇叭声，我用手挡住额头看出去，看见了那条星形船正在栈桥外掉头，我刚好赶下去接住了那根缆绳。

"这么早？我以为你晚饭时才回来的。"

"我也是那么以为的，但昨晚风向变了嘛，那我就不用逆风行了。"

"嘛"，风向变了，任何一个关心的人自然都会留意到这点的。

"开船的人就是这样的，任何时候都不靠谱。说是晚饭时回来，结果午饭时就回来了，人家都没来得及去买东西什么的。"

"我没说我什么时间回来的吧。我说我可以回来吃晚饭，我是可以的啊。你要是不想要我在这儿，那我就待在船上吧。"

我伸手去接他的那些包，他就把它们一个个递上了岸。等他也跨到栈桥上时，我就拎起两个包，打算把它们拿进屋。他把它们从我手上拿了过去，放在地上，拥抱我。

我老是忘了这个。

我们用家里现成的东西做了顿午饭，酸奶、把冷土豆切成片放在了脆面包上，然后趁他睡午觉时我骑车去了趟商店，回来时他还睡着。在海上太久了，他累坏了。我把买的东西放到了地下室，走到栈桥下去游了泳。

一整天我都等着他来勾引我，我准备好了要对他很温柔很温柔，但他却没有来，就连晚上也没有，就连在吃了鱼和现挖的土豆之后也没有。他叼着个烟斗躺在床上，不来勾引我，而是开始抱怨我不去勾引他。

"有点男人样好不好，"我求他，"你能超越性别角色，做饭或让我砍柴什么的，挺好的，可你一定也要那么软弱容易受伤吗？我主动有什么用呢，我做什么都让你难过。"

"你要是勾引我，我可不会难过的。你记得那个复活节吗？"

"记得，"我打断了他（最烦他又开始说起那些伤感的往事），"那是特殊情况，你知道我是多么的不随性。"

"那只是因为你现在对我没欲望了。"

我不知道该怎么回答。教父师长们，我寻思着：我能对我老公有欲望吗？能为之迷恋，为之吸引吗？他在这儿的时候，我们之间没有任何距离和障碍。我对他的身体和对我自己的一样熟悉，不刺激不兴奋，我怎么能够为之吸引呢？

我坐在床上坐在他身边，他用手搂着我，我踢掉了脚上的木屐。他那一头被太阳晒得褪色了的夏日长发美丽地摊在枕套上，我想我可以去咬咬他的耳垂，但那难免像是在模仿，他应该是不愿意的吧。

我笨手笨脚地去搞他的皮带和拉链，直到他笑起来来帮我。

"你看，就需要一点点，只要一点点友好的姿态，人家马上就会摇起尾巴来。"

我闭上了眼睛，羡慕他的欲望。羡慕，为什么他有而我没有。

"说点儿好话。"他求我，"说点动听的。"

我想了想，宝贝儿？我们主要是在不满的时候讽刺性地使用它。亲爱的？最爱的？感觉好怪。

"古斯达夫，"我悄悄说，"是你，动听吧？"

*

下雨了。

我望着屋外的灰蒙蒙。没有一点动静。

古斯达夫坐在桌前读着斯宾诺莎，他不高兴我挣脱了他的清晨拥抱。

我看稿子看烦了，想读点儿别的，但厕所里那些旧的周刊我几年前就都翻遍了，剩下的只有一本他从城里带来的《波尼尔文学杂志》，我试着看了好几篇文章但却很气恼，看都看不懂，而那看得懂的就更让我生气了，怎么能够这样来写文学？为什么这些撰稿人会被平时我认同的《晚报》不断地吹捧着？

我让古斯达夫也看一下《波尼尔文学杂志》，告诉我到底是我还是别人有问题，可他没时间，他在看斯宾诺莎。

"你非得坐那儿老是搞你的头发吗？看得人挺紧张的。"

"你非得坐那儿咬你的指甲吗？"他头也没抬地回答。

我把手从嘴边挪开，叹了口气。

"我饿了。"

"我们可是刚吃过的。"

"刚吃过？那是三个钟头之前了。"

"最多两个钟头，亲爱的，你要把我们吃穷了。"

他怎么能这样说，吃得超多的明明是他自己！

"那昨天，是谁吃了三份那个……"

我打断了自己，我听起来多可笑，眼里全是泪。我为什么就不能克制自己，为什么总让自己被一次又一次地骗进这样的情形当中？像玩伴一样，我曾经这样幸福地想过古斯达夫和我。这么说是像那忍不住要去惹对方的小孩，管不住自己，一定要把对方搞哭的，小魔鬼般的孩子。

我的眼泪慢慢地流了下来，挂在下巴上痒痒的。我望着窗外。

也许这主要还是我的错，但另外也是现状的错。啊，两人在一起时的精神贫乏！

我望着窗外，背对着房间，安静地哭着。

古斯达夫读着斯宾诺莎。

*

我离婚之后变成一个更好的人了，哈丽叶特在一封来信中写道。

我明白她的意思。

我也想变成一个更好的人。

21

门铃响的时候，我正坐着读系上发的有关下个讲座的油印资料，像往常一样穿着件睡衣。反正都不见人的，没必要穿衣服，如果有谁要来那只会是古斯达夫。

但开门后我发现站在那儿的不是古斯达夫，而是个一头黑色鬈发留着胡子的男孩。我本能地把没扣子的睡衣拽好了，等着他说明他的来意。

"喂，我碰巧路过，你要不要一起出去喝杯咖啡？"

我是从声音里把他认出来的。听到了声音，这才看到那胡子后面的轮廓：阿荣。

地面在颤抖吗？世界在摇动吗？还是有交响乐团在背后演奏着《悲怆奏鸣曲》？但走廊上听到的只有邻居收音机里放出来的火特南尼合唱队的流行歌曲。

"应该可以吧，我只需去穿上件衣服，你先进来吧。"

我的声音没有颤抖。和阿荣的交往让我早已学会了很好地掩饰内心的剧烈震动，而且现在也不是去考虑这究竟是不是震动的时候：因为他要玩这种"我们好像上周刚见过面"的感觉，那我就要顺水推舟，这样最简单。

他没脱外套，穿过门厅，在沙发上坐了下来，环顾着四周。

"房子不错。"

我等着他还要再说点儿什么，问点儿什么，但他似乎不想继续发表意见了。

"你等我的时候要不要喝杯啤酒？"

他笑了起来，像是为了表示他五分钟不喝啤酒还是活得下去的。我并不确定家里是否有啤酒，但找到了上次古斯达夫在这儿吃晚饭时留下来的一瓶。

阿荣坐在沙发上等我，我在洗手间趁着穿衣服算了算。五年，是五年前吗？"碰巧路过"，他至少也得翻翻电话簿才找得到我吧。

我把我的马尾巴放下来，梳了梳，试着整理一下我的思绪。

他居然敢来找我，在他五年前践踏了我的爱情让我伤心失望之后。他相信我不会和他大吵大闹，问他失踪五年后来找我是什么意思，他敢肯定我不怕天摇地动更不怕让他进来。

我当然是害怕的，如临大敌，严重设防。我不认识这个阿荣了，不知道他现在是什么样的人，会不会又来摧毁我，是不是还是我的最爱。但我很想知道这一切。

我走回客厅，坐在他的对面。他翻开了报纸，看着电影海报。我们交换了一下对正在上映的电影的看法，把它们分为好的和坏的，我们看过的和没看过的，发现有一两部我们都没看过但可能还不错的。这个话题也就到此为止了。

刚才走廊上挺黑的，现在在窗前的光线下我才发现他的犹太式的鬈发里有好多的银丝。三十五岁就有银丝了？也许没什么不正常的。我没把我看到的说出口，猜想他大概早已听烦了关于他那两鬓灰白的话。不管怎么说那发型还是挺好看的，我认识他的时候他剪的是当时男人们留的那种短发，胡子刮得干干净净的，但长发和胡子也很适合他。

他站起来走到了书架跟前，手里拿着啤酒，斜着头去看那些书脊。他是那种，我心想，那种以书取人的人。

"主要都是教材。"我抱歉地说。

"英语？二年级？三年级？"

"研究生（我没说"博士"，这听着太高大上了），然后做什么我也不知道的，跟从前一样我不知道该做什么。"

"从前"这个词儿这时从我这儿脱口而出，我决定不再和他玩这个"正好路过"的游戏了。

"你搬回瑞典了？"

"搬回来几年了。我们先住是在哥德堡，但目前在阿乌荷借了个房子。"

"我们？"

"有个女孩跟着我从英国回来的。"

"跟着"，就像她是个什么碰巧留在他那儿的东西似的。

"有小孩吗？"

他转过身来，笑了。（是笑我的问题呢，还是因为有了孩子而尴尬？）

"有两个，但有一个是她以前的，只有小的那个我才是同谋。"

他没问我的家庭状况，我是一个人住这儿的，这一目了然的吧。

"我们是因为她才搬到一块儿的，"他解释说，"她在英国文化协会找到个活儿。"

那他呢？他在做什么？我没敢表露出更多的好奇，但他自己又补充说："于是她需要个家庭妇男，那就是我了。"

现在可是天翻地覆了，价值翻转：阿荣，家庭妇男！

这让我恼怒了起来，倒不是这事儿本身：他结了婚挺好的，自动减少了我们因重新取得联系可能给我的生活所带来的破坏，而是古斯达夫居然说对了！有一次我跟古斯达夫说起过去，他说阿荣很快就会住进排屋，有老婆和孩子。我还激烈地为阿荣辩护：你都不知道你在说什么！

阿荣没说他住的就是排屋，没说他们正式结了婚，但那都只是细节问题，关键是阿荣被驯服了。

我们出了门，但没决定要去哪儿，只是走着，沿着弗莱明街往市区走。我心想，和阿荣并肩走在弗莱明街上，这该是种有"回头率"的景观吧。

我们往市中心走，过桥到了国王街。在国王塔下的露天餐厅他做了个手势问我，我点了点头，可以呀。我们在角落里的一张桌子旁边，面对着人行道坐了下来。这儿虽然有车辆的喧闹声，但还是可以像平时那样说话，他突然重新打开了话题：

"为什么偏偏要学英语？"

我耸了耸肩膀。

"我是从古代北欧语开始的，然后又学了一年的民族学，挺好的一个学院。"

"选专业时最重要的是那儿的人不赖。"

他的用词让我笑了起来，这我是熟悉的，讽刺地使用俚语，最好是那种有点过时的。也不能完全说他都是带着引号在说话，但有点类似，词语的内含只是说个大概。他偏爱俚语，因为它们比平时说的话更能表示出一种不精确性，可以说是自带引号的。一种防守，这方面他永远是个专家。

"如果那样的话，我就学哲学了，但我不知道我是不是有足够的哲学头脑。"

阿荣做了个鬼脸，大概是表示他认为我这是假谦虚，于是我赶紧说明："我凡事都想做第一，可我永远也成不了本市最好的哲学家，但要写出一篇本市最好的有关《爱丁堡评论》的论文，我想我还是可以做到的。纯属自以为是，我从来就没否认过。"

至于他这些年做了些什么我没敢过问。艺术是个敏感的话题，如果他没成功，那去涉及这领域就太敏感了。就他所讲，他只给某部电影做过导演助理，但他是否还在搞电影就不太清楚了。

我问起了一些我们共同的熟人，那些奇怪场合下多多少少有过短暂交往的人，我很快把他们给忘了，但现在和他聊天又想起了更多的名字来：迪克去成了澳洲没有？还有杰西卡，她吸毒吸死了吗？保罗和帕蒂什么的，那个疯狂的丹麦人？

阿荣讲了些他所了解的，但不是所有我问到的人他都认识，我们的伦敦圈子只有部分的交集。往事一时历历在目，我们叙完旧，停顿了一下，我鼓起勇气说出了我一直在想的事情：

"你来找我，换我可是绝对不敢的。"（我是说，如果我是你的话，但无需说得这么明显。）

他做了个"唉"的表情，一副这没什么大不了的样子：

"我可是把我们的关系一直看作一种进行时的关系。"

再没有比这个更让我想听到的了。阿荣和我的关系是属于那种永恒的，超越了那些世俗的琐碎小事，诸如是否要偶尔遇见，是否要书面或口头通知，是否要知道对方是在这地球上的哪个地方之类的。我真想淹没在他说的话里，沉溺在他的目光里，没有比这个让我更想的了。但他的一席话也被另外一个声音干扰着，一个来自过去的声音，也是阿荣的，它说：你明白我俩之间"是"没有什么的吧，我们都想见面的时候就这样见个面，但不要期望我会成为一种男朋友什么的……

一个来自过去的声音，来自伦敦奥辛顿大街上，有天晚上我主动去找他，显然我开始很依赖他了。噢阿荣，你都不知道我多么清楚地记得从你嘴里说出来的每一句话。

我要是把它们都忘了就好了，可我还记得，所以难免觉得他现在说的话听着很虚假。事实上他的话虚假得让我听着都尴尬。"我们的关系一直都持续着"，是吗？那请问是何时开始的呢，自我离开伦敦以来吗？因为那时候在那儿我们的关系就没有持续了。

但我没有去过问这类的问题，偷偷地看他是不是在开玩笑，可他看上去一副绝对认真的样子，只是用那双可以淹死人的眼睛来看着我。也许他记性不如我，他相信自己的故事。但不管他是怎么想的，反正他现在来找我了，冒着尴尬的风险，并觉得这值得他来冒险。他还记得我的存在，并找到了我。不管他是怎么想的，对于我这都是一个弥补。我至少不是一个被人轻易忘记的人，这就像是给已经愈合的伤口贴上个创口贴一样，即便我已靠自己的力量站起来了，但它仍然还是一个补偿。

我们换个话题，开始谈起了政治。原来他在哥德堡的工作之一，便是给议会选举准备材料。

"哪个党派呢？"

271.

"你猜吧。"他干巴巴地说，好像这应该是不言而喻的。

我真不知道，不想去瞎猜让自己尴尬。

"你看上去不像个右派的。"

"谢谢你。"

"但你肯定是什么极端分子。不会是马列联盟吧？那你也太大材小用了。"

"你应该重新检验你对我，或者对马列联盟的认识。"

"很难把你和任何一种投身社会的事联系在一起，从前你可是敌视社会的代表。"

"那是你个人的理解，"阿荣反对说，"我没变。"

在这一点上我不太确定我的记忆了，有可能他是对的，是我对当时他身上具有的东西视而不见。但那怎么说都是1968年哪，不论是在英国还是在瑞典，怎么都会受到影响的吧。

女侍者早就过来把我们的杯子收走了，我们的领座也换了人，我们的谈话停住了。我看了一下表，六点四十，他追随着我的目光。

"说点儿什么吧。"我想了三秒钟，说，"《美国佬》？"

他笑了，站起身来，"好的。"

在这座城市里他暂时还不识路，我一路带着他走，适当地取笑了一下哥德堡人，走到了正在上映《美国佬》的斯图瑞电影院。

我们出来的时候天已经黑了，我本能地往回家的方向走。他和我一起过了街，像是想跟着我走似的，但看到地铁站时他停住了。

我也不主动提议什么，以后总会有我们回家的时候，不用着急，我想先要消化一下。

"你有电话吗？"我问。

"暂时还没有。"

他停顿了一下，问我是不是在作调查，是不是还想知道他是否有浴室和冰箱。我笑了起来，似曾相识的感觉，但也有些不耐烦：我们真的还需要这样拐弯抹角的吗？

他搂住了我，我的脸贴着他的脖子，我的心一阵狂跳：他的味道！阿荣的味道，我还记得。谁都知道没有什么比这样的记忆更强烈更能穿过岁月把人击倒的了。人人都知道没有什么能够像这样的时刻一样，在你一生最爱的人面前，你重新变成了一个战栗的孩子。

"我给你打电话吧。"他走下楼梯时说。

我点头，打吧。

爱娃和古斯达夫同时搬离了哥得阑，现在她会在斯德哥尔摩一带的学校演出，他们仍然保持着联系。

我再高兴不过了。如果不是因为爱娃，我还真不知道该怎么去面对古斯达夫。但现在他"无话可说"了，因为是"他开始的"，说起来他"欠"了我两次！

我当然明白你不能这样去计算你的不忠，能够扯平的想法是很荒唐的。因为从更高的角度来说，这两者其实毫不相关，但在这件事上，我则要把自己放在更低的普通的角度上来看。我会很小心眼儿地去跟古斯达夫重复他自己的话：爱娃创造了新的一部分他，是我所不能创造的，因此我不必嫉妒。正是如此：阿荣一直是我的一部分，与古斯达夫无关。我当然也意识到，这正是嫉妒的根本，但只是想引用一下他的话。

从权利平衡的角度，长期处于劣势的是我。从道德的角度，我占的当然是优势。（这是同一件事情的两个方面吗？）如果现在我把阿荣放在天平上，那么古斯达夫所有的那些小罪过和他在外省的各种艳遇都不足以和我扯平了。这是我所不喜欢的，如果我们中谁要处于劣势那我宁愿是我。但我和阿荣的关系又让我感到如此无奈，以至于麻木了我的良心不安。

我不知道古斯达夫对这一消息会有何反应，我更愿意写信告诉他。但写什么呢？发生了什么呢？重新走进我生活中的是不是那最激烈的爱情呢？

一时我还无法确定。尽管我完全设防，决定不要再次陷入那只会留下一片废墟的狂喜的陷阱中，否则将来也无法与阿荣保持来往。尽管如此，我内心还是有个叛徒，一种潜伏很深的破坏性的冲动，对无条件投降充满渴望，对那伟大而美妙的感受彻底臣服：尽情放纵，然后毁灭。我不知道如果没有这种冲动，和阿荣见面还会有什么收获？也许我有必要再次不可救药地坠入情网，为了让他非同凡响，为了我能走在弗莱明街上时想：阿荣和我走在一块儿，这便是爱情了。如果这是必要的，我会选择它吗？

这究竟意味着什么？这内心原始而狂野的占有欲。这不是什么具体的东西：我永远也不会跟他去过日子的，而那肌肤之爱，也仅是对我所想的占有的一种廉价的替代。占有，或者融入。

我想在某种毫无意义的意义上与他融合。

除给古斯达夫讲已经发生的和将要发生的事情之外，我暂时不能做什么。

我很高兴又见到了他，我写道，就像和任何一个朋友重逢一样，但其实我不知道我们是否是朋友，我并不了解他。阿荣属于我的英伦生活，多年前的事了。时代变了，我们也变了。现在我们都成双成对的，也都没有分手的打算。今非昔比，我们的重逢是一种特殊意义上的重逢，因为其实我们已不再是从前的我们了。

我强调说，希望他不会将此理解为一个分手的理由，但却没有去强调，他其实是无话可说的，因为这一定是他第一个自己想到并感到尴尬的念头。

我把信寄了出去，这样明天上午他就会收到了。而整个晚上我又为此很后悔。写信太戏剧化，太郑重其事了。而且我自己也说过，不敢亲口说是怯弱的表现。第二天一大早我就给他打电话过去，想让他别去读那封信，但却没人接，等到我午休去他那里时，他已经看到了。

他首先争辩说，我不应该把爱娃拿来做比较。我其实并没有把她拿来作借口而是一种解释。他表示这对比是不成立的。

"我爱的是你，我说过为了你我可以离开她，但你却不爱我。"

"如果你说的爱是那些内心的波动，那些心跳和其他的什么病态，那我确实不爱你。我知道那感觉，有可能我又染上了它，看见阿荣时我心都跳出来了，是的，但我却不打算为之羁绊，我坚信它会过去的。"

"我每次见到你心都快跳出来了。"

"一天到晚都心跳，慢性病一样，那可是让人难以承受的。"

"是的。"

"那是你的事儿，我反正不想有更多疯狂的爱情了，不好玩儿，不值得受苦。但如果可能，我想试着和阿荣做朋友。我想跟他上床主要是为了能和自己重逢，那个五年前跟当时的阿荣上床的那个我，你明白吗？"

"我最反对的正是那种形而上的关系，你要是不因为形而上跟人上床就好了，要形而上就只是跟我一个人。"

"可你不是我的第一个男人，我有我的过去，那就是阿荣。他享有抵押权，在你还没遇见我时我就完全被抵押了。"（这不全是真的：我从没想到过我还会再见到阿荣。遇到古斯达夫时，我以为那是一段已经结束了的往事。但简化一下历史应该是可以的吧。）

"你是我真实的另一半"我解释说，"而阿荣是我虚幻的另一半。"

"这好像不科学。你可以想象把阿里斯托芬的球体也分成三份吗？下次你会说，他是你的孪生知己。"

"我刚认识他时曾经这么想过的。诚然，我们很不一样，完全不像你跟我这么相像。跟他聊天我向来都觉得挺难的，再说他那么造作怎么可能容易呢。（我想这就像打乒乓球，对方不但接住了发球，而且还打回来一个意外的旋球。）但那一定是因为某种精神上的相通，让我第一次见到他就觉得似曾相识。"

"你不可能有太多的孪生知己吧。"

"可以呀，你也可以叫它三胞胎知己，六胞胎知己，十二胞胎知己，我也不知道究竟有多少。"

"你对他很有肉欲，是吗？"他问，很突然地，就像我们关于灵魂的话题说得太多了似的。

"比他让我有肉欲的人多着呢，不是因为这个。再说我也不记得跟他上床是什么感觉了，我那时好害羞的，闭着眼睛，都不太清楚他干了些什么。"

古斯达夫坐在那儿清理着他的烟斗，向四周看了看。我站了起来，拿来烟草、火柴和烟灰缸。他笑我在讨好他。

"还有拖鞋，谢谢，然后你可以去煮土豆了。"

"亲爱的，我好高兴你这么有男人的胸怀。"

"说真的，"他说，"我更嫉妒你五年前跟阿荣的关系。"

我专注地看着他，近乎惊讶地。

那就对了，说明你是真的理解了。

*

电影学院是我唯一知道的阿荣在城里会经常出没的地方。如果说我一次次去那里不是想有机会碰见他，那是自欺欺人，尤其是那儿没什么我想看的电影，只是去咖啡厅坐坐，"为了出来透透风"。可是如果明明想去那儿，却内心挣扎，硬要留在家里，那就更可笑了。我坐在这儿，跟坐在别的地方是一样的，也可以看书，对不对。

七点钟的那场巴斯特·基顿的老片子，我在观众里一个熟人都没遇到。我去咖啡厅坐了下来，一杯茶一份《晚报》，这时阿荣出现了，身边有个女孩。他们站在收银台看着菜单，我躲在报纸后面，巴不得挖个窥视孔，但却只能从报纸上探头看出去。

他们端着托盘正好从我旁边经过，阿荣放慢了脚步，但我装作没看见他。

为什么？我不知道，大概来自过去的条件反射。那时我们在伦敦酒吧碰到，我也装作没看见，而我去那儿的唯一目的就是为了见到他。

我零零星星可以听见他们的谈话，很快听出来那女孩不是他老婆，她说着一口不带口音的瑞典语，但具体说了什么我却听不到。

我去加点茶好继续坐下去，不久我就听见背后有人起了身，听见阿荣说他要留下再坐一会儿。片刻之后，他走到了我的桌前。我一副惊讶的样子，让他坐了下来。

　　"好久不见了。"他说。我扑哧而笑，刚好是一周前才见过。真是典型的阿荣。

　　"巴斯特·基顿。"我说，就像是我需要解释为什么来这儿似的。

　　他心不在焉地点了下头。"我今晚有班夜间火车，你能在那之前一直陪我吗？我太累了，如果我一个人，我大概会坐着睡着的。"

　　"放荡的生活？"我问。

　　他笑了起来。"孩子哭，算不算？"

　　"我试试让你醒着，尽力而为。你要去哪儿？"

　　"去一趟哥德堡，联络一下我的人脉。"

　　什么人脉？工作？政治？恋爱？

　　"我说，我和你开诚布公怎么样？"他突然说（把椅子拉近，手臂肘子放在了桌上）。

　　"好啊。"我说，盯着他（但心里打鼓：他现在又在想什么？）。

　　"我刚才经过你桌前时你真没看见我？"

　　我目光躲闪了一下。赶紧找个合理的解释吧。

　　"看见了，但我不知道是否合适打招呼，因为你有伴儿。"

　　他笑了起来，靠在椅子上，拿出根香烟含在嘴里，一边点烟一边解释：

　　"乌拉，她是我一个哥们儿的老婆。婚姻出了问题，需要和人聊聊。"

"我不知道我自己为什么也没打招呼，"他继续说，"我是想停下来的但腿却带着我走开了，我心想你或许不想见到我，让我挺沮丧的。

他说着就像他说的是什么奇怪的事儿，就像有史以来他是第一个遇到这类怪事儿的人，就像我不懂他在说什么似的。我！在公共场合遇到这类事儿对我纯属家常便饭：以前每一次他没看见我或者不想看见我的时候，我的那种焦虑，以为我俩的关系就这样结束了，我的那种恐慌，怕去打扰了他而被人讨厌，我的那种担心，双腿颤抖着从那个你心里唯一呼喊着的人的身边走开。

不可思议的是现在说这话的是阿荣，他突然这么在乎我了，会因为以为我不想理睬他而沮丧。这不正常，这不对劲。还是他向来都如此的，但善于掩饰，以免我们对彼此产生依赖？不，我相信他不是故意撒谎，但也许是自欺欺人。

他又说起了他有婚姻问题的哥们儿，把话题引申到了结婚的危险性。

"永不背叛的一种忠实，当然，人人都有这个需求。但你要用你自己去支付，无期限地付出肉体和灵魂，这代价太高了，不值得。"

我在想，他什么时候会开始说"我老婆不理解我"之类的话，但他没那么傻，并且已经意识到他刚才那番话的言外之意，于是立刻表示说他们的婚姻没什么问题，弗罗伦丝是个挺好的女人。

弗罗伦丝，我扑哧一笑，这名字！为了不伤什么感情，更主要的，为了终于可以说到这个了，我在他又换话题之前，赶紧补充说："我当然没什么好说的，我老公的名字是古斯达夫。"

阿荣把眉毛扬了起来。

"你结婚了？"

"没登记，但过着人们所说的那种婚姻生活。"

"可你们没同居？"

"只是有的时候，假期什么的。"

"很久了？"

"到今年夏天四年了。当然有中断过，但大部分时间还是在一起的。"

他眯缝着眼睛，透过香烟的烟来看着我。

"我向来觉得你骨子里是个独行者。"

"彼此彼此。"我尖刻地说。

"你们为什么不搬一块儿呢？"

"我们为什么要搬一块儿呢？"

他耸了耸肩膀。

"就因为别人都那么做？我觉得我们俩这样在一起刚刚好。"

"他呢？"

"古斯达夫也不是那种喜欢随大流的人。"

"但他觉得两个人一个流派最合适，"我不得不补充说，"他当然一直都想住一块儿，所以这会有点冲突。"我以那种最轻松的口吻说。

我拿起他的香烟盒，表示想要支烟，他点了点头。

"我们住哥德堡的时候弗罗伦丝没工作，那一阵挺难的，我成了她的一切，那不是我想做的角色。"

现在他又留下了一些言外之意，他是想说两人关系中的不平等吗？我可没说我是古斯达夫的一切吧？

"客观来讲她一定挺依赖你的吧？"我试探地说，"因为你把她连根拔起带到个陌生的国家。"

他看了看表，就像没听到我的问题似的。

"我们就在这儿打发时间呢还是……"

"你愿意的话我们也可以去我那儿。"

我的自行车停在外面的，我没说可以带他，但他说他可以带我，如果我负责注意警车的话。

体力运动让他打起了精神，他骑得惊人地快，我坐在车后紧贴着他，想起小时候坐在母亲的自行车后面，自己唱着歌，声音被抖得一高一低，听上去好好玩。

我们到家的时候他气喘吁吁的了，我从厨房里拿了个冰啤酒出来。

"古斯达夫有什么不好的？"我在柜子里取了杯子递给他时，他突然说。

"谁说他不好了？"

"我是说这个名字。"

"这是个很经典的老公的名字吧，所有的幽默故事里，斯达凡·林登的漫画里，随处可见的。"

他手里拿着杯子站着，看着我，做出一副想象着斯达凡·林登漫画的样子，摇了摇头，把杯子放在桌上。

时间一分一秒地过去，我们坐在沙发上聊天；时间一分一秒地过去，我开始想我们是不是来得及。阿荣见我在看表，他看到我看到他见我在看表，我们笑了起来，他开始给我脱衣服了。等他脱到腰部的时候，我伸出只手去把卷帘窗放了下来。

于是就又像过去一样了，只是过去的那些细节我不是特别记得。事实上，这一刻的感觉和过去无关，它可以是一件发生在别人身上的，一件别人讲给我听的事。但此时此刻，我和阿荣，我们在这一刻彼此"拥有"，不管怎么说，这也许还是个不错的替代品，代替那我们有时想得急于得到的形而上的占有。

但就一瞬间，一瞬间的事儿而已。一分钟过后，他就穿好了衣服，牛仔裤，伐木工夹克和拖鞋，得上路了，他嘟噜着抱歉地说：

"当然不该这样的……"

"谁说的？"

"所有的专家们，他们说，要不紧不慢，快工出不了情色文化。你不看当今的热门话题吗？"

"管它的什么文化。"我大度地说。

他感激地一笑，我为这慷慨大度带来的无限的幸福感而感到惊喜。

"我回来后跟你联系。"他在门口说。

这可以说是阿荣到此为止说过的最奇怪的话了。他以前从不会这样说的，从不会说他去哪儿，去多久，去干吗，或者你是不是会再见到他。是的，他大概是变得文明了。

我忍不住掀开卷帘窗目送他。他斜穿过马路，疾步往弗瑞德汉姆广场走，没有回头。他为什么要回头呢。

"眼中的镜片"，我想，这就是恋爱吗？这个你不能用理智来解释，用情色和友谊来分析的东西。这个不让我更清醒却让我更糊涂的魔镜，看到别人所看不到的东西：一个让阿荣独一无二的环绕着他的光环。

这是一种给我的整个生活状态投射上了另外一种明亮的光环，而代价则是没有他的日子里的那种黑暗。当我早上醒来，不知道何

时再能邂逅阿荣的时候，我真想知道究竟是谁说过，恋爱是值得追
求的东西。

22

　　星期天的下午我就开始有了不祥的预感。怎么敢说保守党就不会当选？没有什么能够担保这点。

　　在马列联盟看来是保守党还是社民党执政没有区别。他们的大选海报上写着：资产阶级的尾巴和金融界携手同行。

　　我们谈到这个话题时，我趁机问阿荣，他是不是真的认为就没有区别。他说不是的，社民党更坏，因为现在它只想掩盖矛盾，把我们骗进社团主义结构中。

　　有可能他是对的，很可能的，但这让我受不了。要真这样，那我还不如去投水呢，如果唯一能寄予希望的就是马列联盟的话。

　　如果单是执政党失败，我还能成全它，但想到赫德伦德会当首相，霍姆贝格当会外交部长，想到国内外的评论，如果保守党胜出，那我可是不想去成全它的。我在一个工人阶级统治的国家出生、长大，哪怕工人只是个名分，但保守党的胜利却意味着社民主义的失败，而我曾经生活过的国家，突然之间一切都成了个误会。我的祖国！

　　我不要看到这样的结果，时间一分一秒地过去，我对这个和金融界携手同行的丑陋尾巴越来越满怀感情了。在确定了有够多的人会投社民党的票替我去挽救政府时，我这才去投了左翼的票。我意识到自己是多么的双重道德，并为此深感羞耻。

快到晚上的时候，我焦虑不已起来，给古斯达夫打了电话，让他过来陪我：

"如果出什么事儿，我可不想自己一个人！"

于是大选开始的时侯，他就和我在一起了。我们躺在沙发上听着收音机，每一个报道之后我心里的石头就落下来一点，很快就喜笑颜开了。仅仅两个小时之后，在取得巨大成功的左翼的支持下，社民党的政权得以保障。看来这次这样投票非但不是不负责任，还是意义重大。政治真是充满了意外。

十一点钟我们听够了报道。

"那我还需要陪你吗？"

"不需要，你现在可以走了，"我说，"把收音机关上。现在我可以好好睡觉了。"

*

我和希拉见面越来越少，而我们单独见面时，不用五分钟就又会说起那些老话题：妇女解放和阴道高潮、性病和避孕药（用还是不用）、忠诚和嫉妒，新的素材总是有的。希拉不相信多配偶制，我也不信。我一点儿都不"相信"它，我只是生活在其中而已。

"嫉妒与嫉妒也是有区别的，"我说，"有一种非常理性又合理，因为你害怕失去对方。这种嫉妒你既不可能也不应该去抑制它。但如果没有其他害怕的理由，如果你们的关系不会因为别的关系而受到威胁，那么去嫉妒就是非理性的了。"

"你是说那你就可以想开了。"

"应该可以的。"

"走着瞧吧。"希拉说。

*

月底时古斯达夫搬了新家。不上学他就不能再住学生公寓了，但搬来我这儿比任何时候都不合适，那我们就没地方给我们的情人们了。他搬去了林达哈根街，朝着霍斯贝格，一个无聊的工业区，很多办公楼，离那家有个郁闷酒吧的"幸福"餐厅的区不远。风景不怎么样，但公寓里面还是挺舒适的。

于是我们又住在同一个城区同一个岛上了。晚上睡觉前我会常常想到这个，特别是在我们只通了电话但没有见面的那些天：在这个世界上我们同住在一个岛上，我心想。

但同一个公寓里却容不下我俩。他搬家后第一件事便是把爱娃请了过去，周末她需要一个去处，因为她老公要用他们的房子会情人。古斯达夫问我是否介意，但这样的慈善行为我怎么好去阻拦呢。把你的家向那个可怜的无家可归的妻子敞开吧，我回答说。

后来也不是我挡了道，而是爱娃自己改变了主意，他则时刻都让我了解到事态的进展：她本来是想去找她的那个竞争对手说个清楚的，结果她俩互相拥抱在了一块儿，向对方承诺了永恒的友谊。如果我没理解错的话，爱娃放弃了对约翰的一切要求。"如果你更需要他，你就把他拿去吧"之类的。

"是吗？另外那女人更需要他？"

"爱娃显然是这么认为的，但当约翰知道她决定放弃他时，他却悟了出来，他想要的是她……"

"哦这样的。这模式有点熟悉呢？"

"是啊，你可不像你自己所想象的那么特别。"

我可不是一个想搞特殊的人，听到别人也有和我们一样奇怪的关系，我倒觉得释然，就像希拉说起跟她婆婆的那些问题一样：她老公的老妈对他们没有正式结婚很在意，于是他俩去老家看婆婆时，尽管在斯德哥尔摩他们是同居的，婆婆还是会给他们各自一个房间各铺一张床。这让我听了很释然：也许我的公公婆婆并不比其他的人更奇怪。

不论是古斯达夫还是别的人都没能在他的新家住上多久。他还没找到份正式工作，只是做了个临时的代课老师：如果需要他去郊区的谷布英恩或者摩尔比代课，教师介绍所一大早就会给他打电话。但他对这种东奔西跑的生活很厌倦，于是在就近而又有工作机会的城市厄斯特松德找了份稍微固定点儿的代课工作。

给他饯行的那个晚上我买了两瓶葡萄酒回家，故意喝醉了好变得温柔些。虽然喝酒也让我不可救药地犯困，但只要还能醒着我就很温柔。我们投入地上了床，聊这聊那的都没有吵架：你看，一点儿酒就可以创造奇迹。

"你跟阿荣到底会怎么样啊？"他想知道。

"会怎么样，"我说（不是取笑他，而是很温柔很实在地），"不会有什么变化吧，就这样。我好久没他的消息了，如果跟他多见一点面，我就会想他少一点去。你更愿意我怎么样？"

"你不见他，也不想他。"

"那不行，再说这也由不得我。有可能他又消失了，要再过五年才出现。""他来来去去。"我唱着。（"我不在意。"帕拉多仁红酒在我心里唱着。）

"如果我没理解错的话，正是这个让他具有吸引力，对吧？"

"是的是的，那些转眼就无影无踪的男人们，怎么说呢，挡不住的魅力。"

"但是，"我很快又补充道，"这并不意味着我就不想每天都能收到你从厄斯特松德的来信。"

"如果我从不写信你会不会更想我？"

"不会，因为我知道你坐在那儿不写信的原因只是为了让我想你。"

"你以为你很了解我。"古斯达夫嘟囔着说。

"是啊。"我高兴地打了个哈欠，鼻子压在他的手臂上睡着了。

*

等古斯达夫走了，我酒醒了，我人造的温柔也随之而去，我开始为头一天晚上说过的话而气恼了。他说做"游戏中的一个棋子儿"是想暗示什么，他什么意思？

我把论文从打字机上取了下来，开始打一封信：

你真的觉得你就像游戏中的一颗棋子儿吗？那么这是谁的游戏呢？玩这游戏的可不是我。是谁先把其他的人拉进了我们关系的权力斗争当中？一旦开始，那参与者自然会翻倍，你便会对你的关系的关系的关系产生一连串的依赖。

如果说我们玩的是一个游戏，那么你对我来说怎么也不仅仅是颗棋子儿，而应该说是游戏的规则。我是说，是个前提条件。《空中楼阁》里有一句至理名言，大意是：我太需要你了，但我可以没有你。你也知道，那是一个乌托邦似的关系，而我的情况则是：我太需要你了，但我受不了你。

"结婚"是件太艰难的事情……比任何事情都艰难！我想，除非你是个天使！（《梦幻剧》里的女儿）我从没想要去做个天使，如果我们的关系成了个地狱，那别怪我。

但斯特林堡式的婚姻无论如何还是有些特别吧？难道你真的更愿意有一个卿卿我我的田园式婚姻？难道你就更想要一个韦斯特伯格式的婚姻？

古斯达夫在信里照例是先交代了些他同事和教学中的事儿。他说，学校里有一位智者，是个女清洁工，六十岁，憔悴的灰发和假牙，她说"我可不懂政治"，然后会说到她对"收入差别""教育制度"和"发展中国家的援助"的看法，比所有的教师都更有见地。有时他下午会留在办公室，只为了能和她聊上一会儿。

在对学校的清洁工赞誉了两页之后，他提到了我写的话题：

斯特林堡式的婚姻的有趣之处在于两人的那种创意，他们总能找到新的模式来互相折磨。但我俩却一直在同一个老故事里。有时我会想认真地来看待一下我们的关系，但发现这关系原来是如此的让人感到屈辱。但我不认真地去看待它，难道就不感到屈辱了吗？

我的教瑞典语的同事总是说认真待人至关重要，否则不道德。他是个忧郁的人，一定是读了太多阿林的书（或者是太少）。我把萨德莫斯的书给他看，其中有个有趣的观点，是我在你的萨德莫斯那儿找到的：为什么叫做严肃的道德，而不是玩笑的道德？

我说的当然不是什么不负责任的态度，你是知道的，我向来认为你必须对你如何理解世界负责。你平时说你如何把你的那些情绪变化和感情波动看得一清二楚，但却又无能为力，这在我看来是很矛盾的。感情就是行动，是你的选择，读读萨特就知道了。

现在我又生起气来了。选择自己的感情，这怎么选？

只有像你和萨特这样超智慧的职业思想家才会说，人的经历方式犹如帽子的样式是可以选择的。我丝毫不想把感情体验理想化，说"应当实现激情"之类，我认为当你的感情经不起理性分析时，你就应该去控制它。比如说，当你发现你是"理智上而不是感情上的社会主义者"时，你就应该控制感情的问题，所以我认为理性至上，但感情本身也是真实的，是存在的，与理智是两码事儿。如果你不理解这一点，那你就从未经历过感情，而只是经历过某种理性现象罢了，以为感情和所说的"感情化的人"是一回事儿。

我俩的关系让人感到屈辱，这又不是什么新闻。有些门垫子式的基督哲学家曾经试图灌输给我一种认识，说屈辱是值得追求的，但当我开始怀疑它时，我想也许与它一刀两断才是我的责任。

我当然明白你更希望有个卿卿我我的田园式婚姻，谁不愿意呢？可现在我这么缺乏卿卿我我的基因，真抱歉，我不能以斯特林堡级别的创意天赋来为之弥补。

如果我们的关系不是严肃的，那么它是一个道德的还是不道德的玩笑呢？

接下来的通信中我们大多是互相交换了一些信息，但慢慢的，他又重新回到了原来的话题：

> 我想了想，为什么我认为人不要对自己或别人太认真，可能因为我相信这样才会有更好的结果。与你相处也许把我变成了某种功利主义者，我意识到我与门垫以及削土豆哲学之间存在着相当的距离。
>
> 萨特关于情感的理论无疑有其独特之处，事实上他只是分析了诸如恐惧一类的负面反应，但我认同他所说的我们应该对自己的感情负责，从某种意义上说，我们有选择它们的自由。所以比如说，我们要爱我们的敌人，这并非一个不合理的（无意义的）诫命。
>
> 我并不是说我们不论外界的条件怎样，都可以选择任何一种感情。但正因为感情是内心的东西，所以相比外界的环境和条件我们更可以操纵它。意识到自己的感情及缘由意味着我们可以去影响它。比如当我说我嫉妒时，我便同时也认同了它所包含的一系列的看法与偏见。这时我也就认识到，我本不嫉妒、爱恋或恐惧，是我自己使然而已。

你说要控制自己的感情，我说要对感情负责，这也许只是措辞的不同。我的观点绝不意味着将感情仅仅压缩为理性现象。我爱你胜过你爱我，因为我决定了如此。

"光说哈利路亚是不够的，你还得有所行动。"这可不只是措辞的不同，这是到此为止我们有过的最基本的分歧了。

可以控制自己的感情是一回事，可以选择、接受、培养或者否认、熄灭自己的激情则是另一回事。但如何去选择那些你没有的感情呢？你再有意识又有什么用呢？当然你可以无视这些，而装出一副有感情的样子，那么你很快就会跌倒在谎言与伪装的边缘。怎么做才能"哈利路亚"呢？

我迫切地想问问他，但古斯达夫的代课工作已经期满，我们之间的道德哲学书信来往于是也告一段落。在最后一封信里他顺便问我是否介意他在回家的路上去探望一下爱娃，在她那儿待到周日。

这下可让我嫉妒了，我他妈的才不在乎我是不是可以选择不嫉妒以及它又意味着什么。虽说我很自信但也很脆弱，并不是能接受一切的，我不能接受我成了个次要的。古斯达夫在北方待了一个月之后回家，应该首先投入我的怀抱，而不是顺路去别人那里！

*

"如果我知道你会在中心站的站台上等我，那我一定就直接回家，你应该知道的。"

古斯达夫对我的反应做出一副惊讶的样子，也许他真的是很惊讶。

我被一阵门铃声打断了，他翻毛皮夹克都没脱，就走到了桌前，我继续吃着我的午餐。

"为什么我要等在站台上，有人比我更会这套。"我明白，不论是字面上还是别的意义上，她可都是擅长于等候在站台上的。

"这正是爱娃的好处，你和她如此的不同。"

我嚼着三明治，他在凳子上坐了下来。

"可你知道我想要的是你，对吧？"

"才不呢，我太知道是怎么回事了：你想要的是她和我的综合，你想我跟爱娃一样总是在站台上等你，亲你的耳朵，在你的晚餐上狂欢，可我不是这样的，你用她来逼我是没用的。你真的以为你从她那儿寻欢回来我就更愿意站在中心站去等你吗？"

"我没特别以为什么，我只是想去看看她怎么样，因为她的情况似乎又不太好了。正好我也是那个方向的。"

"那个方向！坐郊区火车半个钟头就到了，每天有上百班车，你什么时候想去都可以的。"

"我以为你不会在乎的，再说我也在信里问过你。"

"那是个反问，你根本就没等着要什么答案！你打电话时我问你什么时候回家，你说'星期天，我信里写到的呀'，听上去有点不满，因为我没明白。如果我这类情况也这么做，难道你不会在意吗？"

"你可总是这样做的，我当然难过了，但这不同吧，因为……"

"因为'你爱我'，这个我们都知道的。我只想说，这伤害了我的骄傲，你应该能够预料到的。"

我起身到屋里去拿香烟，手指微微颤抖着，把火柴点燃。

"也许我是想，"他在我的背后说，"你也有机会体验这滋味，是挺公平的。"

我站在门口。

"你到底怎么想的，刚才说你以为我不在乎，现在说我这样是活该，至少有一个解释是多余的吧。"

"我觉得我的立场还是比你的清楚，"他平静地回答（噢他的平静，要是他什么时候能生气也好，可他只会难过，然后我就会内疚，就更会有攻击性），"我能猜到你会有点不高兴，可我觉得你生一点气也未尝不可。但要是我知道你会这么在意，那我就不会留在爱娃那儿了。你为什么现在突然这么在意了？"

"我接受你和爱娃的关系，但前提是你别拿我们俩来做比较，这我受不了，你别把我们混一块儿，你别用她来对付我！

"你是说你从不把我和阿荣做比较吗？你难道不是希望我有些方面也像他，你和他见面时从来就没想过要是古斯达夫也这样的就好了？"

"阿荣，"我嗤笑起来，"我可是从来都见不着他的。"

"是吗。"古斯达夫说。

这样的一个"是吗"，若不是我心疼我的餐具，我就给他砸过去了。

*

阿荣并没有因为他长时间的不露面而道歉，但他不经意地提到他在哥德堡多待了一阵儿，因为小孩生病了。他没说抱歉，于是我也没机会表示我的谅解，但试着表达了点儿言外之意：当然，你什么时候想打电话都可以，别以为我会如坐针毡地守在电话机旁边。

他是从一个公用电话打来的，背后是街上的喧闹声。

"你在哪儿呢？"

"赫托耶特广场。"

他停顿了一下，是想给我点时间提一个偶然相遇的建议吗？我想了想该怎么说，如果他打电话不是为了见面，怎么才能让他有个理由可以回绝我。

"你是不是需要有人陪你，不然就会睡着了？"

挺奏效的，他笑着说是的谢谢。我们约好了在弗瑞德汉姆广场见面。

我散步过去，因为阿荣没自行车，我骑车只会添麻烦。我慢慢地走，心想这是我俩有史以来的第一次约会，就是说，开诚布公两厢情愿地想见面。以前我们只是在不同的地方碰到，完全可以是一种"因为缺人"而有的交往。我慢慢地走着，心想，这可能就是我最想要的了：走在去和阿荣约会的路上。

起初那一刹那，我没看到站在地铁出口处的他，像是我已经忘了他现在的样子并为此感到惊讶似的。直到他从出口处走开走向了我，我才注意到他。

在这个格外温和的夜晚，我们漫无目的地并肩走着，手揣在口袋里，好像我们有一生的时光。这看上去挺轻松的，其实却始终很费劲儿。我们有那么多的话没说，我们不知道对方在彼此生活中的位置。而那佯装轻松的语气，又不适合去探究这个话题。我走着这样想着，这时听到他说：

"见到你我挺紧张的。"

"彼此彼此，"我立刻说，"纯粹的肾上腺素休克，你介意吗？"

"这或许很健康，可以保持朝气而不至于懒散。"

"可不是？"我表示同意（一笑了之，本来可以是个什么开场白），"保持清醒。"

于是我们一边聊着议会的选举结果，一边绕着国王岛散步，就是说，沿着湖边的那部分走，北梅拉湖岸一路的那些船，走过克劳拉湖的小栈桥，走过科技理事会大楼的砖体建筑，在邦胡斯湾小径的路灯和凋零的柳树下又再折了回来。

走到了阿斯特朗姆街，我们的散步结束了。

这次我们的时间多一些，但还是不够。他小声说他很想在我这儿过夜，可是，必须赶在最后一趟夜班车收车前回家。

我们没打开床头柜上的台灯，但厨房的顶灯是亮着的，有灯光进来。如果不闭上眼睛，我可以清晰地看见他。我没有闭上眼睛，我睁着眼睛，看着枕头上他的脸，贪婪而毫不羞涩地看着他的感受如何写在他的脸上，看他闭上眼睛张开嘴，锁紧着眉头。享受的脸和痛苦的脸，它们如此相似。性爱来自温存，这不完全属实。从敞开的门漏进来的光里，我也看到了另外一个绝然不同的元素，用"施虐癖"一词来说是不对的，但就像施虐癖，只是相反而已。也许可以说是权力之欢，统治的幸福和权力的陶醉：我有能力让你如此！

和古斯达夫我可以一直说话，和阿荣，聊天与做爱是互相排斥的。之后安安静静的，他躺在那儿聆听着，说的第一句话是：

"这是地铁的声音吗？"

不能说那是一个声音，只是一点点地基的震动，我习惯了几乎不再注意到它，但也好奇过它是什么，我不太清楚地铁在地下是如何延伸的，也有可能是个多节卡车在远处的社区开过，我去听但此刻却什么都听不到。

"是你良心不安的声音罢了。"我讥笑他。

"我以为良心不安会像是胸口上被刀划了一下，而不是这种沉闷模糊的轰隆声。"

"不过我明白你的意思了，"他说，开始收拾他的东西，"我也不是毫无教养的，我知道的好客也有其限度。"

"反正这床是有尺度的，"我承认说，"要睡觉，绝对只能睡一个人。"

既然他反正都得走，于是我就做出一副我需要个人空间的样子。我内心强大，甚至可以帮他离开。

他坐在床沿穿衣服，起身，在镜子前站了一刻，对着镜子里的人做了个鬼脸，经过柜子时，从果盘里给自己拿了个苹果。我点点头："路上挺远的，最好带上点儿吃的。"

我披上睡袍把他送到了走廊上，在门口他转过身来，看了我一会儿，像是突然想起来似的，用最调侃的口吻说："看不出来你是个这么放荡的人。"

我站在走廊上，和他面对面，有一种冲动，想说：我爱你。

为什么偏偏这时候想说这个？是想要反驳他，堵住他的嘴？

他的话让我不高兴。自从我们认识而我发现他想视我为情人以来——一个肆意放纵的情人，我就总是为这类话生气。我这个不知情欲为何物，除他之外从未有过别的情人的女人。

我是更放荡了，但平时是没有的，只有和阿荣在一起的时候。反正还远不如他放荡，他当然是用他自己来影射我。

所以我有了要说点让他震惊的话的冲动。再说我从来都觉得"我爱你"这句话里有什么可怕的东西，甚至是一种指控。古斯达夫每次说我都会感觉到，他在挑逗或要求什么，在施以权利。我爱你，（我能得到什么？）我爱你，（是你应该得到的吗？）我爱你，（你是不是也一样爱我？）

正是这样，我想把这话像控诉一样地扔到他的脸上去，当然还是满怀深情的，一种"我没听到你说了什么""我不在乎这是不是风马牛不相及的""这一刻我只知道我是多么地爱你"的感觉。

可当我在舌尖上又感觉到这话里的其他含义时，我却难以启齿了。

"对你来说很放荡，是不是？"我说，"快点儿，别错过了你的火车。"

23

"我好郁闷。"希拉说。

"我好气愤。"我说。

希拉郁闷因为她的工作太无聊。我气愤因为男人很混蛋。

"阿荣吗?"

"还会有谁?"

"想必不会是别人,是因为他像没事儿一样地回来找你?"

"也不是,他回来我挺高兴的。如果他搬到斯德哥尔摩却不来找我,那才会叫我生气呢。"

"你是说你终于明白了他以前是个混蛋,你是在回过头为过去而愤怒?"

"有点。我们上次偶然提起过去时,他把我们伦敦的分手说成好像是我的错似的。他说那时我那么沉默,那么拒人千里之外的,以为我是想要一个人待着。"

"他说的有没有一点儿道理呢?我记得你自己说过你那时是很封闭的。"

"我不得不把我的感情藏起来,不想把他给吓着了。我心里充满了对他的爱，但这却是他最不想听到的，我当然不能跟他说啦。"

希拉耸了耸肩膀。她是不是不明白我的意思？

"当时我可能会谦卑地承认那都是我的错，但现在回头看才意识到他是怎样的一个超级混蛋，因为他一定明白我是怎么回事儿的。"

"如果你的意思是他利用了你，那我认为这样的说法从原则上让人质疑。利用这件事从来都不是单方面的，也是因为你让人去利用，我记得你自己有一次还给我解释过的。"

"当然，那时候我人生唯一的愿望就是被阿荣利用，但难道他就没有责任回绝吗？他年长、强大、有经验，反正比我强大，而且也没怎么爱上我，我于他是可有可无的。当然随时随地都有个人可以召之即来，对他来讲是很舒服的。但我可是充满了激情，我那么爱他都快疯了。这道德吗？去性侵一个神经错乱的人，难道这不是犯罪？"

"这样说是的，如果是去利用为情感所左右的人的话。"

不难猜出她指的是谁。

"可古斯达夫是成年人呀，"我抗议说，而我那时候却不是的，阿荣比我大好多，更成熟，应该可以要求……"

"你的意思是成熟是个年龄的问题？"

"不完全是，但每个人总得对自己负责吧，我是说，唉算了吧，那你觉得我该怎么做？和古斯达夫分手吗？"

"你觉得阿荣当时该怎么做？"

"我当然没觉得他应该和我结婚之类的，但他该表现出一点点忠诚吧，至少可以把我当作一个跟他那些男性朋友同等的朋友，但从来没有过，我只是个妞儿而已。要是他早一点跟我断了就好了，在他一察觉到我会栽到他手上的时候。"

"是的。"

"什么是的？"

"就是。"

"唉，可是，跟古斯达夫早就太晚了。而且我想要他，我说过一千次了。再说，如果和古斯达夫分手的话，那我也不会有劲儿去和阿荣折腾了，我需要有个依靠。"

希拉装出被咖啡呛着的样子，咳起嗽来。

"哦你，"她嗤笑，"你还要说什么关于利用的话！"

"行，也许我不该说什么。"

我把脚抬到沙发上，把垫子压在了头上。

"希拉，气愤还是比郁闷好。"

"抱歉。"希拉说。

*

我和阿荣好几周才会联系一次。有时他打电话来只为了聊个天，问我在干吗，我说我在读《批评史》，目前我做的就只有这件事了。我问他在做什么，他在看孩子。我给他讲我看的某部电影，他给我讲他读的某本书。我自始至终都在想，他最后会不会说他要来城里，但这次他却没有。

不管怎样他存在着，我心想，知道这个便是一种快乐。这个世界上有阿荣，有一个像阿荣这样的人存在着，即便不见到他，想到这点，也是一种快乐。

当然这是一种精神上的愉悦，需要你有这方面的感官细胞。在我的感官不足时我就去操练它：练习享受精神快乐的能力。

总之他似乎很珍惜我们重新建立的这种联系，前所未有地表露出他很在乎我。这类事儿显然不影响他的家庭关系，但这类愿望我也不该有的，因为我也没打算要离开我自己的关系。

严格来说，这是一种挺理想的关系，我心想，成熟而平衡，可以一直持续下去的。

同一天下午古斯达夫也来了电话，我们也友好地聊了些不痛不痒的事儿，他抱怨他又失业了，我抱怨我昨天的讲座好无聊，我们讨论我们的圣诞安排和其他一些无关紧要的事情。趁我们聊得还好，我就问起他最近是否有爱娃的消息，我问的时候高兴而自满，以为他不会在这么短的时间里有爱娃的消息。

"有的，她周一来了城里。"

"哦是吗，然后呢？"

"然后我们在外面吃了午饭。"

"然后呢？"

"然后我带她去看了我的新家。"

"然后就在那儿？"

"嗯，就在那儿，你一定要问的话。"

我欢快的语气卡在了喉咙上，那种奇怪的疲惫感再次袭来。我只想挂上电话，用毯子盖着头，什么都不去想。

我原以为他搬回了斯德哥尔摩他们的关系就会淡漠，结果她也搬了回来，原来是会这样继续下去的。

我没什么可说的，却有所感觉，但有感而不可言，这就更糟糕了！我很为这混乱的关系感到恶心。令人费解的是，当你自己主动参与多配偶制时，你不会觉得有丝毫的不自然，但被动加入时才会如此深切地感到恶心，好像它违背了你所有的天然本能。古斯达夫是古斯达夫，阿荣是阿荣，从来没什么可混淆的，我知道谁是谁，我要跟他做什么。但古斯达夫和爱娃做什么我却是不知道的，我被他拉了进去但却不能掌控局面，我无法抑制内心深处那种真正被冒犯的感觉。欺骗与被欺骗，不可同日而语！

我心里的本能想大声地喊叫，该结束了，我不想再这样下去了。抬起头说，如果他不和爱娃分手，我就再次宣布我们床笫关系的终结。可现在我因为有了阿荣，却因此失去了发言权！在阿荣出现之前，他们的关系依靠的是我的宽容（一根脆弱的线），而现在我却不得不接受它。啊，如此可恶的陷阱！

我无话可说，只能在电话里像没事儿一样继续嘻嘻哈哈，可这我又做不到。我不说话，让沉默代替我表达。于是他就担心起来，跟往常一样，难过、伤感，开始向我保证他的爱情，"我没想到"之类的。跟往常一样，他主动说要和她分手，跟往常一样，"不要因为我"，我又戴上了那殉道者的光环。我不想恶心不想道德君子，我说，我只想宽容大度，我不去说谁的好坏，我不会。但你明明知道你会伤害我却仍然如此，我不想做个道德君子，但如果你爱我的话，你是不会这么做的，我只能这么说，以前你爱我的时候是不会这样的。

我憎恨我自己的虚伪，把怨气都撒在了他的身上。他应该能听出来这是我病态的良心在说话，但他自己的良心也病得让他麻木了。他只是很难过，难过地发誓说，如果我不过去他那儿过夜，他立刻就会打电话跟爱娃断绝关系的。于是我自然就去他那儿过了夜。

早上邮箱里有一封她的来信，他让我读，可我谢绝了。我正有着慷慨大度的心情，古斯达夫是我的，世界很安全，我穿着他的蓝色条格睡衣坐在他的床上，读着《今日新闻》，咖啡托盘放在膝盖上。窗外，十二月的早晨，黑得像夜晚。我睡了个好觉，吃了个饱，很温暖，我才不去干涉我男人和别人的通信往来呢。

"她过得不太好，"古斯达夫解释说，"约翰又有了别人。"

爱娃的情况确实不太好。丈夫有了外遇，而情人则更爱他自己的老婆。我将心比己，一点儿都不羡慕她。

我意识到自己的想法时笑了起来。马汀娜又是那么大气，可却忘了：这其实正是我自己的处境！

你笑什么？古斯达夫在浴室里问。

我只是突然想到，爱娃和我应当有相互理解的良好基础。

＊

我们一直想去乡下过一次真正的圣诞：炉火的噼啪声、圣诞树的芳香，在晶莹剔透的窗棂外，树上缀满枝头的雪。可如今眼下再没有白色圣诞了，复活节时岛上或许会看起来像张圣诞卡，圣诞节时则是昏天黑地，道路泥泞，云低低地压在电线上。

但城里却更糟糕，当我们坐车到城外时，才有了点儿可以勉强称之为雪的东西，不过薄得像个破毯子，要想去踩一脚是不行的。重要的是心情要对头，我们对自己说，带上了足够的各类圣诞食品：现成的碱渍鱼和火腿，姜饼和扁桃仁膏做的小猪，我们可以衣食无忧地过些日子了。

森林里所有的那些我们曾经看见过并认为可做圣诞树的云杉现在你需要它时当然都找不到了，能找到的要么太高太密要么太小太歪了。最后我们选中了一棵，虽然它背后有个洞，但把它放在个角落里就看不到了，和城里买来的相比，它们闻起来是有味道的。

下午的时候，我们交换了作为圣诞礼物的书，拆开来，把对方的书借来看。炉火噼啪作响，圣诞树芳香扑鼻，灯光宁静闪烁，我们安安静静地在一起，因为这平安之夜，我们甚至和储藏室里窸窣作响的小老鼠也和平相处了。

圣诞日这天地上冻住了，可以骑自行车去教堂了。但当我们十一点钟到那儿的时候，门却是锁着的，黑乎乎的，没有什么大弥撒，想必是参加的人太少了。没几个人有你那么虔诚的，宁可错过清晨的圣诞弥撒，也要来参加下午的这个，我给很是生气的古斯达夫解释说。

我们给他的那些安息在教堂墓地的祖先们点上了蜡烛，火光在白色的日光下苍白地闪烁着。返回之前我们坐下来休息了一下，古斯达夫坐在我们摊在地上的手套上，我坐在他的膝盖上，我们分享了一个扁桃仁膏小猪，是我出门前很有先见之明地塞到口袋里的。

"这可是个传统的仪式，"我说，"过节的时候坐在亡灵这儿吃东西。"

他嗤笑了起来："你死后一定宁可有人给你的墓地带来扁桃仁膏小猪，而不是蜡烛和鲜花。"

"我宁可活着的时候得到那些东西。另外，我也不打算死在你的前面，你别担这个心。"

*

我大概永远也做不了一个更好的人，而是相反。现在我在考虑要不要给《我生命中的故事》写篇文章，那个海报很抢眼的报纸，关于纠结复杂的外遇、惊世骇俗的曝光（"我被我岳母勾引"等等）。我可以想象的标题是"在我男人欺骗我之前，我并不知道自己有多坏"。

我被事先告知爱娃周末会在他那儿，以便我好回避。最开始我没太当回事儿，想晚上去看场电影，我并不介意一个人去。但当我在斯维亚街的一家墙纸店前看到埃里克和安娜·卡琳时，我内心的第一个魔鬼出现了。平时的话，为了避免站着说些废话，我会装着没看见他们，可现在我却迎上去打了招呼。

他们告诉我他们要去布拉葛路的林格伦家，我说我要在附近看电影，这样他们就会问古斯达夫也去吗，这样我就有机会说（带着一种恰当而神秘的表情），不，他有别的事儿。然后他们自然就会在他父母面前提到，他们碰到了马汀娜一个人，她看上去是那么不开心的样子……

这小小的心计让我来了精神，后来坐在电影院的黑暗中，我还继续玩味着古斯达夫在亲戚面前露馅儿，而我则被同情包围的情景（至于我自己露馅儿的情景当然我就不去想了）。我可以去和安娜·卡琳倾诉，女人之间，绝对的推心置腹，我请她千万保密，而她则一定会传出去的。我一边在心里津津有味地想着这些情景，一边索然无趣地看着那我已经看过上百遍的桑尼色普特和辛果的广告："转瞬即逝的美味"。

当然这只是个令人玩味的想法，我还不至于疯狂到会将它去付诸实施。但这想法让我心情超好，虽说随后看的帕索里尼的《美狄亚》没那么精彩，也没能激发我的什么善良。

我需要新鲜的空气，又骑车出去转了一圈儿，转到了霍斯贝格区。我一时兴起，骑过去看古斯达夫的窗口有没有亮灯。三楼朝街的，窗帘关着，里面亮着。有灯光的窗口，看着是很舒适温馨的，但这窗口却不然，它很封闭地亮着。那里面，我的男人和他的情人。

我事先没这样的计划，但站在街上时却突然想上去敲门，我突然有了一种难以抗拒的冲动，想要去使坏。

我当然没打算用自己的钥匙去开门，只想去敲门打扰他们。如果他傻到要来开门的话，我就说，我得来拿上午忘在他那儿的那本书。

我不想再这样下去了，装作一副成熟的人之间那种一切都很自然都挺好的样子，我不想在他们需要的时候很低调地回避，我想在不适当的时刻恶意地提醒他们我的存在。

大门是开着的。

我在楼梯上后悔了好多次，掉了头，但我的攻击性渐渐地占了上风，再掉头，两进一退的，我终于走到了他的门口。心怦怦地跳着，我按了门铃。

不见反应，我又按了一次，等了一下，没有反应，我又下楼。快到楼下的时候我听到了开门声和楼梯上的脚步声。我突然很胆怯地跑到了街上，但自行车的锁却一时打不开了，我还没来得及离开古斯达夫就从大门出来了。

"我的书，"我赶紧说，"我来拿那本我忘了的书。"

他一副搞不懂的样子，过来拽住我的肩膀，嘴里是葡萄酒的味道。

"可你是知道的……你想爱娃会怎么……是什么，你……"

他站在那儿说着些无助的话，我一再说我只是想来拿那本书，最后他上楼去取了。我的肚子疼了起来，全身发抖，在人行道上走来走去。过了好几分钟他才又下来了。

"现在她很难过，说要回家了，要不你和我一起上去？"

"绝对不。"

我把书压在后架上，骑上了车。

"你哥问你好。"隔了段适当的距离，我背对着他大喊着说。

我心烦意乱不想回家，在街上骑了一会儿车。被雨打湿的街道，光亮的沥青路，飘在空中的雪。

我对自己难以描述地满意，觉得自己真能干真坏，就是，能干地坏，很有成就感。我就是想做个坏人，我居然出乎意料地成功了。现在他们在那上面可不好受了，这晚上被搞砸了！

我对自己的行动能力深表惊讶，从没想到我竟能做出这等事，敢作敢为，很是为此激动。真能干，我佩服地对自己说，真够坏的。

然后我就骑车回家，喝了杯热牛奶暖了暖胃。

一大早古斯达夫就过来了，很生气。昨天他只是难过但现在生气了。我做出防守的架势："怎么坏啦，我有权取我的书吧。"

"太尴尬了，门铃响的时候我们不知道是谁。我坐在那儿看书，爱娃累了，已经上了床，我不知道要不要开门。知道是你之后，她立刻起身开始收拾她的东西，她感觉坏极了，她的内疚情结你应该懂的吧……"

"她有内疚情结我又能做什么！我们以前也见过面的，她没问题的呀，我可不太知道我什么时候可以露面，什么时候要装作我不存在的样子。"

"反正她现在已经回去了，并且决定我们不再见面了。"

"我又没有叫她回去，你们俩的事儿我管不着。我怎么知道她会这么在乎，要是知道的话我就不来了。"（这话至少是真的：要是我知道结果会这么严重，我会三思而行的。）

"可你是知道她有多敏感的，你可想而知啊！"

"如果那么敏感，受不了去伤害他人，那就别掺和到人家的关系里面去啊。你要我来体谅你的情人，让她受得了你欺骗我跟她有外遇，你脸皮也太厚了点儿吧？"

古斯达夫让我沮丧起来，彻底破坏了我的好情绪。我当然是想伤害他们，但却不想他知道我是故意的。

我试着在传统道德那里去寻求支持。真够可以的，要来要求我，非但接受他有另外的关系，还要为了方便他们而体恤地回避。我，受委屈的另一半，让自己的权利受到侵犯。

可这道德摇摇欲坠，寻求不到多少支持，而且也不能只听其一面之词，还有另外一个道德在大声说：这绝非岂有此理，而是合情合理。他想和谁在一起就和谁在一起，想跟谁上床就跟谁上床，这并非权利的问题，唯一健康明智的做法就是应当回避的时候便要回避。

我可没有这么健康明智，问题是我一开始并没有认识到这一点，还以为我是可以慷慨大度的，可我只做到了一半，那等于是说，完全就没做到，而是陷入可怕的虚伪里面了。口头上说能接受他们的关系，实际上却在全力阻拦。

如果你嫉妒，那么你至少应该承认。

我感觉自己是个流浪的失败者，还不是个伟大而光荣的失败，而是最庸俗而小气的那种。

24

　　一开始我不太相信古斯达夫会不再和爱娃见面，但他似乎做到了，因此他自然希望我和阿荣也分手。但目前我不知道我们有什么可分手的，他已经好久没消息了，你又不可能在这种情况下去给人打电话说我们不要再见面了。

　　尤其是在你还想见面的情况下。

　　我们暂且回避一下这一话题。

　　一个阴郁的早晨我们被电话吵醒了，是教师介绍所打来的。北拉丁中学需要几个小时的瑞典语老师。古斯达夫半睡半醒中答应他们九点钟到学校，但他不想大冬天的黑乎乎一大早就把我赶起来，于是在他吻别了我，出门去赚点晚餐钱的时候，我留了下来继续躺在床上。

　　后来我慢慢地醒来，穿好衣服，想找张纸写个条子说我回家工作去了。我打开书桌的抽屉，看到了那封他几周前想让我读的爱娃的来信。因为他那时说让我读，所以即便现在已不是那时了，也说不上是偷看吧？

　　我用眼睛扫过这封信，后悔我以前谢绝了读它，读了的话或许是有用的。她提到我时的语气中有一种我们见面时所没有的攻击性，让我突然明白了她当然也是嫉妒的，我可不是唯一一个把自己说得宽宏大度的人。

更让我不高兴的是，她知道这么多有关我私生活的事儿，她提到了阿荣，问最近有没有阿荣的消息，听上去阿荣给了他们，至少是古斯达夫，一个很好的借口。或许她是在拿这个取笑他，责备古斯达夫对她不够关心。总之在信上看到阿荣的名字让我挺震惊的。我知道古斯达夫不善于保密，他一直都给我汇报他和爱娃的关系，那他自然也会跟爱娃讲我，就像他给我讲爱娃一样。只是我从没想过要求他保密，但现在我突然意识到，如果爱娃想伤害我或阿荣的话，一切都是可能的。我极不舒服意识到，她认识他演艺圈里的好些朋友。

真的，你一旦开始卷进别人的关系中，就会一连串地被扯进去的。

如果本来我自责他们不再来往是"我的错"的话，那么现在我的良心不安就都无影无踪了。

但我回避和古斯达夫谈到这个话题。

*

那些研讨会仍然枯燥得要命。真的，我都已经死过上千次了。每两周，每两周有一个晚上，我都怀着希望而去，带着痛苦而归。

这次是关于亨利·詹姆斯的一部小说，我事先认真地读了，是一部精彩的小说，我很喜欢。

可结果却是个误会：今天是左翼们擅长的讨论，他们解释说错觉艺术和全知叙述是一种明显带有法西斯精神的手段。这之后，谁还敢再愚蠢地发言说读这样的糟粕是一个享受呢。

311.

我骑车去古斯达夫那儿，把亨利·詹姆斯扔到了墙上。

"永远都不会让人开心点儿！"

"有人说你不能喜欢詹姆斯吗？"

"没有，但你要是喜欢的话，他们就让你觉得你是个法西斯分子。"

"不可能都这么认为的吧？"

"反正他们证明了他的叙述结构是法西斯式的，如果你喜欢他，那你就是法西斯的支持者了。我只好赶紧接受，不要去幻想还会有什么别的意思。"

古斯达夫继续改着他的作文，在卷子的边上，用红笔打上分，无动于衷的样子。

"没有比左翼学生更让我讨厌的了！"

"除非是右翼学生。"

"你没听见我在说什么。"

"我当然听见了，"他头也不抬地回答，"你喜欢詹姆斯，你愚蠢的同学说詹姆斯是法西斯分子，你回来很生气。我落下了什么没有？"

"总体来说，基本没有。难道我不对吗？"

"你总是对的啦。"古斯达夫说，翻到了他那堆卷子里的下一张卷子。

我把亨利·詹姆斯捡起来，放到了书架上。

*

正当我把文学课啃完，准备鼓起勇气给博士后导师打电话定一个考试时间时，报纸来了，标题是："学者工会罢工"。我打电话到系上，是真的，我的博士后不上班了。

那我现在该怎么办呢？要开始写论文感觉很难，我脑子里一下子容纳不下这么多的东西，感觉哪怕是再多放一丁点儿进去，我读过的东西就会倒出来似的。我只有坐下来无所事事，等候罢工结束。

阿荣打来了电话，我趁机问他关于罢工的事。高收入的人想要更高的收入，这我是理解的，但不明白为什么左翼党会支持他们。阿荣给我解释可我还是不明白。罢工又不是目的？雇员权利？这可都是些国家的雇员，我们都是他们的雇主，你和我，阿荣，他们要争取的是我们的钱！

不过不是阿荣的钱，因为他从来就没有过可以纳税的所入，再说他认为这是社民党庸俗的宣传。

我走路去古斯达夫那儿，他整个春季学期都被留在了北拉丁中学。这不是份固定的工作，他没入工会，虽然在罢工但他还是要上班。但身处其中，他应该了解情况。我问他是支持还是反对，他回答说，既支持又反对。

于是我出去买了份《新日子》来搞搞清楚，然后很震惊地回来了。

"左翼党丝毫都不支持学者工会的罢工！"

"是啊，谁说他们支持的？"

"《晚报》！"

"你相信所有那些晚报上写的东西？"

我只是没想到这么容易被核实的事情他们也会当面撒谎。

这样的策略我不理解。我也不理解阿荣的那些左翼党员。

岛上的宁静结束了。邻居家的地自打老太太过世后一直都空着，现在被有一儿（骑小摩托车的年纪）一女（骑马的年纪）的一家人给占领了。他们一直在我眼前晃来晃去的，很是干扰我。

更糟糕的是区政府在五公里外又修了个休闲村：路上会铺上沥青，杂货店会变成个超市，整个岛上会充斥着小摩托车的嘟嘟声。

如果希望有乡下的清静就只有选在不是节假日的时候去岛上了，可古斯达夫却只有周末和学校放假时才有空。我责怪他当了老师便没治了。有些工作你是不用被拴着的，为什么他就不能有份那样的工作？

"什么样的工作？"

"那种叫自由职业的，作家、艺术家、评论家等等。"

"我要是自由了，你可一分钟的安宁都不会有的，你应该高兴我上班的时候可以不碍你的事儿。"

其实我不是在抱怨，而是嫉妒。我嫉妒他有份他喜欢的工作，有个可以去上班的地方，有同事，有一个属于他的环境。我的学业让人觉得如此没有意义。

我自己一个人去了岛上几天，在大自然中寻找点儿安慰，而每次我都很惊讶地发现，它确实是一种安慰。今年完全没有冬天，但即便是在这个灰暗的季节，大自然的风景仍然如此意外地有层次。乡下什么样的天气都是很美丽的，甚至包括你如厕时夜晚的天空，也充满了变幻。互相追逐的云，星星，比城里多好多。还有，你后半夜在烧着煤油的温暖的小屋里醒来，打开窗户，看见黄色的月亮从森林里升起，然后在蔚蓝与粉红的黎明时再渐渐淡去，城里从来都不会有这样的时刻。直到接近傍晚时天空才又灰暗起来，但那些云仍然变幻莫测的，你可以躺着看，看多久都可以。躺在栈桥上看云，听冰雪融化的声音。

*

"我打扰你了吗？"佩尔·埃里克在电话里问。

"一点儿都不，我在这儿无所事事地等候而已，等着我的博士后结束罢工。"

他显然没把下一句话准备好，停顿了一下，于是我帮他继续找话："好久没你的消息了。"

原来他退了学，半年前在一家报社开始了工作。然后过了一会儿他才说，他现在正要出去吃晚餐，突然很想找个伴儿，不知道我方不方便。

很方便，古斯达夫又要忙着改他写作班上的卷子，必须在周一之前完成，不然的话会被学生们施以私刑的。

我们决定去仁斯特朗街上的一家中餐馆，吃炸虾、说班上同学的闲话。我告诉他那些研讨会跟以往一样的不可救药，他不理解，认为它们都很刺激，让人思想活跃。他本来是希望继续读博士，现在会有些学者情结，他单位上的人都有的。

这让有上班情结的我听了很高兴，希望他能继续讲讲。

"搞新闻，会不会有点儿恐怖？"我用试探的口气说。

"新闻与新闻也有所不同，"他很快地回答说（感觉这问题他回答过好多次了），"要是在一家晚报做事，我是绝对受不了的，更不用说周刊了，但在一家工会报纸却截然不同。"

"你能够实现自我吗？"

"这大概也不是目的吧。你的意思是，做研究可以实现自我？"

"上课还是挺无聊的，但我希望写论文会有更多的自我实现，不管怎么说，这是个发挥创造性的地方。我认为做学生最大的缺点就是太与世隔绝，跟人日常见面太少了。

他一副想知道我是不是说在"中国餐馆"聊天是非日常的样子（我的意思正是如此），然后他说他下周要去一个研讨会，结束时在歌剧院餐厅有个晚餐，可以携带一位女士，问我方不方便。

歌剧院餐厅，我很向往地说，我从没去过，那我得先问问古斯达夫。

"古斯达夫？"

"我老公。"

他没有掩饰他的惊讶和看法，我有男人却跟他在这儿，多么不合时宜。我听说过有女孩子出去跳舞，被那些失望的西装革履们谩骂的事儿，因为她们不想跟人过夜，只是喜欢跳舞而已。我可没想到跟一个老同学出来吃顿晚饭会是什么幌子，可佩尔·埃里克却显然是这么认为的。

"那他在哪儿呢，"他冷淡地问，"这么个周六的晚上。"

怎么个周六的晚上？我有点儿糊涂了，没觉得周六有什么特别的。这当然是因为我的与世隔绝，不分周末和平时，也许周六见人是更奇怪的？那古斯达夫一定和我一样也没这概念了，尽管他有份神圣的工作，但也没反对我。

"他在家改作文。"

"你就相信他？"

他笑了起来，让领座的人都回过头来。现在我也生气了，我就是相信！

佩尔·埃里克朝侍者招手要了账单，歌剧院餐厅的事儿他就不再提了。

我去了古斯达夫那儿。我好生气，需要跟人讲讲这件蠢事儿，以确认不是我有毛病。我没提前跟他说我要过去，他见到我挺意外挺高兴的，并对佩尔·埃里克的反应嗤之以鼻，让我感到安心：人有那么多奇怪的想法，你永远都不知道他们是怎么想的。

我们很默契地上了床，我扑哧地笑了起来。

"你知道吗，如果佩尔·埃里克知道我现在来你这儿，他会以为是他让我对你产生了怀疑，所以我要来看看你是不是真的坐在家里改作文的，你会这样想吗？

"没有，但也许是这样的呢？"

"我现在才想到这个的。没有啦，亲爱的，我绝对相信你，绝对相信你要是欺骗了我，一定会告诉我的。"

*

有时我怀疑我对于阿荣来说仅仅就像道安全通风口：当小资家庭生活太令人窒息时，他就来我这儿透透气。

这种怀疑如果不是建立在一个同等的基础上，那可能是会让人感到羞辱的。但阿荣于我也正是如此：用情人来让婚姻鲜活的老办法就是这样的。倒不是为了什么性方面的新技巧，而只是让我和古斯达夫在一起时不用再觉得自己那么被迫而不自由了。如果我几个月见不到阿荣，哪怕只是想到他，也是一种喘息。其实我需要的也仅此而已。要我跟一个男人生活，那我的欲望会太小，但跟两个男人，就还可以。

如果说是古斯达夫帮助我还受得了和阿荣的不稳定关系的话，那么阿荣也相应地帮助了我和古斯达夫的关系，可以说是扯平了，至少从我的角度而言。我意识到我们的"婚姻"进入到第二阶段已经有一阵儿了：在经历了最近的这些危机和挣扎并幸存下来之后，我们似乎可以永远地继续下去了。

但这平静原来只是个假象，前提是我们不要去提及它。

有天下午我在帮古斯达夫重新粉刷他的厨房。我把瓷器从柜子里拿出来，看到了他生日时爱娃送他的一套玻璃杯，同时也注意到他穿着的是那件芭芭拉过去给他织的毛衣，我便忍不住调侃地说了"你的那些情人们"。

"还是比大部分人少吧。"他反驳说，我竖起了耳朵，没多想便脱口而出："什么，比以前还多吗，你又……"

他有问必答，是的，一个在学校办公室做零时工的女孩子。

我不得不把刚拿起来的彩罐又放下了，没劲儿拿在手里了。

"有必要吗？"

"你自己也有外遇的，可不能要求我忠实。"

"我什么都不要求。我只是没想到……那你和爱娃分手有什么意义呢，还不如继续呢。"

"对你来说也许是的。你选情人时也会为我着想吗？"我拿起外衣走了。简直受不了。古斯达夫觉得我不够理性，不明白我为什么反应这么激烈，我没法解释。

我不要求什么，我只是受不了和一个跟他同事有外遇的男人在

318.

一个屋檐下。

我以为感情大多是装在肚子里的，但嫉妒似乎也出在手臂上：手无缚鸡之力，我得回家去床上躺着。

电话响了，我把插头拔掉。

看书，不吃饭，睡觉。等早上把插头插了回去，给古斯达夫打电话。

"我正想呢，"他说，"你会舔多久你的伤口？"

"我不想再见到你了。"

"是吗，要不要我过来我们聊聊？"

"我不是开玩笑的。"

"我也不是，但要分手的话总是有些相关的具体问题需要处理的吧。"

我叹了口气。行，过来吧。

我们还没来得及开始处理我们的问题，只是站在那儿互相看着，观望着对方，门铃就响了。是希拉想找人一起出去吃午饭，她挺高兴一下子就找到了两个人。

我把手伸到衣服兜里去找支烟（不抽烟的人有困扰时要怎么办？），古斯达夫和我同时做了个同样的动作，我们四目相遇，忍住了才没笑出来。

我可不能站在那儿解释说我们正要分手，比这还小的事儿都会倒人家的胃口的。总之我是不会把我的朋友们卷到我的家庭纠纷中来的。

我们去了那家叫"角落"的餐厅吃周日牛排，轻松地聊着天，因为希拉并不知道发生了什么不轻松的事情。

25

脸皮厚是一件好舒服的事儿。不顾面子，不做样子，只做自己。

舒服是很舒服，但并不健康，就像当你不害臊地到处去出虚宫时，是不会带来什么健康的氛围的。"无情而坦率地"，在报纸上名人讲他们自己时会这样写，是句好台词。其实不经过滤的坦诚挺无情的，满足了说者敞开心扉的需要，但并没顾及听者的感受。

我也不知道为什么我和古斯达夫之间从一开始就有这样的一种不害臊，我们可以说些我从未跟别人说过的话，从自慰的习惯、肠胃的消化到精神上的各种亲密。等到后来我们开始和别人有性关系时也还这样，可以做比较还是挺有趣的。

但我们的口无遮拦实际上老是伤害着对方，而伤害这东西也是会把人互相联系在一起的。这当然也并不是什么新的发现。我俩其实都不是很记仇的人，不会为一些过往旧事过不去，但被伤害的感觉还是会有的，那种委屈感，并为此纠结，让人放不下。

当然斯特林堡式的婚姻向来都如此，但相比之下现实中却没那么让人有灵感。

我原以为我们有问必答但不主动给对方讲跟别人的关系是个理

想的协议。可这也不行，如果有这么简单，那真的就成了一个划时代的发现了。如果有什么办法可以解决不忠的问题，那世界史上早就应该有人想到了。

之所以行不通是因为你不去问是不可能的，哪怕那些你都不想知道的事儿。更糟糕的是，那些事情你此一时还受得了，彼一时却会突然觉得它们让人难以忍受。

在"把一切都告诉对方"的原则下，我们骄傲而快乐地聊过好多。但说过的话并不会"灰飞烟灭"，而会躺在心底腐烂。如果后来你们的关系有别的什么病毒侵入的话，它就会像沼气一般地冒出来。那一度我挺高兴获得的亲密信任，那些我还听得下去的事情，会突然在心里七上八下起来。

目前我的感觉是，我所说的一切都会成为用来反对我的证据。

＊

阿荣想我陪他一起去看电影，于是我便取消了和希拉的一个约会。虽说这有悖于我的原则，自12岁起我就反感那些重色轻友的女孩子，但我自圆其说地想，如果希拉也像阿荣这样难得见到而又不期而至的话，那我也会取消和阿荣的约会的。

我们去看了一部关于矿工罢工的电影。"同志们，我们的对手是有组织的。"他挺高兴的，我挺沮丧。人们在权势和地位面前的软弱，哪怕是个小小的权力，比如被选做了个罢工的代表，也会顷刻之间腐败起来，居高临下地开始以为他们做了代表便意味着会被自己的选民无条件地信任。

我很困惑，我变成了个无政府主义者，很困惑。我不理解为什么阿荣会从这电影里得到启发，对深入了解民众充满了信心，他的乐观，我不明白是从何而来的。

有可能他比我更了解矿里的那些事儿，他家里有本关于这个的书，让我跟他回家去借来看看。

"里面有蚀刻版画吗？"

"可惜没有，但至少有照片。"

"家里人呢？"

"没问题。"

原来弗罗伦丝这几周去了英国，把最小的孩子带上了，另外那个他得照顾。

去艾乌河区挺远的，要坐小火车和汽车，我开始想之后我该怎么回去，或者他是想让我过夜？

这套公寓在一个普通而无聊的租房小区。藤椅和巨大的海绵沙发。我释然，至少我不用去占领那张床。他小孩还没睡但已穿上了睡衣，阿荣在跟我打过招呼和跟保姆道别之后便让他上了床。

我看着那本关于罢工的书，长时间地看着那些照片，它们让我很惊讶。

"他们看上去怎么没那么光艳？"

"你觉得电影里他们很光艳吗？"

"当然啦，神话般的工人。在这儿他们看上去只是些普普通通的斯文森。是电影的魅力让他们有所不同啦？"

"也可能是观众的情绪。"阿荣说，从保姆留下来的保温瓶里倒出来一点儿咖啡。

是的，可能是观众意识形态上的人格分裂：把一切权力都交给民众，但同时又让乌合之众都见鬼去。

"说到罢工，你现在是怎么看学者工会罢工的结果的，还有公务法？"

"做得很聪明。"

"你不会以为政府从一开始就想这样的吧？"

"不然怎么解释公务局的反应呢？"

这我可不能解释。但他的世界观让我不寒而栗。难道一切都是精心策划的一出戏吗？

"难道你真的对社会民主主义还抱有幻想？"

"是不是幻想我不知道。他们确实有一个很好的纲领吧？"

他微笑起来。

"当然，我承认，他们基本上已经放弃了所有的原则。"

"他们唯一不准备放弃的就是政权。"

我还是不知道该怎样回复他，我只是不理解以他的世界观如何能够对未来的发展保持乐观。就连古斯达夫嘲笑的悲观主义也没让我觉得这么自相矛盾。

我不懂他，这让我很恼火。

在他的屋檐下过夜我也觉得不自在，但他显然是这么打算的。

"小孩呢？"他开始给我脱衣服时我不得不问。

"什么小孩？"

"你儿子，他如果起来要喝杯水？"（就我所知，漫画里的小孩总是这样的。）

"他八岁了，可以自己去拿。"

"你知道我的意思，要是他去问他妈妈你为什么和一位阿姨睡在沙发上。"

"欸。"阿荣说。

这意思可以是小孩平时不会醒来，也可以是他老婆不会在乎沙发上躺着个阿姨，或者他不在乎她在不在乎。反正他没有进一步地解释，那我也就不管了，又不是我的事儿。

反正我赶在小孩早上醒来之前就离开了。我不关心阿荣和他太太之间的事儿，但我知道我要是八岁而母亲不在家，醒来时家里有陌生的阿姨的话，会让我很憎恨的。

*

究竟是年纪越大时间过得越快呢，还是地球有什么转动是天文学家尚未发现的？转眼又一个夏天来了。

古斯达夫自然和往常一样要出去开帆船，但我也小心翼翼地提出了另一个建议，我们为什么不骑自行车去度假呢？

他对这个想法适应了几周之后也开始积极起来了。五月里好多个美丽的夜晚我们都用来研究地图和青年旅社的册子，最后选择了厄兰岛。

我们也翻看了家庭书房里的老相册：骑车度假的好处之一是你可以穿越千年历史，和父母那一代人分享一些共同的经验。三十年代的他们，踩着高大结实有车牌的自行车，像照片上那样，摆着姿势，穿着极不合适的衣服。我们想象着四十年后，我们的孩子们会如何坐在这儿看着发黄的照片上的我们，不禁小小地伤感了起来。

把自行车拿去上润滑油，买骑车背包、筐子和雨衣。我们打算学校一放假就出门。但古斯达夫先得去把船拖下水，因为只有现在他才找得到帮手。这种时候我弱不禁风的帮不上忙，于是我就留在了家里，打点行装，读关于厄兰岛的旅行指南。

晚上快九点的时候，古斯达夫从医院来了电话。船下水到一半时从橇板了滑下去，他试图上去拖住结果把脚扭了，可能是什么地方断了，他还没来得及做检查。骑自行车反正是不行的了，至少今年是不行的了。

我坐下来，垂头丧气的。

"你怎么这么笨手笨脚的！"

"不是故意的，"他耐心地说，"我也觉得好遗憾。"

"为什么那该死的混蛋船就不能等我们回来后再下水！"

"我跟你解释过的，我一个人拖不下去，反正现在船已经下水了，一只脚我还是可以去开帆船的。我们看吧，也许几周后我们就可以出去一趟了。"

"我不想开帆船我想骑自行车！"

"那你就一个人去骑吧。"

"你什么时候要做检查？"

"等他们叫我进去。我猜他们至少今晚会把我留在这儿的，因为太晚了。你过来吧，把你冷冷的手放在我额头上。"

"是哪家该死的医院呢？"

"丹德愈。"

"好远哦。"

"算了，你没情绪就算了吧。"

"疼吗？"我气冲冲地问（当意识到我首先当然应该问这个的，就更生气了）。

"还好。"

"行，如果这是我唯一骑车的机会，那我就骑过去吧。"

虽然他尽可能地给我描述了他的位置，我还是花了好长时间才在那座巨大的建筑里找到了他。他坐在一间冷清的候诊室里，面前是一堆医院的《一年四季》和《全民科技》杂志，还有本可能是哪个病人落下的成人杂志《读品》。他看上去没有要死的样子，但脚踝肿大。

"你有没有带什么吃的？"

"你又没说。"

"那你可以下去买点儿什么吧，门口应该有个小卖部，或者至少有台自动售货机。"

一去一回又花了半个小时，我回来的时候情况没变化。古斯达夫吃着苹果和饼干，我则对本国恶劣的医疗抱怨不停，我受不了看着他像只温驯的羔羊似的坐在那儿。

"那双冷冷的手呢？"他问，一边擦着嘴角上的饼干屑。

"没了，我这么大汗淋漓的。"

"你是说因为你跑来跑去地照顾我？"

"因为气愤。你怎么可以这么心平气和的，我都快疯了。你能不能骂一下娘，就一下？"

"骂了就会好些？"

"我会感觉好些。你扭脚的时候也没讲粗口吗？"

他笑了起来："我想我在橇板下滑时骂了娘，可后来你根本来不及说什么了。"

"我操，是不是，这是你能说的最脏的话了！"一个手臂上绑着绷带的灰发老太太抬起头看着我，我缩到长椅上坐了下来，就近抓起一张报纸。"哦，我只是引用而已。"我喃喃地说，把脸藏到了报上的一个裸体女人的背后。

又过了将近一个小时古斯达夫才被叫了进去，他让我骑车回家。我刚进家门他又打来了电话：他们给他上了个绷带，让他带上些止疼片回家。他们可以帮他上出租车，但他需要我帮他下车和上楼，他不想去麻烦出租司机。

"他们连个拐杖都不给你吗？"我吸了口气。

他抢着说："我现在不需要再听到关于瑞典医疗保健的见地，我需要有人帮我回家，你要不要来帮我，还是要我打电话把我年迈的父母从床上惊吓起来？"

"我当然要来了！"我气冲冲地说。

*

初夏，天空湛蓝，阳光肆意，我则心灰意冷。首先我为取消的旅行而难过，其次为我首先想到自己，是如此的一个自私鬼而内疚，再次我很同情古斯达夫：主要还不是因为这个"他继续以一种哲学家的冷静来对待"的事故，而是因为他还有我。

他应该有一个可以坐在床头为他朗读的，好吧，读书他可以自己读，现在他能做的也就是这个了，有一个可以坐在那儿绣花，用轻快的笑声让他振作起来，把小碟的美味佳肴用托盘端进端出，把他的枕头抖一抖，把鲜花插到花瓶里去的温柔的妻子。他不应该有一个因为在最美好的夏日被困在了城里就不耐烦地咬着指甲，一个坐立不安，走来走去，因为税收用于了军备而没有用于医疗而骂骂咧咧的人。

"你为什么不去好好看个医生，照个片？"

"给我看病的那个医生他挺好的，只花了七分钱，要知道，都安排得挺不错的。"

"可你是有钱去看个私人医生的呀！"

"我是有钱的，可那些没钱的人呢？"

"真是有良知得要命哪。万一是坏疽什么的，万一耽误了让你残疾怎么办？"

"这又不可耻，你就不能爱一个有木头腿的独脚男人吗？"

"别开这样的玩笑，我认为健康是很重要的，你的斯多葛主义真让我受不了。"

"你为什么不去一下岛上呢，好让我在这儿可以安静一下。"

"那怎么行呢。你想你在这儿无助地躺着，我却跑到你的夏日小屋去了，亲戚们会怎么说？"

"可不是，我知道对你来说唯一的障碍就是这个。"

"那还会有什么？你妈一天两趟带着炖肉和她凉爽的手来这儿，你不会说你是需要我的吧。"

"我不是说让你走吗，如果你不敢去岛上，那你去骑车旅行吧，你也可以带上谁。"

"你真的这么想？"

"我不明白你为什么不能去旅行。"

"你要用两个手指对《圣经》发誓，如果有人问起你，你保证要重复这话，好吗？"

他笑了起来。

"你真可恶。如果你今晚在这儿过夜，明天我就让你上路。"

"病榻交欢，你还有没有廉耻？你不知道痛苦时是不应该有这样的念头的吗？"

"哪里，我又没别的事儿可做。我关键的部位还都挺健康的，痛的只是脚。"

"什么关键部位，脚就不重要了吗？"

"你当然会觉得受伤的是那个地方就更好啦……"

"亲爱的，我认为你从头到脚都很重要，可现在我要走了，去问问哈丽叶特想不想和我一起骑车。"

哈丽叶特很想去，但得先和她的前任安排好照顾孩子的问题，不论是她还是我都不想带上一个两岁的小孩儿。我们终于上路了，在公众假日开始前，船上还没有挤满游客的最后一周。我们去了哥德兰岛，不然我花在"因为去不了厄兰岛而难过"的所有精力都白费了，而且那些我和古斯达夫一起做的计划也都会让我难过的。

哥德兰岛闻着有海藻、绵羊和玫瑰的味道。很平坦，像是完全为骑自行车而修的似的。但法罗岛你却几乎都不敢提到，怕它会因此而消失了。悬崖，草地，一棵棵被风压得矮矮的松树。绵羊和灰色的石头，没办法区分出来。海，地平线，一个个被风压得矮矮的骑自行车的人。

哈丽叶特拒绝提到法罗岛，在苏得萨德她躲进了一个看得见海的避风的沙丘里，然后就再也把她拉不起来了。

我一个人继续往前骑，路越来越弯曲，越来越多的石块儿，越来越私密狭窄。等我骑得迷了路，就去敲一个房子的门，一个腮帮里塞着口含烟的老爷爷从沙发凳上站了起来，说了些听上去像外语的话。他走出前院给我指了路，我就往他指的方向骑。一两个钟头之后我又回到了大路上，找到了哈丽叶特的沙丘。

我一路都在写信。哈丽叶特见我拿起纸笔便取笑我："又良心不安了？"

"不该吗？"我问，"难道我没理由内疚？"

"怎么说呢，"哈丽叶特说，"如果躺在病床上的是你而他出去旅行，你会怎么觉得？"

我想了想，把答案咽了回去。

他不会的。

*

我回到城里时古斯达夫脚上已打上了石膏，拄着拐棍蹦来蹦去的了。瑞典的医疗保健几周内是不会再管他的脚的了，于是我们决定去岛上，并请了一位暑期的邻居帮忙，用车把我们从蒸汽码头带回了家。

古斯达夫行动不便，家务事就落到了我身上。我去取柴火、打水、骑车去商店、给船放水，去储存室、铺饭桌、收饭桌、收拾东西。但实际上比听上去要容易些，因为省得去讨论谁该做什么，尤其是那些令人无语的争执和冷战，落得个轻松。做饭和洗碗他能对付，但平时我们也会轮流做，没问题的，这类事儿很容易协调。难的是其他的那些事情，那些没规律的事儿，那些细小的不好说却得做的，含糊不清的事儿，包括：洗碗的工作是不是也包括擦桌子（平时我俩都不会擦，因为它实在太无聊了）；铺床的人是不是也要负责把到处乱放的衣服挂起来，还是这应该算做作个人的事儿。不做事儿可以是一种责怪：是你该做的。做事儿也可以是一种责怪：你老是不做，我不得不做了。

现在我理所应该地做了所有的这些事儿，意识到老派的性别角色也有其优点。

以前冷战的可能主要还是我，因为我们俩当中古斯达夫更粗心，我看到的东西他是看不到的。把东西乱放对于一个并不认为它们有固定位置的人来说并不是个问题，既然没有特定的位置那又怎能把它们放对地方呢？

可当我现在充分发挥我有条不紊的能力，也决定了他的东西的放处的时候（我意识到以前没这样做只是出于礼貌或者面子的问题），他虽然取笑我，但也看出了区别，不得不承认其合理之处。每次他需要什么，只需问我就是了。比如相机的测光表，这样的东西平时他得花上一刻钟满屋子里去找，现在我则可以马上回答，走廊的柜子，最上面一格，左手边，而它就会是在那儿的。

他曾因为我的洁癖而多次取笑我，现在这成了个爽快的报复。我不习惯把鞋到处乱踢，等它不见了再爬到床下去找，而是把它们一双双整整齐齐地放在搭着衣服的椅子底下（毫无疑问，这看着像是小学读物里的插图）。还有，我会把垃圾很系统地装在纸垃圾袋里，而不是随便就倒了，这样便减少了去垃圾桶的次数。

我没耐心而有洁癖，我觉得人生太短暂，不该把时间花在去找那些放失手了的东西上，或者浪费在去维持基本生存的那些常规琐事上。

每件东西都各就各位，而古斯达夫就在那把靠背椅上，这是很节省时间的事儿。

26

今年我得不到什么奖学金了，竞争太激烈。学习贷款是有的，但我欠的债已经够多的了，得去找个谋生的办法才行。

有了出版社的经验之后，我知道我是非常不适合这类工作的，最好还是不要去选一个看上去又好又有意义的工作，免得你会因为不够喜欢它而自责。再说，脑力劳动和写论文并不是很好的结合。要是能去打扫墓地或者递送邮件倒是挺好的，可以待在户外，可以边工作边思考。但这类工作职业介绍所当然是没有的，我跟他们提到邮局，他们便建议我去邮政银行。邮政银行更多的是银行而不是邮局吧？我说我对会计一窍不通，但职业介绍所的人笑了：那纯粹是些日常工作，看看存款和提款，检查一下表格。

看来可以担保是枯燥而无味的。

当我看到办公室时我还是差点就退缩了：没有绿色植被的大通间，荧光灯下椅子挨着椅子。我得把我上班的动力和一些意识形态再结合一下：通过干点垃圾工作去理解那些长期以此谋生的人，这是有益的，去尝试完全陌生的事物是有助于人的成长发展的。虽说这些想法有点儿自相矛盾，但你可以按照你自己的需要去轮流使用它。

第一天挺刺激的，学习了整套工作程序，在咖啡休息间我认识了那些坐班的女孩子（都是女孩），出去吃了午饭，和那些在市中心用午餐的人一起，感觉到自己是人类的一员。第二天和第一天一样，但就没那么刺激了。第三天和第二天一样。一个星期后我发现除了上班，整个一周什么都没做。我惊恐万分：难道如此便是生活？

古斯达夫提醒我实干经验如何有利于成长。哈，我说，是很有利于成长，如果我继续做下去的话，我一生都会停留在25岁的水平上。

但从另一方面来说它还是有效的：我对工薪阶层更加理解了，比如说我理解了周六的特别之处。周六的的确确很特别。我不仅感到了自己是周末人类中的一员，也强烈地产生了要去自由支配周末的需要，把周一到周五所有那些我错过的生活好好地过上一番。

古斯达夫的帆船还停在湖里，他也恢复得差不多了，可以开船了，虽然周六早上刮着冷冷的北风，但这样更好：我想置身于大自然的愤怒中，寒冷、艰辛和恐惧，只要我还知道我是活着的就好。

*

每天早上七点起床，匆忙出门。五点半回家，为一天结束了而流泪。日常生活。

以前我看不起上班族，现在却是另外那些人让我看不顺眼了，那些在街上逛来逛去的上学的孩子们，那些学生，他们都不知道他们有多幸运，他们还不懂得对此感激，他们不该得到这样的生活！

我用仇视的羡慕去看着他们，他们提醒着我还有另外一种生存方式，我不要看到他们！

我不再去听研讨会了，反正都来不及准备，没意义的。一个月后博士后打来了电话，想知道我关于研究的打算。

一开始我还受宠若惊的，以为他们想念我了，回答他，就像他是个帮助我保持热情的崇拜者一样。

是的，我还没做太多具体的东西，没什么新的初稿可以展示，但我是有计划的，我当然一直都想着我的论文（假话，我只是会偶尔想到"我从没去想过它"）。

后来我明白了他只是因为需要统计一下好安排系上的博士生和师资才来问我的，于是我就实话实说了，说我目前忙于解决生计，但下学期，不论死活，我都要重返学术生涯。

一个全职职工怎么可能有时间再做别的事儿，比如有家庭，有孩子？不可思议。

我连有个情人的时间都没有。阿荣，我什么时候才能见到他？以前我白天可以无忧无虑地和他在一起，但晚上他几乎都没空的，反正我有空的时候他是没有的。到此为止，我跟古斯达夫和我跟阿荣在一起的计划还没撞过车，可现在他们撞上了，我还真不知道该怎么去对付。

这周我跟古斯达夫说过或许周二晚上是可以的，我们再打电话确定吧。我刚到家，小哭了一下，洗了个澡，正把茶水烧上，电话就响了。我抓过电话正待发作，我可是跟他说过不要在我下班后还没喘过气来之前给我打电话的。可是现在打来电话的却是阿荣，他碰巧这个晚上空出来，想知道我有没有空。

怎么办？如果我告诉古斯达夫我有事儿了，他会问是什么事儿。如果我跟他实说，那他会难过死的（以至于我也受不了）。虽说我男人知道我还有别人，但并不确定是何时何地，与此相关的每个具体信息都会伤害他，我又不能要求他来接受我对他的明显的忽略。反过来，如果我因为古斯达夫而拒绝了阿荣，那我就会因为是古斯达夫逼迫了我而生他的气，这样再去和他见面我也是受不了的。

我太软弱了过不了双重生活的。我可以用上次对待希拉的理由把阿荣放在首位，但这次却更敏感。不仅是古斯达夫会感觉到这排名上的先后，我自己也会的，而这是我所不愿意的。我可是拒绝拿他们来做比较的，在他们之间做选择，不是因为理论上的公平原则，而只是出于一个本能的需要，是我能够承受"婚外"关系的条件。

但在现实中这倒反而让我变成了个独身主义者。唯一的办法就是，公平而不带偏爱地跟他们两人同时说"不"。对其中一个说，"我说，我今晚太累了，改天行吗，周五？"跟另外一个说，"周六好不好？"然后保证古斯达夫在这儿的时候阿荣不要打电话过来，那样他会很难过的……

我工作之外所有的时间都用来管理我的私生活了。我只有时间在电话上做安排，没时间有私生活。

*

这是你闹革命的一种方式吗？我得知米克返回斯城后在一家幼稚园里工作时，我打趣他说。他安静地回答，是的，这当然是他能想到的最有建设性的事情之一了。我不过是想取笑所有有一份有意义的工作的人罢了。

"你现在在干吗呢？"

"我上个周六整天都花在《妇女报道》上了，如果这也算是什么事儿的话。"我假装谦虚地说。

"你写了什么呢？"

"老天保佑，没写什么，是手工活儿，摇油印机、分类、装订。偶尔做做公益活动挺活跃思想的，虽然背会有点酸。"

"要不然，"我承认说，"我平时会认为我首先得解决个人的问题才能解决世界的问题。但奇怪的是，我越是花时间在它上面，它就越是一团糟。"

米克告诉我，他正在搞一个集体住宅以解决他自己的私生活问题，问我想不想加入。

我很高兴他想到要问我，但很吃惊他会觉得这是个好主意。两人之家的生活对我来说都太麻烦了，我怎么能搞定七八个人的？麻烦会少些吗？

"问题正是两个人太少了，"他解释说，"人多些摩擦会少些。"

"有自己的房间吗？"

"有两个房子是给夫妻的，另外三个给单身的住挺合适，然后客厅、厨房等是公用的。"

那么如果古斯达夫跟我一起搬过去，我们可以分到一个双人房，可是我们各自都需要一间房，还要一间拿来解决家庭纠纷，一个集体公寓哪儿有地方呢？如果他继续住他那儿，我们在他那儿有性生活和家庭纠纷，那我就只是一半住在集体住宅里，这可是不行的吧？

"你们是想要分担家务吗？"

"当然啦，这是最大的优点，轮流做饭，一周只有一天你需要考虑做饭的事儿。"

一周一天考虑做饭的事儿，好像这更好似的。给七个人做饭哪！我一想到手都软了。

"而且还有好多可怕的孩子，是不是？"

"目前为止就一个，可能还会有的。你不喜欢孩子吗？

"不大喜欢那种小的，但等他们开始有人样了，五六岁什么的，还可以。一岁的孩子，看着我可能会觉得他们挺可爱的，但我宁愿远距离地去观赏他们。"

我们一致认为我不适合住集体住宅，但他请我有空去玩。

*

秋天总是这么美丽吗？以前我大概没留意到。空气超清新，满目是灿烂金黄的树叶。我贪婪地呼吸着，仿佛每一天都是我的最后一天似的。

大多时候也正是如此：我可以在户外呼吸的每一天都是最后一天，因为第二天是工作日。上班至少让你学会了留意和珍惜每一分钟。加强生命的意识：像那些等待着瘟疫的人一样。我想要的是狂欢，与大自然的狂欢。以前我们随时都可以去岛上的时候，几乎从来没有秋天去过。现在我们只有周末才有时间，几乎每周都要去了。

没有什么比在堵车的时候更让你觉得自己是人类的一分子了。

为了不完全退化，我试着将我的日常生活与文学融合在一起。

早上六点钟起床，赶在出门前读上一个短篇或者章节，晚上再钻进去，用小说、长篇、八部头的章回小说来包围我。我甚至前所未有地发现了个把诗歌派上用场的地方：咖啡休息时从来都来不及读多少页，要看一篇叙述文字太断断续续的了，但一首诗却刚好。我在单位留了本波德莱尔的小册子，喝咖啡时，我不顾周围人的嘲笑，摄取着精神食粮，反正在这地方我也不会待多久的。

就像等待瘟疫或者坐牢一样，你学会了珍惜那些给你带来快乐的东西，囚室窗外的一朵小花，天空的一个角落，都会让你落泪。

皇后街的窗台上没有花，但有一天我看到了个天蓝色的东西，是件西服，一件麻将牌的条绒西服。它穿在一个坐在大通间外走廊上一个办公室里的，偶然会从这儿经过的男孩的身上，一个在你的视线中闪亮的蓝点。他一走到门口我就会用眼角扫到他，并且用眼睛跟随他一路。我习惯了等待他经过，在等待中提前微笑起来。

一个穿着麻将牌衣服留着长发的男孩，在这个环境中很是与众不同。当我放下波德莱尔，加入吸烟团体，想听到些关于他的事儿，小心翼翼地去向同事打听时，发现他原来的确被视为奇葩。"哲人"，有个女孩说。"古怪"，另一个人说。然后他们就像言情故事里那样拿他来打趣我，我脸红了起来，他们挺高兴的：马汀娜终于露出人样了！

难道这才是对付精神死亡的最佳办法？只要每天有这个天蓝色，生活便充满了意义。我在清晨的黑暗中哼哼唱唱地去上班，下班后快快乐乐心满意足地回家。

我很惭愧，一个成年人！既有个正常的周末婚姻又有个休闲时的额外关系，我真的还需要在单位上再找个恋爱对象吗？

当我抱怨自己因为恋情而感到羞耻时，哈丽叶特轻松地说，这只能说明你还活着。

是的，要不是相反，说明我精神死亡了。我觉得自己还挺像个幽灵似的。

"就好像我又回到了童年时代。人为什么在他拥有了所需要的东西后还会继续寻找？我以为长大了变得明智了就不再会这样了。"

"问题是，"哈丽叶特说，"你什么时候才会明白，长大了不等于就变得明智了。"

*

女友们没男友的时候你们才会有更多的时间见面。希拉又有了这样的一个阶段，她会打电话或晚上过来聊聊工作和恋爱。

"你选择了一份显然很无聊的工作是很聪明的，"她说，"我的工作听上去挺好玩的，但却只是幻灭。我老是没多少事可做，无所事事是具有破坏性的。"

"我倒是挺有事儿做的，但这也是唯一的优点。我原以为它会无聊透顶，以至于产生一种无聊的魅力。但却没有，只是无聊，无聊而已。"

"不管怎么说你还是学会了点东西，就像你说的那样，至少了解到了工薪阶层的工作条件。"

"是的，我还觉悟到了应该多有点儿艳遇。"

"噢不要，我刚觉悟到我的艳遇太多了。那天我坐下来想了想，数到二十个时我就不敢再数下去了。"

二十个！按我现在的速度我还需要六十年。那时候谁还会想要我呢？

"最糟糕的是，有那么多都是一次性的，或者是那种花期就一周的。"

"我的问题相反，他们都超长，我必须清理好了，才能给新人腾出空间。"

我并不相信数量能说明什么，我一向认为光追求人数挺神经质的，但我也开始怀疑自己的做法是否同样的不健康：一个用一打的半身恋来调味的稳定性双重生活。如果只和那些你感兴趣的人发生关系，那岂不是更健康更体面，而不是要用余生来后悔，比方说，我是不是就应该趁现在去勾引米克呢。

但即便我把握时机大概也不会有二十个吧，没有那么多能让我喜欢到那种程度的人。因为我开始意识到，我真正想跟他在一起的人太少了，正因为如此，好好珍惜他们便显得格外地重要了。

希拉在我屋子里坐立不安，走来走去，一次次从沙发走到了窗口。她背对着我，面对着窗口说，像是在对着街上的行人说话似的：

"我想结婚了，我觉得是时候了，拈花惹草不好玩的。"

"收藏起来放在仓库里也不好玩的，"我安静地说，"如果生活就这么无聊的话，那是需要某种补偿的。"

"我认为拈花惹草是一个必经阶段，在你稳定之前最好经历过，而不是反过来的顺序。"

她靠坐在窗台上看着我，我回瞪着她。

"你完全不必来煽动我的内疚感，谢了，用不着，这个古斯达夫会做得很好的。"

"哦他还是会的呀？我以为他只会一心责怪自己呢。"

"才不呢，就是说，是有点儿矛盾。他有时会做出一副他是个不可救药的爱情的受害者的样子，就像我理所应当该同情他似的，有时他又会谈到他自愿承担的义务，就像我也应该有一个相应的承诺。总而言之，他不幸福从来都是我的错。"

她摇了摇头，做了个不耐烦的动作，像是说：她当然不是那个意思，她向来认为人应该对自己的人生负责。我也这么认为，可当他那么说的时候，很难知道他的责任终于何处，而我的责任又是始于何处的。

"最近他养成了个坏习惯，把一切责任都推到了我身上，我不知道他究竟有多认真。"

"怎么个一切？"

"他的生活成了现在这个样子，他遇见我以来所经历的变化，他伦理道德观的改变，他穿着的不同。你记得他那个时候是个什么样子的吗，西装革履的！是时尚变了，即便我没有鼓励他，他也会穿上牛仔裤和木屐的。可他却觉得这都是我的影响，或许他是装的，好给我定罪。"

"问题在于你们认识的时候太年轻了。"

"太好了，"我大声说，"有你这么有真知灼见的朋友真是太好了，告诉我问题在哪儿！你还可以告诉我我们该怎么做吗？现在这把成熟的年纪，我们又不能像从未见过面那样，再来重新相遇吧。"

她承认她解决问题的才华小过她尖锐的分析能力。我们分手时除了解到彼此不同的情况之外也做不了什么，但大概两个人都觉得反正我们是不想跟对方交换角色的吧。

*

"你不该把你的日记本打开了放在那儿。"古斯达夫说。

晚餐后我站在厨房台面边正要洗碗,慢慢地转过身来,感觉自己就像电影里的一个人物,一部很臭的关于婚姻生活问题的国产片,按着导演的要求:电影里的妻子慢慢地转过身来,然后有一个她脸的特写。我不想参与去制作这么一部片子。

"你什么意思,你偷看了吗?什么时候呢?"

"有一阵了。是的,说起来有过两次。"

"为什么?为什么呀?"

"你从来什么都不说,我想知道你想了些什么。"

"我上面写的没有你不知道的!"

是不会有什么的。如今我的日记只是个袖珍日历,除了最基本的东西实在没别的。我用它来提前记一些事儿,有时也用来做事后的记录,而能泄露我内心世界的只有些超简的缩写,比如:"岛/古。拖船。雨中。例假。牙医14:30。希来,私聊。读克里斯汀·拉佛。""跟米聊集体。我会吗?研讨19:15。"经常不断出现的一条当然是"阿无电",但这对于古斯达夫来说也不是什么秘密。

"你想知道什么问我好了,我会回答你的。但你不问,我也不会去跟你说那些我也不知道你想不想知道的事儿。我以为我们是有协议的。"

他耸了耸肩膀,我把我拿来作围裙的毛巾挂了起来,坐下来,点上了一支烟。(始终有种可怕的感觉:像是照着个拙劣的剧本在台上过戏似的。)

342.

"你以为你会看到什么？每一页上都写着'啊我多么爱古斯达夫'？那一类的日记我成人后就再没写过了。"

现在他难过了起来，我当然没必要这么恶毒。我在害怕的时候会变得很坏。让我震惊的倒不是他在我日记本里读到了什么，而是他去看了我的日记，他不克制自己。

我没想到他因为我的记事本放在桌子上就会去看，我知道有人会出于好奇这样去做，他们在的时候，我自然会把它收起来的。尊重隐私的人是不会这样做的，因为这有关他们自己的诚信，比如阿荣就想也不会想到……

不，别拿阿荣来做比较。

我自己呢？有过的，在脆弱绝望的时候，我以前有偷看过别人写的东西，可我不知道古斯达夫有这么脆弱和绝望。这被叫"激情犯罪"，可吓着我了，谁知道他还会做什么？

以后我除了把袖珍日历随身携带着还能怎么办呢？

"你没有爱上过我。"他抱怨说。

"是的，但这并不困扰我，如果你不总是去唠叨的话。"

"你为什么没有呢？"

"我可不会因为有人要求我，我就去爱上谁的。你说过激情是你可以决定的东西。你可以就决定呀，你就决定别爱上我吧，然后我们俩就会有全世界最好的协议婚姻了。"

"我试过，可不行。我爱的是你，就是这样的。虽然也有其他人让我会有性欲，但跟她们上床却没有和你那么好，因为那是你。"

"这只是个孩童的铭印而已，"我帮忙地说，"就像鸭子宝宝和鞋盒子。我就是你的那个鞋盒子，因为我是你的第一个女人。这个你必须要克服。"

他扑哧一笑。

"说你自己吧！如果有谁是谁的第一个鞋盒的话，那阿荣就是你的了。"

"也许吧，他是我的第一个男人，完全有可比性的，我们都有自己的幼稚病。"

"你爱上的是他。"

"哪里，没那么爱。"

"那你为什么还要见他呢？"

"理论上讲，我可以不见的。但现实中却不可能，因为那样的话，我永远都不会原谅你的。"

"我为了你不再见爱娃了。"

"而为此你就没原谅过我。"

"你在利用我，"他抱怨说，"你一直都在利用我的劣势。"

"只要你让我利用你，我就不知道该如何去回避。"

可是我从没希望过你要来依赖我，相反，我请你站起来并且独立。

他跪在我的椅子上，双手搂着我的腰，头靠在我的膝盖上，像念咒语一样地重复说：

"我爱你。"

"这可不能怪我。"

27

这一天，天气晴朗又寒冷。我去街上吃午餐时，站着看了会儿房屋之间露出来的一小块儿天空，而后大笑了起来，意识到我看见的是一个西服蓝的天空。

有条件反射太容易了，我对颜色的条件反射就像一条温驯的巴甫洛夫的小狗，把蓝色的天空和天蓝色的条绒西服打了个颠倒。我真想告诉他这个。

我还站在人行道上的时候他从门口走了出来，我站那儿对着空气乐看上去挺可笑的，于是我告诉他我是在笑天蓝得像他的西服，以为他一定不会相信我。他听着，眯着眼睛看着这秋高气爽的天，说："蓝得就像渴望。你要不要去吃午餐？"

要的，于是我们结伴去了滕普吧。女伴们说对了，他是个特别的家伙，没有拘束地聊着天，思维跳跃，让我有点儿跟不上趟儿，关于街上行人的脸，他读过的书，作为素食者的生活，原来他是食素的。他说得都很快，间或深深地看着我的眼睛，我不知如何是好，也深深地回看他，心想他会不会完全就是个疯子。

他的眼睛还是很漂亮的，灰蓝色，往下斜着，让他有一种好玩而忧郁的样子。他停顿的时候，我就试着聊聊我们的工作，大大咧咧地问他适不适应喜不喜欢。

"我只上过小学。"他说。

是吗，那怎么啦？你就非得满意你的工作吗，不喜欢一份工作难道只是我这样的学者才能享受的奢侈？或者他是在说，他之所以喜欢是因为他从未有过更高的理想？这回答像算卦似的。

回去的路上我们经过卢克影院时，他问我有没有看过《爱毕欲生》。他发错音了，把"毕"读成了"比"，我没纠正他，但觉得挺尴尬，就像他跟我说了什么脏话似的，同时我也对自己挺生气的，教育这件外衣。反正这电影我看过的，他也看了（那他显然没理由建议我们一起去看电影）。只是当他开始说到电影的内容时，我不太确定我们是不是说的同一部电影。在他看来这电影是关于"爱还是被爱，哪个更难？"

整个下午我坐在那些表格和数据堆里都在想这个，但不论我怎样去重新构思，去幻想是什么样的经历让他有这种诠释，我都不明白他的意思，我也想不起来另外还有什么电影是关于这样的一个主题的。它们关于的是爱情，电影和书籍，关于去爱，可我想不起来有什么艺术是关于被爱的了。

而且是关于哪个更难？

*

哈丽叶特搬了新家，请我们去吃乔迁粥。

"带上男人什么的？"我问。

"当然。对了，哪个呢？"

"无所谓啦，"希拉嬉笑着说，"都带上吧！"

哈丽叶特装怪："天，我去哪儿借那么多的盘子……"

当然，就因为你天生就非同寻常地忠实，你就会被人说成是个麦瑟琳娜。我可不比别人有过更多的男人，和我的女友们相比屈指可数。只是我有过的都甩不掉，因为他们于我都有感情价值，于是就成了现在这个样子了。

"你像拉着玩具火车的绳子那样拉着你的过去，"哈丽叶特说，"一节一节的车厢，最后一定不好拉的。"

"我喜欢把他们放在我这儿，知道他们的位置，而不是一路留下些废弃的残骸。"

"找到新欢时跟旧人分手，这是一种美德。"男人克星希拉说，她不喜欢重婚。

"为什么？如果你选择的时候稍用点儿心，那他们就会多保鲜几个季节。再说，就我所知，一次性的多配偶制也不能算是什么好德行。"

"你当然跟往常一样又有自己的模式，"哈丽叶特声援希拉说，"寡妻多夫制？"

我说我的男人自然指的是古斯达夫，但他那天却有安排了，要跟他的学生去城市剧院看话剧，而阿荣正好有空，于是我就把他带上给她们看看。这其中包含着几层意思，也包括字面上的看看：她们听说他已有好些年了，对他很好奇，而且他也拿得出手。

他很会跟人聊天，立刻就以一种让我羡慕的轻松感，和坐在我们旁边的初次谋面的哈丽叶特的一位同事聊上了。他讲他曾经做临时看守时知道的一个监狱里的内幕，关于忠诚与冲突的悲喜轶事。

他表现出了他的另一面，被我完全忘记了的社交的一面，因为我们现在实际上很少和其他人交往了。挺好的，"和阿荣一起"结伴挺好的，和他是一对儿。人们跟我们说"你们"，就像跟那些是一对儿的人说话那样，"很高兴你们来"，"你们想坐我们的车吗，反正都是一个方向的"。

虽说那个方向只是我住的方向，但阿荣回家前还有时间可以跟我回去一会儿，也挺好的。和他单独在一起，听他对这个晚上表示满意："你的哥们儿太可爱了。"

我很骄傲，好像她们是我的发明似的。哈丽叶特也同样地满意，在我们把东西收拾去厨房的时候她就说了。我骄傲而快乐，能让他们互相认识。

不过我也好奇：为什么偏偏我最不喜欢古斯达夫的一点，即和他作为一对儿跟其他人在一起，换了阿荣就挺好的？就因为我们俩不是一对儿，还是因为这仅仅是个游戏而已？

*

睡了一两个钟头之后我被电话吵醒了，是古斯达夫一大早上起来精神抖擞的声音。

"昨天好险。"

"什么好险？"我迷迷糊糊的，有点儿丈二和尚摸不着头脑。

"我差点儿就欺骗了你。回家时有个女孩跟我同路，她说她很孤独很郁闷，当我们在社区里转来转去好些圈之后，她让我跟她上楼我就去了。"

"是吗？她动机不纯？"

"我猜是的。她和她妈妈住一起，可她把我带进了她自己的睡房，请我喝葡萄酒。"

"这样的，那真是动机不纯。我搞不懂现在的年轻人，自己的老师哦！"

"可我把守住了。"

"幸好，她们没羞感你还是应该有的。学生还是小孩儿，我认为那可是个底线。"

"是夜校的，她比你小不了多少。再说学期的成绩已经出来了，她也不会因此得到什么好处。但我想你最近又没欺骗过我，那我也不该欺骗你，是不是？"

我真受不了。他大清早这愉快的心情，轻松的语气。如果我实话实说，他就会沉默不快起来。他只知道我昨天在哈丽叶特那儿，以为我很久没见阿荣了。他知道我偶尔会和他见面，但他当然希望每一次都是最后一次。而当他每次再需要重新面对这情况时，他都会受到一样的伤害。我是知道的，我知道这是什么感受！实话实说，我会把他这一天给毁了，会把我自己昨天的快乐也给毁了。我做不到。

"自上次跟阿荣以后就没有过。"我回答说。

这是个技术性的谎言，他会像我所期望的那样去理解：自从他上次听说我和阿荣见面以来。这是个谎言，是一个不属实的回答。我于此打破了我们唯一的协议。

另外什么时候，我给自己找借口说，另外什么时候我会坦白的，等过一阵不再这么新鲜了，在没有这么尴尬的情况下。

但这却不是什么解决问题的办法，没有办法。他欺骗我的时候，我没那么大度，可以长期承受。可当我们带着默契互相欺骗时，这相互的依赖性又是让人难以忍受的复杂。一夫一妻制把我搞得没激情了；单方面的不忠实我又受不了；分手，我们试来试去都没成功。剩下的还能做什么？

*

报上的一则消息说，米克死于山体滑坡事故。

我的第一反应是恼怒。这季节他跑去山里干吗？就这样去那儿寻死，还没满三十岁，这有必要吗？

然后我才慢慢地明白了这意味着什么。没有米克了，我们永远再见不到他了。

我极度悔恨，没有好好珍惜和他的友谊，在他生前没有和他好好地保持联系，连去他的新家看他都没有，而且也从来没有和他有过艳遇。这听上去自然可笑，但我想，如果我不是也因为从未做过他的情人而难过的话，那么我的悲伤或许会少些。米克，他是我见过的人中最可爱最坦率的。甚至他的死都那么有风度：被山脉夺去了生命。

"我会站在他的墓前说认识他是我的荣幸。"我哭着跟古斯达夫说。

他沉默地看着我为米克哭泣。也许他以为因为他死了所以我把他理想化了，但其实我一直都如此。或许他把我的哭泣视为一种抱怨，是他妨碍了我们的交往。但我知道并非如此，而是相反，是在古斯达夫没有妨碍我们的那段时间里，我才开始疏远米克的。不过我也没说这是他的错，我只是哭着。

*

　　第二个月和第一个月一样，第三个月也不会有什么不同。早上天没亮就起床，在荧光灯下坐上八小时，天黑时回家，这单调中唯一的变化便是那小小的蓝色亮光。我谋生养活自己，但仅此而已。

　　我的麻木是不可避免的。我和古斯达夫的关系一直都建立在能够互相沟通的基础上，可当我们没有什么可以交流的时候怎么办？那些爱情风波，若不是他不请自到的话，我会回避把他卷入进去的。接下来，如果我们不去我们俩的关系里折腾，还有什么呢？我们还有什么共同点？我试着去读他读的书，但他唯一读的就是《哲学报》和《航海》，我从中没有任何收获，我最不喜欢的就是那种形式的哲学了。他学校里的第二专业，瑞典语，他其实是很藐视的。如今的教学包罗万象却没有多少文学，再说文学里面也只有陀思妥耶夫斯基和另外一两个作家是他认为还值得一读的。

　　我把我喜欢的一本索尔·贝洛的小说借给了他，他读过后却只有批评，我很受伤，完全没道理的受伤。当我不再确信我的观点会被认同时我感到孤独无措，于是纯粹出于绝望我会把自己的观点发展到荒谬的地步，开始像复仇一般地去反对他。

　　有一天我发现我开始维护起《波尼尔文学杂志》上很盛行的马克思结构主义者们来了，就因为古斯达夫否认了他们，认其为疯子。除他之外没有谁可以把我推到这一步，我的论点都只是建立在对立的原则上，弱得不可救药。和他讨论总是让我恼火，甚至包括他的那种教学语气。是他染上了职业病，还是他向来就如此？

你有没有什么可爱的同事可以请回家的？我问，我总是见不着点儿新的面孔，世界变得好狭窄。他好像从没想过，现在也想不起什么人来。自从他和高中的朋友失去联系之后，除去师范学院的，以及他的艳遇之外，他就从没跟人有过什么往来。他倒不是个独角兽，但是个两角兽吧：只要身边有个人，他就非常满足了，而通常他总是能让身边有人的。

他对人类的爱在我看来开始变得很理论化。我开始惊讶地发现我会因为古斯达夫而联想到"傲慢""玩世不恭"一类的词汇：一种建立在距离而非宽容之上的优越感。他一直都是这样的吗？还是现在我因为也被他轻蔑了才发现的？

他不理解我需要结交新朋友，需要寻找外界的新鲜刺激，我的坐立不安，我以两性间的互相吸引来交友的习惯。不管我们能如何轻松地拿这个来开玩笑，我还是会突然因为他的不理解而受到伤害。

我们的自尊在互相较量，而我开始感觉到了我会输。他因为我不像他爱我那样爱他而痛苦，但这痛苦却似乎不可思议：他片刻都不怀疑我热恋的对象就应该是他，只要我想就能做得到，错就错在我，他对此深信不疑而这却削弱了我的自尊。

他自己也意识到他变得尖刻了，开始故意说些伤人的话。他意识到这点但解释说这是因为他不快乐，是我的错。即便是古斯达夫的错也是我的责任，一切都是我的错。

基于这内疚感我当然更不平衡了，被他的恶意和他说出来的每一个词所伤害，于是我以反对他说的一切来保护自己。我甚至去书店买了一堆新出的书，想看看有没有值得一读的，但却没找到敢拿到他那儿去辩论的。可读的书还是有的，但没有一本我敢说有比他读过十七遍的《卡拉马佐夫兄弟》更会给他带来快乐。我必须找到另外一种方式，说明这样的对比是不合理的，当代的文学也有它自身的价值，但我却不能具体阐述一本不太好的书如何比那些最好的书更好，很为自己又被骗入这个争论当中而恼怒。为什么我要来维护这些新的作家，陀思妥耶夫斯基不可超越这又不是我的错！

这怎么也不会是我的错吧。

*

我正要把自己拖出门去参加一个研讨会时，阿荣来了电话。他提议我们去看电影，要是他没提议我自己兴许也会去看的，但现在有了他来诱惑，我反倒被自己的职业道德给拦住了。或许这是我的生存本能：想得到我需要的奖学金，我必须和我的博士后导师保持良好的关系，至少有时得去课上露一面，哪怕我会忍不住在桌下偷着看报纸。

我让他稍后再打来，如果他还在城里的话。他说也许吧，如果不太晚的话。

研讨会比平时延长了半个钟头，每次我以为讨论结束了准备从凳子上站起来时就又有人要求发言，最后我还是决定了，不行的话就去申请社会福利救济，我站了起来，在众目睽睽之下向门口走去了。

我跳上自行车，一路闯着红灯骑回了家。我现在担心他放弃给我打电话了，以为我宁可和同学们会后一起座谈，我早先当然是给他提到过这个可能的。但阿荣还是来电话了，而且十分钟之后他人也到了我这儿。

他陷在我的沙发里，问我家里有没有酒。我有一瓶葡萄酒。倒不是因为他平时会问到这个，只是条件反射而已。从前和阿荣在一起时总是需要的，所以当我看到专卖酒店的标志时就会有个联想：阿荣，我会想，然后就去买一瓶酒回家。

"我有点麻烦。"他说。

我坐成了一个满怀期待的"告诉我，我能为你做点什么"的姿势。

"小儿子又生病了，"他说，"猛发高烧但没人知道为什么。"

"小孩子总会发烧，人人都知道的，哪怕你并不了解小孩子的事儿。"

"真让我感到安慰，"他做了个鬼脸，"另外我们房子的租赁合同被取消了，租的是二手房，现在我那哥们儿想收回那房子了。"

"住房介绍所给困难户设有一个专线，总会有办法的，不会就把人赶在街上去的。"

但他是把他的问题按从小到大的顺序反着告诉我的，好像是为了在他进入主题前要我把安慰的话都说完了似的："另外我们又怀孕了。"

我还没来得及反应过来，他又把整个灾难都说了出来："弗罗伦丝要失业了，因为她是临时雇员。没工作，没房子，而人口膨胀。我们只在弗拉腾湖边搭个帐篷让孩子们去乞讨了。"

"我们交税干吗，不就是为了养活你们这样的吗?"

我给他的葡萄酒杯里加上了酒，若有所思地给我自己点上个烟斗。如果说我曾经羡慕过他的女人的话，那么现在我不羡慕她了。如果掺杂在我的同情里还有什么别的情绪的话，那就是幸灾乐祸了。我想这对他来说太过分了，压力太大了。我想象着她给他生下了十个小孩，提前变得又老又朽，那时他就会离开她，到仍旧年轻自由的我这儿来……

他当然不会的，艰难困扰会把他们更紧紧地连在一起的。而她是外国人这更让他责任重大，他不可能在一个陌生的国度把一个有一群孩子的女人给抛弃了吧。正是这一点，我是指她的依赖性，让我有时会嫉妒，感到不公平，但我从来没有像现在这样不希望处在她的位置上的了。

坐在我的沙发上，我感觉自己年轻而自由，肚子里没怀孩子，深深地吸着烟草。我对于自己在阿荣生活中所扮演的角色很满意：一个通风口，一个他能来说说他烦恼的人，没有任何的要求和责任，只有愉悦，电影和书籍，谈天和做爱，快乐原则的纯粹体现，自由自在和无忧无虑的交往。（和古斯达夫，我更习惯感觉自己是无欲的，那感觉无聊多了。）

他躺着把头搁在我的膝盖上，闭上了眼睛。柜子上的闹钟在我们的沉默中嘀嘀嗒嗒的，我们慢慢地把杯子里的酒喝干了。

他走的时候管我要地铁票，他是如此的潦倒。我们还没上床他就要走了，我挺高兴的。他不只是为了那个才来我这儿的，我们也是可以这样的。

后来当他又后悔了的时候，我就更高兴了。在门口时的一个临别拥抱，临别亲吻，他开始笑了起来，问我们是不是还是要……

他能不和我上床我挺高兴的，他忍不住要和我上床我也挺高兴的。

只需走三步就到了床上，没有很好的理由我是不会拒绝阿荣的，再说跟他见面这么少我总是有情绪的。和他永远都不会是责任，也不会是卖身，因为我是什么都得不到的。

关于她，我相信既不是肉欲也不是灵魂无法医治的孤独。她抚摸你的头发，抚摸她所见到的每一个有魅力的男人的手，不论是在家里还是在社交生活中，事实上她都不是为了情欲，而只是为灵魂里放荡的寂寞所驱使。她天生是个交际花，却没有欲望，但带着伤感，会穿上一件美丽的丧服，在她所有的情人的棺材上都放上白色的百合。

乌图·冯·茨威伯格在《雅图》中对其主人翁的描写。我是不会把这个拿给古斯达夫看的。

*

又是新的一年了？我越来越觉得没什么可庆祝的，而是开始很为此烦恼了，我随时都会有三十岁的危机。

"你真的三十了会怎么样，"古斯达夫问，"你会有你的更年危机吗？"

"我倒不为将来烦恼，只是现在的时间过得好快，一周一个新年似的。有那么多的过往可以让你烦恼的，一个又一个错过了的机会。"

"你人生中有什么特别让你觉得后悔的吗？"

我想了想。

"我后悔那些不曾有过的艳遇。"

过年时我在银行的工作也结束了。如果这时候古斯达夫难过的话我也不会觉得扫兴了，于是我便给他讲了那个蓝色麻将牌的男孩，只为了把我说的意思再具体化一点儿：并不是说我就爱上了他，但他是个例子，换种情况下我可能就会和他有外遇的。

结果古斯达夫还是嫉妒了，就好像我是在承认一个真正的而不是一个错过了的外遇似的。既然他已经嫉妒了，那我就趁机提到了我也和阿荣见过面，就算是跟他说了。

我知道这感觉，我知道这时候开始说分手是一种本能的反应，可他说的时候我还是没耐心了。

"分手是分不了的，你还没放弃吗？"

"如果我们达成协议，当然是可以的，我们要有一个策略。"

好吧，如果他要这么坚持的话，我就不去阻拦他了。

我们试着统一个办法，开始的时候不要太突然，这一点我们已经有经验了，不然只会带来多愁善感和当场后悔。我们要试着慢慢地小心地和彼此疏远，偶尔见见面，但不要有责任和要求。

这季节很合适，春季离婚应该有能够更加持久的条件。（正如秋天是结婚的最好季节，如果我们决定要结婚的话。）我们能够把春夏过了而还没有反复的话，那成功的概率就很大了。

我们首先把门钥匙还给了对方。钥匙串上不再有他的钥匙感觉空空的，但要回来我自己的钥匙却是一份解脱。他从未擅自使用它，从未不期而至过，但有过以此来威胁我。一个能看别人日记的男人他有什么不能做呢。

我们没有说要像朋友似的分手，我们不相信这个。如果我们已经是朋友那是可能的吧：不带恋情，不带攻击性。但我们却不能因为分手而变成朋友。也许将来有可能，在长期的隔离之后。

我们现在所希望的就只是分手而已。

在一个要相互疏远的新的决定之下，我们相拥而眠了。这时，新年的鞭炮声在外面回响起来，时近时远，到午夜时分此起彼伏，然后就渐渐地退去了。

28

　　非全时研究生的学习强度是以正常学习时间除以预计学习时间来计算，剩余学期的学习强度也以此所得出的百分比来计算。每位博士生将分到一个账号，整个学习期间的积分为100%x3。按照高教局的规定，每学年开学前博士生将所支出的时间从该账号上扣除。若实际支出时间与计划支出时间有出入，为了便于记录，将以计划支出时间为准。

　　每位博士生将分到一账号，整个学习期间的积分为100%×3。根据高教局计算，每学年前博士生所支出的时间，从博士生账号上扣除。若实际支出的时间与名义上的时间有出入，为便于记录将不予计算。

　　啊自由的学业！啊高等科学的殿堂！

　　我怀着研究的热情重返母校，以为我从此可以省去账号提款和信用这些事儿时却遇到了这个。

　　我趴在科学的地窖下面，趴在皇家图书馆沉闷的餐厅里，手里拿着杯咖啡和一张周报。

＊

"又是你。"我打电话过去时古斯达夫说。

"是啊，怎么啦，你在等别人？"

"我们不是要分手吗？"

"我以为我们要慢慢疏远，不是那么咣当一下子分开。"

"当然，我只想说明我们在疏远。你开始好好把握你的那些机会了吗？"

"什么机会？"

"那些我让你错过的机会。你有没有什么新鲜艳事儿？"

"没时间，我得管我学校的那些事儿，保证我100%×3的账号不会因为我名义上的支出，就把我搞得两手空空的了。"

"那是什么，你是被银行的工作洗脑了吗？"

"我没有，这是1969年高教局关于博士生的规定，用百分比来评估强度，他们随时都会开始实行打卡制。你有吗？"

"有什么？"

"新鲜艳遇呀？"

"你感兴趣吗？"

这是个警告：止步，入境者自担风险，你有可能会听到你不想听的话。或许他这只是在委婉地想勾起我的好奇。究竟是哪种可能你不得而知，所以你还得一直继续问下去。

他果然有了个新欢，待他讲述完毕之后，我就说我和阿荣在一起挺幸福的不需要新欢什么的，以此来抬高我的身份（我可没你想我那么想你）。我们煽动着彼此的好奇、嫉妒、虚荣，要想像朋友似的分手是不可能的。在我们疏远对方以至放手之前，我们都会是仇敌。

*

终于有点冬天的样子了，傍晚时来了一场爽快的雪暴，把街道都给堵住了（车辆无法行驶，人们都可以在街上滑雪了）。我把帽子套在头上走进风雪中，卡尔伯格运河边的柳树消失在一片白茫茫之中。

我热爱这气候，热爱这不可思议，人们在这里生活，修建了城市。这是一个多么不可爱的国家，但尽管如此你还是有很爱它的时候，你会觉得自己慷慨而大度。你可以在雪抽打着你的脸时走在街上，做着鬼脸嘲笑它：哈哈，别跟我来这套，我就是热爱地球上的这片土地！

当我把它想成"我的人生"时，我便为我的人生而懊恼，那些错过的机会。可这样一天一天的日子我还是很喜欢它。我所尝试过的生活方式中这是最接近理想的：出去走走，回来写写；出去走走，回来写写。

可想而知，有一天你会被困住的，笔下会突然干涸，更别说你写得江郎才尽的那一天了。你站在那儿，必须再另谋出路。但那还很遥远，我不担心未来。我现在还只是在打草稿，不知道它是个开头、结尾，还是中间的什么，或者它只是些资料而已，我写它就为了能够启动我的研究，可以拿点东西给我的博士后看，好去申请奖学金。

*

有电话。我伸手去摸手表，已经八点一刻了？不对，看反了，是差一刻两点。这时候谁会打电话？要么是什么事故，要么就是阿荣，我一边想一边清了一下嗓子去接电话，是阿荣。他和几个哥们儿剪了一晚上的片子，然后去了酒吧，然后他就不想回家了，听他的意思是等我来提建议。我明白他想让我建议什么，便直接问：

"你过来需要多久？"

"大概十分钟。"

"那我差五分两点下去开门。"

我坐在床上的黑暗中，微笑起来。阿荣，这个事故（在没人听到时，我可以让自己玩的一个文字游戏），从酒吧半夜闯过来。嗯，现在我认出他的老样子来了。

我想了想，我之所以喜欢他的这种鲁莽行为，并非是因为我有受虐癖，其好处在于阿荣让我处在了一种道德的优势上。阿荣不会为了我做任何事情，他想见我完全出于自私，因为是他想要的。知道了这点我觉得很舒服的，如果我不想，我便有说不的自由，如果我想呢，那就答应，并觉得自己慷慨、大度、可爱。

穿上衣服是没必要的，我把脚伸进了木屐里，在睡衣外面披上了件外套。我裸腿站在透风的楼道上，还是有点冷。他晚了十分钟，一个过路的邻居用一种冷冷的表情看着我。

"如果这个成了习惯，那我就得给你把门钥匙了。"等他终于在夜里带着一股寒气出现的时候我赌气地说（一把刚收回来的额外的钥匙）。他好像并不十分喜欢这个主意。

"钥匙里面有太多的象征意义了，你归还钥匙的那天好尴尬的。"

　　"为什么要归还呢，"我说，"我们翻脸的时候，你把它扔湖里去就是了。"

　　也许他说的还有别的象征意义，丝毫不想表现出他会养成这习惯的样子。我并不相信他会对这类事情的象征意义有多在乎，我自己也努力不去在乎它。我试图否认这是我不认同的一种排名的表现：只有我信任的人我才会给他钥匙的，我不再信任古斯达夫了。虽说以常人的眼光看，阿荣是个混蛋，但他绝不会滥用这把钥匙，绝不会做出令人尴尬的事情，绝不会有那种想法的。

　　不会的，我内心有个声音在说：因为他不爱我。

　　不会的，我回答：因为只有你的最爱才会让你失态，只有那样的爱才会让你感到绝望并无以应对。

＊

　　"又是你。"古斯达夫来电话时我说。

　　"我打扰你了吗？"

　　"没有，我正想给你打电话。"

　　"是吗，什么事儿？"

　　"有篇文章里面有个地方，我不知道该怎么作图书分类，需要建议。你呢？"

　　"我也需要建议。我们互相交换一下好吗？"

　　"嗯，我的建议当然会更好，那你得补上这个落差，比如一顿晚饭？"

"哦，你上次以后就没吃过饭了？"

"卖香肠的摊儿还是有的。"

"你靠吃热狗和巧克力活着，奇怪还没长胖。"

"你可不知道我现在有多胖。"

他不知道，但很想眼见为实。我当然跟从前还是一个样子，他也是的。当我们在古斯达夫的厨房里吃完晚餐，讨论完我文章的问题之后，我们就上床了，完全跟从前的我们是一个样子。

那时我才想到他也需要我的建议，我问起他时他只是在枕头里面嘟噜着，我猜他的意思是无所谓了。

"你用有问题做幌子把我骗来这儿，"我用手撑着下巴说，"那你还是把问题说出来吧。"

他叹了口气，把毯子拉到肩上，转过脸来对着我。

"我可能会有孩子了。"

"跟谁呀？"

"苏珊，以前我跟你说过的夜校的那个。"

"我靠，古斯达夫！我没跟你说过吗，这也太不道德了！那是你自己的学生啊！"

"是她那个，"他诉苦说，"我一点儿都不想的，但她不请自到，一进屋就开始脱衣服了，我能怎么样？"

"总是你被人勾引是不是？"

"这不像你想的那么容易回避，不是只说一声'不要，谢谢，我想我没兴趣'就行了的。"

"你可以说你有梅毒呀，你难道一点儿想象力都没有吗？"

"我没你那么会说谎。"

"你就不能用太妃套吗？"

364.

"她说她有用避孕药的。"

是哭还是笑？我的幸灾乐祸里未必没有包含着各番滋味。我很是享受他的羞耻感和由此引发的丑闻，我乐滋滋地想象着亲戚们的惊恐和他们瞪大了的眼睛。

但是我不享受他有孩子这事儿。

如果有谁要给古斯达夫生孩子的话那该是我，这事儿我可不喜欢。

"她很确定吗，有没有做测试？"

"有的，是阴性但还太早了点儿，反正现在有些周了，她承认说她忘了服避孕药。"

"小朋友，你是昨天刚出生的呀？时间呀例假呀，即便是服了避孕药你都不敢肯定的，何况还忘了。"

"是啊，你想！我该怎么办？"

"她想要小孩吗？"

"如果我跟她结婚的话。"

"不然呢？"

"不然她要去做流产，因为她一个人没劲儿带孩子。"

"她知道你对流产的看法吗？"

他呻吟了起来。"我们上课时是讨论过的，有人问到了这个，我没隐瞒我的观点。"

"这样的哦。现在就只差你说她是个又丑又神经质的女孩了，孤僻自卑不知道她长大后要做什么，然后这事儿就一清二楚了。"

"倒说不上丑，但除此之外大致就像你说的。怎么啦，你当然会以为这一切都是个为了把我骗入婚姻的高招，你以为所有的人都和你一样有心计。我不这么认为，她来这儿跟我说这个的时候，我从来没见过有谁这么绝望的样子。"

"如果都被逼到了要玩这么一出戏的地步，不绝望才怪呢。"

"那如果真是这样，我该怎么办？"

"为了救你孩子一命，你就跟她结婚吧，然后你还可以离婚的，那时候就没谁能再要那孩子的命了。"

他在枕头里咕噜着："亲爱的你真会使坏心眼。"

"我不相信她说的那些，在她拿到检查结果之前你当然什么都别做。让你去焦虑一阵子，对你来说是个适当的惩罚，我真是这么觉得的。"

"你觉得这是个罪过？"

"是的，和一个处于这种依赖地位的人有关系，我觉得是不可原谅的，除非你是爱上了她。反正我觉得，如果连爱情都没有，如果不是彼此喜欢，如果都不是自己想要的，这怎么说都是罪过。如果说有什么违背天性的罪过的话，那就是和自己不想上床的人上床了。"

"这么说你这次是想和我上床了？"他抬起头来，用闪亮的满怀希望的眼睛做了个鬼脸。

"这次是的，在这方面，我想做才做的。"

"如果你想得频繁点儿就好了，如果我们没有互相疏远，那这绝不会……"

"噢！你让你的学生怀了孕原来是我的错！当然是我该去跟她结婚了！"

"我们俩可以结婚，然后去领养那个孩子。"

"别把我扯进这里面去！我来这儿是要做个中立的顾问。记住了，仅仅是私人心理顾问的角色。我很高兴你想听取我的建议，但别想把我掺和进去。"

"我还能去谁那儿请教呢，没有别人是我可以去讲的，你真的很明智。"

"我是必不可少的，"我讥笑说，"我可以睡觉了吗？"

"睡吧，要是你睡得着的话。"

没过几天古斯达夫就来告诉我他得到检查结果了，虚惊一场，也许我的那些怀疑也是无根据的。

我如释重负，这事儿太离谱了。但它也留下了一种情绪，一种悲伤，改变了古斯达夫——不再是我曾经认识的那个人了。

"我当时是什么样的？"他感兴趣地问。

"你很温柔很天真，我以为到结婚的时候你都还是个处男。"

"是谁把我改变了呢？"

"我可没想到你会直接走上不道德的道路。再说，即便没有我，你到时候也会改变的。"

"没有你我早就结婚成家了。"

别再让我挡路了。

*

我刚把《今日新闻》读到第二版面的时候，有人来敲门了，是古斯达大来还钱，那天他去银行晚了，银行关门了在我这儿借了五十克朗。

他站在前厅的地毯上看着我，我手里还拿着那张报纸。

"'红头'今天写得挺好的。"他想起来了。

我笑了："我读的时候还想着呢，红头的这篇文章你会喜欢的，可我不想就为了说这个专门去给你打电话。"

他抓住门的扶手。

"我看到《弗吉尼亚·伍尔夫》又在上映了。"我说。

"嗯，就是，我想再看一遍。"

"我也这么想的。"

"看到还有比我们的关系更糟糕的，真让人受鼓舞啊。"

"就是，我们至少没打架。"

我翻了翻报纸，"在格兰德电影院。"

他笑嘻嘻的，"七点还是九点？"

"七点，完了我们可以吃晚饭。"

于是我们又去看了《弗吉尼亚·伍尔夫》。古斯达夫又请我吃了晚饭。我们又一起睡了觉。

可不能把这个养成一种习惯了，我们说。

可我们在一起又是如此的愉快。

*

真正的冬天不过就两周，然后就是一两个月跟往常一样的那种灰蒙蒙了。等云层一散开，我便随手拿起一本书，去附近的公园里吸阳光了。不是晒，晒听上去就像你有的是时间，而是贪婪而病态地：吸。

复活节快到了。

如果要搞清楚我想要的到底是古斯达夫还是他乡下的房子，那我现在就不该去岛上了。

古斯达夫会在那儿，我会想念那里，可这样一来我还是不知道我想念的是什么。我得去另外的什么乡下过复活节才能探出个究竟来。

"不无道理。"希拉同意说，邀请我跟她去斯莫阑。

去那儿过节的就她和她的新男友，没有另外的家人，可我还是觉得自己有点儿碍事儿，希望她是在我跟她说起之前就邀请了我的。这有点像人们平时说的第五个轮胎，不过因为我们只有三个人，所以我就被叫做了第三个轮胎。

虽说那房子挺大的，如果想的话，他们俩是可以有自己的空间的。希拉保证说，有我在那儿挺好的，可我大概比他们要介意些。他们的恋爱关系还处在那种令人疲惫的初期，那种让人肉麻的阶段，希拉跟我说话时就像是在跟他说话似的，我挺不自在的。

我和古斯达夫一起在别人面前从来没有这样过吧？

哦，开始的时候他有过的，那时我就从精神上踹上他一脚（打架我们是没有的，但精神暴力当然也是暴力，可我还是认为最好不要朝对方砸什么东西）。

我尽可能地多待在户外。森林是约翰·鲍尔画中的森林。踩在脚下的柔软的青苔，北坡上和树下的雪。一个人们夏天游泳的小湖，散发出泥土腐烂的香味。

可它却不是什么海。

当然，我还是想念海岛，因为那是我熟悉的乡下，想念古斯达夫，因为他是那个我熟悉的人。

这么简单的问题我应该在脑子里就能琢磨出来的，用不着把自己拿来做实验。

复活节前夜，我趁他们不注意，穿过森林，走了四公里的路走到了村儿里，在小卖部把一个五克朗换成了一克朗的硬币，手抓在电话亭的门把上又松开了，掉头往回走，那几个一克朗的硬币在衣服兜里叮当作响。

我不想冒险，万一是他家里人接的电话，他们可是以为我俩已经快乐地分手了。而且，我也不愿意承认我是多么想念他。

复活节星期一的下午，我们冒着暴雪开车回城，下午晚些时候到了家。

古斯达夫打来电话说亲爱的，你想和我结婚吗？

"这来得好突然。"我说。

"岛上没有你，我好伤感。"

"我也是，"我是说，"没有你在一起。如果不是因为即便在电话里我也害怕面对你父母的眼光，我就给你打电话了。"

"我悟出来了，没有你我也不会幸福的。"

我满足地笑了起来，"那，如果不管有没有我你都不幸福，那就无所谓啦，不如有点变化，我还是考虑一下我自己的幸福吧。"

"可现在这样是让我最不幸福的。我想和你结婚！"

"你要冷静，现在不是结婚的季节，等到秋天再说吧，如果那时候我们还是这么多愁善感的话，现在这样着急绝对不会有好结果的，我们认识还不到六年吧。"

"还有半年，"古斯达夫坚决地说，"我再给你半年，多一天都不行了。不论什么结果，十月三号你得决定，是想要我，还是要别人。"

"好的好的。"我说。

那还早着呢。

*

复活节假期后，我的《爱丁堡评论》的研究应该做出点什么结果来了，但我还没来得及找到上次停笔的地方，阿荣就来了电话，建议我跟他去哥德堡两天。这时候不论是职业道德还是自卫本能都无济于事了，这是一个我无法回绝的机会，尤其是如果我将来必须要和他断绝关系的话，那更是要在此之前充分利用这一时机了。

我热爱火车，热爱阿荣，这组合多么美好，还有，坐在车上喝咖啡，我也热爱！虽然咖啡车厢不如从前了，只有基本的服务，塑料的餐具以及塑料般的三明治，但它毕竟还是个喝咖啡的地方，一个沿着铁轨行走，窗外风景移动的咖啡馆，何况坐在我对面的还是阿荣。

我们谈论着即将来临的这场战争：美国已经完全疯狂，报纸上的标题上都在大喊着世界大战。在恐惧和愤怒中我也有一种释然：不能这样继续下去了，只有中南半岛遭受战争，年复一年的，不公平。

"清教徒，"阿荣说，摇摇头，"清教徒的理论。"

"怎么讲？难道'公平'是清教徒的一个发明吗？"

"不是，但'有罪情结'是的。"

"无所谓情结不情结，如果有罪是一个事实的话。我们为什么就应该得到和平和繁荣？越南人有什么错？如果人人都能拥有我们所拥有的，那当然更好，但如果有人必须得受伤得残疾得去死，那么你不会否认说分担一下才更公平吧。"

"挺有逻辑的，太有逻辑了，不能这样去论理的。而且越南人还没放弃，那你也不应该替他们放弃了。"

"我不是说我们就要坐在这儿等着都被炸回到石器时代去，我们当然得行动，就像世界和平与公正是有可能的那样，但至于是否相信会实现，那就另当别论了。"

"你喜欢最终解决方案。"阿荣说。

是吗，我？

我们偶尔给自己的杯子里加点咖啡，取点塑料般的三明治，好可以继续坐在这儿。但快到舍夫德的时候，工作人员开始斜眼瞧着我们了，于是我们只好回到了我们的座位上。

我们旁边坐着一个留着胡楂的小老头，他让我想到法罗岛上我的那个吸口含烟的大叔。不到两分钟的时间，阿荣就把他卷进了世界局势的谈话中，不到两分半钟的时间，我就意识到这口含烟小老头原来是个乔装打扮的白精灵。

"美国人去那儿干吗，"他愤怒地说，"去印度尼西亚。"他说，但他指的是中南半岛，说错了并不意味着他不知道他在说什么，因为基本问题是众所周知的，美国人无处不在，从希腊到月球：关他什么事儿。

大叔要去阿灵索斯，我们殷勤地帮他取下了箱子。然后我们坐下，笑了起来。

"你看，"阿荣说，"人民不傻吧。"

"你不会以为一个化装成吸口含烟老头的白精灵可以代表瑞典人民吧？"

"如今眼下，很多人都像他这么想的。"

"也许吧，但他们永远都不会去做什么的。"

"你做什么了？"

我剥了一个橙子。

我从没到过哥德堡，这儿是阿荣的地方。他牵着我，嘲笑我的迷茫。我们以前从未手拉手地在街上走过，一切都很奇怪。一个既完全陌生又似曾相识的城市，很瑞典，是一座大城市但不是斯德哥尔摩。它是瑞典的一部分，没有我它也一直在这儿存在着的。还有走在我身边的这个男人，他看上去和我在一起，但事实上却是别人的人。

"你的哥们儿现在会怎么说呢，你身边带的不是你的女人？"

"他们不管的。"

他是这么以为的，但他们即便没有偏见，却并不比其他人更缺乏好奇心。他约了两个男孩儿在大道上的（大道：哥德堡有名的大街）一家披萨店见面。虽说他们看到我时连眉毛都没有抬一下，可他们心里还是有动静的，那些疑问没说出口却悬在了空气中。（阿荣把弗罗伦丝抛弃了吗？她怀了孕？等等。或许这妞儿他只是玩玩而已？）。终于，我去了趟洗手间好让他们趁我不在场的时候澄清一下这个话题，清洁一下空气，我回来时他们要是没说这些才怪呢，现在他们的眉毛都到位了，这妞儿只是玩玩而已的。

阿荣此行的目的是要讨论他的几个熟人做的一部报道罢工的片子，他们想通过影视中心来发行，由阿荣负责，他有关系。我对这事儿不太了解，他们定在明天谈。晚上在我们住的那个集体住宅里他们安排了个晚会，以阿荣的名义请了所有的老朋友们。

见到他的朋友们挺有意思的，可我不像他喜欢我的朋友那样喜欢他的朋友。他们大部分都是革命分子，疯得不得了，相比之下阿荣像个理性而平衡的奇迹。有几个人是瑞典左翼党，阿荣告诉我说，他们为了革命剪了短发，外貌是他们一系列的渗透策略之一，为了能和普通人民交谈他们牺牲了自己的卷毛。

我大部分时间都沉默地坐在那儿，看着周围。我看着来和阿荣拥抱的女孩子们，心想她们当中有多少人和我有同样的经历。我不想和谁分享，我一点儿都不想在这儿，我不属于这里。我坐在阿荣旁边，免得新来的客人盘问我是谁，可这也没用，我还是觉得自己不属于这里。阿荣把手臂搭在了我的肩上，一目了然我是谁：阿荣的妞儿。我不想做他的妞儿，又不是真的！

那是一种在抽了大麻之后才能体会到的高傲而不快的孤独感：你们以为你们看见了我，但其实你们根本不知道我是谁，我不属于这里，我和你们没有任何关系！

阿荣和我的关系从来就没让我需要被以旁观者的角度来提及和审视。阿荣只是"阿荣"，从我十九岁起他就是了，我是付出了极大的代价才明白了有些关系是无法定义的，"友谊""爱情""艳遇"都无法去概括，它是拥有专利的。

可是你又不能开始去给那些旁观者解释，你甚至不能开始为自己开脱说，虽然阿荣结了婚可我是先认识他的，你没机会解释任何东西，只能从旁观者的眼里看到它们。

而我不喜欢我所看到的。

时间过得很慢，酒喝得很快，阿荣喝醉了。两点的时候，他把头放在我的膝盖上，和人讨论着中国道路的可行性，而我只想回家，回到《爱丁堡评论》和打字机那里。这感觉就像过去的那些不美好的时光一样，我坐在这样一群谈笑风生的人中间，等待着阿荣把目光转移到我的身上，等待着他决定我们要回家睡觉。

可是，在这座城市里没有可回的家，这房子就是我们的住处。

等客人们开始睡着了，我这才明白我们是不会有自己的空间的。他以为有人的时候我也会和他上床吗？我不会的，哪怕其他的人都酒醉熟睡了。如果说这是一种心理障碍的话，那它是我宁可保留的一个。

现在这也不是什么问题了，阿荣在他把最后一个对手聊翻之后自己也倒下睡着了。我找到了个毯子给我们盖上，和他一起挤在了那张不舒适的沙发上。别人都睡了，我却一个人醒着，有被遗弃之感，很不习惯。我一边躺在那烟雾朦胧的屋子里，听着那些陌生的鼾声，一边看着天空明亮了起来，而窗外春天的阳光正在大声呼喊着另一种生活。

我要去码头散散步，我想。

29

古斯达夫有什么权力给我这样的一个最后通牒：是要我还是要别人？完全没有，可他却这么做了，而且这次是认真的。剩下的时间不足五个月了，我不知道该怎样去回答他。有时我觉得我当然得选择古斯达夫，为了一个稳定的生活而放弃其余的男性是值得的；可有时又觉得这当然不可能，我要选择阿荣，可阿荣那儿却并没为我提供这一选择。那我要选择的便是"自由"了，想和谁交往就和谁交往的权利；再有的时侯，我会为这么一个愚蠢的选择状况而愤怒，再次声明我拒绝接受它，拒绝去比较，去那个天平上掂量，我才不会接受呢。

我疲惫的脑子里永远都在讨论着这些问题。我的思维已渐渐地轻车熟路起来，脑子越转越快，一天当中反反复复无数次翻来覆去地想着：古斯达夫，我醒来的时候想，他是唯一我能聊天的人；阿荣，我一边在炉子上烧水一边想，和他我能有个性生活；等水流过了咖啡滤纸我又想了一整圈儿：不，我拒绝比较，他们俩我都要！可这样是不会被允许的，我一边涂抹着面包一边重新又再想了一遍……

于是和古斯达夫见面时我想着阿荣，和阿荣见面时我则想着古斯达夫，所有我拒绝做的那些比较都会自动地出现，那比较的天平晃来晃去的，晃得人像要晕船了似的。

一个小孩，我心想。

假如我怀孕的话，就不用做选择了。一个最终解决方案，对，我会欢迎这个方案的，即便是以灾难的形式。

可跟他们中的谁呢？跟古斯达夫当然更实际，不过跟阿荣那孩子会好看些（比较不请自到）。不管怎样，这会花去我很多的时间，那我最近十五年就无需再去琢磨我的人生该怎样度过了。

我刚刚开始玩味这个想法，我向来很准时的例假却真的没来了，我立刻意识到，就算这是个最终解决方案，谁是孩子的父亲也并非就无关紧要。但目前，我无比惭愧，我说不准会是他们中的哪一位。

虽然我不再觉得多伴侣有什么不道德，好多人都这样的，但怀上孕却不知道谁是孩子的父亲，这也太水了。我也不知道为什么，其实这不过是两性关系的一个自然结果，但人们却普遍这么认为的，包括我自己，觉得这是让女人最掉价的事儿，是最不让人尊重的母亲了。

我开始做一些新的比较了：悄悄地观察他们的耳垂和脚趾的形状，琢磨着如何在跟他们聊天时说起血型却又不引起怀疑。

例假推迟了四天之后，我明白了这是件再糟糕不过的事情了。它剥夺了我的选择机会，却没让我逃脱那个选择的状况，反而还将其延长了：在未来八个月的时间里，我都会去斟酌和掂量利弊，如果我终于决定了想和他有孩子的是古斯达夫（或阿荣），但生出来的却是阿荣的（或古斯达夫的），那我就会对其后代充满厌恶，而这孩子一辈子都会变得神经质。

在推迟了八天之后，我的例假来了，我赶紧跑去哈丽叶特家借了两板避孕药，在我自己的药开出来之前够用了。或者说，在阿荣夏天出门旅行之前够用的了。要是那时候我再怀上孕的话，那就是古斯达夫的孩子了。知道了，我就不用去做选择了……

不管怎样，我夏天必须要选择停用避孕药了，我不能骗自己说是"忘了"。真倒霉，生活在这个不能不小心怀上孕的时代。哪怕是怀个孕都得做出选择！

要是我现在就怀上了怎么办？那就和古斯达夫成立家庭吧。迟早总会要小孩的，我一直觉得那是以后的事儿，在很遥远的未来，可我很快就会过了所有专家们建议的生育年龄了。那为什么不就现在呢？

除了现在任何时候都可以，现在那只会是一个惊慌的举动。如果说有什么事儿不能在慌乱中做的话，那就是生孩子了。不要幻想这是什么出路，不要利用无辜的生命来收拾自己的烂摊子。要生孩子就要冷静清醒，想要的是孩子，而不是因为慌乱、热恋或忧郁而产生的什么含糊的动机。

每天晚上我都极不情愿的，做着鬼脸逼着自己去服那颗小小的药片，我用刷牙的杯子来干杯：为了那无辜的孩子！

*

当我说我要和古斯达夫去巴黎时，哈丽叶特翻起了白眼，希拉则用手拍打着额头。

"为什么不呢？"我不高兴地问，"我们从来没去国外真正旅行过，现在他终于有了点儿钱而我还是学生，我们可以参加学生会组织的低消费旅行。"

"可是你说你们已经分手了。"

"那又怎么了？现在我们有了这么个机会，就因为分了手就不去了，那不是太狭隘了吗？"

哈丽叶特和希拉交换了一下眼色，表示跟我理论是没用的。

真奇怪，我们这一代人很开放，你要是没正儿八经地结婚，是不会介意的；可要是后来你不正儿八经地离婚，他们却会像老姨妈似的很激愤。

至于老姨妈以及她们的同龄人对此有何看法我们就不去深究了。我们没告诉家人我们俩要结伴旅行，分头偷偷地去了瓦萨街上的汽车站，装作互不认识，直到上了飞机，确定不会碰见什么熟人。

还有一件事我们在开始计划旅行时就达成了协议：为了避免整个一周都谈论我们的将来、过去、我们俩之间的关系，在回国之前它们都是禁止的话题。

我们比我想象中的还守信用，旅途中有好多其他的东西让我们不断有新鲜的话题可聊。当然有时候我们中有谁会把话都说到嘴边了，所见所闻很容易让人产生联想，但当他试图要去触及我们的原则时，我会抗议起来。换了我，他也会这样，既然有协议，就要尊重它。忘记时间和空间真好，活在此时此刻，和彼此在一起。

我们当然去看了卢浮宫，古斯达夫给我看他奥林匹亚屋檐雕塑的雅典娜，我很想引用他信里平佩讷·斯密斯的话，那是他最早给我的来信中写到的，可我从他的眼神里读到了他也记得这个，那我就不必说出口了。

要不我们就坐在人行道上的露天餐厅喝潘诺，写明信片，试图从彼此的目光里看出对方是写给谁的。当古斯达夫去洗手间，粗心地把他的那堆明信片留在桌子上时，我就趁机偷看了（关于偷看，我们的协议里没提到，而且他还欠我一次！）一张是给他父母的，一张是给埃里克的，果然还有一张是要寄给一个在斯德哥尔摩的英耶亚德·弗瑞德松，我从没听说过的。他写到天气有多热，旧地重游是多么有趣，写到卢浮宫，但却没提到雅典娜，好在他至少没有又开始去重复那个。

最后一天我们去商店给对方买礼物（在我们现在设计的这个世界里不存在"纪念品"这个概念了，但"礼物"却是在时间范围之外的）。成群的游客拿着的埃菲尔铁塔盐罐对我们没有吸引力，乐蓬马歇里也没找到什么，那些好一点的商店则价格惊人。但当我们走进一家香烟店去买烟斗通条时，我们在一个海泡石烟斗前站住了：很特别的，诱人的弓形，烟斗上有个小小的盖子。我们俩都贪婪地看着它，又看了看对方，问店员还没有一个跟这个一模一样的，可是他用法语说"先生没有了"，再说一看价格我们的钱也只够买一个。我们为对方把它买了下来，在码头边的一个公园长椅上坐下来试试。路过的人看着烟斗在我们之间传来递去的，肯定会怀疑我们是在吸大麻。以后我们可以轮流拥有它，可怎么个轮法我们却没说清楚，因为它是那个不许被说到的"未来"的事。

在阿兰达机场我们又无可奈何地坠回到了现实中，被困到了时间和空间里，不得不为我们要怎样度过剩下来的夏天做出决定。天气太好了，我在图书馆里坐不住，静不下心来工作。如果这是我和古斯达夫在一起的最后一个夏天，那么最好好好地珍惜它。是的，我发现"把握机会"，这是一个其实可以无限使用的借口。

我们开着船出门了。古斯达夫让我来选航向，我更喜欢顺风航行，这样就不用像只苍蝇似的，两脚抓着天花板了（脚抵着船舷，心想，他落水的话，就剩下我一个人怎么办）。于是我们就被风带着，慢慢地开往海岛。虽然这不是我们的初衷，但既然都到了自家的水面，也不妨继续开到家门口了。

快要入夜了，我们绕过最后一个海角，准备上浮标时，风完全静止了。我站在前甲板上望着陆地，同时我们无限缓慢地划入了海湾。这么美丽的小海湾，它像一阵悲伤向我袭来，在这里，我想，应该扬起风帆，驶入夜港，在一个宁静的夏夜里。

然后我自然想到了佩尔·古纳尔·厄瓦德尔。任何一个有文化的人在这种时候都会想到他。（"人会渴望着那些他正在做着的事情"，就像是他的专利似的。在这个神经质的时代里，大部分人大概都很熟悉这种经历，他不过是因为把它描写了出来而成名。）

但我却没来得及多想，不论是关于渴望或者佩尔·古纳尔·厄瓦德尔，因为古斯达夫在喊说我要错过浮标了。跟往常一样，把船泊好之前，总有几秒钟的紧张和慌乱。等把缆绳系好了，把帆也收好了，我跨到了栈桥上，安静地站了一会儿，只是看着，呼吸着。

草坪上的草没有除，长得几乎和屋子的窗台一样高了。在悬崖边上那个可以坐着看书的地方，有一群鸭子从芦苇丛中游了出来，在水边嬉戏着。屋墙边上，放着我去年夏天留下来的鱼竿。

这儿，我心想，应该是家。

*

古斯达夫出去远航时，我就去城里工作。有一天，信箱里有一张署名"A"的明信片，我站了一会儿，傻傻地盯着它看，然后明白了是阿荣。我以前从没看过他的字体，挺普通的，在学校里学的往前倒的那种，而不是像我的，或者古斯达夫的字体那样，是往后倾斜的。

明信片上是他和家人休假时西海岸的风景。在"A"的上方简短地写着："20号回家。可能的话，我周日打电话，希望你到时在。"

我坐在家里看书，周日大半天都没离开电话。一点半，电话终于响了，却是有人打错了。然后古斯达夫来了电话，他刚开进了港口，建议我请他下馆子，帮他重新适应都市生活。

"今晚吗？"我说，"不太好，你不能等到明天吗？"

"你今天有安排了？"

"我不知道，可能吧。"

"阿荣？"

都怪他自己要问，于是又跟平时一样，他难过了起来，破坏了我要见阿荣的快乐。虽然我也知道他在电话那端的感受，我还是不能不恼羞成怒。

"你非得这么吃醋吗？你真的就不能偶尔也让我享受一下和阿荣在一起的快乐？"

"我的心变成了块堵在胸口的抹布，就是这样的，一块拧过的抹布，你懂我的意思吧？"

"是的，我知道，"我大声说，"你听上去这个样子，我的心也变成了块抹布！"

他在电话里沉默了起来，这就更糟糕了。

"我怕你，"我小声说，"你太爱我了，你太容易受伤，我受不了你的要求。"

"阿荣，他就没要求吗？"

"没有，他怎么会呢，我们谁都不会去要求对方。我可以跟你说，这真的太爽了，用不着良心不安。"

"良心不安，"他哼了一声，"你能对付的吧。可是我爱你爱得拉肚子，如果这样下去，我会患慢性胃炎的，我受不了了。"

"可是我们已经决定了秋天再来讨论这件痛苦的事儿的，不能等到那个时候吗？如果我们说什么都会伤害对方，然后感觉自己像块抹布似的，我也不知道该怎么办。"

"显然这之前我们是不应该再见面的了，这样或许更便于思考，既不上床也不来往。"

"这大概是唯一的办法了吧。因为我们总是又凑到一块儿。"我认同但不确定地说。

"好的，我们十月份再见。"

他挂了电话，我的心是胸口上一块拧干的抹布。

＊

古斯达大不再打电话了，但八月初，他来信问候我。跟从前一样他引用了《圣经》，但现在用的是《耶利米哀歌》3:17里的段落：你使我失去了平安，我已忘记了福乐是什么。

其余部分是斯宾诺莎的《伦理学》中对嫉妒的理解的一篇文章

节选：

　　想象你所爱的女人和别人发生了关系，你的痛苦不仅在于你得被迫收回自己的欲望，而且你还得被迫将你所爱的女人与另一个人的生殖器与分泌物联系在一起，你因此对她产生厌恶。此外，被爱的女人也不会以从前那样的表情来接纳嫉妒的你，这是又一个让爱她的你悲伤的理由。

几个世纪以来的。
悲伤。

*

　　"你不可能什么都要，"希拉说，"你不是第一个尝试这个的，但如果你成功了，你将是第一人。人是要做选择的。"

　　"可是当那些选择不是可以相互取代的时候，便无所谓选择了。他们根本就没有可比性，不能比较怎么选择呢？"

　　"那你至少可以稍微做得漂亮点儿呀，古斯达夫不必知道你在欺骗他。"

　　"我不懂你怎么会称之为'漂亮'，坦诚是我们俩关系的核心，没有这一点我觉得要继续下去是毫无意义的。"

　　"可你不能一辈子都这么去对付他。像个悠悠球似的，你把人家一次次地抛出去，可当他跑得太远了的时候你又把那绳子收回来。"

　　"你这样说也太残忍了，你是不是我的朋友，你难道不应该站在我这边吗？"

"谁的边我都不站。"

"正是，你就坐那儿实话实说，毫不留情的。"

她笑了笑。（对这问题厌倦了？）

"你知道是怎么回事，你也会这样说的。"

"谁都可以这样说的，可我该怎么做？我不知道没有古斯达夫我是否还能活下去，我们在一起这么久了，我可能都忘了没有他该怎么活。"

"可我觉得你们好像大部分时间都是分了手的，反正最近几年你大多都在抱怨。"

"你只听到我抱怨，我们俩好的时候只有他才知道。再说，不好的东西总是容易描述些，相比其他的那些。"

其他的那些，就是让我们在一起的东西，那种"古斯达夫是属于我的"想法，我们俩注定是在一起的，这想法没法解释，听起来只会觉得夸张，像是读多了周报上的关于最佳配偶的短篇小说似的。在这世界上他是我的人，这样的话我说不出口。

这当然是因为他是和我最亲近的人，但并不只是个习惯和观点一致的实际问题，还有别的。没有人像古斯达夫这样"看到了"我，理解到了我的个性，既不低估也不高估或者忽视什么，这是一种半神秘的，"古斯达夫是那个看得见我的人"的体验。这感觉是无法解释的。

我们坐在那个新开的红色剧院咖啡馆最里面的沙发上，咖啡馆里下午人很少，只有一群说法语的深肤色的男人隔着几张桌子坐在那儿。一对年轻人站在对着皇后大街的门口迟疑着，我们心不在焉地看着他们，呷着啤酒杯里凉爽的啤酒。

或许我和古斯达夫并不像我们想象的那么相似，我心想。我更喜怒无常，更不稳定。可在我情绪好的时候，和他的情绪一致时，我们的那种和谐同步是和其他人在一起时所没有的。我们早上可以躺在床上读《今日新闻》，从社论到电台节目预告，会在同一个地方嗤然而笑。只有在开始谈到我们的关系时，我们的分歧才会无一例外地爆发。只要我们还躺在床上读着报纸，我们的灵魂便充满了理解与和谐，但只能是我们还躺在床上读着报纸。

我真不知道在一张床上什么才是最重要的。

"不是我反对这样的选择，"我又开始说（没法换话题），"不，我是反对的，但也意识到我必须选择，意识到选择并且尊重选择是很重要的。我并不是一个只关心个人幸福的自私鬼。"

"信不信由你，"我握着啤酒杯说，"我是个活生生的真心实意希望做出'正确选择'的人。"

我拿着啤酒杯，调侃地说，免得显得这话题过于严肃了。

"可什么是'正确选择'呢？"我问，俏皮而抱歉地微笑着。

希拉笑了起来。

"你问我吗？我可不知道，但我想，你总应该要尽量避免去伤害别人。"

"这是你的定言令式吗？绝不把人像悠悠球一样地对待？可怎么避免呢？我当然可以不再见阿荣了，可那只会是个无意义的姿态。我们的关系不会因此发生什么根本的变化，这不过是古斯达夫以为的而已。"

"有发生根本变化的可能吗？"

"除非我发生根本的变化。我真不知道人是否能够改变自己的天性，很可能我会因为这变化而不快乐的，这反正也不是一个义务吧？"

"古斯达夫让多少个女孩子不快乐了呢，在你放任他的时候？"

"这我可不知道，我从来没去想过。"我把桌上的啤酒杯推开，叹了口气。

"你的意思是，我要坐下来数一数所涉及的人再决定，因为'正确选择'是那个给最多的人带来最大快乐的选择？"

"也许根本就没有什么'正确选择'，你为什么老是觉得要有呢？你也可以是处在'一切选择都是错误'的处境当中，可你还是得做出选择。"

"那可不行吧，如果不论怎样都是错的话，那就得开始使用一种宗教恩典的概念了。"

"哎。"希拉说。

可她是不会替我开始使用的，她把我留在了我的那个"一切选择都是错误"的困境中。

*

花店送来了一束红紫菀和一张卡片：《约伯记》9:27–28。我翻开《圣经》：

> 我若说我要忘记我的哀情，除去我的愁容，心中畅
> 快，我因愁苦而惧怕，知道你必不以我为无辜。

我在屋子里走了三圈儿，在社区走了两圈儿，围着电话转了三圈儿，拿起了电话。

"我有了个新的想法。我们能不能有一种电话关系？"

"什么电话关系，像《空中楼阁》里的？"

"没有，不是那种淫秽的，那我们还不如见面呢。不，我是说不用见面，见面总是把一切都搞得挺复杂的，我们可以在电话里交往，因为总有这么多想聊的话，而我们又是对方唯一可以聊天的对象。"

"这是不是个很棒的主意？"我得意地说。

不不，不是的，对于古斯达夫来说，只需听到我的声音他就会难过，现在他这一天又什么都做不了了。那书信关系呢？我求他。一样的：邮箱里哪怕有个有我字体的信封就足以让他肚子疼了。

那这也不行。可总该有什么出路吧，有什么办法可以对付这没道理的不全则无。有个什么办法，在什么地方。在哪儿呢，在哪儿呢？

*

这学年的博士奖学金又没我的份儿，但系上的一个助理工作却有了我一份。虽说办公室的工作不是我最向往的，但一周不过就几个小时而已。而且看到那些希望得到这份工作的人们一脸的失意，让我很有满足感，无法拒绝，再说又有点儿收入。

另外，从精神的卫生保健的角度来说，这正是我所需要的：一份逼着我去做点儿具体而有规律的事儿的工作。只要我的私生活还是现在这个状况，要想集中思想做些创造性的工作是不可能的。除去想这件我拒绝想的事儿之外，我感觉我已经数月经年没想过别的了：古斯达夫还是阿荣？

*

弘姆勒公园的椴树林里秋风瑟瑟，我从阅览室的窗口望出去，试着去数那些落下来的金黄树叶。当我再低头看书时我已经又忘了我看到哪儿了，于是我决定要放弃这一天。我从衣柜里取了我的粗呢大衣，在出口处把一张有人忘在长椅上的晚报捡了起来。

格兰德电影院的《独裁者》。我宁可去看场电影也不愿意骑车回家，反正也做不了什么。

等我再骑到斯维亚街时，天已经黑了，而且开始下雨。我使劲儿把车踩得飞快，想赶紧回家上床。骑到圣·埃里克街，正要超过古斯达夫时我才把他认了出来。

"你在这儿干吗？"

"出来走走，看不进去书。"

是我的错吗？我站在人行道上，两脚叉在自行车的两侧，等着，没说话。

"你呢？"

"我去看了场电影，《独裁者》。"

"哦，就我一个人。"我体贴地补充道，可他却没用笑脸来回复我。他双手插在口袋里站在那儿，耸着肩膀，像是很冷似的。

"其实我是不相信这种事的。"他说。

"什么事？"

"伟大的爱情。"

我叹了口气。这么冷的晚上出来溜达，他竟是在想这个。

"别，"我说，"别相信它。"

别相信它，我祈祷着，又骑上了车。别相信它，拒绝它，别在我这儿来受伤。我是帮不了你的。

30

按事先说好的，我们十月三号在古斯达夫家见面了。我们聊了聊工作，最近做的事儿，就像那绕着热粥走路的猫似的我们绕着弯子，然后一致同意上床，把那热粥搁那儿不管了。我们知道如果开始谈正事儿那就没法上床了，最好还是先上床再说。

于是我们又一起躺在了古斯达夫的那张刨花板大床上，感觉很是亲切熟悉，就像那床垫上还留着我身体形状的凹陷似的，虽说如果真有什么凹陷的话，一定是别人留下来的。

没有爱情宣言，没有任何宣言，没时间也没力气花在那上面了。为保险起见，我们先无语地"爱"了，然后跟往常睡觉时一样抱在了一起。

"又在一起了，"他叹了口气说，"就像又盖上了个脏兮兮的旧毯子似的。"是的，大概就是这感觉，大概就这么激情而又光艳，这么有福气而又习以为常的。

早上我们只来得及喝咖啡、看报纸和在门口匆匆一吻，跟在如此的一个清晨本国其他那些婚姻里的人们一样。一整天我们各自忙着各自的事，但晚上他到我这儿来了，像是下定了决心似的说：

"怎么着？"

"什么怎么着？"我说（为了"赢得时间"，为了赢得一生中的两秒钟）。

"你怎么想的？"

"嗯，"我说，"嗯，我想要你。"

"可怎么要，什么条件？"

"跟以前一样，跟所有的时候一样，我想跟你做最好的朋友，无条件的。"

"可是你没有这种选择的可能性。我知道我没权利给你下最后通牒，我知道这一点，可我受不了，你现在必须做出选择。"

"你是说，选择他还是你？"

"选择我或者别的什么。"

"可这不是什么选择，我没有其他的什么可选择的。选不选择他，这又不在我，我唯一能做的就是不要他，可我不会的，我也不会不要你，我拒绝。我不接受这样的选择。"

"可你必须意识到不选择也是一种选择，结果跟你不要我是一样的。"

"我听到你说的了，我相信你，可这和我选择并不是一回事儿。如果我说的是要你，但做的却是不要你，那这和我说我不要你还是不一样的，这可是有巨大的原则性的区别。"

我们面对面地坐在餐桌前，像丌研讨会那样，试图从某种程度上去说服对方，争个究竟。或者更像是，坐在一张谈判桌前，为了生存我们必须找到个达成共识的办法，必须说好我们该怎样去和对方讲和。

他嘲笑我的这个类比。

"那么你便是谈判中更强的那个对手了，因为你更容易找到一个代替我的人。"

"你怎么会这样想？"

"因为有趣的女人更罕见。"

"按照你的意识形态，每个人都同等的有趣。"我提醒他。

"有同等的价值，但不意味着你从她们那儿有同等的收获。不管怎么说，找到有趣的男孩来交往要容易些。"

这个我从来没想过，但这也许是男性社会的自然后果吧。可是另一方面，要找到没有自以为是的有恶习的男孩儿却更难，就连阿荣……不，这时别把他又扯进来了。

"即便统计结果是真的，这结论也还是错误的。像我这么不正常的人要找到个合适的就更难了。我说过的，你是唯一一个我能一起生活的人，如果不跟你，那也不会跟别人的。可你却很容易适应，你跟谁结婚都是可以的，你有那个适应能力。"

我们在友好的争执中泡上了茶，把杯子拿了出来。他好久没来我这儿了，他环顾四周，发现了阿荣给我的那张比亚兹莱海报。那其实不是个礼物，只是他碰巧有两张，就把其中一张给了我。这是现在几乎家家户户的墙上都能看到的一个装饰，就像十年前弥涅耳瓦公司石版印刷的毕加索的牛一样的普通。

"哦，你也买了这个。"

"别人给的。"我说。

他就像被我打了似的。阿荣吗？他用眼光问。我没回答，他自然以此为默认。我的墙上有幅另一个男人给我的画，让他如此难过，那还不如我打他好了。

"是不是挺配我的墙纸的？"

他不回答，不看我，只伸手去拿桌子上那个火柴盒来点燃他的烟斗。

反正谎言是行不通的，我都没想到我是可以撒谎的，哪怕是临时撒个荒唐得微不足道的谎我也不会，比如就骗他说是我买的。

他从沙发上站了起来，穿过整个房间，又坐了下来，笨拙地放下烟斗。他在认识我之前是根本不吸烟的，这当然也是我的错。

"你不爱我，就这么简单。"他说。（这话他说过多少次了？）

"我不懂你为什么要把它搞得这么简单。我想要你，可不是无条件的。"

我受不了再看他这个样子了，我在心里对他大喊着：别接受我的条件，站起来走吧，不要再被折磨了！走吧，我会放你走的，这次我真的会放你走的。这世界上如果我还有什么义务的话，那就是放你一马了。

他急速地连续吸着烟斗，烟都已经灭了。他敲打着烟灰缸口把烟抖了出来，手放在膝盖间，耷着肩头坐着。

我应该走上前去抱住他。我做不到。痛苦是如此让人反感，我受不了。我只想把这痛苦甩掉，让它从我眼前消失。

他站了起来。

我把他送到门厅，他还没走出门就又举棋不定起来：

"你要是改变了主意就给我打电话吧。一周之内，我们这样说好不好？"

我点点头，又要一周，好吧，你愿意的话。

他拖着沉重的木屐下了楼。我收拾了桌子。

天还没亮，平时这时候我不会醒的。我躺着听一下是什么声音吵醒了我，可屋子里安安静静的，只有热水管道和厨房里冰箱的嘶嘶声。

我梦见了什么？我在水上划船，穿过了一个狭窄的海湾。我把船拖到了岸边去放水，然后要再原路划回去，可这时，我有支船桨不见了。我在岸边走来走去，一个长长的松林斜坡，可我找不到它了。

象征性的：回头无岸？还是文学性的：谁能泛舟却没有桨，谁能分手却……

这个画面怎么说也太平淡无奇了，我都害臊把它想了出来，哪怕是在梦里。平庸到粗俗，我不愿意承认它是我做的梦，都不敢再睡着了。

时间一天天地过去了。我不断地有想给古斯达夫打电话、写信和见面的冲动。我把它们压制住。我没有改变我的想法，该说的我都已经说过了，那又何必呢？"为了安慰他。"可我知道所有人里我是最不胜任的了。对于古斯达夫来说最好我不存在，为了他我最好装作不存在。那么，别动，装死。

或许他是对的，我从来就没有对我们的关系尽过责任。或许结束这一关系是我唯一能尽责任的办法，判给他自由。如果他现在真的是鼓起勇气下定决心的话，那我怎么也没权利去破坏它。我要控制自己，控制我的手指，放他走，给他一个机会。

那如果他抓住了这个机会呢？如果他被别人安慰了呢？

我受不了他的痛苦，甚至连这个都想到了。他生来就是为了有一个幸福婚姻的，为什么要继续和我在这个不幸福的关系里折腾呢？不，我希望他一定可以找到个安慰他的人。

将来我有可能会后悔死的，我有可能会诅咒自己毁掉了我的一生。但这不重要，现在重要的是他。

坚持，记住不论发生了什么，首要的义务是：不要伤害。记住，别让你的指头去碰电话。其实我想和他说话完全不是为了安慰他，而是为了安慰我自己。我们见面一起悼念我们的分手，这愿望很荒唐。可我们各自去悼念同一件事，这似乎也不实用。

可是我没有权利要求从他那儿得到安慰。

那谁来安慰我呢？跟阿荣见面，能安慰的只是我好多天没见到他了，却不能安慰我见不到古斯达夫。

*

时间一周一周地过去了。他没有打电话，我们也没有碰到。我们住在市区内的同一个岛上，但工作单位都在另外的城区，大部分时候我被迫在城外的弗热斯嘎迪那边流亡着，我们的路线没有交叉点。

一点儿动静都没有，我不知道他是死是活。

可这正是我们所希望的，如同死了一样。这回我发了誓，我不会是那个第一个抬头的尸体。"为了他"，我每次要打电话的时候都把自己拦住了。

其实我不再怎么想他了，不过就每天一千次而已，但每次想得不那么多了，没有多到让我受不了。我用工作来填满我所有的时间，坐在系上的办公室、图书馆或者皇家图书馆里，平时和周末也都在家工作。

"现在你是不是像哈丽叶特那样，变成一个更好的人了？"希拉问。

"就算没有，至少也没老是被人提醒着。比如说跟阿荣在一起时，我就是个文明人，要我自己来评价的话，还蛮可爱的。还有跟你在一起时，我也挺像个人样的，不是吗？"

"跟古斯达夫在一起你就不文明了吗？"

"不能说就是因为古斯达夫，嗯也许他尤其招惹我吧，但主要还是'婚姻'里一定有什么，把人最坏的一面给引了出来。"

希拉心不在焉地转动着她的戒指，她刚和夏天跟她住一块儿的那个男人结了婚。她通知我们的时侯，责怪说是迫于社会压力，我前所未有地表示理解。如果说现在成家的压力小于从前，那我很好奇从前是怎么个样子。今晚在去希拉家的路上，我遇见了两个老同学，我没来得及躲到另外一个人行道上去。这种情况下人们首先问的是对方在做什么（"我在读博士"，我说，这种时候我会说"读博士"），而第二个你同样也无法回避的问题便是你是否结婚生孩子了。社会压力犹如蒸汽压路机，除非你是大力士艾维克，否则难以抵挡它。

"做情人大概也不是什么理想的长久之计吧？"

"我从没说过我想要的就是这个，我一点儿都不喜欢的。我的理想是独立个体之间的一种关系，而阿荣有一大家子人，并不独立的。"

"你都不能给他打电话吧？他又没个工作。你是打去他家里吗？"

"夫人你是不是开始从家庭的角度对外遇这事儿产生兴趣了？"我嘲笑说，"不是的，除非是急事儿我是不会打电话的。他碰巧有空我就挺身而出，不经常的。过去太太们管家务的那个时代，做情人大概要容易些。现代的男人们，他们老是得待在家里做饭，妇女解放把我们这帮人的市场都给搞砸了。"

"你去老一代那儿找个情人吧。"

"我可不想和那些压迫女性的人打交道。"

希拉笑了起来，我听到她男人走进了门厅，我把烟具收进包里，准备回家了。

31

两个月里一点儿动静都没有，圣诞节的时候我以为他会来个问候。他不是总是很有心地给老情人们寄圣诞卡吗，因为我知道他以前会的，所以当我什么都没收到时，我把这个当作他给我的一个惩罚了。

啊圣诞节，突然就过节了，系上也没什么事儿了，就连皇家图书馆也关了门，周围突然笼罩着一种不祥的安宁。

我以前从未因为节假日烦恼过，现在我准备看书、睡觉，把圣诞节看过去，把新年睡过去，对一切的庆祝什么的都不予理睬。如果庆祝节日的时候你得和几个人一起才行，那么你要对它不理不睬的时候也是一样，一个人没效果。如果当城里新年钟声敲响的时候，我躺在床上用枕头捂住耳朵，但古斯达夫却没有，那看上去只会像是个社交的失败。

谁知道他现在会怎么度过这样的一个夜晚呢。我可以想象他在兴高采烈的晚会上谈笑风生，把彩带抛向那些裸着肩膀目光闪亮渴望着结婚的女孩子们……是的，谁知道呢。

假期后的第一个研讨会上我和同学们就论文的一个章节沟通了一下，争论了一个术语问题，关于"现实主义"在知识论上下文中的含义。没人能把它说清楚，临走时写论文的薇维卡友好地推了我一下："你家里不是有位哲学家吗，你能不能问问？

我点点头，没问题，我去帮你弄清楚。彼时彼刻我不想解释我家里已经没有哲学家了，更不想解释我的那个哲学家会因为我去找他而生气，我不能为了这么简单的一个问题去干扰他内心的平静。再说我自己也可以当哲学家，我的意思是这总是有书可查的。

可是在我的书架上我怎么找也没找到相关的书，这类书籍平时我都是从古斯达夫那儿借来的。当然我也可以去图书馆，可还没出门就失去了耐心：在这么件小事儿上花这么多的时间，是他眨眼工夫大概就能解决的问题。不行，我的体谅也是有限度的。分手已经够可悲的了，还这么不实际，我可不要这样。

我给他写了封短信，为安全起见，我把它装在了一个有大学印章的信封里，用打字机把地址打上，免得他在看到信的内容之前就肚子疼。

好多天过去了，他没有回复，我冒火了：回答一个礼貌的问题有什么可怕的！不过，在信的开头，我忍不住写的那些讥讽话也不能说是太礼貌，我说我虽然知道每一件提醒他我的存在的事情都会让他丧失一周的工作能力，但他也不必为此就生气吧？

薇维卡也在系上兼职，我很快又见到她了。当她问起时，我解释说我忘了，但答应第二天问问清楚。

我是不会给他打电话的，那就只能还是去趟图书馆吧，但我得先吃点东西。我气冲冲地骑着之字形穿行在那些倒在街边的光秃秃的圣诞树遗体之间，回了家。

门厅里有他的回信。他用的是学校的信笺，信封上盖着公章，"公事"：就哲学家们自古以来有关"现实主义"说法的调查，占了一页多。我跳过去，跳到了"私事"的部分：他声明说，现在他收到我的信不会胃痛了，"我的抵抗力有所增强，因为我'再婚'了，你大概是知道的。"

哦，他"再婚"了。当然啦，每次我们一分手他都会这么做的，另外找个人，这次当然也不例外了。可是"你大概是知道的"，他什么意思？以为我在做这个专题研究吗，会去熟人那儿打听看他们是否知道古斯达夫和他的女孩子们怎么样了？

"我什么都不知道，"我给他回信（一个普通信封），"我什么都不想知道，但如果你有什么我迟早难免会听说的事儿，我是说，比如跟人搬到一块儿了或者是有小孩了什么的，那我宁可事先从你那儿听到，而不是通过传闻。就连我也是有胃的。"

我也有个胃，如果我以前不知道的话，现在也知道了。我想我不是吃醋了，我不嫉妒他，不嫉妒她们中的任何一个人。不是嫉妒，但我脚下的地却摇晃了起来，让我有了种晕船的感觉。

*

阿荣打电话到系上，想和我一起吃午餐。现在不是我的接待时间，是托马斯的，可他还没来，在我知道他是否会来之前我不能离开。我让阿荣过一刻钟再打来。

托马斯来了，可他请我替他接管一小时。没情绪，他解释说。

情绪？谁有情绪坐在办公室值班？

"你知道，流感之后我感觉很不稳定。"

"不稳定？要是我来这儿说我感觉不稳定，那一定会被说是女人太娇气了。"

"这些油印件我下午必须搞好。"他继续找他的借口，我不想多听了，最后那个也太明显了，好尴尬（油印件，叫印刷助理负责就是了）。我说行我替你管一小时，改天你替我做一小时就是了。

职业道德我是有的，就算不是别的也是自卫本能。要是你以情绪为理由把工作甩给别人，那就太没救了。今天我真的很想和阿荣见面，但正因为比平常更需要见到他，我就更注意要坚守着工作。

我坐着一边搞新生注册一边负责接电话。听到托马斯在隔壁和秘书打趣，想让她跟他一起出去吃午餐。当托马斯的电话响起来的时候，我做了个看不惯的鬼脸，像个带着光环的殉道者那样拿起了电话。

因为毫无准备，开始那一刻我没听出来是古斯达夫的声音。当我听出来的时候，地面又开始晃荡起来了：他想干吗？

他只想就信息问题达成共识，建议我们有一个双向的协议：如果我们有小孩或者又跟人"结婚"了，要通知一下，省得对方从别人那儿听来。没问题，我说，好的。

"其他都好吗？"他问。

"没什么特别的，跟平时一样，跟平时一模一样。"

"你没什么要跟我说的？"

"没有，要说什么？"

"我不知道，什么都可以。我只是觉得有点儿奇怪罢了，我们没有什么可以跟对方说的了，好像一切都结束了似的。"

"难道不是吗？"

"是的。"他很快地回答。

"什么？"我说。（意思是：为什么这么强调，是为了说服我还是你自己？）可他只是又重复了一遍，更大声更清楚。

"是的！"

时间一秒一秒过去。

"你的信，"我小心地说，"你署名时写着'你永远的'，你没特别的意思吧？"

他笑了起来。

"完全没有，就那意思，没别的。"

那好吧。

"我们什么时候还是可以来往的吧，"我不明确地说，"等开始正常化一些的时候。"

"那要等很久。"

"但你知道我住哪儿，进老人院之前我恐怕不会搬家的，到那时候我会告诉你我新的地址。

古斯达夫保证说他也会的，然后我就回去搞我的新生注册了。

*

系上的薇维卡建议我周末跟她去乡下，她丈夫出门旅行了，她不想一个人去乡下的房子。奇怪的人，我想，有个自己的房子却不想独自待在那儿。当然可以，我好久没呼吸乡下的空气了，很乐意做陪伴女郎。

但我其实没起到多少陪伴的作用。我陷入了回忆，沉浸在与自己的对话中。这地方和古斯达夫的岛是在同一个方向的，但在大陆上，离城没那么远，开始十多公里是同一条路线，这一路的记忆密集得就像车窗外的灌木丛。这是个没雪的冬天，雾蒙蒙的天气，浅灰和淡棕色，好美，你忘记了大自然的每一个季节都那么美，然后每次看到它时，你又都很惊讶。

　　有一条我经过了好多次的路，我可以闭上眼睛，从汽车的拐弯里面感觉到我们在哪里。

　　在去外岛的路上。不，不是去外岛，再不会去那里了。

　　有一种恐惧刺痛了我，突然膨胀成一个完全清晰的轮廓：复活节呢？夏天呢？不去外岛我做什么呢？

　　打住，我说，打消恐惧感。怎么啦？是因为古斯达夫？还是跟往常一样，只因为害怕失去那夏日小屋？

　　我一边想着，汽车一边在弯道上嘎嘎作响，浅灰色和淡棕色从眼前掠过，薇维卡因为没人说话在看《女性》杂志。我想着，可想不出究竟：两者不可分割。

　　当然，我严厉地跟自己说，这只是因为伤感而已，因为外岛是你人生的一部分，所以你想到它便会多情起来。想到古斯达夫当然也是这样的，你怀念他，因为他是你的一部分历史，你自己的一部分，这是一种广义上的自恋。

　　是呀，我谦虚地回答自己。可不仅仅如此。

　　哦，你也想念古斯达夫本人？你能说你很了解那个古斯达夫·林格伦吗？比如说你能描述他吗，你能吗？

　　我当然可以，但又有什么用。

　　说来听听吧。

古斯达夫，嗯，可以说他是一个智慧的人，我的意思是明智讲理，当然除了在他脑子进水的时候；他一点儿都不细腻不会照顾别人的心理，因为他太老实了做不到这点，至少我一直是这么认为的，但是，也许，这个我可以跳过去；不管怎样我敢说他是我认识的人当中最安全最平和的，就是说他当然也有紧张以至过于敏感的时候，不过大多数情况下他还是有一种超常的能力，凡事都能坦然面对，至少看上去是这样的。唉这是什么废话，你到底想说什么？

有没有什么你能明确地指出来说，这就是古斯达夫。

没有，现在没有。

就是，现在没有了，因为以前古斯达夫是"那个爱马汀娜的人"，他是这样被定义的。

是他自己这样定义的！不是我的错，如果不是他自己这样理解的话，我是永远不会只用别人跟我的关系来理解一个人的。以阿荣为例，他自己有很强的个性，他是一个他者，不用通过我来定义的，这正是他的妙处！

我们说的不是阿荣。

不，我们说是古斯达夫，我的一部分，那个我怀念他，就像我怀念自己的人。

到了，当汽车在一个车站慢慢停下来时，薇维卡说。车站只是路边的一个牌子，一条小径通往森林。

她走上了小径，我跟上，空气潮湿温和，我害怕得腿都软了。

薇维卡早上睡了很久，我只能看见对面墙边毯子外她的一点儿头发。我也想睡个回笼觉可却睡不着，房间里充满了二月灰色的光线，我躺着，想起来我又做了的梦：

我在外岛，古斯达夫的哥哥和嫂子也在屋子里，他们表现出对我的不满，认为我不应该在那儿，因为他和他的新婚妻子正在来的路上。我试图解释说，我只是来取一些我留在那儿的东西，我当然不会久留或者添麻烦的。可不等我上路，古斯达夫和他的新女人就到了。看到我在那儿，他非常不开心，而最后一班火车已经开走了（火车，不是汽车或船）。于是我只能走路回家，可那么多装着东西的箱子，我搬都搬不动……

仍旧是任何一个业余爱好者都能解析出来的简单的象征。

*

哈丽叶特要去山里度假了，过来借我的滑雪板。现在几乎只有这类具体的事情我们才会去对方那儿了。我正在给她示范绑带时，我们被电话打断了。是古斯达夫，他想听一下我的建议。

"哦，好的，"我说，坐了下来，招手让哈丽叶特把一根香烟扔给我，"怎么啦，你又怀上孩子了？"

"据我所知没有的，是关于另外那个我们要通知对方的事儿，搬一块儿的事儿，我要不要搬一块儿？"

我爆笑了起来："你来问我这个！我的理解是，如果你觉得这事儿有必要征求我的意见，那么你必定是有不搬到一块儿的重大理由。"

"为什么不能问你呢，你是个聪明人，而且你了解我。"

"你，我是了解的。如果是她来征求我的意见，那我当然会推荐你的，无论是谁我都会建议她跟你结婚，我从来就没怀疑过和你一起住是很理想的，可我又不了解她。"

"但从原则上来说呢？"

"从原则上……答案是：好啊，尝试一切，搬一块儿看会怎么样。一定会挺好的，一个宁静的小资家庭生活是你一直都想要的嘛。你当然要趁机了，如果她是个好人的话。"

他没明白最后那句话是个提问，反正他没回答就是了。我其实也不想知道她好不好，我什么都不想知道。要说感兴趣的话，我最感兴趣的是，他是不是还跟我在一起的时候就认识了她，是当初那些苏桑们或英格丽们中的一个呢，还是后来新交往的。可这又不关我的事儿，这不关我的事儿我不想知道，我问：

"她是谁？"

"学校里的一个同事。"

"当然啦。瑞典语和英语的硕士？"

"你怎么知道的？"

我讥讽地一笑。

"她们都是的。"

"哪个她们，老师有好多种呢。"

"所有和男人结婚的小姑娘们。"

"你和你的那些偏见。"古斯达夫说，但我却怀着无以言传的喜悦听出来了，他并非没有被我的这些偏见所传染，他也希望她不是学瑞典语和英语的。

"那是个好配偶呀。别马上退掉你的公寓就是了，先把它当二手房租出去。还有，别要小孩，"我严厉地说，"在知道你们会怎么样之前别要小孩。"

他没回答，我就又说："我的好建议现在够不够了？"

"你自己是什么样的感觉？你难过了吗？"

我感觉了一下，我听到哈丽叶特在我背后把滑雪板装进了套子里。我坐在床边的地上，看到床下又有些灰尘和毛毛，周六我没做清洁吗？

他为什么要问这个，他的声音里是不是抱有希望？

"你管得着吗？"我友好地说。

于是我们挂了电话，在对我们未来永恒的友谊重新做出了承诺之后。

"古斯达夫吗？"我起身时哈丽叶特问。

我点了点头。

"他打算和他新的'老婆'搬一块儿了，想得到我的祝福。"

"啊哟，他是不是希望你后悔，并且制止他？"

"我不知道，也可能只是一种发布新闻的方式，做得挺好的。"

我真不知道是什么。我不再知道古斯达夫是怎么回事儿了。我已经失去他了。

*

阿荣不但有了我的门钥匙，现在他还把一双拖鞋寄存在我的公寓里了。就是说，有点儿暧昧，如果他听我把它们说成是一种寄存，他大概会很惊讶的，一个抵押。另一个版本则是，有一天，他在城里突然遇到了坏天气，买了一双靴子，正好把那双穿旧了的布鞋留在我这儿了："或许有人用得上。"呵，坦荡着呢。

古斯达夫的拖鞋则是不暧昧的。一双44码的蓝色莫卡辛鞋，除了在我这儿穿他就没在别处用过。它们还在门厅的鞋架上放着：一种抵押，但赎期已过。

　　他什么时候想要就来取吧，我心想，现在阿荣的鞋也在那儿了，同时他还可以把我的也还给我，我那双抵押在他家的拖鞋。但再想想，我又觉得我或许还是应该保留它们，经年之后可以做成一个漂亮的小小的博物馆。

*

　　当古斯达夫说他们要搬一块儿时，我理所当然地认为他是要搬去那个新女人的家里，现在才知道原来他们是要住在他那儿，在古斯达夫的那一间小房子里！

　　同在一个单位工作我都已经觉得是一种压力了，老是在办公室里碰面，可能还一起吃个午餐，然后回家，一起吃晚餐，看书，睡觉，都在同一间屋子里，一天到晚都在一间屋子里，一直都在一起！我没想到有这么多的爱情，多到都不需要更大的空间了。

　　就我所知，我这一辈子都有自己的房间，除在医院妇产中心和那之后的几个月之外。自打有记忆起，我就从没想过要永久地去和别人分享房间，不管是男人还是女人，猫还是狗，即便在我最晕头的时刻也没想过。有一扇可以关上的门：这难道不是一个生存的前提吗？显然不是的。古斯达夫在讲到他的新生活时，焕发出鲜活的气息。

　　"不挤吗？"我说，因为我不得不说点儿什么。

　　"我又没有多少东西，当然我的抽屉和书架得腾出点儿地方来。"

　　我指的是精神上的，我的意思是，即便精神不占空间，我还是不能想象，两个即便不占地方的灵魂如何能够被容纳在二十五平方米的空间里。但我不去深入这个话题了，免得听他解释他们是如何的两体合一。

我回到了他打电话来的最初目的：我们留在对方那儿的那些东西。

"比如说我的拖鞋。"我提醒他。

他笑了："对了，我们清理衣柜的时候看到了，得把它们拿走！"

我就是在那一刻开始惊慌起来的。

一直到那一刻？怎么可能呢，我怎么可能如此盲目而缺乏想象，直到具体到一双拖鞋时才意识到了"离婚"是怎么一回事？

但就是这样的，在他高高兴兴地跟我说到这个的那一刻，当他一句话里用了个新的"我们"的时候，我才明白：现在古斯达夫正在把我从他的生活中清理出去。

焦虑像潮水一样朝我扑过来，正是这样，浪子一般地打在了我的头上，我必须为呼吸而抗争。

"当然，你把它们拿过来吧，同时也把你自己的拿走，不要让它们在这儿把我的门厅搞乱了，再说现在这儿也有了另一个男人的拖鞋。"

可怜的反攻，好像有什么可反抗似的，好像可以用一整个新老情人拖鞋的博物馆，一整个鞋店来反抗似的，反抗那个古斯达夫和我在彼此的家里不再拥有位置的事实。

我们说好了下午见面，交换彼此的东西。

在因纽特人那儿，托斯滕曾说，两性的交往中，相比性爱的忠实，他们更看重拖鞋这个象征：跟人上床可以很随便，但当一个女人把一双拖鞋给你时，这才是一个独一无二的嘉奖。

根据我读过的这方面的书，这一定是一个加工了的版本，但托斯滕叙述的目的自然只是为了说明"忠实"是一个多么相对的东西，仅仅从自身的文化角度去理解它又是多么的无知。

在我的文化中，脚上的东西反而带着一层滑稽的含意，一种满足的小资家庭的东西。

我以前从未想过，它们的存在与不存在会有如此的意义。

一两双拖鞋会让人充满焦虑。

我把古斯达夫的书从书架上理了出来，把留声机旁啤酒筐里的他的唱片拿了出来，把一件毛衣和我在岛上借来的一件睡衣叠了起来，把他有一次带吃的过来（法式焗鱼什么的）用的一个玻璃碗从厨房的柜子里拿了出来，把所有的东西都装进了两个纸袋子里面。古斯达夫过来取他的两袋东西，把我的那一袋给了我。

他在过道停了一刻，看着我，问："怎么样？"

"你怎么样？"

他咧着嘴笑了起来，"你看，我长得多胖多健康。"

"比起四个月前，没胖多少。"

"没有吗？我可以保证，总之是健康多了。你就不能为我高兴吗？"

"是啊，我挺高兴的。那我们分手还是有意义的。"

意义正在于此，这正是我月复一月给自己的解释，正是为了他好，我才放他走的，为了他可以过得好。

可我自己呢？

"你后悔了吗？"

我站在我房间的门口，看着木栓地板。

"我害怕。"

现在当他不会受伤，当他是坚强的那个人的时候，我就无需再戴着面具再去保护他的胃了，我就可以如实地说出来了：我害怕，怕得要死。

"这样会平静些，"他说，"你大概也会发现这点的。"

他转眼就要走了，我必须问他，趁他还在的时候：

"你们会结婚吗？你们会有孩子吗？你们会永永远远住在一块儿吗？"

"看吧，看会怎么样。"他平静地说。

"以前可没听你这么说过！"我喊了起来（以前：我那个时候），"那时你可从来没说要让时间来决定看会怎么样，那时就得做巨大的决定，神圣的诺言，孤注一掷的！"

他又笑了起来，"我这些年可能更合情理了，在你的影响下。再说我也不像依赖你那样依赖她。"

一个理性婚姻，当然啦，他跟别人是可以有的，只是不能跟我。

"我们什么时候还是可以来往的。"他说，对着门转过身去。

"也许吧，十年以后。现在这样我是受不了的。"

他歪着头，做焦急状："五年？"

"不然我们就不会投合了，"他补充说，"我是说我们什么都可以聊的。"

我哑然而笑，我们多少年没聊了吧，至少不是什么都聊，除我们该死的关系之外。

他摸着我的头发，像安慰一个小孩子那样。然后他把那两个袋子提了起来，一手一个，关上门，很快地走下楼去了。他可松了口气，这总算结束了，我想。

32

人们说肚子里有蝴蝶，蝴蝶？

确实有什么东西在胃里扑腾着，只是没蝴蝶的翅膀那么轻盈有诗意，而是更像风车的风轮，沉重、黑暗、狂野地转动着。

或者是一个涡轮发动机：转动着锋利光亮的齿轮，一圈一圈，切割着无助的内脏，一次又一次的。

你可以去感受它，分析它，描述它，为它找到一个比喻，但却无法让它停止。时复一时，日复一日：我肚子里有一个转动不停的焦虑涡轮。

恐慌之下，瑞典语中没有"恐慌"这个动词真奇怪，它又不只是个让你成为受害者的东西，就像"忧郁症"不是什么你安安静静地就"得"上了的病。跟"忧郁起来"一样，"恐慌起来"也是一个动态，一个需要你投入所有关注和精力的活动。

我愠怒地想到自己以前是如何用"焦虑"这个词来开玩笑的，当我情绪低落或为长大后要做什么而担忧时，我叫它"生存焦虑"，和现在的这种"我做了什么？"的焦虑相比，那不过是个沙龙焦虑、玩具焦虑而已。

我明明知道自己做了什么，可为什么会有如此震惊的反应呢？或许我以前的"潜意识"里并不相信"分手"，虽然我以为我是相信的。当然，为了说得过去，你永远都可以用一些"潜意识"的东西来解释你的行为。可如果在你有意识的动机之外，总有一套像陌生人一样未知的东西，那你如何能为自己的行为负责呢？我以为我知道我做了什么，我以为以自己的能力去减轻这世界上的痛苦是我的责任。我知道这不容易，我知道我可能会后悔。但如果我知道有这么难，是绝对不会去尝试的。

　　如果我现在变得跟古斯达夫当初一样的不快乐，或者甚至比他还不快乐的话，那我是不是就没有义务和他分手了？牺牲自己，那可是一件没必要的善事。我可不想把这类超善良的圣徒般的善行强加于自己，可是，我又怎么知道会变成现在这个样子呢？

　　恐慌症不期发作，无法用辩论来抵抗。在我最无助的时刻，在半梦半醒之间，我内心会像地震般地震动：古斯达夫，没有他，我的生活毫无意义！

　　一震之下我醒了过来，然后继续去咀嚼我的现状，试图和自己理论：什么没意义，难道所有单身的生活都是没有意义的吗？不，我可不想买这个账。要实现自我改变自己的状态是有不同的途径的不同的机会，是会以不同的方式出现在不同的人面前的。但古斯达夫是我的方式，而我失去了它。那古斯达夫给予了我什么人生意义呢？作为他人的快乐的意义吗？可是我于他却无快乐可言，他只是因为爱我而痛苦，不是吗？是的，要是我愿意的话（如果我能够愿意的话），要是我只是付出一点点的话。他是那么的知足，一丁点儿温情就会让他无比欢喜（无比，这让我疲惫）。他只需看到我就很开心，只需我在他的身边，即便我不高兴不愿意，是的，只要我在就行了。

我不是一直都说吗：这样去爱一个人是应该被禁止的，而有谁一旦晕了头陷入了这种爱情，承诺了要成为我的人生意义的时候，那至少应该禁止他停止爱我。

"爱与被爱，哪个更难？"那个穿着蓝色麻将牌衣服的男孩曾经思考过。另一个难题是："从未被爱与不再被爱，哪个更糟？"

*

工作，不要去思考；看书、写作，不要去感受。一天一天地过，过一天是一天，别去想"我的人生"。最可怕的是早晨，醒来回到有意识状态的时候。我尽快地开始工作，直到做不动了为止。然后去睡觉，心想，明天也许会更好。

人不可能活在慢性恐慌症里，这总会过去的。

是的，急性恐慌症过去了，但它不会走得太远，它会在每一个角落里等候着。

这是一个美丽的早晨。三月，太阳下，柔软潮湿的地面，万物生长。

那个疼痛的条件反射：这是一个可以去乡下的早晨。这样的早晨我们平时会在汽车站见面，拎着一袋袋食品和书籍，坐上汽车，摇摇晃晃地离开城里去海边。

今天，也许他们会去的。他们，古斯达夫新的那个"我们"。

"我们"，在第二和第三人称里应该有不同的名字。再没有比古斯达夫说到"我们"但指的却不是"我们"时让我这么伤心的了。

哪怕现在不是春天也好。光线刺眼,我新买了深色的墨镜,可还是不够。我希望能躲在一把黑色的伞下,我希望能住进一个黑色的帐篷里,挡住阳光和所有一切充满生机的东西。

唯一让人感到安慰的是:他过得很好,他现在很满足,这样更好。(当然,另一个想法是:哈,我比你更善良,因为我能为别人的快乐而快乐。)这应该就够了。

但要和他来往我还是做不到,我只有继续当他是死了,想他,就像想到那些因为死去而解脱的人那样,他现在在那个地方更好。

别再去找其他的安慰了,诸如我说"十年以后"时他说"五年",那他一定还是在乎的,那或许还为时不晚……一旦开始有这样的想法,就没完没了了。

*

我的论文还是在原地踏步,我失去了概观和角度,把自己埋在细节里面不能自拔。我骑车去皇家图书馆借了些书回家,给自己一个做了点事儿的幻觉,虽然那些我躺在家里翻过的书也足够了。我出去买张报纸,回家煮点咖啡。没有电话声,没有人来按门铃。

早上的咖啡时间我读《今日新闻》,中午的咖啡时间我听电台的《回声》,晚饭时间我看《晚报》。或许我应该买台电视?免得去想什么。

要不就想想阿荣,我时不时试着去想想阿荣,好像可以以此来填补生活的空缺似的。把我的不幸嫁祸于阿荣,而不是古斯达夫,可这不幸感却不够强大,因为阿荣其实是一种幸福来着,去想阿荣是没用的。必须以毒攻毒,以不幸攻不幸。

于是我还是去想古斯达夫，"想起"他，不断地，在联想中揭开伤疤，在它们还没有机会复原之前。

每次我和母亲通电话她都会问我是不是还没有用圣诞节得到的钱去买窗帘。我确实说过那是我最需要的，只是后来我没兴趣去装饰我的房子了，我现在唯一希望那墙上有的就是一个黑色的遮光窗帘了。

也再没有哪个客人让我很乐意把些新的东西展示给他看的，阿荣对此类东西完全视而不见。也够奇怪的，你以为那个搞图像的人会对各种环境创意感兴趣，尽管或许室内装饰和拍摄罢工的造船工人没有直接的关系。反正，就算我在我德式青年风的绿墙上挂上了个红色的条纹棉布窗帘，他也是不会留意到的。

但如果现在我老是回避母亲的问题，她一定会以为我是把钱拿去喝酒或者输掉了什么的。于是我努力投入到这事儿上，找来一把尺子，量一下窗子的高度，然后再去商店里看看。我量好了，是一米九。

一米九？这长度我是在哪里见过的。是在古斯达夫的护照上。

这让我想到什么了？当然是屹耳（小熊维尼系列中的角色，是一只小毛驴）。"我最喜欢的大小"，"和小猪差不多大"，他难过地对自己说，"是的是的，我最喜欢的大小"。

这可真荒唐，让人屈辱，受不了。就因为那气球破掉了，就以为那是自己最喜欢的颜色和大小。

虽然我仍然不会说古斯达夫就是我最喜欢的大小。我一直都觉得一米九的男人高过了我的需求。（高个儿男孩儿有时更偏爱高个儿女孩儿，矮个儿的男孩儿却从来都不会的。我一直都喜欢矮小的男孩，也许是因为他们喜欢矮小的女孩儿，也许是因为他们显得更好对付。）再这样继续下去，可能我会开始相信，他就是我各方面都最喜欢的类型。

就因为我们的关系破裂了，他妈的就没有一件事情让我不去联想到他。

生来就是个屹耳，真是命苦。

我不管窗帘了，也不接电话。让我自己待着自食其果吧，别送什么礼物给我。

*

为什么呢？当我告诉阿荣我的"婚姻"解体时，他问。（我到现在才告诉他，他从不过问我的私生活，我到现在才想告诉他。）

"为什么不能再维持下去呢？"

你的错。可我没这么说，当然没有，一来是因为那样我就再见不着阿荣了，另外也因为它不属实。我"潜意识"里有可能会这么觉得，这也许可以解释我为什么对阿荣有着隐约的不满。这不满让我今晚不想跟他在我家见面，而是约在了城里。鬼知道"潜意识"在想什么呢（你又没法意识到它）。有可能我内心深处，最深处，希望阿荣和我结婚，而我则因为他没有任何表示而失望。我对一切可能性都抱以开放的态度，但却不想在这类破事儿上花费心思，更不想去谈论它。

"为什么总要这么问呢？"我说，"好像两个人的关系好，才很自然似的，其实那才奇怪呢。"

"你是说应该问关于那些仍维持着关系的人？'他们还在一块儿，为什么呀？'"

"是呀，你或许可以自己回答，你和弗罗伦丝没离婚，是为什么呀？"

他只是笑了。

我从没见过弗罗伦丝，他们的关系如何我一无所知。我有建议过让他介绍我们认识，倒不是出于好奇，而是需要知道她不反感我，就像当初爱娃坚持要见我那样。现在我更理解了：知道有个被欺骗的妻子在那儿厌恶你，是很不舒服的感觉，你希望确认情况并非如此。

阿荣从未将我的建议当真过。到底是为什么呢？当初古斯达夫迫切地让我和爱娃见面，觉得那挺好的。不会是弗罗伦丝不知道我的存在吧？

我对阿荣总是小心翼翼的，生怕会惹恼他。可如果我们不能和彼此坦诚相见，那我们这样的关系又有什么意义？我厌倦了我懦弱的谨慎，还会坏到哪儿去，现在我想要有个答复：

"她知道你有别人吗？"

不出我料，他看上去好不自在的。

"她大概宁可不知道吧。"

大概？他以为她如果知道了她所不知道的，会宁愿生活在那无知里面？这是他的猜测。

老生常谈啦，那庸俗而古老的关于背叛和欺骗的故事，让我挺震惊的：阿荣。我认识他时他真没有掩饰过他放荡的生活，我以为这是他圈子里的　种风气，而他的女人是那种超越世俗的现代女子。

"是吗？"我小声地说，以至于他不想听到就无需听到，"哦，是这样的。"

想点儿别的吧。加入个协会，改变一下世界，找个什么兴趣爱好。

我的楼里贴了张人民大楼越南会议的海报，有演讲和话剧。

我正把自行车停在北拉丁中学的停车处，锁上，古斯达夫就拐了上来，停在了我的旁边。

我会不会是为此而来的？不会吧。或许是的，我怎么知道呢，反正在这儿遇到他我一点儿都不惊讶就是了。

他等着和我一起进去。

"你一个人在这儿？"我问。

"是的，如你所见。怎么啦，不然你会掉头吗？"

有可能。反正我不是为了看到"他们"才来这儿的。

我们把外衣挂在存衣处，走进了大厅，挨着坐了下来。坐在前面的一个女孩回过头，跟她旁边的人小声说了句什么，然后那人也把头转了过来。她们是我学校的，古斯达夫告诉我，他觉得挺好玩的：现在会有八卦了。

"你就连在政治会议上也不能跟别的女人坐一块儿吗？"

"反正不会没有八卦就是了。"

他的笑声，他的动作，他那样把自己摊开来半躺在长椅上，他那样一边听人发言一边把根浅红色的头发绕在指头上，以前曾经让我恼火的那些小小的习惯。好奇怪：在你那么了解的人面前这么陌生。坐在他旁边，本应像坐在自己男人身边一样，可却不是，虽然他看上去跟我男人是一模一样的。

"你穿了双新鞋。"当站在台上发言的人被掌声打断时,他悄悄地说。

"没那么新,至少半年了。"

"新的风格,女士鞋。"

"我想我得试着看上去成熟一点儿。"

他笑了起来,我让他小点儿声。

不知有多少次我在长椅上坐在他旁边让他小点儿声。

演讲之后有一个中场休息,我们俩一致决定不看话剧了,一起结伴回家。空气朦胧湿润,电影院的灯已关了。我们一前一后地骑着车没说几句话。国王大桥,弗莱明街,我们一直同路快到我家门口了,在我要拐弯的路口他停了下来。

"你不跟我上去?"

"我是想十点左右到家。"

我点点头。他的意思是,他是这样跟她说的,他不想让她在家里等着。挺好的,我当然知道这挺好的。

他还是站在那儿,大概是等我看着他说声晚安,可是我没力气了,我做什么的劲儿都没有了。

"你不会像你看上去那样不快乐吧?"

"你可不知道我会有多不快乐,以前我自己也不知道。"

"可我却无能为力对吧?"

我没有回答。

也许我知道放走古斯达夫是一个大无畏的决定,但我以为自己可以慢慢地适应。我忘记了我的天性正好相反,我只会慢慢地不适应。是的,我退缩了出来。

我退缩了再退缩，感到自己濒临毁灭。那个为他着想的伟大愿望已经无影无踪了，我只想不遗余力地在他心里撒下焦虑的种子，恳求他顾念旧情，我希望能故技重施，让他难过让他软弱，只是现在我却做什么的力气都没有了。

他耸了耸肩膀："你就因为没有我了才想念我的。"

"是的，仅此而已，"我疲惫地说，"我一旦有了你，就会立刻停止想念你。"

"是的，不仅如此，你也会停止想要我的。"

我很难去反驳这一点，他这么说是基于他长期的经验。我可以说"这次"我不会了，可我不能要求他相信我，我自己都不确定。

"有可能，"我小声地回答，"可我的想念却并不会因此就减少。把我甩掉你应该高兴，可你想想我，一辈子都带着这种想法把我自己给拽着。"

"你难过我不是很开心。"

连开心都没有吗？如果他至少能开心，能幸灾乐祸，那他还是在乎我的。现在的这种常人有的小同情，只有在你克服了那被称为"爱"的东西之后才会有的，那些在我们的文化传统中被理解为"爱"的一切。

"我希望看到我周围的人胖胖的，高高兴兴的。"

我没劲儿笑，他左手推着自行车，把另外那只手搭在了我的肩上。

"振作起来啦。"他说，带着引号的那种，他知道这话没有意义，也许只想表示他无话可说了。

"你想和我结婚吗？"然后他说。

又是一句毫无意义的话。

他站直了，握好了自行车龙头。

"她嫉妒吗？"我问，我并不想知道，只为了再继续说点话。

"我不太清楚，不过当然了，你就像个黑影似的悬挂在我们的关系上，这是你可想而知的。"

我抬头看着他。好啊，让我至少做一个影子吧，哪怕只是右上角那个小小的影子，只要让我在那儿就行！

"对了，她最近做了一个关于你的梦。"

他为什么要给我讲这样的事儿，我不想听，可我也没劲儿去打断他。

"我们在岛上，你也去了，你正要离开，她以为你在屋子里，偷了她的什么东西……

那不是我的梦吗？我们做了同一个梦吗？他的女人们。或者她是从我这儿得到的？我上次和他讲电话时提到过那个关于岛上的梦，他跟她说了，就像他现在跟我说这样？他非要这么坦白不可吗，一定要像个漏勺似的？什么都要说是不对的，他有什么权利？

他靠着自行车站着，我盯着他的脚。

"别跟她讲我。"我请求他。

"不经常的，但有时难免，你知道的，当我们说起过去的时候。"

人行道上的水滴亮晃晃的，空气中的湿气凝结成了雨。他把自行车扶正，要回家了。

我不能挽留他。他走了。再会。

我感觉像是在死去。这是一个没有意义的表达，谁知道死是什么感觉？但我上楼时的感觉却只能这样来描述：就像在死去。我是过去，我不存在了。

*

"有什么特别的事儿吗？"当我终于通过瑞典电台总机找到希拉时，她问，"出什么事儿了？"

没有，没出什么事儿。只是我太焦虑了，不能一个人去面对它，以前我从来没有过这样的。她答应午餐后请假过来一下。

我走到厨房，用咖啡壶煮了咖啡，坐下来等着。

我和希拉看着对方经历过各种事情，但却从没见对方哭过。我失控的声音把她和我自己都给吓住了，它颤抖着听上去怪可怕的，我慢慢地把声音放低小声地说。

"古斯达夫？"她问，把外套脱下来挂在了一把椅子上。"怎么回事儿？"

"我不知道，"我低声说，"我也不知道为什么以前没有，但现在却突然很焦虑，我们分手都好几个月了，我也没难过过。"

"那也许是生存焦虑吧？"

"或许吧，三十岁的危机，荷尔蒙，脑化学，要不就是星象运势里写着我这个月会遇到人生的恐慌。"

"也许去责怪他只是为了让事情变得更容易理解些，"我补充说，"也许以前只是他挡在了我和我生存焦虑之间而已。"

"那反正还是和古斯达夫有关系？"

"是和没有了古斯达夫有关系，他在我生命中留下了一个洞，怎么会不焦虑呢？早晨醒来时我好害怕，每天早上，那个洞都对着我张开大嘴。"

"是分离的焦虑。"她说。

我尽量笑了笑，免得因为我的眼泪掉在咖啡里把她给吓着了。

"心理学书第117页，左上方，听上去挺熟悉的。你也可以说那是割离的焦虑，我有生之年可不想像个残疾人那样活着。"

她摇了摇头，就像是在对着那些因为爱情伤悲而失去平衡的人摇头那样，就像她知道随着时间的推移它又会被同样的爱情与伤悲所代替那样。

希拉理解不了，她还是理解不了。

"我当然也知道时间会医治创伤，可能我将来还会有其他的恋爱关系，但没人可以代替古斯达夫的，你不明白吗？"

一两年过后即便伤口不再疼痛了，但那被截除的肢体也再长不回来了。没有古斯达夫，我就会像残疾人一样度过我的余生。

"就是说你后悔分手了？"

"一点儿都不，我一点儿都不后悔，我只是纠结得要命罢了。"

我用过的纸巾在地板上扔了一堆，她皱着眉头看着我。

"这让人有点儿联想到那些一次次尝试自杀，最后不小心成功了的人。你没想到在你们那么多次失败的分手之后居然会成功吧？"

"可这不是什么失误，我很少对什么事儿这么确定过，我觉得我们应该分手。我只不过是到现在才明白它意味着什么。再说我的反应总是这么迟钝的：古斯达夫开始追求我的时候，也是过了好几个月我才发现了他的有趣之处，还有当他跟爱娃在　起的时候，我是在半年的潜伏期之后才开始吃醋的。"

"每一次该死的分手你都是这样的，开始还挺好的，然后就不那么好了。"

我抱歉地笑了笑，是的，我很抱歉，我只有拿这么单调的风景来招待你。

希拉喝着咖啡，我抽着她的香烟，等着她要说点儿什么。

她是不是和古斯达夫一样认为我变幻莫测又不讲道理？但其实这些年来没有改变态度的是我：以前我把所有的精力都用来和他保持距离了，回避他那吞噬性和杂食性的爱情。现在我把他当作一个亡人来悼念，分分钟想念他。这并不矛盾，我现在和以前一样需要他，以同样的方式需要他。是古斯达夫变了，不久前没了我就活不下去的古斯达夫，现在一点儿都用不着我了。

不合理的是那伟大的爱情。他想把一切都给我，一切的一切，但却不给我我所需要的：比一切少一点儿的东西。

"我从来没相信过不平等的关系，人就不应该和自己的最爱结婚。"

"我们也渐渐地认识到了这点，但却得出了不同的结论。我是说，他的结论是：不要跟我结婚；我的结论是：我不应该是他的最爱。这一直都是我们理性婚姻的障碍，要是他能够理性就好了。"

"不总是那么容易的。"

"难道我们不是理性的动物吗？"我沮丧地问，"不是吗？不是吗？"我问着自己。

希拉什么都没说。

"为什么人结了婚就变得这么坏？"我问。

"你很坏，这我不怀疑，但我不知道古斯达夫是不是像你现在说的那样，像个圣人似的。"

"我确实一直都在把他理想化，主要是远距离的。但现在我也需要这样，我希望能让他享受现在，好好地过，他最好和我保持距离，因为每次见到他，我都会发现他有多不好，我多么讨厌他，以至于我都开始后悔把他放走了。"

'怎么个不好法？"

"就像昨天他突然问我想不想和他结婚，他为什么要那样做？他现在都名草有主了。就为了跟我过不去，就因为他有人要，就那么开心？"

"他也许只是从理论的角度好奇，"她说，"我的意思是，他只想了解一下事态。"

我叹了口气。

"也许吧，他就不想想听者的感受。或许就是他管不住自己的嘴，这话他问了太多次了，一看到我就条件反射地说了出来，完全没有什么特别的意思，只是从他嘴里溜出来而已。"

"他向来都口无遮拦的，"我又补充说，越想越生气，"他想到什么就说什么，从不过滤他的语言冲动。这一定是因为他缺乏某种自控机制，那种帮助你能跟人正常交往的东西。"

她一副不太明白我在说什么的样子，于是我举例说明：

"你可以想象吗，他胆敢给我讲他老婆做的关于我的噩梦，当然也给她讲了我做的！"

"哦天，这样的人是不能交往。"

"就是，"我满意地说，"气得你都想跟他结婚了。"

"你是说，好控制他不要乱说话？"

"好在他肛子上踹一脚。"

午后的黑暗开始笼罩着我的房间，希拉伸手去开台灯。街上的喧闹声听上去像是快到高峰时间了。把她搞得"无话可说"，让我有一种满足感，虽然我并不真正知道她要说的是什么。

"阿荣呢？"

"唉。"

"唉？你现在用'唉'来说你伟大的爱情了？"

"没有什么伟大的爱情是可以填补一个婚姻的空白的。再说我也说了，不能用一个人来代替另外一个人，他们不是可以相互替代的。阿荣是阿荣，我能拥有的，我都挺高兴的，可跟这没关系。"

"这正是古斯达夫从不想明白的地方，"我又补充说，"对他来说可不是这样的，我的意思是，他可是好像找到了一个代替我的人。"

"可是马汀娜，你们分手难道不正是为了这个吗？像你那时描述的那样？"

"是的是的，为了他可以跟别人一起幸福生活，我让他抛弃了我。于是他就这么做了，眨眼的工夫！还要说什么伟大的爱情！这是不忠，背叛与不忠。"

"不管怎样，看你还能笑挺好的。"希拉说。她站了起来，把大衣披到肩上，在门口停住，问：

"你能睡着吗？你需要的话我有安眠药。"

"我主要都在睡觉，除了昨晚上，那是例外，我真的要避免再碰到他。"

"睡觉不难，"我像说格言似的，"醒着很难。"

希拉做出一副要抄录那至理名言的样子，我们笑着分了手。

然后我又可以接着再哭，但用不着把别人给吓着。

33

　　如果你的处境坏到了底，而你能触底反弹，靠一种极度轻松的放弃感站起来继续生活就好了。再坏也坏不过那天晚上在路口，我面对着再也无法操纵的他。但我是靠什么站起来的呢，可不是什么极度轻松的放弃感。或许有那么一阵儿，偶尔一天什么的，我会有这种错觉。我也不知道具体步骤是怎样的，不需要发生什么特别的事儿，内心就会滑坡，霎那间就会失去理智，取而代之的是狂思乱想，那个细小的声音又在那儿悄悄地说：

　　她也许会死的，不会吗？每天报纸上不是都有关于人死的消息吗？她也许会厌倦他，她也许会爱上别人，他也许会厌倦她。其实机会多的是，你可以帮助命运来安排的。如果我跟他怀上了小孩：一个孩子可以做到我无能为力的事。可是他不会主动的，要去骗他，把他灌醉了，在他无法驾驭的情况下去勾引他。不，这可能也不行，但把他灌醉了然后让他不记得发生了什么，然后再随便去跟谁怀上个小孩说是他的……

　　要是我能把这些念头彻底压下去，不再听到它们就好了，可它们却继续着，一圈儿又一圈儿沿着同样的思路，直到我想大喊宽恕和怜悯：一个不可思议的自我折磨。

我也不能去希拉那里要求更多的心理保健了，再说她过于细腻谨慎地要努力理解我，而我更需要一个能直截了当把我说上一顿的人。

我给哈丽叶特打了电话，请她给我讲讲道理，她就给我讲，像我的理智跟自己讲过上万次的那样：

"古斯达夫？"她惊讶地说，"得了吧！我觉得你真的该对古斯达夫放手了。"

听她这么说挺好的，我能听出来这是理性的声音在说话。

可另外那个声音并不因此就沉默了，它悄悄地说：哦哈丽叶特，你可不知道，你可不知道古斯达夫和我……

那个神经病的傲慢的尖细的声音。

*

我并不是为了想和阿荣结婚才让古斯达夫离开我的，我甚至不是为了能更自由地和阿荣来往，他只是碰巧成了个导火线，其实跟他根本就没关系，就算没有他也会有别的什么。

但因为我没法让我的潜意识认识到这一点，我便怨气膨胀不顾事实了："这是阿荣的错"。

难道这不正是他的角色突然被改变的原因吗？恋爱的感觉到底为何消失？当环绕在一个人身边的光环退去时，你站在那儿惊讶地盯着看那里面有什么？

我还是喜欢和他见面聊天，现在和我见面聊天的人少之又少，我一个都不能失去。除非我在电话里听着像要自杀，希拉也不会来我这儿了。（除此之外我也不会逼她过来。）哈丽叶特需要照顾自己的工作，她像古斯达夫以前那样在做代课老师。另外她和女儿搬进了一个集体住宅，跟有了个正常家庭一样，很难见到她了，几乎每天都得"回家吃晚饭"。他们住在尤施霍姆，那地方你又不能去串门，说你是顺便路过的。

我需要阿荣是为了有个可以说话的人，还是跟他上床？和他身体接触我有被麻醉之感。感觉还是有的，但那感觉里却没有内涵了。既没有痛苦也没有欲望，只是走了一个过场，很难理解身体上那个没感觉的部位是我自己的。

他从来就不是一个特别出色的情人，我也因此曾经喜欢他。一个业余情人，我曾温柔地想。

我不再觉得好玩儿了，有目的地去"满足"我，把我变成块石头。虽说这事儿确实需要决心和目标，但要不刻意才行。我试着投入，但身体却不听使唤，它心不在焉的，干燥得吱吱作响。

和古斯达夫那时候也已经到他去药店买润滑膏的地步了。（我是不会去的，我的观点是，没情欲就算了，靠其他东西来协助等于是承认性生活除满足欲望之外还兼顾着别的任务。我由他去负责干邑白兰地和润滑膏，我可从不会承认什么。）

和阿荣我们绝不会提到这类不浪漫的办法，绝对不会说起的，因为我们的亲热不是要说的那种，床笫现实主义只适合于婚姻生活。

那还有什么办法呢？一个让你没情欲的情人又有什么意义？老公则是有其他功能的，可当一场艳遇光环退去，欲望干涸时，剩下的还会有什么呢？最多还有友谊，可阿荣荷尔蒙太旺盛，只跟我做朋友他是做不到的。阿荣的荷尔蒙之多，不需要恋爱就能看到性关系中的"意义"。他大概会觉得我的观点很十九世纪，或许是的，或许全世界就我一个人是这样的。

跟他说这个没用，但我觉得好孤单，他跟我上床时我会流泪，当然是悄悄的，不让他注意到，可之后我又会更加不快，因为他是个这么不敏感的混蛋，连这个都没注意到。

*

"哈丽叶特在吗？"

"我不知道她在不在，"集体住宅里一个陌生人的声音说，"等一下我去看看。"

"嗯，不是很重要，"我赶紧说，"要是她忙就别打扰她……"

可他已经大声喊了起来，整个别墅里七个房间都听得到：哈丽叶特，电话！过了一会儿，我听到了脚步声，然后就是哈丽叶特的声音（不耐烦吗？）：

"嗯喂？"

"是马汀娜，我只想问个事儿。"

"什么事儿？"

"我想知道，纠结是什么意思？"

"你没词典吗？"

"没你语源学学的那么好，只有一本近义词典，那上面写了好多，'气愤，折磨，痛苦，绝望，恼怒，激怒，惹怒，冒犯，难过，哀悼，伤害，悔恨'，是哪一个，是悔恨吗？你可以纠结但没有悔恨吗？"

"应该可以吧，'哈丽叶特认为，'你可以因为一些不是你引发的事儿而纠结呀。"

"当然，可我感兴趣的是因为那些由我引发的事儿而纠结，但却不悔恨的？"

"那当然就有点儿微妙的区别了。怎么着？"

"嗯，我只是好奇。"

我的潜意识搞不太清楚那些微妙的区别。

*

为什么非得找个解释不可？为什么我就一定要琢磨出一个可以解释我们关系失败的理由，好像一句话就能把它详尽阐述，像一种降临于我的启示似的，可以一下子把我从过去中解脱出来。"我们其实太不一样了。"我突然想，意识到这个可以是万能的解释，另外一次我又想："其实我们太像了。"或者："只因为他太爱我了。"再就是："这是阿荣的错。"或者自责地说："只是我不能适应而已。"

我知道是不能这么简单化的，那我为什么需要为我们的"婚姻"像刻墓志铭似的去寻找一个最终的结论呢？

我试着去和自己理论但却没用，我甚至试着推出了那个不带偏见的想法："离婚"未必一定就是失败。能在一起时在一起，不能在一起了，能及时结束也好。

对别人而言也许是这样的，但对我们却不然。我们在一起的时候没那么好，如果分手好的话，那还不如从来就没开始过。怎么能这样此一时彼一时的呢，我需要的是一个毫无保留的最终评判。

人们说悲伤是一个必经的过程，要费一番你无法逃避的努力。焦虑也如此吗？你必须像接受悲伤一样接受焦虑才能度过它吗？别尝试着事后去将它理性化，将那原本疯狂的东西理性化。

现在任何说法我都能接受了，一切的一切我都立刻照单全收：我犯下了人生的大错；这是唯一正确的选择；反正他也没那么好；我可能会重新得到他；一切都是我的错；我只能这么做；我们俩是天生的一对儿；我们从来就不该拥有彼此……怎么说都行，只要能让我再活下去。我就像个拼命服药的病人那样，对各方说法都来者不拒：宿命论、斯多葛主义、犬儒主义、女性主义、即兴主义，只要能医治焦虑，什么主义都行。

从前早上的好心情，我多么地怀念它。我向来晚上都挺困的，但早上醒来心情却几乎无一例外地好，理所当然按部就班地开始一天：洗漱、喝咖啡、读报纸，睡一觉醒来这是件多么快乐的事，醒来之后，等待你的是洗漱、喝咖啡和读报纸。简言之，你存在。

没想到这感觉会随着古斯达夫的离去而消失。醒来后再没有一个正常的日子了。每天早上"我的人生"都对我哭丧着脸，我躺在床上用被子蒙着头，好像这样就可以躲起来似的，有时需要好几个钟头我才有劲儿在床头坐起来。一周只有一两个上午我需要按时去系上，剩下的时间我必须让自己有所事事。

我睡觉，一天睡上十到十二个钟头，其余的时间我则头重脚轻的，睡眠中毒。我缓慢地在我的房间和厨房之间走动，把酸奶和面包拿出来放在桌子上，坐下来一声不吭地吃，但这似乎也很吃力，我会吃到一半就嚼不动了。

永远都是我要去照顾阿荣的时间，永远都是那个没有家庭的人得来做调整。

这个不适合我。阿荣来电话的时候，我说不。更准确地说，我说，嗯不知道，听上去是个含糊的拒绝，不做特别的解释。我又不能说我忙，除晚上躺在沙发上数脚指头之外，我没什么可忙的。

可是我为什么要见阿荣呢，如果见到他我只会难过的话。

这样几次三番后他就不再打电话了，他可不是那种要去讨好别人的人，我早应该知道的。

这当然并不是我的目的，我的目的是什么其实我也不太清楚（如果不是想要他来讨好我的话）。一两周之后我决定打电话给他。如果接电话的是他老婆，那我就自自然然地说我要找阿荣，就像那是我应有的权利一样。

可接电话的既不是弗罗伦丝也不是阿荣，而是个几乎都不知道他是谁的人，他告诉我他们一家人去英国了。

"是吗，要去多久呢？"

"我不知道。"（不知道？你不是这段时间住在他们的公寓里吗？）

"反正不会不回来的吧？"

"我不知道。"

阿荣也没了。

其实我并不吃惊，相反，这是顺理成章的，好像证实了什么似的，究竟证实了什么我也不知道，但感觉是一种确认，当然会这样的。

*

一切都是可以习惯的，大概会的吧。或许你也会习惯床头上的那个焦虑，开始跟它打招呼，像个熟人似的。

我用手枕着头，准备就要起床了。我躺着想到人的意识，觉得自己挺厉害的，它设计得多么好：一切你都可以抽象化、概念化。于是当你想念什么的时候你就会想：想念，它是存在的，空白便成了个概念，欠缺便有了积极的意义，可以接受它了。就连这样一天到晚地想他，在寂寞中想他的名字，最后也成了一种陪伴。

我也许可以习惯并接受一个洞，学会把那个洞叫做古斯达夫，现在我的生活看上去就是这样的。就连焦虑也有了你熟悉的安全感，而思念则成了一种陪伴。这种完全没有男人的生活，可以叫做"独身主义"，于是听上去立刻就有趣多了，像是一种可以去尝试的经验似的。

总会找到个办法的，人的适应力没有止境。当你搞定了几个钟头，甚至又开始工作的时候，你就又自以为是起来了：哈哈，我可是幸存下来了！你充满着反抗和胜利感：我可不是那么容易被击败的！是有种的，等等。

直到电话响了起来，每过十分钟就响了一次。是古斯达夫，他需要一个翻译家的地址。你要它干吗，我一边翻着我的通信录一边问。因为一篇文章，他回答说，很急的，来不及解释了，谢谢，再见。

十五秒钟就完了事儿。他的声音，他那边的音乐，听上去像是亨德尔，我听到的是他的新生活：以前他没有音响，一定是跟她在一起以后添置的。

我不想知道，我什么都不想知道。每知道一件事，哪怕是最没有意义的事，我都又得花上一天的工夫来克服。

我的人生毫无意义。当我审视它的不同阶段的时候，就像词典里的德语"Schnur"一词，首先是"绳子"的意思，其次是"儿媳妇"，就差还有"骆驼"和"扫帚"的意思了。

我坐在市图书馆读着克尔凯郭尔（我的内心观察员嘲讽我：哦，你正处在找他喜欢的书，看和他相关的作家的阶段，哦哦，是这个阶段呢）。我说服我自己需要看点儿带启发性的东西，以精神不振为理由把我从当天的论文工作中解放出来。

再说，我解释说（以表示自己并不傻于我的内心观察员），这不仅仅可视为一种怀旧行为，而且同样也可视为一种针对阿荣的攻击行为。就在他消失之前，我们有过一次关于克尔凯郭尔的讨论，如果现在能把它称为讨论的话。我提到在我曾参加过的哲学讲座中，接触到克尔凯郭尔是最有收获的一次。阿荣无法理解，他完全不理解克尔凯郭尔的有趣之处。我问他是否有读过克氏的书，他当然没有，让我解释为什么要读。我才不解释呢：如果你自己找不到理由去读克尔凯郭尔，那我可不会把它作为我的任务来替你找理由。

"也许有那么几句话说得挺好听的，"阿荣说，"但除此之外克尔凯郭尔有他妈什么了不起的，不过就是他生活的那个社会的产物罢了，再说他真的不是有病吗？"

"他太有病了，绝对疯狂，有趣得要死，他是丹麦最伟大的人，但除此之外他是没什么特别的。"我说。他没注意到我生气了，即便他注意到了，他也不会明白是为什么，这就更是让我生气了。我的意思是，他不会明白我生气是因为我一厢情愿的爱情。

我在书架上找到了《焦虑的概念》，可我必须承认，它没多少启发性，疯狂多于有趣。它是关于人类堕落的，我发现我不怎么记得了，得去图书馆查查《圣经》。我知道它放的地方，自从古斯达夫第一次把《圣经》里的段落寄给了我……哦，跟这没关系。宗教类，纪实书籍第三阅览室，左边最里面。

我手里拿着那本黑皮书坐了下来，真正的老式的那种《圣经》，我想到人们平时说的，可以用大拇指随便翻一页，看老天有什么指意。我想，就像在报纸上看星座运势一样。我闭上了眼睛，随便翻到一页。

我的指头指向了《历代志（上）》9:39。

> 尼珥生基士，基士生扫罗，扫罗生约拿单、麦基舒亚、亚比拿达和伊施巴力。

当然了，《旧约》里满是这类家谱，还是报纸上的星座运势编辑得更好一些。但一定有比这段更好玩儿的吧，再试一次，然后我就不玩了。我作了一下弊，使劲儿想翻到《新约》那儿，但《旧约》比我想象的还厚，只翻到了《何西阿书》，我读道：

> 她要追赶她那些爱人，却追不上；要寻找他们，却找

不着。她就说："我要回去，回到前夫那里，因为从前比现在好得多了。"

我前后左右地扫了一下，这到底是关于什么的呢，该章节的标题是"以色列的不忠"，我把书放回了原处。

没理由拿它当真，仅仅是个比喻而已，没理由就迷信起来，开始相信上天的暗示。

可就我自己知道而不告诉别人，也挺难受的。本来我根本没想过还要把更多的《圣经》片段寄给古斯达夫的，可除了他还有谁能够欣赏这个？我跑到楼下的文具店买了张明信片，写上他的地址和"《何西阿书》2:7"。

我可不能让他错过了这个嘲笑我的机会，让他觉得我活该。

反正我自己也是这么觉得的。

*

自从我们系搬到了弗热丝卡迪，我们就再没在研讨会之后下过馆子了，如果有什么社交活动的话那就是在系上了。有时我们也会在某个没有窗户只有塑料桌椅的教室里搞个会后座谈，葡萄酒、奶酪、面包和蜡烛：这种时候就连弗热丝卡迪的教室也有了点儿人气，我是说房气，让人觉得那是个可以给人待的地方了。

一般参加会后座谈的就是我平时的那些博士生同学们，但这个晚上有个隔壁院系的男生迷了路跑到了我们这儿。他是一位东方学者，听上去有意思吧。加上他的长相也好玩儿，满脸都是胡子，让人好奇他没胡子时会是个什么样子。中年，我猜他有47岁，状态挺好的。我不知道他是在教课呢还是那种年纪大一点儿的学生。一个成熟的男人，挺合适。虽说他左手戴着戒指，那又怎样，如今眼下的婚姻很容易就解体了，只需吹一下它就会破裂的。

为了那个东方学者我一个晚上都坐在那儿，我结交新朋友的需求十分的迫切。我们坐在桌子的两端，没有直接对话，但他老是看着我。或许我看上去挺有趣的，不幸而有趣？人们可不知道不幸会把人变得多么的无趣。

他们聊了很多关于我们计划去看的一场话剧。有几个同学本来要一起去看《死亡之舞》，但现在这些忙人却找不到一个大家都合适的时间，结果计划就流产了。临走时当那个胡子拉碴的人故意掉在了别人后面，跟我提议说我们还是去看看那个话剧时，"就我们俩"，我并不吃惊，我说好啊，他就说由他来负责买周五的票。（成熟的男人喜欢买单。）

我迫切地需要结交新人，但对他们却没有耐心。我们在克劳拉剧院的门厅碰面时他试着和我聊天，让我讲讲我在做什么讲讲我的论文，可我好累没劲儿回答他，噢让我们说点别的吧，除我的论文之外随便什么都行。

雪上加霜的是，我发现他竟然是那种因为请你看了话剧，就一定要把成本收回来的人，要求你要跟他"一起"看。他不断地把目光从舞台转向我，像是想要分享我的体验似的。中场还没谢幕，他就问起了我对演员表演的看法。

下半场时我为了图个清静把眼睛闭上了，我靠，他可以用自己的眼睛来看，别通过我的。

散场后我谢绝了和他下馆子，他把我送到门口，亲了我一下，什么味道都没有，只有种异性的味道，太抽象了。

我不耐烦地想脱身，他看上去挺内疚的，一副傻傻的样子，我不等他说什么就赶紧道了晚安。

第二天我们在走廊上又碰到了，他为自己的行为不妥而道歉。他是指他亲了我吗？我笑了一下，没理他。同一个晚上晚些时候，在一个没人的衣帽间，他又想来亲我了，我就生起气来。他至少得拿定主意吧，要么坚持套近乎，要么被人原谅然后撒手，但别一边为自己的失态道歉，一边又重蹈覆辙，要求他言行一致总是可以的吧。

*

"纵身于未知世界"？你以为离婚便是纵身于未知世界，但却相反，你是把自己关进了你最熟悉的世界里面：你自己，你自己，你自己。

"独立"？以前我行的，我觉得在古斯达夫之前我是可以的，但这些年来我的腿脚萎缩了，因为现在我的日子都是躺在床上过的。

"成熟，长大成人"？可我却返老还童！我发现自己又被抛回到了年轻时最幼稚最痛苦的屈辱状态，一天到晚都在找那个属于自己的男人，把所有的异性都看作婚姻的候选人，生活在不断燃起的希望中。大大小小的火焰，不断地在失望中熄灭。那时候，他们对你是视而不见的，你的失望在于你所看见的男人从来都没有回看过你。而现在的大多时候，他倒是会看见你的，但关于他的幻想也就破灭得更快了。青春期的困惑在于没人想要我，成熟后的困惑则是没有我想要的人。变化倒是有的，但却没有变得更好。

"新朋友，新刺激"？哦再熟悉不过的了，到处跑去找新朋友，参加派对、约会、谈天、调情，交换电话，然后等电话响起来时，却又没劲儿去接了。从头再来太累了，结交新人太费劲儿了。他们问的那些问题只让我恼火，好像他们应该知道似的，好像他们应该是那个了解我的人。我希望见到的那个新人得是个我已经认识的人，就像我的墙纸那样，是我在前世就遇见过的，无语，无痛，只是在那儿，一个不知不觉融入我的人生的人。就像小说里，两个人只需互相看着，就知道是我们了，犹如一个启示。我受不了有新的人走近我，幻想着他们可以代替古斯达夫，或者以为可以像他那样和我推心置腹。我受不了他们，因为他们都不是古斯达夫，这世界上没有一个男人能因为他不是古斯达夫而让我可以原谅的。

是"自由，独立"吗？是没人管你罢了。比如这个复活节，跟去年一样我要和希拉去乡下。我们定了时间，我数着日子，盼着能够出趟门，远离一下那些烦恼。结果最后一分钟，希拉的老公因为要看牙医得留在城里，那希拉也就不想去了。

没有自己的老公可依赖，你就得去依赖别人的，你得迁就一个完全不相干的人看牙医的时间，你被挂在一根被人牵着的绳子上。下次吧，希拉抱歉地说。当然啦，我说，你当然要和你的男人待在一起，我挂了电话，哭了一整天。

在这个社会上"未婚"是不行的，我们第一次"离婚"的时候我就发现了这点，我怎么会把它给忘了呢？唯一稳定的关系就是家庭纽带，友谊之类的不算。结婚或单身，没有第三种选择。

我真觉得这很病态，我相信那些宣扬其他新型家庭模式的人是有道理的。结婚然后爬进核心家庭的安全栅栏里，这是对所有被留在栅栏外的人的背叛。变革总得从什么地方开始，我对自己说。但不一定就要从我开始呀，我哭丧着说，我完全不想做独立的先驱，不想为别人的子孙后代的未来做殉道者，我想有一个可以为他织围巾的男人！

"尊严"，记得那次我坐在岛上小屋的窗前想，为我俩关系给我带来的荒谬和屈辱哭了起来。人的骄傲与尊严！

现在我唯一可有的尊严就是，没人看见我。我可以躺在自己的床上，因为恐惧而哭上一整天都不会有人来打扰；我可以擦着鼻涕下楼去超市买晚餐，付了款，一句话都不用说，再回来，也没有人会注意到我。没有人需要知道我内心的动乱和情感的困惑，除我自己之外，没有人会用藐视的眼光来看我。

34

复活节，我是说城里的复活节。我想请哈丽叶特过来吃晚餐，可她女儿感冒了，不能带出门，再说她们的集体住宅也已经安排了复活节晚餐。

我还是出去买了吃的，三文鱼和土豆沙拉，好像有客可请似的。我没有站在厨房洗碗池边吃饭，而是在我的房间里铺好了桌子，点上黄色的蜡烛，放上一张莫扎特的唱片。在没人照顾我的时候，要善待自己。如果连在乎的劲儿都没有，那就太可怕了。

现在这样就不可怕吗？

复活节的星期一。日子变得好长，人生过得好慢，一天又一天，枯燥无聊。

我又给哈丽叶特打电话。

"写论文有什么意义？"

"哈，"哈丽叶特说，"为什么就要有意义呢？你以为我跑来跑去当代课老师就更有意义吗？"

"那活着有什么意义呢，"我抱怨说，"如果什么都没意义的话。”

“既然要活着，那去寻死也是没意义的。”

“可是我活腻了！只是活着活着活着，好单调。”

“不活着也很单调，没有比它更单调的了。”

这倒是让她说对了，死了并不会少些单调，但或许会没那么累。

“我想死”，这想法我以前从来没有过。我不怕死也对它没别的感觉，只是完全没想过而已。我忙碌地活着，觉得挺刺激的。青春就是一场冒险，一切都很新鲜，连你自己也很新鲜，去发现自己，每天都有惊喜。

现在我很了解我自己了。现在我对自己里里外外了解得让我都厌倦了。我失去了耐心：我对此厌倦了，我想死！

“你会死的，”哈丽叶特平静地说，“没有什么比这点更让人确定的了，只是个时间问题。”

我在电话里沉重地叹了口气。

“你在花样年华时放弃自己还是太可惜了吧？”

“这也不是我真想要的，我希望我现在老得可以立刻自然死亡。我希望我老得不得了，一切都搞清楚了，一切都可以超越。”

“你都不知道你在说什么。老了，你会有好多的疾病，一点一点地失去你的精神财富，我觉得我自己现在就已经够老了。”

啊，那我想要的也不是这个。我只希望现在已经过了十年，比如已经是1年之后了。我希望现在时间能够过得快些，我可以进入冬眠，醒来时就是另一个年代了，像电影里那样，剪辑一下，便是“十年之后”了。

我现在的这种过度睡眠当然只是一种逃避的方式罢了。如果每天晚上多睡两小时，那么一周下来你就少醒了十四个小时，这也是在缩短生命。

"我不习惯不开心，"我抱怨说，"一辈子都在焦虑的人大概知道怎么去对付它，可我却完全束手无策。对我来说开心才是自然状态，所以我就会因为不开心而格外地不快乐了。"

"当然啦全世界最可怜的就是你了，比起那些从来都不快乐的人你要可怜多了。他们内心深处可能就喜欢那样，不然怎么会不快乐呢，是吧？"

"喜欢不喜欢我可不知道，但或许他们觉得很自然，也无须因此藐视自己。我不想整天都带着焦虑危机走来走去的，危机是可笑的，我想做大力士艾维克，轻而易举！"

"骄傲使人失败，"哈丽叶特高兴地说，"没谁要反对这说法。"

如果古斯达夫是狠心绝情地把我抛弃的就好了，这样就简单明了，很经典的，会无一例外得到周遭的同情。可是像现在这样的一个凌乱而模糊的不幸？虽没有人直接对我说这都怪我自己，可却是不言而喻的了。

责怪：加罪于。是的，我责怪自己，梦里梦外分分钟我都在责怪自己。因为没有别人来同情我，我就只能自己同情自己了。我可怜我自己，噢是的，我在浓稠的自怜的糖浆里游来游去。

我责怪自己，怜悯自己，憎恨自己。

*

你想要无视春天是不可能的，它才不管你怎么想的呢，仍然会扑面而来。当窗外天空湛蓝，春番红从草坪里钻出来的时候，我不能只坐在屋内看书了，必须出去看看春天。

绕过皇家图书馆的门卫，我把丹纳的《英国文学史》偷偷带了出来，坐在草坪上（不是公园长椅），我想和大地接触，恨不得全身都扑到地上，把鼻子扎进土里。但弘姆勒公园戒备森严，最好还是举止得体点儿。我把大衣铺在地上，正襟危坐，好好地看书，不去想我们穿过公园去普门纳德吃晚饭的那个秋日，完全不要去想它，而是把注意力集中在书上，直到我听到路边有一阵自行车铃声。古斯达夫，无处不在。

他把自行车停在停车处，正要去图书馆，我向他招手，想把他从大路上叫过来。

"过来晒太阳吧，这可不是个泡图书馆的天！"

"我只是去还本书，"他大声说，"十五分钟后我还有课。"

"那就过来坐十五分钟嘛。"

"十五分钟后我得到那儿，老师是不能迟到的。"

"那就坐五分钟吧，去北拉丁用不了十五分钟的。"

他把书还了之后，过来坐在了那个矮矮的栅栏上。

"怎么样？"

"谢谢还好，你呢？"

我害怕，看到他我的心里一阵狂奔。这次他又会说什么，我的这一天又会变成个什么样子？

"我正想呢，"我说，把书关上，"我靠，一切都让我想到你，真让我烦透了。"

"你以为一切就不会让我想到你吗？每次去岛上，看到你和我一起贴的墙纸，我都没法儿不想到你。"

"那又怎样，"我生气地说，"又不会把你怎么着。"（我眼里闪烁着希望：会怎么着吗？会吗？会吗？）

"对了，你的雨衣还挂那儿呢，你想要它吗？"

我摇了摇头（别转移话题）。

"我还以为你把我彻底给忘了呢。"

"怎么会呢？我以为你不想有我的消息，你说过那只会让你痛苦的。"

"可你也不用因此就当我是不存在似的。"

"是你……"

于是我们就坐在那儿，跟以往一样又斗起了嘴来。古斯达夫认为是他在坚持介入，老是打电话，觉得好像是他在打扰我，我则指出，总是我在写信，而他却从不回信……这样像从前一样的斗嘴真好。

可我也想趁机听听他对我最近一些新的想法的看法，我用手遮住眉头好看到阳光下他的脸，我问：

"你是怎么看待死亡的？我是说你自己的死亡，你有没有过什么关于你会死的积极的想法？"

他并不惊讶，毫不犹豫地用了一句引言来回答：

"'我会死，这是一个丑闻。'我对此没有别的看法了。"

我笑了起来。

"你和你那些精神上的苹果笑脸，你的心态平衡是对世界上所有苦难的非礼。"

"你是说，对你吗？你想死？"

"不是马上，但我明白了其中的安慰。不管发生什么，我迟早都会死的；不管人生多么艰难，总有一个尽头。我以前真没这样想过，我其实从来就没有想过死这件事儿。"

"原来你也是个挺纯粹的乐天派，平生第一次想到死，像是个快乐的主题似的！"

"悲观也得有道理才行。'人生这么可怕还不够，然后还要死。'这可说不通的。"

"这正是我的意思，只要你还在乎凡事都得有个道理，只要你还要求给不幸一个说法，那你就还没有真正失去心态的平衡。"

古斯达夫笑了起来，我也笑起来了，我们一起笑着。相比上次在弗莱明街那个可怕的晚上我觉得自己都不存在了，现在一切感觉则完全不同，这个阳光下的上午，在弘姆勒公园的草坪上，一切都不同了，我快乐而厚脸皮地看着他的眼睛，说：

"不管怎么样，我还是相信我们会拥有彼此的！每隔一周我就相信这个。"

苦难让人高尚吗？不，苦难让你低贱。几个月的痛苦之后，我竟然可以对一个曾经拒绝过我的男人厚颜无耻地说出这番话，他完全有权利回答我说：你想错了，为了你自己，放弃这想法吧，这次我可是永远地摆脱你了。

可古斯达夫没这么说，他笑着说：

"我也相信这个，就是说，每隔一周。"

"那另外那一周呢？"

"我在家里环顾四周对自己说，就这样，我现在是和她一起生活的，我打算继续和她一起生活下去。"

"可你不是真的爱她。"我粗鲁地说。

"不(他缓慢地，像是在找一个外交性的措辞似的)，我是爱她的，以另外一种方式。"

"但你更爱我，"我大声说，"因为我和你更相似！"

他站了起来，拿起他的公文包。

"不相似可以有不相似的好处。我发现关于'他人'的很重要的一点就是，对，他们是他人。从前，我是指和比姬塔、厄伍什么的，女人们就像是天外来物，嗯，然后就是你，可你就是我自己，你明白我的意思是吧？"

"我从来都明白你的意思。我和你的观点一样，就拿阿荣来说，正是因为他是另外一个人，一个让你尊重的陌生人，可这样一个人你是不能和他结婚的。"

"不过我其实并不真正明白为什么和你有那种认同感，"他反对说，"我们并不总是意见一致。"

"你总是和你自己意见一致吗？我不是的，认同一定是别的什么。大概是因为你把我视为你自己，而当我的观点和你有分歧时你就无法接受了。"

"反之亦然，"他哧笑着，"这正是我想说的，最好始终能够分出个彼此来。"

他打开自行车的锁，按了一下铃，骑上车走了。我坐在弘姆勒公园的树下的草坪上，世界变得迥然不同。

"我们爱自己"，我想，这个特别的法语熟语，好像"我们"是单数似的，我又想到了阿里斯托芬的那个槌球。

我们拥有彼此，是的，当他也相信这点时（即便只是每隔一周），就不可能有别的选择了。我们拥有彼此，一切就有了意义。痛苦如洗礼，离婚如炼狱，然后就会是我们应有的天堂了。

人生谎言。我让它在我这里生根、发芽，长得比草坪上的春番红还快，已有一人高了，火红的颜色，我对着它微笑，在阳光下闭上眼睛，微笑着感觉幸福从脸上传遍了全身。我想，他上课一定还是迟到了！

*

我想找人人聊聊。关于死亡，关于身份认同，或者丹纳的文学史，什么都行。我给古斯达夫打电话。

是他接的电话。还好，到此为止。可他正坐在那儿忙着要改一堆作业，问我有没有什么特别的事儿，没有什么特别的，于是他建议说等他忙完了再打给我。

人生谎言熄灭了。人生谎言就是如此，它们对气候极度敏感。彻底放弃还是要更稳定可靠些，我知道的。

但人生谎言也是很难根除的，它们犹如杂草，你一转身它就又长了出来。你以为你会摆脱它们，以为都死成那样了，没什么再可发芽的了。可希望这东西，却自有其潜在的生命力，只需睡一晚上的好觉它又会探出头来，而你还是那么高兴地与它重逢，那个探出来的小小的头：

他不是说他去岛上的小屋时会常常想到我吗，就像那是什么让他烦恼的事似的，那他至少没有对我完全无动于衷吧？

他当然要忙他的那份苦差事，没时间随时和我聊天，但并不意味着这就不是他最想做的事儿，是不是？

我无法消除这一切不过是个误会的感觉，荒唐到可笑，我们俩最后注定是要在一起的，没有别的可能，我们还会破镜重圆的。现在别再搞笑了，别这样，别再装着你是跟别人在一起的了！

这感觉太强烈了，我可以说服自己，她不过是他编出来吓唬我逗我的。从来就没有什么她，他还是跟以前一样一个人住在林达哈根街，我哪天过去都可以，带着轻松的笑声投入他的怀抱……

　　我当然并不相信这个，但感觉却是如此。我不知道她的名字，没有名字的人不是真正存在的。我回避去了解有关她的实际情况，以保持她的不真实性，就像她是个东西似的，等他厌倦了不再欺骗自己时，他就会放弃的。

35

　　为了结束我的焦虑，那主宰我思想的焦虑；为了平息我跳动的心，那越来越被那么多伤心的画面搅乱的心，除写学术论文之外，我别无选择。

是的，我想把论文这块冰放到我的心口。

是的，我想要这样。

我开始读这个博士学位的时候，古斯达夫希望我能在序言中答谢他。这在当时合情合理，因为他和我讨论那些想法，给予了我帮助。但即便是现在，在我的答谢中也还有他的位置。如果我写成了这论文，也是有他的功劳的，因为我心口上需要这块冰。我考虑用以上这句萨米耶·德·梅斯特的话来作座右铭，不知道那些学者们会怎样看。

*

学生会《同欢》报上登了个海报，在皇后街幽灵城堡的地下室，有位作家要讲讲他最新的小说。

我对他的破小说一点儿兴趣都没有，但我总得逼着自己出去见见人。只是一个人坐在屋里读书、写字，生活在摘录和注释里是会被搞疯的，纸上的生活。

地下室里很拥挤，缺乏空气，而那位作家写得大概比说得好。我只等着他讲完，好开始饮酒和自由社交。可真正结束的时候我却还是坐在桌前一声不吭，没劲儿跟人答话。

我坐在那儿看到文学社的一个男孩跟那位作家聊上了。他曾经是古斯达夫的同学，叫什么名字我忘了。他的特别之处在于，他和古斯达夫长得很像。近看是不像的，他的头发颜色要深些，但身材和姿势都很像，让人有时会把他俩混淆起来。他跟那位作家在说着他自己写的一本诗集，但还没找到对他感兴趣的出版社。他们坐得离我那么近，我没法不听到他们的谈话。他在描述他的诗，它们听上去无聊得没治了。

我看着他，寻找他和古斯达夫的相似之处，但越看越发现他们并不相像。我看到这明明不是古斯达夫，但又希望是古斯达夫，我想要古斯达夫。

我这么想着，就好像看见他的名字在我跟前，大写的字母，挂在那屋子里，挂在我和对面的那些人之间。

看来我已经被我的工作给搞疯了，职业病，思想都是书面的，感受也是书面的。如果我听到有人在叫他的名字，那可能还会显得正常些？但我对他的想念在这一刻真的是以文字出现的：我看见他的名字在我的面前，清清楚楚的，大写着。

绝望的大写字母，沉默的呐喊。

临走时，我被一个盯着我看而又有点醉意的男孩拦在衣帽间。他是学生会里的花花公子，没记错的话，我和他曾经在哪儿跳过舞，但几乎没说过话。他提议说要送我回家，我有点儿惊讶，但礼貌地回答了他（这最简单）：

"谢谢，我想一个人走。"

他缠住不放，挡在了通往门口的楼梯上。

"反正我们迟早都会上床，你是知道的。"

我瞪着他。

"我会？您会？亲热？"

他惶惑地把手从楼梯的栏杆上放开了。

"什么？"

"德布朗，《沃敏那》，斯德哥尔摩，1970年。"我告诉他，然后匆匆地上了楼梯到了外面。

*

一次又一次的，就像拔了一颗牙之后，你会忍不住老是用舌头去舔那个洞一样，虽然它很痛，你知道它会痛。一次又一次的，我在那儿用我的思想去舔我生命中的那个洞，那个古斯达夫留下来的洞：充满了疼痛和恐惧。

或许就是这样，我开始相信，我也在栽培着我的痛苦，故意受苦，因为它是仍然把我们联系在一起的唯一的纽带。如果我什么都不在乎了，那就什么都没有留下，什么都没有了。只要我还在受苦，那我们的关系就还存在着。

或许这也是迷信，我受的苦越多时间越长，最后就一定会有回报。这是一个被文学毒害了的人想象中所谓的诗意的公正，但现实却不是这样设计的。如果我的痛苦能改变什么的话，也只能通过古斯达夫，通过重新唤醒他的情感来实现。

为了不白白受苦我就得告诉他我正在受苦，不断地给他汇报，别让他以为就没事了。

我给他写信，写了好多封，不长也不悲伤，而是简短有趣，我试着把我的不开心搞得很开心给他看。我不要他为我难过，同情是没有建设性的，不会改变什么。我想让他笑起来，我相信这是我唯一还能牵动的感情线了。如果还有什么能让他再次投入我的怀抱的话，那就是笑的魅力。

（或许只有在我扭曲的幻想中，笑才是魔幻的，好像你不仅可以笑走一次分手，也可以笑走一个婚姻，一个他在现实中已经有了半年的关系。）

不管怎样，我去做这件我唯一能做的事，把我所有的自嘲都寄给了他，所有的黑色幽默，所有我能找到的笑料，引言、剪报和短信。不只是和我有关的，像《何西阿书》和萨米耶·德·梅斯特，而是所有一切我希望能和他交流的东西。还有，我也想在《圣经》里找点儿有趣的悲伤段落，但却没找到，《耶利米哀歌》和《约伯记》里所有好的地方都已经被他用过了。

有个星期天，午餐时，我打开了收音机听大弥撒（为了友好而坚决地请我的内心观察员闭嘴），听到一位牧师在解说，圣灵正如汽车马达的汽油，人的灵魂就像汽车的马达，即便有马达但没有汽油它就不能启动……好像他从来就没听过笑话里的那个简森牧师！

如果是在教堂的话，这时我又会让古斯达夫把他不恭敬的嗤笑压得小点儿声了。可现在这里没有教堂，没有古斯达夫，我意识到，如果没人和我一起笑，没人和我一起对世上的傻事儿一笑了之，我是会变成一个厌世者的，我真受不了听到这类的东西。

于是我把它写了下来，在脑子里和他一起笑着，把它装到信封里，寄到了他的工作单位。

*

古斯达夫没有回复，我开始担心起来，他是不是觉得很烦了。但在两周的书信运动之后，他打电话来解释说是因为他没找到好的引言给我，一点儿都不烦的样子。我和他联系，他真心实意地欢喜，我的那些痛苦的鬼脸让他很是玩味。

"我尽量不因此受到影响。"他又补充说。

听到了吧，"尽量"，这又点燃了一线希望：他必须努力，就是说要反抗，换言之，就是要竭尽全力！

"哼哼，"我谦虚地笑出了声，"你不是一直都说搞笑是我唯一的优势吗，所以我想我就好好地发挥一下吧。"（暴露自己的策略不是个好策略，可这反正都是一目了然的。）

"说到这个我那天突然想到，不再见到哈丽叶特挺遗憾的。"

不见到哈丽叶特挺遗憾的，这可点燃了我希望的熊熊烈火！哈丽叶特，他以前总是说她和我很像但比我更糟，我俩在一起不可救药，他最多能受得了我们中的一个，他想念哈丽叶特就是想念我！

"怎么会想到她呢？"

"突然想到而已。我有个同事说起她离婚的事儿，以及如何因此失去了所有的老朋友，我就想我们有没有过共同的朋友，其实我没见过多少你的朋友。"

"是的，因为某种原因，你和我喜欢的人从来都不一样的。"

"因为某种原因，我从来没有和你爱上同样的人。但我想起了哈丽叶特曾经说过的话，然后就突然想到，与大部分人不同的是，和她其实是可以聊天的。"

"就是，"我认真地说，"大部分人都是不可能聊天的，是不是？"（亲爱的，让我们住进一个塔里，你和我，坐在那儿一起鄙视人类吧！）

"我现在说的是你的那些熟人们，不然的话，大部分人还是挺好的。"

我叹了口气。在古斯达夫看来我大概已经是个厌世者了，孤独地坐在我的那个塔里。

*

阿荣来了电话，好像不敢肯定我记得他是谁似的，还做了自我介绍。或许是他的一个招数吧，如果我不想跟他来往，好给我个机会表明一下，因为我们上次通话时这点并不明确。我挺高兴的，也让他听得出来，于是他解释了他失踪的原因。弗罗伦丝有房子了，她老母亲春天去世，她继承了伦敦郊外的一幢小别墅。她和两个最小的孩子留在了那儿，他带着老大回来了，为了让他在原来的学校里读完这个学期。他们还没决定将来会不会保留那个房子，反正夏天他们会住在那儿的。

不过现在他在斯德哥尔摩，站在中心站的一个电话亭里，想知道我这儿有没有可以让他落脚的地方。

"没问题，"我回答说，"我的家永远是向你敞开的。"

"你有晚饭吗？"

"没有，你以为会有？但如果你有兴趣做饭，我的厨房也是永远向你敞开的。你可以在奥联斯百货楼买点什么吧？"

我没想到他真会听我的，来的时候带了一袋牛肉和冰冻薯球，还有沙拉和西红柿。我把煎锅和碗给他拿了出来，然后拿起放在购物袋子最上面的《晚报》，在饭桌前坐了下来，晚饭由阿荣来负责。

我现在开始相信，只要你自己坚持不做饭，就总会有人来做的。坚持的时间久了，总有人会饿的。说起来，男人们历来靠的都是这个方法逃避做饭。

阿荣下厨房，这是一个奇观，就好像我们是结了婚似的。不，完全不是的。

吃过饭之后，我们去看了场电影，再回到家里，喝了个啤酒，高兴而自然地聊天，然后上床睡觉。太久没这样了，挺好的，所有的这一切。这是个理想而没有要求的关系，是的，我一点儿都不想和他结婚。但有一个问题：如果他要搬家的话，那只能和结婚的那个人一起搬，其他的关系在这种情形下都是不算数的。老朋友靠书信来往，老情人，嗯，让他们形而上去。

*

沃普尔吉斯之夜那天，希拉打来电话邀请我去她家。

噢，她现在开始怜悯我了，想到了马汀娜？这样的一个夜晚她自然是一个人坐在那儿，我们是不是也该把她叫上？我不是个喜欢社交的人，平时都不适合去晚会的，更何况在现在这种情绪之下。我并不幻想有人就因为希望我的加入而邀请了我，但我也不想去充当别人行善的对象。

"谢谢，"我说，"但我有点儿不舒服，大概是要感冒了，我最好还是待在家里。"

"就过来一会儿嘛，我一个人独自在家，好无聊的。"

哦这样的，小姐在家留守，这时就需要老朋友了。

"你老公呢？"

"他在布登军训，我得了幽居症。"

可我也没兴趣去充当那个做慈善的人。如果希拉平时没那么看重我，觉得有必要和我来往，我可不想她老公一不在家就去充当个替补。她可以一个人在那儿待一会儿，体会一下那些没老公的人的感受。

"下次吧，"我说，"今晚上我还是照顾一下我的感冒。"

我拿着本多萝西·L.塞耶斯的旧小说上了床，觉得自己挺小心眼的，然后又因为自己的小气而沮丧，好几次想给她打电话，但又拦住了自己，心想她一定已经找到了别的事儿，那只会显得很可笑的。

醒来时我不太舒服，要么是因为我编的借口要惩罚我，让我开始感冒了起来，要么就是因为我良心不安。反正现在我不去深究了，出去参加示威游行吧，像个人样。

想到可能会碰到古斯达夫和他老婆，我觉得有点可怕，但今年有很多不同的"五一"游行，我不知道她政治上是属于哪个阵营的。当我骑着车往城里去的时候，我其实也不太清楚自己要加入哪个队伍。我想搞个自己的游行路线，反对分裂，按照报纸上公布的路线地图，把所有的阵营都包括在内，这应该是可能的。

我首先碰到了左翼的游行队伍，我等着一个越南标语牌过来，从边上挤到了它背后，走在最外面，好推自行车。

真奇怪，游行队伍里所有的人都互相认识，当然这只是好像，因为你注意到的是那些互相认识的人。他们打着招呼，嗨来嗨去的，在队伍中走在一块儿。当然不是说他们就不要你跟着走在旁边，可他们那样走着互相聊着让人还是觉得走在一边听着不吭声不妥，就像是我在"沉默"，而沉默是我的行动，但其实我不过是碰巧没说话而已。

我努力地像个人样，但却感觉到周围有一层静寂。

*

我真希望我目前上班的时间不正是被排在周五的，这时开始有周末的气氛了，同事们采购了食品，大包小包地放在写字台下，下午的时候他们的老婆老公们就开车来接他们去乡下了。

聊天时的问题：你周末做什么？什么都不做，我回答，没什么特别可做的。没有，我在家，在城里，对，在城里。

五月里的那些个周五。

除我之外所有的人都有乡间小屋吗？下一周是同样的：马汀娜你要做什么？就在家里，或许去看场电影吧，我不知道。可你不是在外岛有个什么地方吗？不是我的，我"老公"的，我前任"老公"的。啊哦，是这样的（尴尬的沉默，换个话题）。

一个又一个的周五，每一个周末，每一个该死的周末都是对我婚姻状况的一个痛苦的提示，我的孤寡状况。

我可不羡慕别人的婚姻。维薇卡经常讲到她的婚姻，听上去他们每隔一周都决定要小孩，每隔一周又都决定要离婚，可因为缺乏信念，他们永远什么都决定不了。托马斯每到周五就会有一位周正的金发女人来接他，他们俩在一起好像主要是因为两人都暂时别无选择，但从他眼里看得出，他是在等待时机，一旦有他更喜欢的，顷刻之间他便会毫无犹豫地抛弃她。

有位老师在研讨会后的聚会上，几杯葡萄酒之后，总会说起他的婚姻是多么的幸福。但这显然是个掩护，因为谁都知道他在和图书馆工作的一个女孩发生关系。他们几乎就是在他办公室里同居了，已经有好些年了。除了他老婆，大家都知道。要是他老婆打电话来而他正要和另外的那位出去，他就会让我们中的谁接电话说他晚上要开会或者有课。如果他把这个叫做"幸福婚姻"的话，那我会叫它"偷来的幸福"，因为如果他明白老婆知道了，是不会把这个幸福给他的，那么这分明就是偷窃了。

这些都让我很鄙视，就像我鄙视阿荣无所顾忌地背着他太太和别人在一起一样（我也鄙视我自己，因为我的参与）。相反，我则因为古斯达夫对忠实的执着而鄙视他。他如此的狭隘，心里一次就只能有一个女人的位置。（我也鄙视我自己，因为我都不能将我的情感生活控制在最低的逻辑限度之内。）

看到大多数的关系如此的糟糕，我不理解我为什么要对我们的关系有这般的要求，当然又是骄傲自大了。我想做一个贤惠的妻子，我想有一个幸福的婚姻，但宁缺毋滥。你有听说过这样的狂妄自大吗？幻想着能够结婚却不伤害对方，多么张狂的理想，多么不切实际的要求，多么的自以为是，以为你可以过上一辈子而谁也不伤害，多么甜蜜的对未来的承诺。

我无论如何都不羡慕同事们的婚姻，可我羡慕他们的夏日小屋。我可以闭上眼睛，身体里充满了回忆：在清晨明净清凉的空气中踱步到门廊，风醒来之前的宁静。沿着小径去茅屋，高耸的草丛中的一条小路，不管你多么小心翼翼，都会被露水打湿，湿到半腰上，于是干脆就裸着身体走过去。后来，草除过之后，脚下的小径又硬又热，夏末时地上有干燥的裂痕。还有阳光下栈桥的味道，雨中森林的气息。岩石间我最喜欢的观望海湾风景的地方，船靠近时浪子把脚冲得凉凉的。山岩硌着背，但如果你在身后放上个枕头，它就变成个完美的读书的长背靠椅。

除童年的树和石头之外，再没有一个地方，是我这样跟它一起长大的了。

当时我可没有想到这些。

*

皇家图书馆前的路灯下停着古斯达夫的自行车。我在台阶上迟疑了一下，可我也不能因为他就去绕路。

我在目录室找到了他，他站在那儿翻着卡片分类。

"你在这儿干吗，开始做研究了吗？"

"我在写一篇文章，是斯达国际援助组织的一个男孩要的，我只是查点儿资料。"

他靠着个打开了的卡片抽屉站着，在他的笔记本上记着什么，连头都没有抬。我不知道我是该去还是该留。

是我，你没看见吗？是我，马汀娜，那个你每次看到都会心跳的人。

他终于把背直了起来，看着我，问我怎么样。我不怎么样，于是我们又回到了老话题。古斯达夫和我说话，哪怕说的是天气，也不会是一个中性的话题。

"你不会是真的吧，你不会想说我们又要重新再来？"

"为什么不呢？"

他摇了摇头。

"那只会跟以前一样，跟以前一模一样：做爱太少，嫉妒太多。"

这就是他能总结的，古斯达夫的版本，我们关系的墓志铭。

"你一定要这样继续把我们的关系说得这么坏吗，就像是在唾弃一个死人一样？"

我们站在目录卡片抽屉之间的过道上，压低了声音说话以免打扰那些搞研究的人。

"你不会觉得那是什么天堂吧，就算是你因为结束了而要想去把它理想化。"

"反正不像你说的那么坏，再说现在情况也不同了，分手以后我已经变成了另外一个人。"

"这么说我也变了，我变得很受宠了，有一个会持家的女人挺好的。"

这不，你瞧，七年之后，他终于说了出来。

会持家的，就算要我的命我也未必做得到。为什么不能呢，连阿荣都能做到。

"我可以去上烹调课。"我小声地说。

这不是我又在试着讲笑，而他也没觉得好笑。

"我也可以去上一个开帆船的课？"

我跟着他往出口走，到前厅时我们说话的声音又恢复到了平时的声调。

"你不会喜欢小资家庭的生活的，"他不耐烦地说，"我喜欢，可对你不合适。"

"我可以学会适应的吧。"

"你要是以前这样想就好了，可现在太晚了。"

"一年前，"我抱怨地说，"就一年前你还说你明白了没有我你也不会幸福的，然后你就走了，还是幸福去了！就那样。"

"是的，一年前，那时我还不知道会有别的可能。"

这时他笑了，可这一刻我也突然觉得一切都是那么的没有意义，我放弃。我这是在干吗，试图去跟他吵回一个破镜重圆吗，试图去说服他我们会很好吗？没有意义的，不能博他一笑，也绝不能和他去理论。冲击我的倒不是屈辱，我才不在乎呢，而是荒诞，这就像是一出我们交换了角色的荒诞剧。我站在这儿说着他的台词，而他用我的话来回答我。这太冲击我了，我不再想演这出戏了。

"好了，这样的结果最好了，幸好你没有因为不知道有更好的选择而跟我结了婚。"

回到阅览室之前我在一张长椅上坐了下来抽一支烟，他把公文包放在我旁边，把笔记本装起来，拿出了自行车的钥匙。

我试着说点别的："五一那天你看到没有，有人还戴着学生帽？我总是怀旧起来，你想高中毕业那是好久以前的事了。"

"我上周想到了这个，我毕业都八年了，过两年就该有十周年的晚会了吧。"

"人生该怎么过，我每次都在想，这些年来我做了些什么？"

"最近的八年我都用在我的最爱身上了。一年等待，六年拥有，一年疗伤。"

"你用了一年来等待，这至少不能怪我。"

"不能吗？"

"当然怪我，我真傻，你用了整整一年来等待，结果遇到的是我。是我毁了你的青春！你真的该做点儿别的了，别再让我打扰你。"

他笑了，然后走了。

我的胸口被新的感觉填满（有多少种情感是你要去经历的？），现在是愤怒。他从来就没爱过我！如果疗伤这么容易，那就不是什么值得一提的爱情。他冷得像条鱼似的，向来如此。他的爱情是一种他去尝试的好玩的假设，现在却被他摒弃了，就像他摒弃其他那些失败的理论一样。我怎么能忍受他这么久？想到我们有这么多共同的过去我就好纠结，我想把那过去要回来，不想和这样的一个人一起分享什么！

他的其他的那些事儿也是一样的，他的所谓的信仰，从来就没见过他做什么，大概也是一个工作假说，不方便的时候就扔掉的。还有他的政治理想，除了赶时尚还会是什么？

不，现在是我过激了，现在是我没道理都不知道该说什么好了。如果古斯达夫有什么让我一直很欣赏的，那便是他在游行队伍中，一边可以悄悄地嘴角带着讽刺去评论，一边又同时可以拉破嗓门附和着去喊口号。就算这是精神分裂，那至少也没有那些一味夸夸其谈去聊政治的人更分裂。

这一点上我不能否定他，那么这么说吧：政治是他唯一真正投入的东西，普通的人类情感他却不得其解……

有可能这对他也不公平，有可能不仅仅是理论上对那伟大爱情的兴趣才让古斯达夫忍受了这么久，可我现在无力去顾及公平的问题了。他不再爱我了，我顾不上去考虑他是不是曾经爱过我。爱情是永恒的，但古斯达夫却只是装的，我真懊悔把生命中的这些年浪费在了他这么个人身上。

再说，要求自己的感情有逻辑是无济于事的，你从每一本心理学书里都能读到，对亡者的愤怒是悲伤的一个自然阶段，"就这么把我抛弃了！"不管走掉的人是因为疾病、事故还是自尽。那么，去仇恨一个与你分了手的人，不管究竟是谁遗弃了谁，也不足为奇了。

这没有什么奇怪的，如果说我这漫长的一生学会了什么，那就是不要期待情感的理智，只是我还没弄清楚该如何去应对它们罢了。

我恨古斯达夫，我疲惫而内心挣扎地想，这是一个你必须要经历的过程。

36

你呢，你夏天做什么？

他们礼貌而又不经意地问，并不知道他们碰到了我的痛处。

其他人会做什么呢？旅行，挺好的，"远离一切"。可是去哪儿，我可不想一个人去国外，没个上下文，在一个陌生的国度里，只会郁闷的。希拉？她要和她丈夫去南斯拉夫。哈丽叶特？她说她连坐小火车到城里来的钱都没有了。

我去一家房屋租赁所咨询了一下斯德哥尔摩周边的乡间小屋。自然是太晚了，所有的好地方几个月前就被预订了。租赁所里厚厚的册子上描述的那些出租的房子，你在那儿唯一能看到的便是你错过了多少个可爱的夏日小屋。

我翻了翻《今日新闻》上的广告，打了一两个电话，大部分都太大太贵了。等我终于找到个听上去还可以的，然后搭韦姆德的公交车过去看的时候，发现那屋子原来只有狗窝那么大，是和旁边的一个大房子连着的，而那大房子却已经租给有三个小孩儿的一家人了。房主保证说"那位置很安静"，人们对安静的理解大概是不同的。

另外一则广告把我带去了阿兰达以北的森林，从汽车站走过去需要一个钟头，换来的应该是安静吧。去看房子的时候房东夫妇开车来汽车站接我，见我一个人从汽车上下来，他们一副不解的样子，显然是期待我身后还有个男性，以至于我自己都差点儿想回头去看看了，就像一部喜剧片里的镜头那样。

等我在他们的车里坐了下来，房东太太忍不住地问：

"小姐你是自己要租？"

"是的，是我打的电话。"（我看上去没经济能力吗？）

"就一个人？"

我在后座四周看了看，数了数（给自己演喜剧）。

"是的，我就一个人。"

原来小屋里装了六张床，那确实挺浪费的。在我谢绝了他们再开车送我，穿过森林往回走的时候，我感觉到了窗帘后面追随我的目光。或许我是挺奇怪的？

姑娘你一个住这么偏僻不害怕吗？房东太太问。不害怕。那会不会有点无聊呢？她又问，会的。

我不管在哪儿住下来都会觉得挺无聊的，但除房东让我有种想尽快逃离的感觉之外，主要还是因为我想念大海。阿兰达以北没有海，这我自然是应该提前想到的，可我是直到没有看见海时，才想念起它来的。

我准备放弃这事儿了，没个自己的车要这样到处跑着去看房子太折腾了。公交车只可以横向往返（运气好可以当天打来回）但却没有纵向交通，每看一次房了都需要　整天。

我又再试了一次，没抱太大的希望，在特宇宁岛上的一个地方。我决定把它租下来，没带多少热情。它不必要地大，不是特别安静，也没有多少海，就在瓦克斯霍尔姆的外面。但有交通船很方便，交通方便现在几乎是首要的了，可以很快回家。我一拿到钥匙便首先去充分利用了一下这个便利的交通。

*

这小屋是带家具的，也有基本的厨具，但还是需要买好些东西。我去百货楼的假日用品部逛了逛，买了点小东西，享受一下那终于成为了一个普通正常公民的感觉，有一个需要为它采购点东西的乡间小屋了。终于，所有那些在报纸上和橱窗里泛滥着的季节性优惠广告，它们是针对我的了，终于，也是针对我的了。我在百货楼里转悠着，买塑料盆、防晒油、室外茅房清洁剂以及给院子里桌子上铺的油布。如果说有什么身份商品的话，那就是这个了。即便都是些最简单的生活用品，但还是很能证明你的地位身份：普通的商品，别人都会买的东西。我不知道我原来也有这么强烈的需求，想跟别人是一样的。

我又搭上了去瓦克斯霍尔姆的船，像头驴似的，用自行车驮着那些纸袋子。可以携带自行车坐船，这和交通政策的精神有所违背，一定是相关政府部门一时忽略了的细节。

从栈桥上我小心翼翼地把那摇摇晃晃驮着东西的自行车推上了坡，穿过岛上，下到了另外一边的海滩，乡间公路就在屋子跟前。我把包卸下来，搬进屋里，无精打采地把行李里的东西拿了出来。我感觉屋子里有点儿冷，最好把壁炉点上。但首先得考虑一下晚饭，因为岛上有个小卖部，所以我从城里没带什么新鲜食物。

我骑车下去买牛奶、面包、速溶咖啡（因为我不记得屋子里有没有咖啡机了）、袋泡茶（因为我没看见茶壶）。在肉品柜前我站在其他顾客后面犹豫着，轮到我时终于拿定了主意说要一小块法伦香肠，店员给我比画了一块儿。

"嗨，不要这么大的。"

他把刀挪了一下，我犹豫着。

"再小点儿？"

看他那么吃惊的样子，我又不确定了。别人是怎么买法伦香肠的，一米一米地买吗？

这一块还是那么大，够我一个人吃几顿的了。

我回到了小屋，继续把行李袋里的东西拿出来，发现我把最重要的一个笔记本给忘在家里了，我又得回城一趟了，这反而让我挺高兴的。

*

独立，这听上去蛮好的。独立一定是挺好的。独立永远不会太多。

不会吗？其实，和所有的其他问题一样，就是个依赖的问题，对独立的依赖。这个需求跟别的需求一样，同样难以满足，难以将别人的需求与自己的其他需求统一起来。

我觉得我有一个超大的，我是说超出平均水准的，对独自、自主的需求。具体而言，就是单身汉的习惯；从精神的层面上，比如说，我反感去代表我自己之外的东西，或者被其他的什么所代表，我不想和"我的"男人或"我的"朋友在一起，说起来我甚至也不喜欢在系上的公文上签上我的名字，即便它只是工作以内的例行公事。我只想代表一个人，那就是我自己，不多也不少。

这是个绝对不可能的要求，你必须立刻就妥协的。我不想没有工作，没有朋友，没有男人。但以这样的条件，怎么可能有工作有朋友呢，就更别说有男人了。

"你自己要选择单身，你有什么好抱怨的呢？"

不，那不是我选择的，我只是没去选择所有那些现有的同居方式罢了。剩下的就是我自己。

可我从来就没说过我想要单独一个人。

你或许会以为一个"独立"的人更容易按照自己的意愿去安排自己的生活。可是只要你不是完完全全的独立，只要你不是幸福地隐居在沙漠里，那最容易的办法还是中庸，这样很多人都是你的同类，希望以相应的方式去安排自己生活的人就最多。

如果你理想中的两人世界从来就没被实现过，就像一个乌托邦从来就没有被见证过一样，那么要遇见一个情投意合的人的机会当然就会更少。而真的遇见了，那你就会对他她更依赖，他她越是可遇不可求，你就越依赖他她，整个平衡就更脆弱了。

"不容易，"哈丽叶特说，"在这个充满了中庸而渺小的个体的世界里要做一个伟大的灵魂不容易。"

"哪儿的话，我可并没有把它道德化，我只是试图陈述一个严格的统计推理，以说明一个独立的人是更具有依赖性的。"

"你不认为你比别人更了不起？可你还是比别人更有趣吧？你至少必须承认具有如此非凡的洞察力是有好处的，这么一种X光的穿透力。"

"很遗憾，这是最大的诅咒了。就算我是个擅于编织人生谎言的高手，也无济于事的，因为我总是不断地将它们识破，比编织的速度还要快。"

"不管怎么说，它还是有其娱乐价值的。"

"这是我目前能给自己敲定的唯一价值了，可这代价太高了！"

"为什么就不能像小说里那样，"我问，"那样的一个榜样，我是说，纯粹的言行一致的，如此这般的幻想。每一次在我以为知道了自己是想象中的什么的时候，我就会发现是相反的，像那伟大的爱情神话里的破坏性什么的。我的故事是没有倾向的，我的人生趋势犹如一个罗盘玫瑰，指向所有的地方：绳子、儿媳妇、骆驼和扫帚。"

"那你就可以决定说，你就是这样的一个榜样呀。"

我笑了起来，真心喜欢这一说法：

"你真实际！'自相矛盾的感情的受害者'，可不是。"

"是可以这样说，如果你想是一本垃圾小说里的人物的话。做一个行走的陈词滥调，如果这也是什么值得追求的东西的话。"

"我只希望我的命运会带来点什么启发，希望这事情有点儿头绪。现实是如此的乱七八糟。"

"我以为你的意思是，如果你是一部小说里的人物，你就不会这么孤独了。"

"也不是，但会更真实。"

"如果这是什么现在值得去追求的东西的话？"

*

"当心，不要伤心，一旦开始就没完没了。"哈丽叶特·洛文希姆写道。

等我取了一台收音机和更多的书第三次去特宇宁岛上的时候，

我懂她的意思了。这地方已经被我的悲伤做上了记号。从停泊蒸汽船的栈桥往上是一条沉重的路,屋外四周的花园看上去是一副忧郁的样子,那老木屋里有一股特别的气味,开门时我就把它闻了出来,我觉得它闻起来是一股不幸的味道。

如果你是携带病毒者,换个新的环境也没用的。不论在哪儿落脚你都会留下伤心的痕迹,通风也没用,那不幸的气味会钻进窗帘里去的。

一旦开始,就没完没了了。

我坐下来看书,外面下着一场夏日小雨。我拿着一本书坐在窗前,但看不进去,脑子里一片空白。我望着大海的一角,穿过那些现已长得很茂密的果树,树枝在风中摇曳着,乌云笼罩着天空。我坐在那儿就像是坐在一个火车的窗口,让人生从眼前经过。

哎现在要是有杯咖啡就好了,我给自己心里暗暗打气说,现在我们去厨房,在煤气炉上煮点儿咖啡,然后我们骑自行车下去小卖部买张晚报,黄昏时我们坐在门廊上点上一个烟斗读报,怎么样?

我为自己描绘出些小小的安居画面,把时间一小时一小时地挨过去,把自己安置到小小的静物画里。但我不太擅长描绘吃饭的画面,晚餐需要更多的人才不至于看上去悲伤,于是大部分都是门廊上的咖啡和烟斗的画面了。

它们的悲伤之处在于没有人看见。我坐在这小屋的门廊上,瑞典的夏日,黄昏时分,红色的搪瓷杯和黄色的泰德曼香烟盒,我这辈子大概再不会有这么好的一个画面了,而它却被彻底荒废了。

*

在这样的一种安静里是无法工作的，我应该知道这一点。我试着像那次在岛上那样，搞点适当的干扰，让收音机里的新闻说芬兰语和塞尔维亚-克罗地亚语，可虽然我听不懂还是被干扰了，因为在一大堆听不明白的话里突然出现了一些我认识的名字：帕帕佐普洛斯、黎德寿、秘鲁罗阿环礁，耳朵就条件反射地竖了起来，调整着也想去理解它接下来的内容。

我安不下心来，于是连个借口都没找就又去了趟城里，再回到乡下，谁也管不着，没人知道我何时去何时回。我从我家到我家，从城里的公寓到外岛的小屋，在我与我之间。

这是个惩罚吗？就像在《地狱》篇里，根据不同的罪过，自私鬼永远都被留给了自己。那个想要拯救自己生命的人⋯⋯（用的是"普赛克"这个词，它的意思应该是"自我"吧。）

其实我并不是不喜欢和自己做伴，从来不是的。可怕的不是自己一个人，而是没有古斯达夫。因为古斯达夫本来是可以跟我在一起的，所以我一个人的时候便是没有古斯达夫的时候，天天如此。

我从旁观者的角度来审视自己时会不寒而栗：我独自一人的时候是一幅如此悲伤的画面。无可否认，它看上去挺可怕的，毫无意义，做一切事情都是我自己一个人。

在我与我之间的穿行。

可如果喜欢独处的我一个人待着都这么艰难，那么那些不喜欢独处的人又会怎么样呢？那么多的人。

我开始明白这些人有多少了，我发现报纸的读者来信栏目里充满了紧急呼叫的声音。有个来信的女人说她结了二十六年的婚，守了十年的寡，无法习惯孤独，大声呼喊着一个"人生伴侣"。十年！无法习惯的十年！

还有那个刚刚离异的男人，讲他周五不敢去商店，看到所有那些为周末购物的家庭，就想起了过去……

这感觉我是知道的，生出一阵愤怒。这么多这样的人，怎么还会被视为异常？在瑞典三分之一的家庭都只是由一人组成的。（我查过这个！）有三百万个家庭，一百万是单身，这一百万人在哪里？带着羞耻感躲在拉起来的卷帘窗后面吗？除在征婚启事上之外就不出声了，希望以此把他们转变为正常的社会公民。

还有差不多同样多的家庭是由两人组成的，没有小孩。可是被当作典型的正常的例子的，仍然总是有小孩的家庭。官方事务，比如每年邮箱里收到的报税单，总是以有两个孩子的家庭为标准的：爸爸、妈妈、男孩、女孩。

难怪那些另类们（虽说是多数）会有心理问题，当你在申报收入时都被视为异类，当你去买法伦香肠做晚餐时店员会因为你要了太小的一块而瞪大了眼睛。

*

据说婚姻里最艰难的是第七年。分手后最艰难的是哪一年？还能比这坏到哪里去？

一切都让我想到他，我以为这会随着时间而淡化，可却相反，越来越严重，直到一切，名副其实的一切，都会让我想到他。

我自己的公寓里到处是他坐过的凳子，他经过的门，他在这儿在那儿说过的话。他送我的东西，比如我过生日时他给我的那幅越南水墨画（我是说，分手前我的最后一个生日），它很是折磨我，于是我把它从墙上取了下来，可也没用的，空着或者另外挂个什么都只会提醒我，没挂在那儿了的是什么，为什么没挂了。巴黎的海泡石烟斗成了他的财产，虽然不在我这儿，但同样它是一个无法忘却的"纪念品"。

所有他去过的地方都让我想到他，所有他没去过的地方都成了"他没去过的地方"。我乡下这地方，很想让他看看的。跟外岛不是特别相像，是树木茂密的内岛风景，但绿草坪、红房子以及蓝色的海却是一样的，足以让人不断地联想。我想给他看看这里，带他转转给他讲讲这个地方。我一直都在给自己讲着，斟酌着词句，背下来，就像是为了在见到他时可以想起来似的。

前天晚上我梦见了他在这儿，我们在花园里做了爱，高耸的草丛挡着我们，路过的人看不到。醒来后我很难受。

昨天晚上我又梦见了我在给他讲前天的那个梦。

今晚呢？是可以一直这样继续下去的。

读书也逃避不了，要么就是他曾经提到过的，要么就是我不知道他是否读过但很想知道他的看法的。收音机我几乎不敢再打开了，不仅是因为流行歌曲排行榜的爱情唠叨让人受不了，我现在就连听天气预报，也会因为厄兰岛和哥得兰岛而落泪。

上次去城里的时候，我在市图书馆旁边的一个露天餐厅看到了托尔斯滕。我一阵冲动想走上去和他说话，但当我意识到为什么时便又止住了：看到托尔斯滕我就看到了"那个古斯达夫嫉妒过的人"。就因为这个缘故，这个脆弱的关联。他们俩只听说过对方的名字，从来没有见过面。我和他也并没有过真正的艳情，古斯达夫只是被欺骗了一半而已，那个让我把古斯达夫欺骗了一半的人，现在竟让我对他比对其他人都感兴趣。这就像你刚刚坠入情网时，任何与那个被爱的对象相关的东西都有着不可理喻的意义。

可是我并不刻意去寻找那些关联，刚恋爱的时候你会的，现在我是要试图摆脱它们，可那些联想却不放过我。防晒油差点就把我给搞垮了，买的时候我没想到原来它是平时我们每年第一次出航时，为了不把我们春天那苍白的皮肤晒坏而使用的那种。我是在把它揉进了我的肩膀里，在泳衣套衫上躺下来时才惊讶地发现，那温热太阳下皮肤上散发出的德利雅防晒油的味道让我身体隐隐出现了强烈的感觉，把我带回到了格林达湾里的星形船上，这让我受不了了。我赶紧下水去把它洗掉，把那黄色的瓶子扔进了垃圾桶。要么另外换一个牌子，或者就不用防晒油了。

可当我明白让我联想到古斯达夫的人是我自己的时候，我又怎么可能不去想他呢？我照着镜子就会看见古斯达夫的前任，我梳头就会想到那次在卡斯特岛我坐在他的腿间，他那么耐心地给我理头发（一气之下，我把发结梳了一地），我脱长裤的时候就会想到他如何向我粗短的腿示爱，而在看到这"不再被爱的腿"时，我则没法不充满了同情。

时间流逝，唯一的变化就是越来越多的东西会让我以最痛苦的方式去想到他，因为它们都与他无关了。

*

整个七月都阳光灿烂，这是一个炎热的夏天，海峡里满是帆船。

这个时候去海边坐着是挺傻的，每一个白色的帆都是心上的一道伤口（其实是肚子疼，但听上去太自然主义了）。我不断地以为看见的就是他的船，坐在那儿去辨认那帆上的标志。我不知道他在哪里，上次我们偶遇之后又达成了新的协议，不再保持联系了，因为我受不了。于是我现在坐在这儿想，他会在哪儿呢。

真傻，我在门廊上把椅子挪了一下，背对着海滩，为了不看到海。我来海边干吗？大森林里的宁静，我想，那才是我该去的地方。

幸好我有自行车，这炎热除了待在水里，骑车便是唯一凉爽的事儿，而水里玩久了也就单调了。搭上渡轮既可以去瑞德岛也可以到韦姆德岛的大陆上去。我出去郊游，一直骑到了教堂下面。

我坐在一张公园长椅上，喝着从保温瓶里倒出来的冷饮，在墓地转来转去，在一个碑文有点特别的墓前停了下来。最上面写着"希达·安德森"，没有年代，一个还活着的人？那下面写着：

我的丈夫们

奥斯卡生于……死于……

维克多生于……死于……

丈夫们，我想，能够有几个？"丈夫"一词里不是已经包含了一对夫妻中的一半的意思吗？还是它只是表明你们在一起而已？那就可以和更多的人在一起吧，是可以的。

我喜欢这个超乎寻常的想法，把自己的男人们在自己的名下召集到同一个墓碑上，所有那些我称为"我的人"的人。当然不需要有个万人坑，也用不着方尖碑，一个家庭型的大小就好了，给那些最亲爱的人。死后他们可以和睦相处的吧。是不是很美好？这样省得我跑去不同的地方献白百合。

我在墓前蹲着想着，没想多久就发现这可行不通：和我在一起的人也跟别人在一起，也同样有权利想把他们安置到自己的名下，有人反而甚至会坚持要和我一起有个家庭坟墓，墓碑上写着"我的妻子们"，然后把"马汀娜"和另外八十位老婆排成一行，这想法对我一点儿吸引力都没有。

所有超乎寻常的妙想就是这样流产的。一对儿就是一对儿，只容得下两个人。如果"丈夫"一词就是这意思，我可不想把它刻到石头上说我相信一对儿里有三个人，一个反数学的墓碑。

下面路边上有个电话亭，我给哈丽叶特打电话。

"查一下'丈夫'，在语源书里面，快点儿，我只有两个两毛五的钢镚儿。"

她走开拿书去了，好长一段时间后才回来，大声读着：

"丈夫，古代瑞典语、冰岛语里的'夫君'，同等、同伴之意，形容词'合适'的名词化，嗯，然后在形容词的'般配'下面是：'在一起的，组成一对配偶的'"。

"唉，我想知道到底是'在一起的'还是'组成一对配偶的'，永远都得不到个明确的答案。"

"干吗呢，喂你在哪儿啊，在做什么呢？"电话开始发出了嘟嘟的声音，钢镚儿快用完了。

"我在外面骑车，想着我的墓碑上要写什么……"我解释说，但还没说完就被切断了。

*

总会有结束的时候吧，所有能有的感情都用完了，可我却还是看不到什么进展，情绪变来换去的，没有逻辑的上下文。

有一种情绪，犹如个浅笑，母爱一般的：你现在终于如愿以偿了，理想稳定的家庭生活，是时候了，感谢上帝，是你应该得到的。

另外有一种相反的情绪，烦躁地：这真他妈的没必要。那口气是对朋友的那种，在对方做了什么你不认同的事情的时候，小小的不满，相对于它所带来的后果，小得之荒唐，那种不解的情绪跟你得知一个朋友死于非命时是一样的："这真的有必要吗？"

还有些时候，是巨大的惊慌，在你明白了的那一刹那。往往是在夜里，往往是在你刚醒来的时候，在苏醒的边缘那一刻的觉悟，你惊恐地大喊：不！不许这样！你会有坐起来去纠正它的冲动，求助天地众神修正这可怕的错误。"重新来，无效的。"因为无助而产生的焦虑。

接下来则是无法抑制的攻击性，以最不可思议的方式被人背叛了的感觉：他怎么可能在跟我一起之后又去和别人在一起，这是不可饶恕的。这必然是说明他其实从来就不是我的男人，他只是假装着而已。那种陌生感：古斯达夫，他是谁，他和我有何关系？去否认和反对过去一切的愿望，把他得到过的所有的那个我都要回来，因为让它留在一个陌生人的手里是让人无法承受的。

然后就是厌倦感，在没有人在乎你而你也无力在乎你自己的时候。那种麻木的百无聊赖：没人在一起时，做任何事情都不值得。没有人可以聊天，就没有一本书值得你去读，没有一个国家和地方值得你去看了。

你以为，在把所有这一切的情绪都经历了之后，你就经历够了，可是却不然：它们又会重头再来。

37

"有人打电话找过你，"我午餐后回到系上时托马斯说，"叫古斯达夫·林格伯格什么的。"

林格伦。古斯达夫·林格伦。

"他说了有什么事儿吗？"

"没有，但我告诉他你午餐后要回家，他可以打到家里。"

他当然不能在电话里具体说了，春天之后我们就没有联系了，他现在找我要么是他和另外那个人的关系结束了，要么就是我们以前协议里说好的，是那种不要让对方从报上的家庭启事中看到的新闻。

他想让我在这两种猜测之间摇晃多久呢？

我坐电梯下了楼，在停车处取了自行车，往城里骑。逆风，但空气清爽。布鲁斯海湾每个周末之后都有越来越多的船被木质脚手架拖上了栈桥，水面上很快就会没有船只了。

我从诺图的马场公园抄近路骑到了大街上，差一点儿和一辆货车撞上了，车上装满了要进入冬库房的公园长椅，我在最后一秒钟把自行车刹住了，对着那位被吓坏了司机平静地一笑。

天气一直到十月都连续有反复，但现在夏天终于结束了，街上到处都是飘零的落叶，现在是彻底地结束了，希望再也不会有夏天了。

　　我想了想我下午要办的事儿，去邮局，付房租，洗头，把一个要用在研讨会上的稿子抄完。邮局那儿可以等等，现在我直接骑车回了家，他应该明白我在等着。

　　他显然明白，我一进门电话就响了，因为跑上楼梯心怦怦地跳。

　　"喂？"

　　"是马汀娜吗？我是古斯达夫。"

　　"我听出来了，快说吧是什么事儿，我想是家庭新闻吧？"

　　"是的，你说过你想知道的……"

　　"不要细节，回答我的问话就行了。是出生还是死亡，结婚还是离婚？"

　　"还没有，但我们决定要结婚了，然后我们会要小孩。我们说先决定了结婚再决定了要小孩的时候，大概没人会相信我们，但却真是这样的。马汀娜？你不说点什么？"

　　"我在这儿，可你想我说什么？"

　　"你在想什么？"

　　"我在想我下午要做什么。"

　　我在想我要不要找个人聊聊，或者什么都不聊，有什么可说的，但我希望有个人在我这儿。

　　"你能不能过来一下？"他犹豫着，我赶紧补充说，"我不会为难你的，如果你害怕的是这个的话，我不会出来反对或者闹什么的，我只是想在你还是一个自由人的时候再最后见你一面，你明白吗？"

"当然，我想我还是敢面对你的。但我得先在这儿把午餐吃了，需要一两个钟头，我说不定可以到时候过来喝咖啡。"

一两个钟头。我穿上粗呢大衣，下楼去了邮局，很是佩服我自己的镇定。

起风了，落叶翻飞。结束了，没有什么比这更痛苦的了。

"给他生孩子的不会是我了。"可我何时又相信过会是我呢？我从来就没有真正相信过，我不是那种生孩子的人。

可是古斯达夫要当父亲了。他被夺走了，他被搞得那么陌生，几乎超出了我疼痛的底线。他会有小孩，但不是跟我。

我想到了冯内古特的《第五号屠宰场》里的一段，那个幻想故事里的星球，需要七个性别才能孕育出一个孩子。我想那有点儿像我所希望的，需要比他们俩更多的性别，也需要我，包括我。现在我可能连一个右上角的影子都不是了。

回去的路上我买了面包和牛奶。我把咖啡煮好了，把杯子拿了出来，然后坐下来看书。当我听到走廊上他木屐的声音的时候，我把一个烟斗通条当书签夹在书里，走过去，开了门。不为难他，我保证过的。而且也没必要，因为他也不容易。他站在我的房间里，拿出张手绢擦着鼻涕。我怀疑地看着他，是感冒了吗，不是的。

"噢，是我要来安慰你不是？"

"是的，谢谢。"

我想了想，说："你老妈老爸高兴了吧，你终于要真正结婚了。"

他嘟嚷着说："是的他们会挺高兴的。"

"如果你自己不开心那我觉得你不应该去做的，"我干巴巴地说，"不能为了孩子就结婚，除非你们本来就想结婚。"

"我们本来就要结婚的，我说过的。"

"这么说，你就要全心投入了，不管做什么都真心实意地去做。"我突然笑了起来，"我靠，我们现在又像是在那个荒诞剧里了，我站这儿说着你的台词。我不明白我为什么会捡起你过去的那些价值观来给你说教。坐下吧，我给你点儿咖啡。"

他坐下来，向四周看了一会儿，才说：

"要结婚和当父亲，我都挺开心的，只是来这儿的路上我又伤感起来了。一定是染上了你一直都有的毛病，因为距离而把你理想化了，你的周围有了那么一道光环。这么久不见你好奇怪，就像你不存在了似的。"

"我存在的，"我平静地说，"而且我打算继续存在下去，如果这让你感到安慰的话。"

他的动情让我感到平静，信心和力量从他的软弱中向我涌来，懦弱自然是暂时的，力量也是，但却把这一刻变得轻松了一些。

"我突然想到如果你要结婚，我的反应自然应该跟雷吉娜·奥尔森去和施勒格尔结婚的时候克尔凯郭尔的反应是一样的。"

"克尔凯郭尔做什么了？"

"他先是去破坏了他们的订婚，然后又因为她再跟别人结婚而愤懑，写了好多不满于女人不忠的书。对了，十五年后他去世的时候，他在遗嘱里把所有的财产都留给了她，但后来发现那其实不过就几瓶葡萄酒而已。"

"我去世的时候如果还剩下几瓶葡萄酒的话我很乐意都留给你，不过我大概永远也不会这么富有的，可能只会有几个空瓶子，不满的书我想我是不会写的。"

"你没有什么不满吗？"

"没有对你的不满，我不满的是人生，把我们俩为彼此而设计，但却又如此粗心，设计得让我们不适合对方。"

"可是，当然，"我又赶快补充说，"我认为主要还是没把你设计对。"

"你是说可以不是这样的结局？"

"为了安慰你，你想要我说别的什么都可以，但我不会说，你没有机会可以拥有我。最后这一年我悟出了好多，你可以打个电话把我弄去市政厅，十分钟就可以搞定的。"

"人就不应该和你的最爱结婚，也不能把别人用来当作工具，帮助你这样迟钝的人悟出道理，你不能那样去对待别人。再说，如果十分钟就足以让你改变主意的话，那我们绝对连走到半路上（弗瑞德汉姆广场）的可能都没有。"

"啊，这么多的好理由，你需要这么多的理由吗？"

"难道不是吗，你会改变主意吗？"

"当然，不管有没有结婚我都会纠结得要死的。但要说我们俩是不可能的，我永远都不会用这话来安慰你，说什么都行但不会说这个。"

"说说别的吧，会怎么样呢？"

"嗯，我可以说，我们还是可以来往的，或者说，我们不来往了，我可以祝福你们，或者诅咒你们，全看你想要什么了。我可以说我们俩在天堂里会得到彼此的。是不是，还是到了那儿就没有这类的问题了？"

他坐在那儿玩着勺子，试着把它放在咖啡杯的把手上保持平衡。

"我一直都想我们会一起老去的。"

"但那还要等上一千年吧，至少三十年。千年之间，或者三十年间会发生好多事儿呢。"

"你是说等我们的孩子都长大成人了，我老婆也抛弃了我，你的情人们都死光了的时候，我们就可以一起搬去老人院了？"

"这样我们就可以用我们在一起的最后时光来为彼此伤感地描述那些我们失去的岁月，并且为是谁的过错而争吵了。"

他忍俊不禁："听你还是老样子，挺好的。"

"彼此彼此。"

我们喝着咖啡，聊起别的事儿：正在上映的电影和我们看过的书，夏天做了些什么，周三反对挪威议会决定把和平奖颁给基辛格的游行。

"这真是年度笑话。"

"就连笑话也没这么可笑，太荒唐了。"

"反正去挪威大使馆游行会是一个新的体验，哪怕是对于游行老手来说。"

"是的，就我所知，那儿可从来没理由去游行。"

他走到窗前，望出去，开始下雨了，突然下得很大。他等着那雨过去，我坐着，打量着他，就像我以为可以看得出来他是个快有小孩的人。

"我等着你请我抽雪茄。"

他顿了一下才明白我的意思，然后笑了："那当然。"

"是什么时候？"

"医生说是四月初。"

他要走的时候我也去了趟小卖部，就为了不要在他走的时候我一个人坐在那儿，而是宁可在街上告别。

"你的伤感好点儿了吗？"下楼时我问，"现在你见到了我，那光环消失了吗？"

"是的，好多了。最重要的是，你还在。"

我点了点头，是的，你要知道：

"我只要活着就还在。"

人行道上的灯亮了，我走了过去。他把双手举了起来，一个奇怪的动作，介于挥手和祝福之间，或者像是他无奈地张开了双臂。他什么都没说，整个脸上的表情都流露出这是一个办法用语言来表达的告别，他整个身影都是一个无奈的表达。

他转过身，我过了街，买了一张晚报。

图书在版编目（CIP）数据

男人 /（瑞典）贡·布丽特·苏德斯特姆著；许岚译. —
成都：天地出版社, 2021.9（2022.4重印）
ISBN 978-7-5455-6497-6

Ⅰ. ①男… Ⅱ. ①贡… ②许… Ⅲ. ①长篇小说—瑞典—
现代 Ⅳ. ①I532.45

中国版本图书馆CIP数据核字（2021）第147788号

Maken © Gun-Britt Sundström, 1976
著作权登记号　图字：21-2020-100

NANREN

男人

出 品 人	杨　政
作　　者	［瑞典］贡·布丽特·苏德斯特姆
译　　者	许　岚
责任编辑	袁静梅
封面设计	付诗意
内文排版	四川最近文化传播有限公司
责任印制	王学锋

出版发行　天地出版社
　　　　　　（成都市锦江区三色路266号　邮政编码：610023）
　　　　　　（北京市方庄芳群园3区3号　邮政编码：100078）
网　　址　http://www.tiandiph.com
电子邮箱　tianditg@163.com
经　　销　新华文轩出版传媒股份有限公司

印　　刷	天津文林印务有限公司
版　　次	2021年9月第1版
印　　次	2022年4月第2次印刷
开　　本	880mm×1230mm　1/32
印　　张	15.5
字　　数	374千字
定　　价	69.80元
书　　号	ISBN 978-7-5455-6497-6